데라우치 마사다케 통감의 강제 병합 공작과 '한국병합'의 불법성

지은이 **윤대원**(尹大遠, Yun, Dae-won)은 서울대학교를 졸업하고 동대학원에서 「대한민국임시정부의 조직 운영과 독립방략의 분화」로 박사학위를 받았다. 저서로는 『한국근대사』, 『상해시기 대한민국임시정부 연구』, 『한국사의 이해』(공저), 『대한제국(잊혀진 200년 전의 황제국)』(공저) 등이 있으며, 주요 논문으로는 「이필제난의 연구」, 「대한민국임시정부의 재건과 관내 민족전선통일운동」, 「한말 일제 초기 정체론의 논의 과정과 민주공화제의 수용」, 「임시정부법통론의 역사적 연원과 의미」, 「서간도 대한광복군사령부와 대한광복군총영에 대한 재검토」 등이 있다. 현재 서울대학교 규장각한국학연구원 HK연구교수로 있다.

데라우치 마사다케 통감의 강제 병합 공작과 '한국병합'의 불법성

초판 인쇄 2011년 7월 20일 **초판 발행** 2011년 7월 29일
지은이 윤대원 **펴낸이** 박성모 **펴낸곳** 소명출판 **출판등록** 제13-522호
주소 서울시 서초구 서초동 1621-18 란빌딩 1층
전화 02-585-7840 **팩스** 02-585-7848 **전자우편** somyong@korea.com **홈페이지** www.somyong.co.kr

값 21,000원
ISBN 978-89-5626-608-4 93810
ⓒ 2011, 윤대원

이 저서는 2008년 정부(교육과학기술부)의 재원으로 한국연구재단의 연구지원을 받아 수행된 연구임 (NRF-2008-361-A00007)

규장각학술총서
01

데라우치 마사다케 통감의 강제 병합 공작과 '한국병합'의 불법성

The compulsory annexation operations of Resident-General Terauchi Masadake and the illegality of 'Korea-Japan Annexation'

윤대원

소명출판

　벌써 1년이 지나갔지만 작년이 '한국병합' 100년이 되는 해였다. 대한제국기 공문서의 최대 소장처로서 1876년 개항 이후 조선·대한제국이 외국과 맺은 조약류를 가장 많이 소장하고 있는 규장각에서는 '한국병합 100년'을 맞이하여, 국립고궁박물관과 공동으로 '100년 전의 기억, 대한제국' 특별전시회를 개최했다.

　전시회라고는 남들이 해 놓은 것을 관람만 했던 문외한인 필자가 뜻하지 않게 규장각 측 전시회를 기획·총괄하게 되었다. 막중한 책임감과 부담감을 안고 전체적인 전시 방향과 구성을 구상하기 위해 몇 달에 걸쳐 '한국병합'과 관련된 연구서를 찾아 학습하고, 전시할 자료를 확정하기 위해 규장각 등에 소장된 자료들을 일일이 확인하는 작업을 거쳤다. 그 과정에서 많은 분들의 도움을 받아 전시회를 무사히 마쳤다. 돌이켜 보면 어려움도 많았지만 개인적으로는 매우 소중한 경험이었다.

　전시회를 보러 온 많은 분들이 전시된 자료에서 일제의 불법 강점의 역사적 흔적을 확인하고, "아! 일본이 이런 비열하고 불법적인 방법으로 대한제국을 강탈했구나" 하며 놀라워했다. 막연히 알고 있던 그 불법의 실상을 눈으로 확인한 것이다. 일제의 불법 강점을 설명하는데 백 마디 말보다 전시된 자료가 훨씬 더 효과적이었다. 아마 전시회를 통해서 많은 관람자들이 '한국병합'이 왜 불법인지, 일제가 어떤 불법을 저질렀는지 그 실체를 보면서 그동안 너무도 당연하게 여겨 온 인식을 새삼 뒤돌아보는 계기가 되었을 것이다.

또 하나 '등잔 밑이 어둡다'고. 전시할 자료를 확인하면서 1876년의 강화도 조약 이래 11개국과 체결한 통상 조약의 원본이 거의 없고 대개가 사본 아니면 복제본이라는 현실에 놀랐다. 현재 규장각에는 11개국과 맺은 통상 조약 가운데 영국과 체결한 통상 조약 한문본 1건만 원본이다. 그나마 다행스러운 것은 1904년 한일의정서 이후 병합늑약까지 일본과 강제 체결된 조약류는 온전히 보존되어 있었다. 병합 직전 일본이 강탈해 간 조약류 등 그 많은 원본들은 지금 어디에 있을까?

이런 안타까움 속에 전시 자료를 전체적으로 다시 되돌아보면서 새로운 '역사적 사실'을 발견하는 즐거움이 뒤따랐다. 그 동안 개별 자료에 묻혀 빛을 보지 못했던 '역사적 진실'이 기승전결을 가지고 전시된 자료 속에서 속속 드러났다. 이미 필적이 같은 것으로 알려진 한일 양국어로 된 병합조약문 외에도 8월 22일자의 다른 두 개의 문서 즉 '이완용을 전권위원으로 임명하는 위임장'과 '병합 사실을 양국 황제의 조서로 공포하기로 한 각서' 등 4개 문서를 나란히 두고 보니 4개문서의 필적이 똑같다는 사실이 한 눈에 들어왔다. 그 순간, 불법의 현장을 목격한 것이다. 이밖에도 그동안 다른 공문서와 섞여 있어서 그 가치를 인정받지 못했던 병합 관련 문서들이 여기저기 손을 번쩍번쩍 들면서 병합의 불법성을 말하는 듯하여 흥분을 감출 수 없었다.

그러나 이런 즐거움만 있었던 것은 아니었다. 새로운 궁금증도 역시 뒤따랐다. '일제는 이런 불법적 병합을 어떻게 준비했을까?', '데라우치 마사다케 통감은 부임한 지 한 달 만에, 그것도 8월 16일 협상을 시작한 지 6일 만에 어떻게 조약 체결을 가능하게 했을까?', '8월 22일 어전회의에서 순종황제가 병합에 대해 '흔쾌히 받아들여 재가했다'고 하는데 과연 사실일까?', '을사늑약에 그렇게 저항했던 고종은 병합늑약이 진행되는 동안 왜 조용했을까?' 등등의 의문이 꼬리에 꼬리를 물었다.

'100년 전의 기억, 대한제국' 전시회를 준비하면서 느낀 새로운 발견의 즐거움을 정리하고 풀리지 않는 궁금증의 해답을 찾아 나선 것이 바로 이 책을 쓰게 된 동기이다. 6개의 주제로 나누어 쓴 이 책은 그동안 축적된 '한국병합사' 연구에 빠진 부분을 메우고 부족한 부분에 밑돌을 괴는데 작은 도움이 되었으면 하는 바람이다.

이 책이 나오기까지 음양으로 많은 도움을 주신 분들께 감사의 마음을 전하고자 한다. 1년이 지났지만 작년 '100년 전의 기억, 대한제국' 전시회를 성공적으로 개최할 수 있었던 데는 무엇보다 규장각 정보자료실의 여러 선생님의 도움이 컸다. 전시 자료를 확인하고 자료를 전시하느라 밤늦은 퇴근도 마다하지 않고 도와주신 이영우 실장님을 비롯하여 권재철, 박숙희, 이해윤, 권이태, 김선범 선생님, 권기석 학예연구사 그리고 공동 개최를 하면서 물심양면으로 도움을 주신 국립고궁박물관의 김연수 선생님과 여러 학예연구사님, 또 빠듯한 전시 일정에도 불구하고 도움을 주신 (주)다해미디어 사장님과 직원 등 모든 분께 이 자리를 빌려 다시 한 번 감사드린다. 모두가 규장각 소장 자료의 전시를 통해 일제의 불법적인 국권 침탈과 강점을 알리려 한 마음이었다.

그리고 이 책의 집필에 여러 가지 조언과 충고를 아끼지 않으신 이태진 교수님께도 감사드린다. 이태진 교수님은 1992년 이래 이상찬 교수님과 함께 역사학계에서 을사늑약 이래 일제의 불법적 국권 침탈에 대해 선구적인 연구를 해 오신 분들로서 두 분의 앞선 연구는 이 책을 집필하는 데 훌륭한 길잡이가 되었다. 또한 전공이 다른데도 자료적 도움과 조언을 아끼지 않으신 규장각한국학연구원 부원장이신 이현희 교수님께도 감사드린다. 끝으로 어려운 여건 속에서도 흔쾌히 출판을 허락해 주신 소명출판 사장님과 이 책의 출판을 위해 정성을 다하신 편집원 여러분의 수고에 감사드린다.

2011년 6월

윤대원

제2부
조작과 '날조'된 병합늑약

서론

'한국병합'에 대한 쟁점과 자료 소개

지금까지 '한국병합'에 대해서 '합법론', '부당합법론', '무효불법론' 등 크게 세 가지 입장이 견지되어 왔다.[1] '합법론'은 주로 일본의 극우 내지 우익이 전통적으로 주장해 왔던 것으로서 일제가 1910년 8월 한국을 강점할 때 합리화하기 위한 논리의 연장선에 있다. 1984년 이래 일본의 '역사교과서왜곡'으로 상징되는 입장이 이를 대표한다고 할 수 있으며[2] 일본 우익의 '합법론'은 더 이상 논쟁할 가치조차 없다.

'부당합법론'은 "일본이 한국에 대해 '한일의정서'(1904), 제1차 '한일협약'(1904), 제2차 '한일협약'(을사늑약, 1905), 제3차 '한일협약'(정미조약,

---

1   '한국병합'에 대한 이들 세 가지 입장 가운데 논자에 따라서는 '부당합법론'은 '부당유효론', '무효불법론'은 '불법무효론'이라고 하기도 하는데 다 같은 의미이다.

2   한일 사이에 '과거사' 문제로 쟁점이 되고 있는 '역사교과서 왜곡문제'는 1984년 이래 일본에서 중고등학교 교과서 검정이 있는 4년 주기로 현안이 되어 왔다. 이 문제는 표면적으로는 '새로운 역사교과서를 만드는 모임'과 같은 일본 우익 단체가 주도하는 것으로 알려져 있지만 실상은 교과서 검정을 주관하는 일본 정부의 입장이기도 하다. 즉 1984년 나카소네 정부 이래 일본에서 강화된 신군국주의 흐름을 타고 자민당 정부가 주도한 '역사왜곡'의 연장선에 있는 것이다.

1907), '한국병합에 관한 조약'(1910) 등의 체결을 강요했"고 "이것들은
일본이 군사력을 배경으로 정치적 강제와 경제적 압박을 가하면서, 한
국의 외교권과 내정권을 차례로 침탈하고 한국을 병합한 식민지화 과
정"이며 이 과정에서 제 조약은 부당하지만 법적으로는 유효했고, "합
병의 결과 일본은 조선을 식민지로 지배하였다"라는 견해이다.[3] 비록
조약 체결 과정상의 '부당성'을 인정하고 있지만 따져보면 결국 '합법
론'의 또 다른 변용일 뿐이다. 이 입장은 "식민지 지배로 많은 손해와
고통을 안긴 데 대해 다시 한번 통절한 반성과 진심으로 사죄의 뜻을
표명"한다고 한 1995년 일본 수상 '무라야마 담화' 이래 일본 정부의 공
식 입장이기도 하다.

이에 반해 국내와 일본의 일부 양심적인 학자 등이 주장하는 '무효
불법론'은, 을사늑약을 비롯하여 병합늑약에 이르는 일련의 조약은 '국
가 대표에 대한 강박에 의한 조약은 무효'라는 당시 국제법을 근거로
불법이며 또한 조약 체결의 절차상·형식상에 결정적인 결함과 하자
가 있어 조약 자체가 성립하지 않는다는 입장이다.

'무효불법론'은 1910년 8월 29일 일제의 한국 강점 이후 한국 측에서
줄곧 주장해 온 것으로 '정서적' 측면이 강하였고 처음부터 학문적 연
구나 역사적 사실이 뒷받침 된 것은 아니었다. 그러나 1990년대 초 이
태진,[4] 이상찬이[5] 서울대학교 규장각이 소장한 공문서를 정리하면서

---

3 운노 후쿠쥬, 정재정 옮김, 『한국병합사』, 논형, 2008, 12쪽.
4 이태진, 「조약명칭을 붙이지 못한 을사보호조약」, 『일본의 대한제국 강점』, 까치,
1995.
    ______, 「통감부의 대한제국 寶印 탈취와 순종황제 서명 위조」, 위의 책.
    ______, 「공포 칙유가 날조된 일한병합조약」, 위의 책
    ______, 「일본의 대한제국 國權 침탈과 조약강제 : 한국병합 不成立을 논함」, 『韓國
史市民講座』 제19집, 1996.
    ______, 「한국병합은 성립하지 않았다—일본의 대한제국 국권침탈과 조약강제」

을사늑약의 조약서에 고종 황제의 서명과 조약 명칭이 없고, 게다가 전권위원 위임장을 갖지 않은 한국 외무대신과 일본 공사가 조인한 것을 확인하고, 조약은 국제법상 무효라는 주장이 제기되었다. 이후 이에 대한 구체적 자료에 근거한 실증적 연구가 발표되면서 이 문제가 역사학계에서 본격적으로 제기되는 계기가 되었다.

(上·下), 『世界』 650·651호, 1998.
이태진, 「韓國倂合不成立再論－坂元교수에게 답한다」, 『世界』 659, 1999.
______, 「약식조약으로 어떻게 국권을 이양하는가－운노 교수의 비판에 답한다」
(上·下), 『世界』 674·675호, 2000.
______, 「조선·대한제국 條約文 원본들과 조선 근대화 사업 계약문서들의 행방」,
『한국문화』 33, 2004.
______, 「한국병합조약인가 한일합방조약인가?」, 『역시비평』 75, 2006.
______, 「1905년 條約의 强制時의 韓國駐箚軍의 성격」, 『韓國史論』 54, 2008.
______, 「19세기 한국의 국제법 수용과 중국과의 전통적 관계 청산을 위한 투쟁」,
『한국병합과 현대－역사적 국제법적 재검토』, 태학사, 2009.
______, 「1904~1910년 한국국권침탈 조약들의 절차상 불법성」, 『한국병합과 현대
－역사적 국제법적 재검토』, 태학사, 2009.
______, 「1905년 '보호조약'에 대한 고종황제의 협상지시설 비판」, 『한국병합과 현
대－역사적 국제법적 재검토』, 태학사, 2009.
5 이상찬, 「을사조약과 병합조약은 성립하지 않았다」, 『역사비평』 31, 1995.
______, 「伊藤博文이 약탈해간 고도서조사」, 『한국사론』 48, 2002.
______, 「1900년대 초 한일간 조약들의 불성립 개론」, 『한일역사공동연구보고서－
근·현대사편』 제4권, 2005.
______, 「『駐韓日本公使館記錄』과 『日本外交文書』의 을사조약 관련 기록의 재검토」,
『奎章閣』 30, 2007.
______, 「韓國皇帝는 統治權讓與條約案을 裁可하였는가?」, 동북아역사재단·하와
이대 아시아태평양연구대학 공동주체 '한일병합의 성격과 정책' 발표문, 2009.

1. '한국병합'에 대한 쟁점

현재 '한국병합'의 불법성 여부를 둘러싼 논쟁은 한일 학계를 넘어 국제적인 연구와 논쟁으로 확대되었다.[6] 논쟁 초기에는 주로 을사늑약이 불법이기 때문에 이를 전제로 하여 성립한 병합늑약도 무효라는 논리로 주장되어 왔고, 논쟁의 핵심은 을사늑약이 '국가대표에 대한 강박'이냐 아니냐 하는 국제법 즉 시제법(時際法)의 문제였다.[7] 이후 조약 체결의 절차상·형식상의 결함과 함께 병합늑약 자체의 불법성 문제가 제기되면서 논쟁은 더욱 확대되었다.

을사늑약을 포함한 일련의 조약의 불법성 여부에 대한 연구사와 쟁

---

[6] 1998~2000년 사이 월간지 『세카이(世界)』에서 '무효불법론'과 '부당합법론'의 입장에서 한일 양국 학자 사이에 논쟁이 있었고 이를 계기로 2001년에 '한국병합에 관한 역사적·국제법적 재조명'이란 주제로 제1회 하버드 회의가 열린 이후 2007년까지 매년 장소를 달리하며 제9회 대회까지 연이어 국제학술대회가 열리기도 했다. 이와 같은 논쟁의 성과는 현재 이태진 편저, 『한일병합, 성립되지 않았다』(월간지 『세카이』에 연재된 논문, 태학사, 2001), 이태진·사사가와 노리가츠 편, 『한국병합과 현대』(2001년 이후 국제회의의 발표 논문, 태학사, 2009)로 공간되었다.

[7] 시제법은 국제법이 규정한 조약 무효 근거인 '국가 대표에 대한 강박', '국가에 대한 강박'에 의해 을사늑약은 불법이라는 주장에 대한 반론에서 제기되었다. 시제법이란 "법적인 사실은 그 당시의 법에 의하여 평가되어야 하며 그에 관한 분쟁이 발생하거나 해결되는 시점에 유효한 법에 의하여 평가되어서는 안된다"는 것이다. 이에 따라 논자에 따라 다소 이견이 있지만 국제법학자들의 견해에 따르면 전통적 국제법에서는 '국가 대표에 대한 강박', '국가에 대한 강박'을 구분하여 '국가 대표에 대한 강박'만이 조약 무효에 해당한다는 이론이 지배적이었으나 제1, 2차 세계대전 사이에 점차 그 구분의 경계가 흐려져 현대 국제법에서는 "강박 또는 협박의 대상이 국가 자체이든지 또는 국가 대표이든지에 관계없이 이러한 강박의 사용에 의하여 체결된 조약은 자동적·절대적으로 무효"가 되어 강박의 구분이 폐기되었다고 한다. 이런 국제법의 이론에 따라 을사늑약의 국제법적 불법성 문제는 '국가 대표에 대한 강박' 여부가 쟁점이 되었다. 이에 대한 자세한 내용은 박배근, 「국제법상 시제법의 이론과 실제」, 『國際法學會論叢』 제53권 제1호(통권 제110호), 2008; 이근관, 「국제조약법 상 강박이론의 재검토-일본의 한국병합과 관련하여」, 『한국병합과 현대』, 태학사, 2009 참조.

점 정리는 여러 곳에서 상세히 정리된 바가 있어[8] 여기서는 최근까지 병합늑약의 불법성에 관한 쟁점을 중심으로 정리하고자 한다. 1990년 대 이후 본격화된 역사학계에서의 병합늑약의 불법성에 관한 연구와 논쟁은 한일 두 나라에서 선구적인 연구를 해 온 이태진과 운노 후쿠 쥬(海野福壽) 사이에 있었다. 이태진의 '무효불법론'과 운노의 '부당합법 론' 사이에서 병합늑약의 불법성과 관련하여 현재 쟁점이 되고 있는 것 은 크게 세 가지이다. 하나는 병합늑약의 서명자와 관련하여 일본 측 대표로 서명한 통감 데라우치의 서명 자격 문제이다. 또 다른 쟁점은 8 월 29일 공포된 순종황제의 칙유와 관련하여 이 칙유의 '날조' 여부 그 리고 비준서로서의 성격 문제이다.

먼저 병합늑약의 일본 측 대표로서 서명한 통감 데라우치의 '서명 자 격' 문제부터 보자. 이태진은 "한국의 외교권 행사의 대표"이자 "한국 황 제의 궐하에서 외교에 관한 사항을 관리하는 직책"으로서 "한국의 내각 총리대신과 상하 관계"인 통감이 "일본을 대표해서 조약에 기명 조인" 한 것은 난센스라고 하며 통감의 서명 자격에 문제가 있다고 제기했 다.[9] 이에 대해 운노는 을사늑약 제1, 2조에 명기된 것처럼 한국 외교권 을 행사하는 것은 일본 정부이고 통감은 "한국에서 일본 정부를 대표하 는 외교관이지" "한국의 외교권 행사의 대표"가 아니라고 하면서 이태 진의 주장은 통감의 직위를 오해한 데서 비롯된 것이라고 반박했다.[10]

---

8 이태진, 「서론」, 『한국병합, 성립하지 않았다』, 태학사, 2001; 운노 후쿠쥬, 「1장 한
   국 병합 조약 등 무효론의 역사와 현재」, 『한국병합사연구』, 논형, 2008; 정재정, 「역
   자 보론―일본제국의 '한국강점'을 어떻게 볼 것인가」, 『한국병합사연구』, 논형,
   2008; 사사가와 노리가츠, 「해제」, 『한국병합과 현대―역사적 국제법적 재검토』, 태
   학사, 2009.
9 이태진, 「일본의 대한제국 국권침탈과 조약 강행」, 『한국사시민강좌』 19, 일조각,
   1996, 40쪽.
10 운노 후쿠쥬, 정재정 옮김, 『한국병합사연구』, 논형, 2008, 479쪽.

한편 통감은 '일본 정부를 대신하여 한국에 파견한 외교관'이란 운노의 해석에 대해 "을사조약에 의해 한국 외교권의 행사는 일본 정부에 위임되었기 때문에 한국 병합 조약 조인서에 기명 조인하는 한국 측 대표는 일본 정부(외무대신)이고, 일본 측 대표는 한국에서 일본 정부를 대표하는 통감이어야 하지 않을까"라는 의문이 제기되었다.[11] 이런 의문에 운노는 한국 외교권을 대행하는 일본 외무대신과 일본국 대표자인 통감이 서명자로 되는 것에 논리적으로 문제가 있을 수 있다고 인정했다. 그러면서도 그는 일본이 한국 정부와 조약을 체결한 것은 러일 강화조약 협상에서 일본이 한국의 주권을 침해할 경우 한국 정부와 협의한 위에서 집행하기로 한 밀약 때문에 한국 총리대신의 기명 조인을 요구했을 것이라고 합리화했다.[12]

이처럼 통감의 서명 자격과 관련된 논쟁의 쟁점은 을사늑약 이후 통감의 직위와 역할을 어떻게 볼 것인가 하는 문제이다. 그런데 한국에서 통감이 가진 실제적 위상을 고려하지 않은 채 통감을 '한국에서 일본의 외교권을 대표하는 외교관'으로 해석한 운노는 병합늑약이 '일본이 일본과 맺은' 것이라는 문제 제기를 인정할 수밖에 없었고 이에 대한 해명은 궁색한 것이었다. 러일 강화 조약은 이미 1905년의 일이고 이후 일본은 러시아와 제1차(1907), 제2차(1910) 러일협약을 체결하는 과정에서 러시아로부터 '한국병합'에 대해 아무런 이의를 제기하지 않겠다는 의사를 확인했다. 그런 일제가 5년 전의 약속을 근거로 러시아와의 신의를 지키려고 어쩔 수 없이 서명 자격도 없는 통감이 한국 측

---

11 李升熙, 「書評·海野福壽 編 '韓國倂合始末關係資料'」, 『駿台史學』 108, 71쪽(운노 후쿠쥬, 정재정 옮김, 앞의 책, 482쪽에서 재인용).
12 운노 후쿠쥬, 정재정 옮김, 앞의 책, 482~483쪽.

과 조약을 체결했다는 것은 어불성설인 것이다. 더구나 일본이 1909년 병합 방침을 결정한 이래 병합의 실행 방안으로 조약에 의한 합병뿐만 아니라 일방적 선언에 의한 합병을 동시에 준비한 사실에서도 '러시아 운운'은 전혀 설득력이 없는 것이다[13]

다음 쟁점은 8월 29일 공포된 순종황제의 칙유 문제이다. 여기에는 두 가지 논점이 있다. 하나는 칙유의 '날조' 여부이고 다른 하나는 '비준서'로서의 칙유 성격과 관련된 것이다.

먼저 이태진은 순종황제의 칙유에 어새만 있고 어명이 없는 것을 근거로 일제가 칙유를 '날조'했거나 황제가 칙유 서명을 거부한 것이라고 주장했다. 이태진은 그 근거로 조칙의 문서 형식이 1907년 11월 이후 일제에 의해 일본의 공문 서식을 따르게 된 점 그리고 같은 날 공포된 일본황제의 조서는 일본의 공문 서식대로 '어명+어새'의 형식을 갖추고 있는 점을 지적했다. 따라서 순종황제의 칙유에 통감부가 보관중인 어새만 찍혀 있는 것이 '날조'의 증거라는 것이다.[14]

---

[13] 이밖에도 이태진은 통감의 서명 자격과 관련하여 병합늑약의 "유효성을 주장하기 위해서는 최소한 그 위임장 유무를 논급해야 한다. 그러나 지금까지 데라우치 마사다케에게 위임장을 발급했다는 기록은 확인되지 않는다"라며 문제를 제기했다(이태진, 「약식조약으로 어떻게 국권을 이양하는가」, 『한국병합, 성립하지 않았다』, 태학사, 2001, 201쪽). 이에 대해 운노는 "전권 위임장은 쌍방이 제시해서 확인하는 것이 통례이지만 데라우치는 제시하지 않고 한국의 일방적인 제시였다"고 하면서, 각주에서 "(8월) 22일에 특히 추밀원회의를 열고 동원의 자문을 거친 위에 곧바로 재가를 하시고 데라우치 통감에 대해 조약 조인에 필요한 전권을 부여하셨다"는 고마츠 미도리(小松緣)의 글을 인용 제시했다(小松緣, 『朝鮮併合之裏面』, 中外新論社, 1920, 182쪽). 운노의 언급처럼 전권 위임장은 쌍방이 제시하여 확인하는 것이 통례인데 데라우치가 본국에 보고한 「조선총독보고 한국병합시말」에서는 8월 22일 통감 관저에서 이완용이 제시한 전권 위임장을 "査閱한 후 승인"했다고 했을 뿐이다. 그리고 현재까지 고마츠가 언급한 8월 22일 오전 일본황제가 데라우치에게 전권을 부여했다는 사실은 물론 전권 위임장이 그날 데라우치에게 전달되었다는 기록이나 또 전권 위임장 자체가 확인되지 않는 한 데라우치의 서명자 자격 시비는 유효하다고 할 수 있다.

이에 대해 운노는 8월 29일 공포된 것은 칙유이지 조칙 또는 칙령이 아니기 때문에 이태진은 조칙과 칙유의 문서 형식을 동일시하여 양자를 구별하지 않은 잘못이 있다고 지적했다. 또한 1907년 11월 한국의 공문서 형식이 일본식으로 통일되었다는 주장에 대해서도 당시 일본의 공문 서식을 규정한 1907년 1월 31일의 '공식령'에 칙어(황실·국가의 사무에 대해 구두로 발포된 것)과 칙유(칙어 중 유지를 포함하는 것)에 대한 문서 형식이 특정되지 않은 점을 근거로 '날조설'을 부정했다.[15] 즉 '공식령'에는 칙유에 대해 특정된 형식이 없기 때문에 어명이 없다고 해서 '날조'된 것이라 할 수 없다는 것이다.

순종황제 칙유의 '날조' 주장에 대해 문서의 성격이 다른 칙유와 조칙을 동일시했고 비교를 하려면 같은 시기 칙유와 비교해야 한다는 운노의 지적은 정당하다. 현재 규장각에는 순종황제의 칙유 3건이 소장되어 있다. 두 건은 1907년 공포된 것이고 나머지 하나는 8월 29일 공포된 칙유이다.

운노의 주장대로 8월 29일 칙유를 앞의 두 칙유와 비교해 보면 역시 문서 형식이 다르다. 특히 1907년 11월 18일 공포된 순종황제의 '유신국시칙유'의 경우 그 형식이 '어명+어새+부서'로 구성되어 8월 29일 공포된 일본황제의 조서와 그 형식이 똑같다. 또한 8월 29일 공포된 칙유는 1907년 11월 18일 이전 즉 일본의 공식령을 적용하기 이전에 공포된 순종황제 칙유와도 다르다. 8월 29일 칙유가 정상적인 절차를 거쳐 순종황제의 재가를 받은 것이라면 당연히 1907년 11월 18일의 '유신국

---

14 이태진, 「공포 칙유가 날조된 '일한합병조약」, 『일본의 대한제국 강점―"보호조약"에서 "병합조약"까지』, 까치, 1995, 205~206쪽.
15 운노 후쿠쥬, 정재정 옮김, 앞의 책, 486~488쪽.

시칙유'와 그 형식이 같아야 한다. 이처럼 8월 29일 칙유는 일본의 공식령을 따른 것도 아니고 그 이전 대한제국의 칙유 형식도 아닌 완전 '돌연변이'로서 '날조'된 것이라고 판단하지 않을 수 없다.

또한 운노는 양국 황제의 조칙을 공포하기로 한 8월 22일 이완용과 데라우치 마사다케(寺內正毅)의 각서와 달리 순종황제가 칙유를 공포한데 대해 일본의 '공식령'에 문서 형식이 특정되어 있지 않았기 때문이라고 했다. 이것은 이미 칙유로 공포된 결과에 대한 사후적 합리화일 뿐이다. 제기된 문제는 왜 조칙이 칙유로 돌변했는가 하는 원인에 대한 것이다.

운노가 제시한 1907년 1월 31일 공포된 공식령에는 조서, 칙서, 법률, 칙령, 국제조약 등에는 "친서한 후 어새 또는 국새를 찍는다"는 문서 형식이 특정되어 있다. 때문에 각서대로 공식령에 있는 조칙을 공포하면 아무런 문제가 없다. 그런데 순종황제의 경우만 굳이 공식령에도 없는 칙유로 공포했을까? 운노의 주장대로라면 오히려 조칙의 형식이 공식령에 특정되어 있지 않아서 문서 형식이 특정된 칙유로 공포했다,라고 해야 논리적이다. 따라서 조칙이 칙유로 바뀐 의혹의 핵심은 순종황제의 경우 각서대로 조칙을 공포할 수 없었던 특별한 이유다. 그 '특별한 이유'란 8월 27일 데라우치가 고무라 주타로(小村壽太郎) 외무대신에게 순종황제의 조칙을 "오늘 재가를 받아 29일 공포하겠다"던[16] 약속을 지킬 수 없었던 것이 아닐까.

다음 순종황제의 칙유의 성격과 관련된 쟁점을 보자. 이태진은, 일본은 병합늑약의 절차에서 이완용의 전권 위임장, 조약문 등을 갖추고 마지막으로 비준서만 첨가하면 정식 조약에 필요한 문건들을 완전히 갖추

16　日本外務省 編, 『日本外交文書』 제43권 제1책, 嚴南堂書店, 1962, 701~702쪽.

게 되는데 병합늑약 제8조의 "공포한 날로부터 시행한다"는 조항 때문에 비준 절차를 정상적으로 밟을 수 없었으므로 이 문제를 양국 황제가 조약 공포일에 병합을 알리는 조칙을 발표하는 것으로 해결하기로 했고, 8월 22일 이완용과 데라우치가 작성한 각서가 이 목적을 위한 것이라고 했다. 때문에 순종황제의 칙유는 병합늑약의 비준서에 해당한다는 것이다. 따라서 순종황제도 모르게 준비되고 또 서명이 빠진 이 칙유는 곧 비준서 날조 행위로서 조약 강제의 명백한 증거라고 주장했다.[17]

이에 대해 운노는 우선 "어명 결여는 비준을 거부한 황제의 의사 표시라는 지적은 억측"이라고 일축하고 병합늑약은 조인 후의 비준 행위를 회피하고 싶어 하는 일본 측이 주도한 계획 하에서 진행된 것이고 이미 이완용의 전권 위임장과 병합늑약 제8조에 "본 조약은 한국 황제폐하 및 일본국 황제폐하의 재가를 거친 것"이라는 '사전 승인 조항'이 있기 때문에 외교 행위로서의 비준서 교환이 필요로 하지 않았고, 따라서 순종황제의 칙유는 "병합에 즈음하여 한국 국민에 대한 諭旨로서 연출된 이상의 의미는 없다"고 했다.[18]

순종황제의 칙유가 단순히 "황제의 유지로서 연출된 이상의 의미는 아니라"는 주장은 이 칙유가 선포된 경위를 잘못 인식한데서 나온 것이다. 8월 29일 같은 시간에 순종황제의 칙유와 일본황제의 조서가 공포된 것은 8월 22일 이완용과 데라우치의 각서에 의한 것이다. 이 각서는 1909년 7월 이후 일제가 병합의 방법, 순서 등 구체적인 실행 방침을 결정하면서 가장 강조한 부분 즉 "조칙을 발포하여 병합 사실을 내외에 선포케

---

17 이태진, 앞의 논문, 1995, 206~207쪽.
18 海野福壽, 「한국병합의 역사인식」, 『한국병합, 성립하지 않았다』, 태학사, 2001, 174~175쪽.

한다"는 병합 방침에 근거한 것이다.[19] 이런 사실에서 양국 황제의 조칙 공포는 단순한 황제의 유지가 아니라 일제가 '한국병합'을 대내외적으로 선포하는 중요한 정치적 목적을 가지고 실행된 것임을 알 수 있다.

이런 문제 외에도 병합늑약의 불법성과 관련하여 여러 쟁점이 제기된 상태다. 병합늑약 역시 을사늑약의 쟁점과 마찬가지로 조약 체결 과정에서 국제법적 절차와 한국 정부가 규정한 '국내법'을 지키지 않은 문제점도 제기되었다. 2007년 8월에 열린 제2회 서울회의에서 을사늑약이 "대한제국의 법률에 규정된 조약안의 처리 절차에 따라 처리되지 않았고 처리 결과 역시 공문서로 남겨져 있지 않은 사실"을 확인했던 이상찬은, 2009년 하와이에서 열린 '한일병합 100년' 국제학술회의에서 병합늑약의 경우 일본 측은 일본 국내법이 규정한 절차를 충실히 따른 반면, 대한제국은 법률로 규정된 조약 절차는 물론 당연히 갖추어야 할 일련의 공문서도 확인할 수 없었다고 하며 절차상의 결함이 있음을 제기했다.[20]

을사늑약 이래 체결된 조약에 절차상·형식상 결함이 있다는 주장에 대해[21] 운노는 "조약 형식과 체결 절차는 교섭국 간의 합의에 의하

19　日本外務省 編, 『小村外交史』, 原書房, 1966, 842쪽.

20　이상찬, 「한국 皇帝는 統治權讓與條約案을 裁可했는가?」, 동북아역사재단·하와이 아시아태평양연구대학 공동주체 '한일병합 100년' 국제학술대회 발표문, 2009.4.23, 3~4쪽.

21　이태진은 강화도 조약 이래 한국과 일본이 체결한 조약들의 형식과 체결 절차를 분석하면서, 조약의 종류로 정식 조약(Treaty), 협약(Agreement)·의정서(Prorocol)·각서(Memorandum)로 구분하고 각기 그 형식과 절차가 구별되며 특히 주권과 관련된 조약은 정식 조약으로 체결해야 하고 그 절차는 '전권위원 임명', '조약 조인', '비준'의 절차를 거쳐야 한다고 하며 이런 관점에서 청일전쟁 이후 한일간 체결된 조약들은 절차상·형식상 중대한 결점과 하자가 있었다고 주장했다(이태진, 「韓國倂合은 성립하지 않았다」·「韓國侵略 관련 협정들만 격식을 어겼다」, 『한국병합, 성립하지 않았다』, 태학사, 2001 참조). 이에 대해 운노는 1924년 일본외무성 조약국에서 편찬한 『각국에 있어서의 조약 및 국제약속 체결의 절차에 관한 제도』를 근거로 일본이

는 것"이 국제법에서 설명되는 통설이라고 하며[22] 반드시 국내법에 규정된 절차를 따라야 하는 것은 아니라고 했다. 즉 국내법이 규정한 절차에 결함이 있어도 그것이 양국이 합의한 것이라면 조약의 유무효에 전혀 문제가 되지 않는다는 주장이다.

설령 이런 운노의 주장을 받아들인다고 하더라도 병합늑약의 절차에 중대한 결함이 있다는 사실이 달라지지 않는다. 데라우치가 일본 정부에 보고한 「조선총독보고 한국병합시말」에 따르면, 그는 8월 16, 18일 두 차례 이완용을 만나 병합을 '합의적 조약'으로 체결할 것을 강요하면서 그 절차를 제시했다. 그가 제시한 절차는 '내각의 합의' → '전권위원 임명 주청' → '병합늑약 조인'의 순이었다.[23] 운노의 주장대로 이것이 양국이 합의한 '조약 체결 절차'라고 할 수 있을 것이다. 그런데 실제 과정에서는 이런 절차마저 지켜지지 않았다. 뿐만 아니라 일본과 마찬가지로 국내법에도 이런 절차마다 반드시 필요한 문서를 갖추도록 되어 있으나 현재까지 그 문서를 확인할 수 없다.[24]

한국을 비롯한 여러 나라와 맺은 조약을 비교하여 "전권 위임장 발급과 비준 조항을 포함하는 조약 형식을 관습적으로 성립시키고 있었다"고 할 수 없다며 조약의 절차상·형식상 결함을 가지고 조약의 무효 원인으로 하는 것은 재검토되어야 한다고 했다(海野福壽, 앞의 논문 참조). 조약의 절차상·형식상 결함 문제에 대해 朴培根은 당시 유럽과 일본의 대표적인 국제법 학자들의 저술을 검토한 뒤 조약의 절차상·형식상 결함으로 조약의 성립 또는 유무효를 논하기는 어렵고 전권 위임장, 조약 서명, 비준서가 '정식 조약'의 요건으로 인정되고 있었다 하기 어렵지만, 당시 조약은 형식 구별 없이 원칙적으로 모두 체결 대표에 대한 전권 위임장과 발효 요건으로서의 비준을 요구하고 있었기 때문에 비록 법적인 논리 구성에 한계가 있지만 이태진의 주장은 "상식적으로도 설득력이 있을 뿐 아니라 당시의 국제법에 비추어보아도 타당하다"고 지적했다(박배근, 「시제법적 관점에서 본 한국병합관련 '조약의 효력—조약 체결의 형식과 절차를 중심으로」, 『國際法學會論叢』 제54권 제2호(통권 제114호), 2008 참조).

22 운노 후쿠쥬, 정재정 옮김, 앞의 책, 114쪽.
23 李鍾學 編著, 『1910年 韓國强占資料集』, 史芸研究所, 2000, 29쪽.
24 1907년 6월 15일 개정 공포된 '내각회의 규정' 제6조의 회의절차 규정에 의하면, 각

운노도 인정하고 있듯이 8월 18일 내각회의에서는 학부대신 이용직의 반대로 내각 합의에 실패했고, 22일 어전회의 경우 이완용은 학부대신 이용직에게 어전회의 개최 사실조차 알리지 않았다. 당연히 그의 반대 때문이었다. 이런 간단한 사실에서도 데라우치가 강요한 '내각 합의'가 실패했음은 물론 어전회의 성립 자체에 문제가 될 수 있는 절차상의 결함이 있었던 것이다.

또한 이상찬은 같은 발표문에서 규장각이 소장하고 있는 한일의정서 · 을사늑약 · 정미조약 · 병합늑약의 원본 외형을 비교한 결과, 특히 병합늑약의 경우 "대한제국 측과 일본 측 문서가 지질, 종이색(백색), 글씨체, 흰 비단 천끈 제본, 봉합(Seal) 등이 완벽하게 일치"한 사실을 확인하고 이것은 "병합늑약 한국어본과 일본어본을 모두 일본 측에서 작성"한 것으로 "병합늑약 체결 과정에서 일본 측이 일방적으로 자신의 의사를 강요한 흔적"이라고 주장했다.[25] '강요한 흔적'은 이에 그치지 않고 순종황제가 이완용을 전권위원으로 임명한 위임장과 조약 조인 후 이완용과 테라우치가 기명한 각서에도 그대로 나타났다.

주지하듯이 조약을 체결할 때 조약문은 양국이 각각 자국어로 된 조약문 2부를 작성하여 기명 · 날인한 후 한 부씩 교환하여 보존하는 것이 정상이다. 그런데 대한제국이 작성해야 할 조약문을 일본이 일방적으로 작성했다는 것은 무엇을 의미하는가? 이것은 단순히 '도의적으로 부당했다'는 차원의 문제가 아니다. 이것은 조약 체결 주체의 '자유 의지'를 훼손하는 명백한 주권 침해 행위인 것이다.

부에서 올린 청의안이 최종 황제의 재가를 받아 공포되기까지 절차상의 각 단계마다 議案, 請議案, 會議標題, 上奏案 등을 작성하도록 되어 있다(「勅令 第37號 內閣會議規程」, 『勅令』(奎 17706 v.19)).

25　이상찬, 앞의 발표문, 7~8쪽.

그리고 마지막으로 이태진은 순종황제가 병합을 '재가'하지 않았다
는 유력한 증거로 1926년 7월 8일 미주의 『신한민보』에 게재된 순종황
제의 '유조'를 제시했다. 짧은 글이지만 순종황제는 붕어 직전 "과거 병
합의 인준은 강린(일본─인용자)이 역적의 무리와 함께 제멋대로 하여
제멋대로 선포한 것이며 내가 한 바가 아니다"라고[26] 하여 자신이 병합
에 동의하지 않았음을 유조에서 분명히 밝혔다. 이 유조가 어떤 과정
을 거쳐서 미주의 『신한민보』에 게재되었는지 더 연구가 진행되어야
하겠지만 순종황제가 병합을 반대하고 병합늑약을 재가하지 않았다
는 사실에 이보다 더 명백한 증거는 없는 것이다.

　이상과 같이 병합늑약의 불법성에 관한 기존의 쟁점 외에도 최근 확
대된 쟁점에 대한 심화된 연구가 앞으로 더욱 진행된다면, '한국병합'
의 진실에 한발 더 가까이 다가갈 수 있을 것이다. 또한 이를 위해서는
'한국병합'이라는 역사적 사건에 대한 학계의 관심도 넓혀져야 하겠지
만 무엇보다도 '자료적 한계'를 극복하는 일이 시급한 과제이다.

2. 자료 소개

1) 한국·일본 측 자료 개황

'한국병합사'를 연구하는 데 참고할 수 있는 1차 자료로는 대한제국

26　「新韓民報 전융희황제유죠」, 『新韓民報』, 1926.7.8.

에서 생산한 공문서와 같은 관찬 사료, 일본 내각과 외무성 등에서 생산한 공문서인 일본 측 자료가 있다. 그리고 이를 보완할 수 있는 2차 자료로서 병합 과정에 직접 참여했던 이들이 남긴 자서전이나 회고록 같은 것이 있다. 그러나 불행하게도 병합과 관련된 1차 자료의 경우 한국 측 자료는 현재까지 거의 없는 것이나 마찬가지이고 일본 측 자료 역시 손에 꼽을 정도로 양과 질적인 측면서 매우 빈약한 실정이다.

병합과 관련된 1차 자료가 상대적으로 빈약한데는 여러 이유가 있겠지만 무엇보다도 일본에 의한 의도적인 '훼손'이 가장 크다고 판단된다. 현재 국내에서 대한제국이 생산한 공문서를 가장 많이 소장하고 있는 규장각의 경우, 일제가 한국을 병합하면서 이를 관리하는 과정에서 '훼손'된 흔적이 많기 때문이다.[27] 또한 전후 일본 외무성에서 정리한 『日本外務省史料館所藏 外務省記錄總目錄』에 별도 첨부된 「燒失外務省記錄」에 병합과 관련된 문서가 눈에 많이 띈다. 일본은 1923년 간토 대지진에 의한 화재, 태평양전쟁기 미군의 공습 등을 소실 이유로 들고 있지만 한국의 국권 침탈과 관련된 결정적 자료들인 기밀문서들이 고의로 은폐되거나 개인에 의해 유출되었을 가능성도 있다.

대한제국기는 물론이고 '한국병합사' 연구에 있어 가장 큰 걸림돌은 극히 빈약한 자료 문제였다. 이 시대 역시 『高宗實錄』·『純宗實錄』·『日省錄』과 같은 왕조 시대 연구의 가장 기본이 되는 관찬 사료가 있지만, 양 실록의 경우 병합 이후 일본인에 의해 정리되어 내용도

---

27 규장각 소장 자료의 소장 유래와 일제에 의한 자료 훼손 실태에 대해서는 다음 논문 참조.
김태웅, 「1920년대 前半 取調局·參事官室과 '舊慣制度調査事業'」, 『奎章閣』 16, 1993.
서영희, 「통감부 시기 일제의 권력장악과 규장각 자료의 정리」, 『奎章閣』 17, 1994.
김태웅, 「日帝 强占 初期의 奎章閣圖書 定理事業」, 『奎章閣』 18, 1995.
이상찬, 「伊藤博文이 약탈해간 고도서조사」, 『한국사론』 48, 2002.

극히 소략하고 사실 왜곡의 가능성까지 있어 이용에 한계가 분명하다. 다행히 규장각에는 한국 정부 및 통감부에서 생산한 방대한 공문서가 있다. 이들 가운데 병합과 관련된 것은 조약류와 내각 및 각부에서 생산한 공문서이다.

병합늑약 체결과 직접 관련된 조약류 및 공문서로는 8월 22일 병합늑약이 조인되던 날 열린 어전회의에서 순종황제가 재가했다고 하는 「韓日合倂條約의 協定에 李完用을 全權委員으로 임명하는 委任狀」(奎 23158), 같은 날 통감 관저에서 이완용과 데라우치가 조인한 한일 양국어로 된 「韓日合邦條約」(奎 23108 · 23109),[28] 병합 사실을 양국 황제가 조서로 공포하기로 한 「韓國合倂條約 및 兩國皇帝詔勅의 公布에 關한 覺書」(奎 23159) 그리고 이 각서에 따라 8월 29일 병합 사실을 알린 순종황제의 「勅諭」가 있다. 이들 문서는 작성 순서로 보면 '전권위원 위임장 발급 → 병합늑약 조인 → 칙유 공포'로 병합늑약이 마치 '전권위원 → 조인 → 비준'의 절차를 거친 것처럼 보이지만 각 문서들을 유심히 관찰해 보면 그 '합법성'을 의심할만한 중요한 흔적이 남아 있다.

또한 규장각에는 각부에서 내각에 올린 청의서, 내각과 각부, 또는 각부간 주고받은 조회 · 조복 · 통첩 등을 부처별, 연대기별로 묶은 각종 문서철이 있다. 이 가운데 병합 체결과 관련하여 참고할 수 있는 문서철로는 1907~1910년까지 매주 화 · 목요일 정례적으로 열린 내각회의에 제출된 안건 목록을 일자별로 정리한 『閣議提出案目錄』(奎 18033), 각의에서 의결한 안건을 재가를 받기 위해 올린 上奏案을 모아놓은 『奏案』(奎 17703) · 『奏本存案』(奎 17704), 한국 정부와 통감부 사이에 왕복한 조회 문서를 편철한 『統別勅令原案』(奎 17851의 1) · 『統別勅令往復

---

28 「韓日合邦條約」 가운데 〈奎 23108〉은 한국어본이고 〈奎 23109〉는 일본어본이다.

案』(奎 17851의 2), 통감부에서 한국 내각 각부에 조회한 공문을 편철한
『統監府來文』(奎 17768), 고종·순종 시기의 칙령·주본 등의 발행 호수
와 그 명칭을 연대기별로 정리한 『勅令法律奏本號數』(奎 18032), 고종
과 순종 시기 공포된 조칙인 『詔勅』(奎 17708의 1·2) 등이 있다.

그런데 각 문서철 1책에는 보통 100건 안팎의 공문서가 편철되어 있
기 때문에 이 문서철 속에서 병합 관련 문서를 찾기란 마치 보물찾기
만큼 요행과 노력이 필요하다. 『통별칙령왕복안』에는 병합늑약이 조
인된 8월 22일 당일 이완용이 데라우치에게 일본이 작성한 전권 위임
장을 첨부하여 승인을 요청한 비밀 조회문이 있다. 이처럼 문서철 한
책에는 병합늑약 체결과 직접 관련된 자료도 있지만 거의 대부분은 병
합늑약이 체결되면서 진행된 절차를 추론할 수 있는 자료들이거나 아
니면 전혀 무관한 것들이다. 예컨대 병합늑약 체결의 일본 측 주역인
데라우치 통감은 병합늑약 체결 과정을 본국에 보고하면서 병합늑약
안은 한국 내각에서 협의했고 순종황제의 재가를 받았다고 했다.[29] 그
런데 『각의제출안목록』에 보면 내각회의가 열린 8월 18일, 22일 어느
회의에서도 병합늑약 관련 안건이 없다. 또한 병합늑약은 순종 황제의
재가를 받았다고 했다. 그러면 당연히 내각에서 검토한 청의안과 황제
에게 올린 상주안이 있어야 한다. 그런데 현재 규장각이 소장한 『주
안』·『주본존안』에는 이들 문서가 없다.

이와 같이 규장각 소장 자료들을 다른 자료들과 비교해 보면, 뜻밖에
일제가 '정식 순서에 의한 합의적 조약'이라고 강조한 병합늑약에 중요한
결함이 있음을 확인할 수 있다. 마치 여러 곳에 뒤섞여 흩어진 퍼즐 조각

---

29 李鍾學 編著, 「朝鮮總督報告 韓國併合始末」, 『1910年 韓國强占資料集』, 史芸研究所,
2000.

을 찾아 맞추어 나가듯이 여러 문서철에 흩어진 자료를 찾아 일본 측 자료 등과 비교 검토해 보면 결정적으로 '없는 퍼즐 조각'을 확인할 수 있다.

이밖에도 『황성신문』·『대한매일신보』와 같은 병합 직전까지 발행된 신문이나 황현의 『매천야록』, 정교의 『대한계년사』와 같은 것도 빈약한 병합 관련 자료를 보완하는데 크게 도움이 된다. 그러나 신문의 경우 특히 병합과 관련해서는 일제가 병합 관련 정보를 엄격히 통제하고 보도 자체를 금지했기 때문에 보도 기사가 소략하고 그 '정확성'에 한계가 있음에 주의해야 한다. 『매천야록』과 『대한계년사』 역시 정파적 입장을 가진 재야인사가 개인적으로 수집한 정보를 근거로 기술한 것이기 때문에 이 역시 이용에 많은 주의가 필요하다.

때문에 병합사 연구는 일제의 병합 방침 및 늑약 체결 과정을 직접 확인할 수 있는 일본 측 관찬 사료에 더욱 의지할 수밖에 없는 한계가 있다. 일본 측 관찬 사료로는 1962년 일본외무성에서 편찬한 『日本外交文書』(제42권 제1책·제43권 제1책)와 『外交文書年表竝主要文書 1840-1945』(上)가 있다. 이 자료는 병합과 관련하여 통감부와 일본 외무성이 주고받은 외교 문서를 모은 것으로서 1909년 이후 일본이 결정한 병합 방침과 1910년 5월 이후 병합 과정을 전체적으로 파악할 수 있는 자료이다. 특히 『日本外交文書』 제43권 제1책에는 '事項19 日韓條約締結一件'이란 항목에 1910년 5월에서 11월까지 병합과 관련한 외교 문서가 날짜순으로 정리되어 있다.

그런데 이 외교 문서는 '가해자'인 일본의 기준에서 취사선택한 것이기 때문에 진작 중요한 기밀문서 등이 누락되었을 가능성이 많다. 같은 외교 문서를 편철한 『日韓外交資料集成』(日韓倂合編) 第6卷 上·中·下(金正明編, 嚴南堂書店, 1965)는 을사늑약, 한국병합 등 항목별로 자

료를 취사선택한 한계는 있지만 이를 보완하는데 도움이 된다.[30]

  그리고 국내에서는 작고한 李鍾學이 그동안 개인적으로 일본국립 공문서관, 일본외무성 외교사료관 등에서 수집한 병합 관련 자료를 번역하여 원문과 함께 2000년에 공간한 『1910年 韓國强占資料集』이 있다. 이 자료집에는 1910년 11월 7일자로 조선총독 데라우치가 본국에 보고한 「朝鮮總督報告 韓國倂合始末 附 韓國倂合과 軍事上의 關係」, 통감부와 일본외무성 및 내각이 주고받은 電文 등이 실려 있다. 「한국병합시말」은 데라우치가 7월 23일 통감 부임에서부터 8월 22일 병합늑약 조인까지의 과정을 일자별로 기술하고 있어 병합늑약 체결 전 과정을 이해할 수 있는 가장 기초적인 자료라고 할 수 있다. 그리고 그 부록인 「한국병합과 군사상의 관계」는 결론에서 데라우치가 "군대, 경찰의 위력과 끊임없는 경비가 간접적으로 다대한 효과를 나타낸 것 역시 다툴 수 없는 사실"이라고 평가했듯이[31] 병합의 사전 준비로서 군사적 강압의 실상을 알 수 있다. 또한 이 자료집에는 주로 조약 체결 과정과 병합 후 한국 통치와 관련한 법령, 칙령, 조서문 등의 수정과 관련하여 통감부와 외무성 및 내각이 주고받은 전보문인 「韓國倂合에 관한 서류-發電·着電」, 8월 22일 병합늑약에 대한 추밀원의 회의 기록인 「樞密院會議筆記-韓國倂合에 관한 條約外」 등이 함께 편철되어 있다.[32] 이들 자료들을 이용하는 데는 당연히 사료 비판이 뒤따라야 한다.

---

30 이밖에도 그동안 미공개된 1876~1945년의 일본 외교 문서를 편철한 『韓日外交未刊 極秘史料叢書』(1~50)(金容九編, 1995~6, 亞細亞文化社), 『駐韓日本公使館記錄』(1-40)(국사편찬위원회, 1986)도 1905년 이후 일제의 국권 침탈에 따른 한국의 정국 동향을 파악하는데 중요한 참고가 된다.

31 李鍾學 編著, 앞의 책, 40쪽.

32 이종학이 편찬한 일본 자료와 이어 소개할 자료 「韓國倂合에 관한 書類」 등은 현재 일본국립공문서관 'アジア歷史資料センㅡ'(http://www.jacar.go.jp)에서 원문 검색이 가능하다.

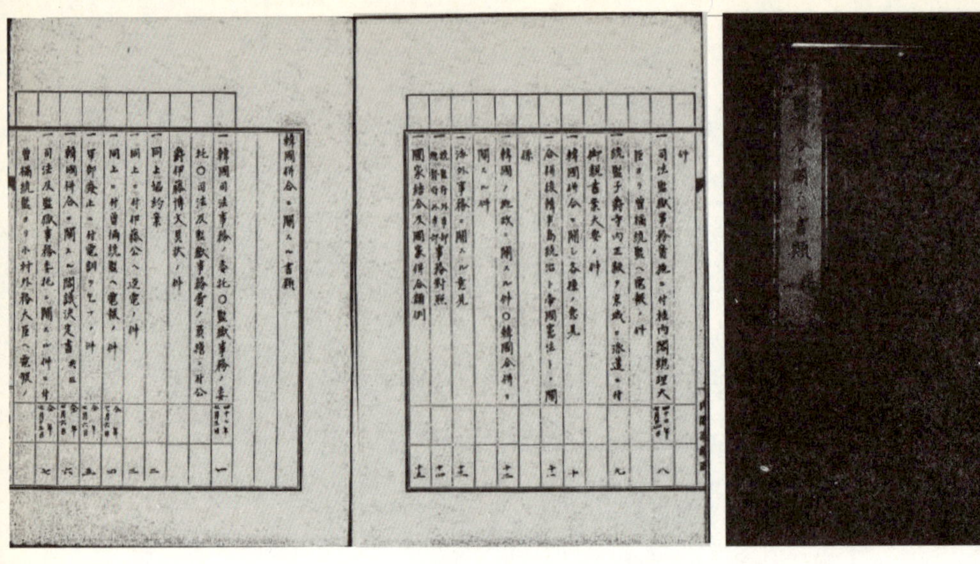

「한국병합에 관한 서류」 표지 및 목차 일부

　　이런 1차 자료 외에 부족한 부분을 보완해 줄 수 있는 2차 자료로서 통감부와 조선총독부에서 사후적으로 병합 과정을 정리한 것과 병합에 직접 관계한 이들이 남긴 회고록 류가 있다.

　　통감부와 조선총독부에서 정리하여 공간한 것으로는 『韓國倂合顚末書』(통감부, 1910), 『朝鮮의 保護 및 倂合』(조선총독부, 1917)이 있다. 을사늑약 체결에서부터 병합늑약 체결에 이르기까지의 과정을 간단히 정리하고 관련 조약문, 법령 등이 기술되어 있다. 그리고 병합에 직·간접적으로 관계했던 이들이 남긴 회고록으로는 병합준비위원이었던 고마츠 미도리(小松綠)의 『朝鮮倂合之裏面』·『明治外交秘史』, 같은 병합준비위원으로서 고무라와 함께 병합 방침의 작성에 참여했던 구라치 데츠키치(倉知鐵吉)의 『朝鮮倂合의 經緯』(1939)가 있다. 이밖에도 부분적이기는 하지만 병합을 주도했던 고무라의 외교 일대기를 정리한 『小村外交史』(日本外務省 編, 嚴南堂書店, 1966), 병합 당시 내각총리였던 가츠라 다로(桂太郞)의 전기인 『公爵桂太郞傳』(德富猪一郞 編, 故桂太

郎公爵紀念事業會, 1917), 조선주차헌병사령관이었던 아카시 모토지로(明石元二郎)의 전기인 『明石元二郎』(小森德治, 臺北 : 臺灣日日新報社, 1928) 등도 참조가 된다.

이들 일본 측 2차 자료 역시 1차 자료와 마찬가지로 이용에 많은 신중을 기해야 한다. 병합 실행의 주체인 이들은 기본적으로 제국주의적 관점에서 일본의 '한국병합'을 합리화하고 나아가 자신의 공을 과장하고 있기 때문이다.

2) 『韓國併合에 關한 書類』

현재 일본국립공문서관 '아시아역사자료센터'에서 서비스하고 있는 자료 가운데 『한국병합에 관한 서류』라는 것이 있어 소개하고자 한다. 국내에서 이 자료의 일부를 이용한 연구가 있었지만[33] 자료의 중요성을 감안하여 상세히 소개하고자 한다. 앞 절에서 소개한 자료들이 주로 일제가 1910년 7월 8일 각의에서 병합 방침을 최종 정리한 이후의 것이라면 이 자료는 일제가 1909년 3월 이래 비밀리에 추진한 병합 방침의 결정 과정을 파악할 수 있는 중요한 자료이다. 이 자료에는 총 36종의 문서가 편철되어 있는데 문서명과 문서 연월일 및 작성 주체 등 간단한 서지 사항을 정리하면 아래 〈표〉와 같다.

---

[33] 이 자료는 韓成敏, 「구라치 데츠키치(倉知鐵吉)의 '韓國併合' 계획 입안과 활동」, 『한국근현대사연구』 제54집, 2010에서 병합준비위원회 활동과 관련하여 일부 내용이 소개된 바 있다.

<표> 『한국병합에 관한 서류』의 문서명과 서지 사항

	문서명	연월일	작성·발행주체	비고
1	韓國司法事務ノ委托/監獄事務ノ委托/司法及監獄事務費ノ負擔ニ付公爵伊藤博文晜狀ノ件	1909.7.3	伊藤博文→桂太郎	
2	同上協約案	1909.7.3		
3	同上ニ付伊藤公ヘ返電ノ件	1909.7.6	外務省	
4	同上ニ付曾禰統監ヘ電報ノ件	1909.7.6	外務省	
5	軍部廢止ニ付電訓ヲ乞フノ件	1909.7.6	內閣	
6	韓國併合ニ關スル閣議決定書 其三 *韓國ニ付政策·對韓施設大綱 *四十二年秋 外務大臣案으로서 閣議를 거치지 않은 것	1909.7.6 1909.가을	內閣 外務大臣	同日裁可
7	司法及監獄事務委托ニ關スル件ニ付曾彌統監ヨリ小村外務大臣ヘ電報ノ件	1909.7.13	曾禰統監→小村外務大臣	
8	司法監獄事務實施ニ付桂內閣總理大臣ヨリ曾彌統監ヘ電報ノ件	1909.7.24	桂內閣總理大臣→曾禰統監	
9	統監子爵寺內正毅ノ京城ニ派遣ニ付御親書案大要ノ件	1910.7?	內閣	
10	韓國併合ニ關スル各種ノ意見	1910.6~7?	병합준비위원회	
11	合併後韓半島統治ト帝國憲法トノ關係	1910.5?	陸軍省	
12	韓國ノ施政ニ關スル件/韓國合併ニ關スル件	1910.5	陸軍省	
13	甲號：涉外事務ニ關スル意見	1910.6~7?	병합준비위원회	
14	乙號：統監府外事部·總督府外事部事務對照	1910.6~7?	병합준비위원회	
15	國家結合及國家併合類例			인쇄본
16	日本ト韓國以外ノ各國トノ條約目錄	1910.7.29	외무성	
17	淸國居留地及各國居留地ニ關スル件		외무성	
18	外國旅券ニ關スル件		외무성	
19	韓國ニ於ケル發明·意匠·商標及著作權ノ保護ニ關スル日米條約ノ件		외무성	
20	韓國併合後韓國ニ於ケル英國ノ商標登錄ニ關スル件		외무성	
21	併合ニ關レ寺內統監ヨリ小村外務大臣宛電報應答ノ件	1910.8.14~28	寺內統監↔小村外務大臣	
22	朝鮮王族及公族支配ニ關スル皇室令發布ノ件ニ對レ寺內統監ヨリ意見追申ノ件	1910.8.28	寺內統監↔桂總理大臣	
23	併合處分ノ法令ニ關スル件名		통감부	

번호	문서명	연월일	작성주체	비고
24	日韓合邦ノ先決問題		송병준	대장성에서 제출
25	日韓合邦後ノ韓國制度		송병준	
26	韓帝渡日讓國ノ議		송병준	
27	韓國特別就産所設置案		송병준	
28	韓國併合ノ際ニ於ケル處理法案大要 閣議決定	1910.7.8	내각	
29	韓國併合實行ニ關スル方針	1910.7.8	내각	
30	韓國併合ノ上帝國憲法ノ解釋	1910.7.2	내각	
31	韓國併合後ノ經費補充ニ付統監ヨリ照會	1910.7.12	寺內統監↔桂總理大臣	
32	詔勅·條約·宣言案 *詔勅案·條約締結없는 경우의 詔勅案/條約案/宣言案 *韓國과 條約關係없는 國에 대한 宣言案/宣言案	1910.7.8 1910.8.22	內閣	草案
33	條件	(5月) 24日	統監府	
34	朝鮮總督府官制拔萃竝御委任事項		내각	
35	王公族ノ國法上ノ地位及皇室典範トノ關係	1910.9.4	내각	
36	刑事訴訟ニ關スル規定ヲ皇室裁判令中ニ存置スルヲ至當トスル理由	1910.9.10	내각	

<참고>

1. 순번과 문서명은 『韓國併合에 關한 書類』 표지 목록에 의함.
2. 연월일의 '?'은 추정 일자임.
3. 문서 작성·발행 주체 : 발신자 또는 판심을 근거함.
4. 작성주체가 '통감부'라는 것은 서울의 통감부가 아니라 통감에 임명된 데라우치가 도쿄에 있으면서 도쿄로 불러들인 통감부 관리와 함께 작성한 경우를 지칭함.

〈표〉에서 알 수 있듯이 『한국병합에 관한 서류』에 편철된 36종은 1909년 7월 한국의 사법권을 강탈한 '한국의 사법 및 감옥사무 위탁에 관한 각서'의 초안에서부터 1910년 9월 병합 직후 한국의 황실과 귀족에 대한 처우 문제 등을 논의한 것 등으로서 일본의 병합 과정의 실체를 이해할 수 중요한 자료들이다. 36종 가운데는 문서의 작성 주체 및 연월일 등을 알 수 없는 것이 많지만 다른 관련 자료들과 비교, 분석하

면 각 문서의 생산 시기와 작성 주체를 상당 부분 확인할 수 있다. 〈표〉
에서 알 수 있듯이 편철에 특별한 원칙이나 특징은 없다.

우선『한국병합에 관한 서류』에 편철된 36종의 문서를 간단히 분석
해 보면 다음과 같다.

문서 1~5·7·8은 1909년 6월 한국 통감을 사임한 이토가 병합을 위
한 사전 준비로서 주도한 한국 정부의 사법권 강탈에 관한 자료이다.
일본은 이토가 사법권 탈취를 제의한 7월 3일에서 고작 9일이 지난 7
월 12일 한국 정부와 '한국의 사법 및 감옥사무 위탁에 관한 각서'를 체
결했다.[34]

한편 일본이 한국 병합 방침을 결정한 것은 1909년 4월이었다. 1909
년 4월 10일 당시 내각총리대신 가츠라와 외무대신 고무라, 이토가 레
이난사카(靈南坂)에서 비밀회의를 갖고 병합 방침을 합의했고[35] 그 후
본격적으로 한국 병합을 위한 여러 방침들과 병합 후 한국 통치에 필
요한 법령 등이 비밀리에 준비, 결정되었다. 문서 6~36은 이 과정에서
생산된 것들이다.

문서 6「韓國併合에 關한 閣議決定書」는 1909년 7월 6일 각의에서
결정한 병합 방침인「韓國에 대한 政策」·「對韓施設大綱」과「(명치)
42 가을 외무대신안으로서 각의를 거치지 않은 것」이 함께 편철되어
있다. 전자는 레이난사카 비밀회의에서 합의한 병합 방침을 바탕으로
고무라 외무대신과 외무성 정무국장 구라치가 작성하여 7월 6일 각의

---

34 문서 2 즉 이토가 제의한 협약안은 머리말과 본문 5개조로 되어 있으나 실제 覺書는
    머리말과 본문 4개조로 되어 있다.『覺書』奎 23153은 국한문본, 奎 23152는 일본어
    본으로 현재 규장각에서 소장하고 있다.

35 倉知鐵吉 述,『韓國併合の經緯』, 1939, 4쪽(原 武史 解說, 1997『李王朝』(明治人によ
    る近代朝鮮論 影印叢書 第16卷 소수).

의 결정을 거쳐 같은 날 재가를 받은 것이고, 후자는 이것을 바탕으로 고무라의 지시에 의해 구라치가 병합의 방법, 순서 등 병합 실행을 위한 세목으로 작성한 것이다.[36]

이 '외무대신안'에는 '적당한 시기'에 한국을 병합한다는 전문과 함께 '병합 선포의 건', '한국황실처분의 건', '한반도통치의 건', '대외 관계의 건' 등 병합 실행의 방법과 이후 한국 통치를 위한 4개 방안의 본문으로 구성되어 있다. 특히 '병합 선포의 건'에는 '한반도의 통치는 천황 행동의 대권에 속한다. 제국 헌법의 조장은 적용되지 않는다'라고 하여 병합 후 한국 통치에 임하는 일본의 침략 의지를 단적으로 드러내고 있는 등 이 자료는 일본의 '한국병합'에 대한 기본 방향을 알 수 있는 중요한 자료이다.

문서 9 「統監子爵 寺內正毅의 京城派遣에 對한 御親書案大要의 件」은 데라우치에게 통감 부임과 그 임무 수행을 당부한 일본황제의 친서를 요약한 것으로 그 내용으로 볼 때 데라우치가 통감 부임을 위해 일본황제를 만난 7월 12일에 황제가 내린 친서의 요약 사본이거나 아니면 이를 위해 내각에서 준비한 친서 초안으로 추정된다.

문서 10 「韓國倂合에 關한 各種의 意見」은 1910년 6월 20일 전후 구성되어 7월 7일까지 비밀리에 활동한 병합준비위원회에서[37] 작성한 문서로 추정된다. 문서 표지에 병합준비위원회 의장인 내각서기관장 시바타 가몬(柴田家門)과 위원인 법제국 장관 야스히로 한이치로(安慶伴一郎), 고마츠, 구라치 등의 이름이 가필되어 있는데서 알 수 있다. 이

---

36 구라치에 의하면 그는 7월 6일 각의에서 결정된 대한기본방침에 따라 병합의 순서, 방법 등의 細目에 대한 기초안을 작성하라는 지시에 의해 「對韓細目要綱基礎案」을 작성했다(倉知鐵吉 述, 『韓國倂合の經緯』, 1939, 6쪽).

37 小松綠, 『朝鮮倂合之裏面』, 中外新論社, 1920, 93~94쪽.

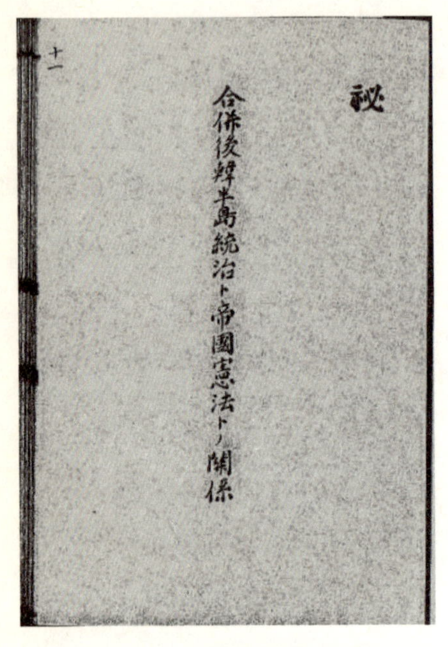

「合倂後 韓半島統治와 帝國憲法과의 關係」 표지

문서에는 병합 실행과 관련된 14개 항목에 대해 각각 한국의 상황을 분석, 정리한 '현재의 상황'과 이에 대한 '의견'으로 구성되어 있다. 이것은 병합준비위원인 고마츠가 자신과 구라치가 '원안'을 작성하고 나머지 위원이 검토하여 '의견'을 나누었다는 회고와 정확히 일치한다.[38]

문서 11 「合倂後 韓半島統治와 帝國憲法과의 關係」·문서 12 「韓國의 施政에 關한 件/韓國合倂에 關한 件」은 문서 용지가 일본 육군성 괘지인 점으로 미루어 일본 육군성에서 작성한 것이다. 특히 문서 12 「한국의 시정에 관한 건 / 한국병합에 관한 건」에는 '1910년 5월' 자의 의견서가 있다. 따라서 이 두 문서는 데라우치가 통감에 내정된 뒤 그의 지시로 육군성에서 작성하여 제출한 것임을 알 수 있다.[39] 문서 11은 병합 후 한국 통치에 제국 헌법의 적용 여부를 검토한 의견서이고, 문서 12는 병합을 '조약에 의해 실행'할 것인지 아니면 '일방적 선언'에 의해 실행할 것인지 병합 방안과 관련하여 미국, 영국 등 외국의 식민지 병합 사례를 분석하여 그 방안을 제시한 것이다. 이 문제는 일본

---

38 위의 책, 89쪽.
39 고마츠는 병합준비위원회에 앞서 통감으로 내정된 육군대신 데라우치의 신복이 병합방안으로 '점진설'을 제출하여 검토한 적이 있다고(小松綠, 앞의 책, 81쪽) 회고했고, 또 다른 곳에서는 '점진설'을 제안한 자가 육군성 참사관 법학박사 아키야마 마사노스케(秋山雅之助)라고 했다(小松綠, 『明治外交秘史』, 千倉書房, 1936, 437쪽).

이 병합 방침을 결정한 뒤 병합 시기 선택과 함께 가장 고민한 문제였다. 때문에 이들 자료는 일본이 구상한 병합 실행 방안과 함께 일본 스스로 병합이 불법임을 인식하고 이것을 어떻게 합리화하려고 했는지를 확인할 수 있는 중요한 자료이다.

문서 13「涉外事務에 關한 意見」·문서 14「統監府外事部·總督府外事部事務對照」는 병합 후 총독부에 외교사무를 담당할 부서 설치 여부를 검토한 것이다. 두 문서가 '甲號'(문서 13), '乙號'(문서 14)로 되어 있고 그 내용도 동일한 성격인 것으로 보아 이것은 외무성에서 작성하고 병합준비위원회에서 검토한 것으로 판단된다.

문서 15「國家結合 및 國家併合類例」는『한국병합에 관한 서류』에 편철된 문서 가운데 유일한 인쇄본 책자이다. 이 책자는 제국주의 시대 서구 열강이 취했던 국가의 결합 즉 연방, 집합 등의 사례와 함께 국가의 병합 사례로서 '점진적 병합'과 '일시의 평화적 수단에 의한 병합', '일시의 강압적 수단에 의한 병합' 사례를 나라별로 분석한 것이다. 예컨대 '일시의 평화적 수단에 의한 병합' 사례로는 미국의 하와이, 이탈리아의 중부이탈리아 등을, '일시의 강압적 수단에 의한 병합'은

「國家結合 및 國家併合類例」 표지. 오른쪽 아래 '柴田'은 병합준비위원회 의장이자 내각서기관장의 친서

프랑스의 마다가스카르 등을 분석했다. 그리고 표지에는 '柴田'이 가필되어 있는 점으로 미루어, 병합준비위원회 의장인 시바타 등이 한국의 병합 방안을 논의하면서 참고한 자료로 판단된다. 또한 '極秘' 도장이 찍

힌 이 자료는 곧 일본이 한국 병합을 위해 얼마나 철저히 준비했는가를 알 수 있게 한다.

문서 16「日本과 韓國以外의 各國과의 條約目錄」· 문서 17「淸國居留地 및 各國居留地에 關한 件」· 문서 18「外國旅券에 關한 件」· 문서 19「韓國에서의 發明·意匠·商標 및 著作權의 保護에 關한 日米條約의 件」· 문서 20「韓國倂合後 韓國에서의 英國의 商標登錄에 關한 件」은 외무성에서 작성한 문서이다. 이들 문서는 주로 일본이 한국 이외의 나라와 맺은 조약 목록 그리고 병합 후 한국인의 여권 발급 문제, 병합 직전 일본이 미국과 영국을 상대로 벌였던 병합 후 한국에서의 기득권에 관한 문제 등을 검토한 것이다.

문서 21「倂合에 關해 寺內統監으로부터 小村外務大臣 앞으로 온 電報應答의 件」에는 1910년 8월 13~15일과 27일 사이 데라우치 통감과 고무라 외무대신이 주고받은 전문 5건과 별첨 1건이 편철되어 있다. 전보문 5건은 주로 데라우치가 7월 23일 통감으로 부임하면서 가져온 병합늑약 초안의 수정 문제를 고무라 외무대신과 의논한 내용이다. 이것을 7월 8일 내각에서 결정한 조약 초안과 비교하면 초안의 수정 이유와 그 목적을 확인할 수 있는 자료이다. 나머지 별첨 1건은 8월 27일 데라우치가 고무라에게 보낸 두 번째 전보의 첨부 문서로서 '韓帝詔勅文'의 수정본인데 본 문서는 없다. 이들 전보문은 이미 공간된 『일본외교문서』(제43권 제1책)「事項 19 日韓條約締結一件」(韓國倂合關係)에 누락되어 보완하는 의미가 있다.

문서 22「朝鮮王族 및 公族支配에 關한 皇室令發布의 件에 對해 寺內統監으로부터의 意見追申의 件」· 문서 35「王公族의 國法上의 地位 및 皇室典範과의 關係」는 1910년 8월 22일 병합늑약 조인 후 한

국의 황실 및 귀족의 지위와 처분에 관해 논의한 것이다.

　　문서 23 「倂合處分의 法令에 關한 件名」은 통감부에서 작성한 것으로 추정되며 병합 단행과 함께 세 차례에 걸쳐 공포, 시행되어야 할 칙령, 법령, 총독부령 등을 일목요연하게 정리한 것이다. 이에 따르면 3차에 걸쳐 총 64건의 법령을 처리하도록 되어 있다.

　　문서 24 「日韓合邦의 先決問題」·문서 25 「日韓合邦後의 韓國制度」·문서 26 「韓帝渡日讓國의 議」·문서 27 「韓國特別就産所設置案」은 각각의 문서 말미에 '종일품 훈일등 송병준(인)'이라 되어 있다. 1909년 2월 내부대신에서 면직된 뒤 일본에 건너가 도쿄에 머물고 있던 송병준이 일본 정부를 상대로 합방 운동을 벌이면서 제출한 합방청원서이다.

　　문서 28 「韓國倂合時 處理法案大要 閣議決定」·문서 29 「韓國倂合實行에 關한 方針」는 1910년 7월 8일 내각에서 최종 결정한 병합 방침이다. 문서 28은 7월 7일 병합준비위원회에서 의정하여 내각에 보고한 22개항의 병합 방안을 최종 결정한 것이다. 전문에는 각의에서 결정된 "각안 내용에 대해서는 실행할 때 다소 취사 수정을 요할 수 있다"는 전제 아래 병합에 따라 공포될 칙령 등 22개항을 열거했다. 문서 29 「한국병합실행에 관한 방침」은 이미 6월 3일 각의에서 결정한 것으로서[40] 가츠라가 7월 8일의 각의결정서 사본 2통과 함께 '적당한 시기에 한국병합을 단행'하라고 데라우치 통감에게 보낸 통첩에 첨부된 문서이다. 첨부 문서의 표지에는 '秘 五月 二十七日'과 함께 내각총리 가츠라, 육군대신 데라우치, 해군대신, 농상대신 등의 친서가 가필되어 있다. 이것은 이 방침이 6월 3일 각의 결정전에 가츠라 등의 주요 대신들

40　『日本外交文書』 제43권 제1책, 660쪽.

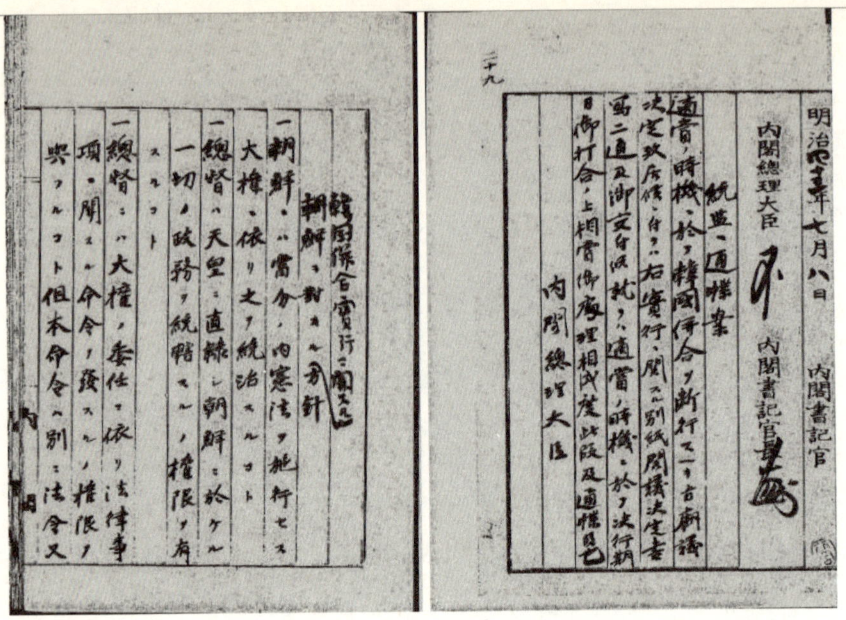

7월 8일 가츠라 총리가 데라우치 통감에게 「한국병합실행에 관한 방침」을 첨부하여 보낸 통첩안

이 사전 열람하고 동의를 표기했다는 뜻이다. 그런데 문서 33 「條件」을 보면 문건 명만 다를 뿐 문서 29와 똑같다. 또 표지에는 '24일'과 데라우치의 친서가 가필되어 있다. 이는 곧 통감부 관리가 병합 실행을 위해 요구한 조건 13개항을 작성하고 이것을 5월 24일 데라우치가 승인한 뒤 다시 5월 27일 가츠라 등이 회람 동의한 결과, 6월 3일 각의에서 '한국병합실행에 관한 방침'으로 최종 결정되었다는 것이다.

문서 30 「韓國併合 後 帝國憲法의 解釋」은 병합과 제국 헌법과의 관계를 7월 2일 내각에서 최종 정리한 것으로 병합 후에 "제국 헌법은 당연히 이 신영토에 시행하지 않는 것으로 해석한다"는 것이 그 결론이다. 아마 이것은 문서 11 「合倂後 韓半島統治와 帝國憲法과의 關係」라는 보고서를 참고하여 내린 결론으로 판단된다.

이와 같이 문서 28·29·30은 내각에서 그리고 데라우치가 통감 부임을 위해 도쿄를 떠나기 직전인 7월 15일까지 병합 실행을 위해 최종적으로 확정한 세부 방침이었고 이후 다소 수정되는 경우도 있지만 대체로 이 방침에 따라 병합이 실행되었다.[41]

문서 31 「韓國倂合後의 經費補充에 대해 統監의 照會」는 문서 29를 통첩받은 데라우치가 「한국병합실행에 관한 방침」 가운데 "총독부의 재정을 조선의 세입으로 이를 충당하는 것을 원칙"으로 하지만 "당분간 일정 금액을 정해 본국 정부에서 보충"한다는 조항과 관련, 군사비를 제외한 경비 총 1119만 7271원을 승인해 달라고 내각에 보낸 조회이다.[42]

문서 32 「詔勅條約宣言案」은 병합 실행과 직접 관련된 중요한 문서이다. 이 문서에는 8월 29일 병합 사실을 공포할 일본황제의 조칙, 병합늑약, 선언문의 각 초안과 함께 8월 22일 각의에서 결정한 최종 선언안이 함께 편철되어 있다. 이 가운데 조칙안에는 병합이 '조약이 체결 될 경우'와 '조약 체결 없이 병합이 될' 경우에 대비한 두 종류의 조칙 초안이 있다. 이것은 일본이 병합 단행을 실행하기 직전까지도 병합 방안으로 두 가지 경우 즉 '조약 체결을 통한 병합'과 '일방적 선언에 의한 병합'을 상정하고 있었음을 보여 주는 중요한 자료이다. 또 전문과 8개항으로 구성된 조약안은 병합늑약의 초안이다. 이 세 안건의 초안은 7월 8일 각의에서 결정되었다.[43] 이들 자료는 일본의 병합 의도와 함께 일본이

---

[41] 문서 28·29·30은 조선총독부에서 병합의 합법성을 선전할 목적으로 을사늑약 체결에서 병합에 이르는 과정을 정리하여 출판한 『朝鮮ノ保護及倂合』(朝鮮總督官房 總務局印刷所, 1918)에 '13항목의 실행 방침(문서 29), 附 憲法의 釋義(문서 30), 22개항의 병합 시 처리 법안 대요(문서 28)의 순으로 정리되어 있다(324~330쪽).

[42] 그 구체적 내역을 보면 통감부 경비 164만 4448원, 사법 및 감옥비 345만 2823원, 철도 건설 및 개량비 350만원, 한국 정부 경비 보충비 260만원이다.

[43] 日本外務省 編, 『小村外交史』, 原書房, 1966, 845쪽.

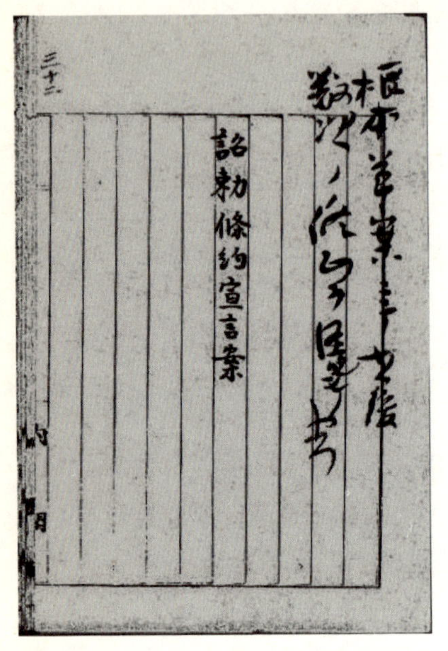

「조칙조약선언안」,('근본 초안으로서 이후 수차의 수정을 거칠 안')

구상한 최종 병합 방안을 확인할 수 있는 중요한 자료이다.

문서 34 「朝鮮總督府官制拔萃 및 御委任事項」은 병합 실행 뒤 한국에 설치될 조선총독부 관제와 총독의 위임 사항 즉 총독의 권한에 관한 내용을 간략하게 항목별로 발췌, 정리한 것이다.

이상의 자료들은 이미 공간된 자료들과 함께 일본이 1909년 3월 이후 병합 방침의 결정 과정과 1910년 7월 23일 데라우치가 통감으로 부임한 뒤 8월 22일 병합늑약의 조인과 8월 29일 양국 황제의 조칙 공포의 과정을 파악할 수 있는 기본 자료라고 할 수 있다. 다만 이들 자료들은 항상 지적되듯이 한국을 강점하려는 일본의 입장에서 작성된 것이기 때문에 엄밀한 사료 비판이 전제되어야 한다.

이상과 같이 '한국병합'의 불법성과 관련된 연구사를 쟁점을 중심으로 정리하였고 또 병합 연구에 참고가 될 자료들을 살펴보았다. 본고에서는 이러한 기존 성과를 바탕으로 이미 발표된 논문 2편을 수정 보완하고 그리고 새로 쓴 논문 4편을 묶어 제1, 2부로 나누어 구성했다. 제1부와 제2부는 일제에 의한 병합늑약의 체결 과정을 시기적으로 구분한 것이다.

제1부는 일제가 1909년 3월 이후 내각을 중심으로 본격적으로 병합

방침을 논의하고 이를 최종 결정하는 1910년 7월 8일까지의 병합 방침 결정 과정과 병합 단행을 위해 데라우치 통감이 서울로 부임하여 이완용과 병합 협상을 시작하는 1910년 8월 16일 직전까지를 그 대상으로 하였다. 병합늑약 체결 전사에 해당하는 부분이다.

3편의 논문 가운데 첫 번째 논문인 「일제의 '한국병합' 방침 결정 과정과 병합 방안의 불법성」에서는 1909년 3월 처음 병합 방침을 입안 결정 한 이후 1910년 7월 8일 내각에서 최종 병합 방침을 확정하기까지 비밀리에 진행된 병합 방침의 변화, 발전 과정과 그 내용을 분석하여, 병합늑약이 불법성을 띠지 않을 수 없는 배경과 불법의 흔적을 남길 수밖에 없는 필연성을 확인하고자 하였다. 특히 일제가 확정한 병합 방침은 병합 후 식민 통치의 원형이 된 점에서 이후 식민 통치 정책 연구에 중요한 참고가 될 것이다.

두 번째 논문 「데라우치 마사다케 통감의 '한국병합' 사전준비와 계략」에서는 그동안 병합늑약 체결과 관련한 의문 가운데 하나로서 병합늑약이 일본조차 믿지 못할 정도로 빨리 체결된 배경을 고찰하고자 했다. 이를 위해 '병합 단행'을 조건으로 통감을 승인한 데라우치가 한국에 부임하여 이완용과 제1차 비밀 협상을 하기 직전까지 병합 실행을 위한 사전 준비('병합 제1보'로 평가되는 헌병경찰제의 실시, 서울로의 군대 집중 배치, 내각변동설 등)와 부임 이후 침묵한 배경 등을 집중 분석했다. 데라우치의 이런 일련의 행동은 이완용 내각으로 하여금 스스로 병합 제의를 하게 만들려는 간교한 계략임을 확인할 수 있었다.

세 번째 논문 「'趙南升御璽僞造事件'의 전말과 고종의 망명계획」은 병합과 관련한 고종의 반응을 분석한 것이다. 이 궁금증을 풀 수 있는 단서가 조남승어새위조사건이었다. 이 사건 자체 보다는 사건을 조사하는 과정에서 압수한 '외교 문서' 즉 을사늑약 체결 뒤 고종이 일본에게 빼앗기지 않으려고 조남승을 통해 숨겨 두었던 조약 원본·계약서·친서·밀지 등 중요 외교 문서의 행방과 그것이 당시 정국에 미친 영향과 이 무렵 고종이 결심한 러시아 망명 계획과의 연관성을 살펴보았다. 이 과정에서 조남승어새위조사건의 발생에는 고종이 한미전기회사에 투자한 자본금의 일부를 횡령한 이완용의 밀고가 사건의 발단이 되었음을 확인할 수 있었다.

제2부에서는 병합늑약의 불법성과 관련하여 현재 쟁점이 되고 있는 부분을 불법론의 입장에서 보완하거나 새로운 역사적 사실을 바탕으로 그 불법성을 집중 분석하였다.

첫 번째 논문 「조작된 「朝鮮總督報告 韓國倂合始末」」은[44] 1910년 11월 7일 조선총독 데라우치가 자신이 체결한 병합늑약에 대해 본국 정부에 보고한 보고서를 규장각 소장 자료 등과 비교하면서 집중 분석한 글이다. 「한국병합시말」은 병합늑약 체결 당사자인 데라우치가 작성한 것이기 때문에 그동안 병합늑약의 체결 절차나 과정을 별다른 의심 없이 받아들인 문제가 있다. 그래서 데라우치 보고서를 기준으로 규장각 소장 문서와 비교하여 절차 등을 재검토하였고 그 결과 많은 내용이 역사적 사실과 달리 조작되었음은 물론, 그 동안 '전권위임장에 찍힌 국새는 시종원경 윤덕영이 몰래 훔쳐 찍었다'던 소문이 사실임을 확인할 수 있었다.

두 번째 논문 「'한국병합' 관련 4개문서의 필적 비교와 筆寫者」에서는 한일 양국어로 된 병합늑약문의 필적이 똑같다는 기왕의 문제 제기

---

44 이 논문은 『한국문화』 52(규장각한국학연구원, 2010)에 발표한 것을 수정 보완한 것이다.

와 함께 새롭게 확인된 사실을 바탕으로 병합늑약의 불법성을 고찰한 것이다. 즉 한일 양국어로 된 병합늑약문 뿐만 아니라 같은 날짜의 전권 위임장, 병합늑약 조인 뒤 이완용과 데라우치가 병합 사실을 양국 황제의 조칙으로 동시에 공포하기로 한 각서 등 4개문서의 필적이 동일하고 4개문서의 필적 주체가 통감부 통역관이자 한글 고어에 능통했던 마에마 교사쿠(前間恭作)라는 사실을 새롭게 확인하였다.

세 번째 논문「1910년 병합「칙유」의 文書上의 결함과 불법성」에서는[45] 그동안 이태진과 운노 후쿠쥬 사이에 가장 쟁점이 되고 있는 병합 칙유의 '날조' 여부와 '비준서'로서의 성격을 재검토한 것이다. '날조' 주장에 대한 반론 가운데 하나가 칙유와 조칙을 구분하지 못했다는 것이었다. 그래서 규장각에 소장된『조칙』에 편철된 대한제국기 고종과 순종의 칙유를 찾아 병합 칙유와 그 형식을 비교, 검토해 보았다. 그 결과 병합 칙유는 국적 불명의 칙유임을 확인할 수 있었다. 또한 이 칙유가 비준서인가 황제의 유지인가 하는 쟁점과 관련해서도 이 칙유가 '병합 사실을 조칙으로 대내외에 선포한다'라는 초기 병합 방침에 근거한 것일 뿐만 아니라 병합늑약 제8조에 규정한 '사전 승인 조항'의 불안을 보완하는 의미를 밝힘으로써 비준서로서의 성격을 확인하였다.

이상과 같이 이 책은 병합사 전체를 다룬 것이 아니라 일제가 병합 방침을 구체화하기 시작한 1909년부터 병합 사실이 공포되는 1910년 8월 29일까지를 연구 대상으로 하였기 때문에 일제의 국권 침탈 전체를 해명하는 데는 부족한 부분이 많다. 연구 대상 시기가 제한된 데는 무엇보다 이 시대가 전공이 아닌 필자의 한계 때문이다. 그러다보니 '한

45　이 논문은『한국문화』53(규장각한국학연구원, 2011)에 발표된 것을 수정 보완한 것이다.

국병합'을 사건으로서가 아니라 한국근대사에서 차지하는 역사적 위상을 고려한 위에서 연구되지 못한 한계가 있다. 즉 '한국병합'이 한국근대사에서 갖는 역사적 성격을 보다 명확히 하려면, 이 시기 일본이 병합 방침을 결정하고 실행한 배경과 함께 당시 통감의 보호 아래 있던 대한제국의 성격이 함께 고려되어야 했다. 또한 역사의 연속성에서 보면 병합 방침은 일제의 식민 정책의 원형이 되기 때문에 병합 이후 식민 정책의 성격 규명을 위해서도 이에 대한 미시적 분석이 병행되어야 했다. 이런 부족한 부분은 향후 연구를 통해서 보완해 나갈 계획이다.

일제의 병합방침과 데라우치 마사다케 통감의 계략

'한국 병합'의 주역들

위　(왼쪽) 추밀원 의장 야마가타 아리토모
　　(오른쪽) 초대통감 이토 히로부미
아래 (왼쪽) 내각총리대신 가츠라 다로
　　(가운데) 육군대신 겸 제3대 통감 데라우치 마사다케
　　(오른쪽) 외무대신 고무라 주타로

일제의 '한국병합' 방침 결정 과정과 병합 방안의 불법성

머리말

'한국병합'에 관해서는 그동안 주로 '시제법'과 관련된 국제법상의 위법성과 조약의 형식 및 절차상의 결함 여부를 둘러싸고 많은 연구와 논쟁이 있어 왔다. 그러나 이들 연구는 주로 병합늑약 자체의 불법성 여부에 집중되었을 뿐 일본이 '한국병합' 방침을 입안하고 결정해 간 과정에 대해서는 연구가 부진한 것이 현실이다. 여기에는 병합 전의 상황을 알 수 있는 한국 내지 일본 측의 직접적인 자료들이 없거나 확인되지 못한 점이 가장 큰 요인이지만, 지금까지 한일 사이에 쟁점이 되었던 '과거사 문제'와 같은 현실적 문제로 병합늑약의 불법성을 밝히는 것이 우선한 것도 그 이유 가운데 하나였다.

'한국병합' 전의 준비 과정에 대해서는 주로 일제 측이 병합의 합리화를 위해 사후적으로 정리한 것[1] 또는 당시 병합에 관계했던 이들의 회고록이나[2] 아니면 흑룡회같은 단체나 개인들이 자신들의 공을 과장하고 병합을 합리화하려고 저술, 출판한 2차 자료의 성격을 갖는 것이 대다수이다.[3]

최근 병합늑약의 불법성을 둘러싸고 한일 학자 사이에 연구와 논쟁이 심화되고 또 새로운 자료들이 발굴, 공개되면서 일본이 병합 방침을 입안하고 결정해 간 과정이 부분적으로 밝혀지고 있다. 비록 '부당합법론'의 입장이긴 하지만 새로운 자료 발굴과 함께 이를 바탕으로 실증적 연구를 통해 자신의 입장을 강화해 온 운노 후쿠쥬(海野福壽)의 일련의 연구는 한국병합사 연구에 많은 기여를 하고 있다.[4] 또 국내에서도 일본국립공문서관에 소장된 『한국병합에 관한 서류』를 중심으로 일본이 병합에 필요한 여러 준비를 위해 비밀리에 조직했던 병합준비위원회와 당시 일본 외무성 정무장관 구라치 데츠키치(倉知鐵吉)의 역할에 대한 연구가 있었다.[5]

---

1 통감부, 『韓國併合顚末書』(『(復刻板) 韓國併合史硏究資料③』, 龍溪書店, 1995), 1910; 조선총독부, 『朝鮮ノ保護及併合』(『(復刻板) 韓國併合史硏究資料②』, 龍溪書店, 1995), 1918.

2 小松緣, 『朝鮮併合之裏面』, 中外新論社, 1920; 倉知鐵吉 述, 『韓國併合の經緯』(原 武史 解說, 『明治人による近代朝鮮論 李王朝』 影印叢書 第16卷, ぺりがん社, 1997 소수), 1939.

3 佐伯有義, 『韓國併合の趣旨』, 會通社(『(復刻板) 韓國併合史硏究資料③』, 龍溪書店, 1995), 1910; 日本歷史地理學會 編, 『韓國之併合と國史』, 三省堂(『(復刻板) 韓國併合史硏究資料③』, 龍溪書店, 1995), 1910; 黑龍會, 『日韓合邦秘史』 上·下, 黑龍會出版部, 1930.

4 운노 후쿠쥬, 정재정 옮김, 『한국병합사연구』, 논형, 2008. 이 책은 저자가 1995년에 출판한 『韓國併合』(岩波新書 : 연정은 옮김, 『일본의 한국병합』, 중원문화, 1995) 이후 발표한 논문 등을 보완하여 새롭게 쓴 것이다.

5 韓成敏, 「구라치 데츠키치(倉知鐵吉)의 '韓國併合' 계획 입안과 활동」, 『한국근현대

이런 성과에도 불구하고 일본의 병합 방침 입안과 결정 과정은 물론 그 배경과 의도에 대해서는 많은 부분이 의문 속에 남아있다. 또한 병합 후 식민 통치의 원형이 결정된 것도 이 시기였다. 그래서 여기서는 일본 내각에서 병합 논의가 본격화되는 1909년 3월부터 병합의 기본 방침이 최종 결정되는 1910년 7월 8일까지 과정을 추적, 정리하고자 한다. 이를 통해 1910년 8월 22일 조인된 병합늑약이 조약 체결의 절차와 문서 형식 등에 불법의 흔적을 남길 수밖에 없었던 원인을 확인할 수 있을 것이다.

1. 일본의 「對韓政策方針」 결정과 추진배경

1) 병합 방침의 결정과 「對韓政策方針」

일본은 1905년 11월 을사늑약을 체결한 뒤 한국의 외교권을 빼앗고 이듬해 1월 통감부를 설치하여 내정 간섭을 본격화하기 시작했다. 1907년 헤이그특사파견사건이 일어나자 일본은 이를 빌미로 고종을 황제위에서 강제 퇴위시키고 정미조약(제3차 한일협약)을 체결하여 통감이 한국 정부의 "모든 법령 제정 및 행정 처분에 관한 것을 사전에 감독 승인하는 권한을 가지"는 등 국권 탈취를 본격화했다.[6]

사연구』 제54집, 2010.
6   이태진, 「통감부의 대한제국 寶印 탈취와 순종황제 서명 위조」, 『일본의 대한제국

　　이런 일본이 '한국병합' 단행을 구체적으로 논의, 결정하기 시작한
것은 1909년 3월 무렵이었다. 이 논의는 일본 정부 안에서 최고 국가 원
로이자 한국 문제에 대한 최고 권위자였던 이토 히로부미(伊藤博文)가
통감 사임을 표명한 것이 직접적인 계기가 되었다. 통감부가 설치된
뒤 일본의 대한정책은 모두 그에게 일임되어 왔는데[7] 그의 사임으로
곧 통감 후임 결정과 함께 대한정책에 대한 새로운 모색이 필요했다.[8]
　　일본 정부는 이토 후임으로 부통감 소네 아라스케(曾禰荒助)를 통감
으로 임명하면서 대한정책과 관련하여 이토 때처럼 정부가 간섭하지
않을 것인지 아니면 정부의 훈령대로 하게 할 것인지를 의논하다가 그
를 통감으로 임명하기 앞서 정부의 대한방침을 결정하고 그가 이것에
동의할 경우 통감으로 임명하기로 결정했다.[9] 이때 논의의 중심 주체
는 당시 추밀원 의장인 야마가타 아리토모(山縣有朋), 내각총리 가츠라
다로(桂太郎), 육군대신 데라우치 마사다케(寺內正毅), 이토 등이었다.
이들은 메이지유신의 설계자이자 정한론의 창시자라고 할 수 있는 조
쥬(長州) 한(藩) 출신의 요시다 쇼인(吉田松陰)의 제자들이었다.
　　그리하여 외무대신 고무라 주타로(小村壽太郎)의 주도 아래 대한정책
이 본격 검토되었다. 그는 외무성 정무국장 구라치 데츠키치(倉知鐵吉)
에게 향후 대한정책에 대한 자신의 의견을 말한 뒤 이를 바탕으로 병
합 방침을 입안하라고 지시했다.[10] 구라치가 입안한 대한방침을 다시

　　강점—"보호조약'에서 병합조약'까지』, 까치, 1995, 121쪽.

7　　倉知鐵吉氏 述,『韓國倂合の經緯』, 1939, 1쪽(原 武史 解說,『李王朝』(明治人による
　　近代朝鮮論 影印叢書 第16卷), ぺりかん社, 1997 所收).

8　　운노는 이토가 통감을 사임한 가장 큰 이유로 '慰撫·회유하는 것으로 한국 국민에
　　게서 마음으로부터의 복종을 얻어 지배의 정당성을 확보한 위에서 병합한다'는 자
　　신의 '漸進說'을 포기한 때문이라고 했다(운노 후쿠쥬, 정재정 옮김,『한국병합사연
　　구』, 논형, 2008, 420쪽).

9　　주 7)과 같음.

고무라가 수정한 것이 「對韓政策方針 및 施設大綱」인데 이 가운데 「대한정책방침」의 내용은 다음과 같다.[11]

1. 러일전쟁 개시 이래 특히 재작년 한일협약(1907년 정미조약—인용자)의 체결과 함께 동국에서 우리 시설은 크게 그 체면을 세웠다고 하더라도, 동국에서 우리 세력은 아직 충분히 충실히 하는데 이르지 못했다. 동국 관민의 우리에 대한 관계 역시 아직 만족스럽지 않으므로 제국은 앞으로 더욱 한국을 도와 실적을 드러내고 제국의 안정과 동양의 평화를 확보하는데 노력할 필요가 있다. 그리하여 이 목적을 달성하기 위해서는 이번에 제국 정부가 다음의 대방침을 확정하고, 이에 기초하여 제반의 계획을 진척할 필요가 있다.

2. 적당한 시기에 한국 병합을 실행할 것.

---

10 倉知鐵吉氏 述, 앞의 책, 1~2쪽. 구라치는 고무라의 지시로 대한방침을 입안할 때 당시 정부와 민간 사이에 논란이 되고 있던 불명확한 병합의 사상 즉 '合邦' 또는 '合倂'의 문자에 대해 "한국이 완전히 폐멸되어 제국 영토의 일부로 되는 뜻을 명확하게 하고 동시에 그 어조가 다소 과격하지 않는 문자로 선택"을 고민하다가 "당시 아직 일반적으로 이용하지 않던" '倂合'이란 문자를 처음 사용했다고 했다(倉知鐵吉氏 述, 앞의 책, 5~6쪽). 그러나 운노는 구라치가 병합이라는 단어를 사용하기 전에 이미 메이지 시대의 다른 문서들에서 병합이라는 단어가 사용된 예가 있음을 지적하며 결코 구라치가 처음으로 사용한 것은 아니라고 했다(운노 후쿠쥬, 정재정 옮김, 앞의 책, 421쪽). 이런 운노의 견해에 대해 韓成敏은 병합이란 문자가 구라치 이전에 사용된 예가 실제로 있다고 하더라도 그것은 구라치와 같은 구체적인 개념 규정 없이 일반적 의미로 사용된 것이기 때문에 구라치가 사용한 병합의 의미가 퇴색되는 것은 아니라고 하며 운노의 견해에 비판적 입장을 개진했다(韓成敏, 「구라치 데츠키치(倉知鐵吉)의 '韓國倂合' 계획 입안과 활동」, 『한국근현대사연구』 제54집, 2010, 85쪽). 그런데 국제법상 '병합(annexation)이란 일국이 타국을 자국의 일부로 흡수하여 커지는 것이고, 합병(union, amalgamation)이란 2개 이상의 국가가 결합하여 보다 큰 단위의 단일국을 이루는 것'으로 기존의 복수 인격이 단일 법인격으로 변하는 점에서는 병합과 합병이 같으나 전자는 강자에 의한 약자의 흡수이고, 후자는 참여국들의 대등한 통합이란 해석도 있다(권한용, 「日帝식민통치기 초기 朝鮮에 있어서의 不平等條約의 國際法的 效力」, 『法史學硏究』 제29호, 2004, 214쪽).

11 小松綠, 『朝鮮倂合之裏面』, 中外新論社, 1920, 86~87쪽.

한국을 병합하여 이를 제국 판도의 일부로 하는 것은 반도의 개척을 꾀하고, 우리 실력을 확립하기 위해 가장 적절한 방법이다. 제국이 내외의 형세에 비추어 적당한 시기에 단호히 병합을 실행하고 반도를 명실 공히 우리 통치 아래 두고 한국과 제 외국과의 조약 관계를 소멸시키는 것은 한국의 이익임과 함께 제국 백년의 좋은 계책이 된다.

구라치가 입안하고 고무라가 수정하여 최초로 작성된 병합 방침은 일본이 한국을 완전 장악하기 위해 더욱 실력을 충실히 하는데 노력하고 '적당한 시기'에 한국을 병합하여 일본 판도의 일부로 삼는다는 것이었다.[12]

고무라는 이 안을 3월 30일 가츠라 총리에게만 보였을 뿐 기타 원로나 각료에게는 극비에 부쳤다. 그것은 이에 대한 이토의 의견이 확인되지 않았기 때문이다. 이토가 이 병합 방침을 반대하면 곤란하기 때문에 가츠라와 고무라는 우선 이토를 만나 의견을 타진하기로 했다.[13]

1909년 4월 10일 고무라와 가츠라는 레이난사카(靈南坂)의 이토 관저로 가서 그를 만나 병합 방침에 대해 밀담을 나누었다. 이들은 이토에게 한국의 현상에 비추어 장래를 생각할 때 "한국을 병합하는 외에는 방법이 없다"라고 하고 준비해 간 병합 방침서를 보여주었다. 이토는 곧바로 전적으로 동감한다고 분명히 말했다. 이토가 반대할 경우 반박하려고 준비까지 했던 고무라와 가츠라는 이토의 이런 반응에 허탈해할 정도로 놀랐다고 했다.[14] 이 안을 이토 통감 후임인 소네와 대표적

---

12 구라치가 후세 자료 보존을 위해 1939년에 구술한 『韓國倂合の經緯』에는 '대한정책의 대방침'이 구술되어 있는데 이것은 1909년 7월 6일 내각에서 결정한 '대한정책방침'이다.
13 倉知鐵吉氏 述, 앞의 책, 3쪽.

인 정한론자이자 원로인 야마가타에게 제시하여 동의를 받았다.[15] 이에 따라 소네는 1909년 6월 14일 이토의 후임 통감에 임명되어[16] 제2대 통감으로 한국에 부임했다.

일부 각료를 제외하고 다른 원로나 각료들에게는 비밀에 부쳐졌던 병합 방침은 7월 6일 각의에서 이를 의제로 올려 결의하고 같은 날 재가를 받음으로써[17] 병합 방침이 일본 정부 차원에서 공식 확인되었다. 이 날 각의에서 결정된 대한방침이 지난 4월 10일 레이난사카 밀담에서 합의한 「대한정책방침」과 「대한시설대강」이다. 먼저 전문과 2개항으로 된 「대한정책방침」의 내용은 다음과 같다.[18]

제국의 한국에 대한 정책은 우리 실력을 한반도에 확립하고 이의 장악을 엄밀히 하는데 있음은 말할 필요도 없다. 러일전쟁 개시 이래 한국에 대한 우리 권력은 점차 그 크기를 더하고 특히 재작년 일한협약(1907년 정미조약-인용자)의 체결과 함께 동국에서의 시설은 크게 그 면목을 개선했지만 동국에서의 우리 실력은 아직 충분히 충실히 하는데 이르지 못했다. 동국 관민의 우리에 대한 관계도 역시 전혀 만족할 수 없으므로 제국은 금후 더욱 동국에서의 실력을 증진하고 그 근저를 깊게 하여 내외에 대

---

14 倉知鐵吉氏 述, 앞의 책, 4쪽.

15 위와 같음.

16 德富猪一郎 編, 『公爵桂太郎傳』, 故桂太郎公爵紀念事業會, 1917, 454쪽.

17 倉知鐵吉氏 述, 앞의 책, 5쪽; 日本外務省 編, 『日本外交年票竝主要文書』上, 原書房, 1965, 176쪽(이하 『日本外交年票竝主要文書』上).

18 倉知鐵吉氏 述, 앞의 책, 3쪽; 『日本外交年票竝主要文書』上, 315쪽. 구라치가 구술한 『韓國倂合の經緯』에는 「제1호 방침서」라고 한 「對韓政策方針書」만 있다. 그런데 그가 1913년 3월 고마츠에게 보낸 「覺書」에는 "제1호 방침서 및 시설대강을 입안했다"고 했다(小松綠, 앞의 책, 15쪽). 이 覺書가 1913년의 기록이니 구라치가 3월 30일 '제1호 방침서와 시설대강'을 입안했다는 것이 정확할 것으로 판단된다.

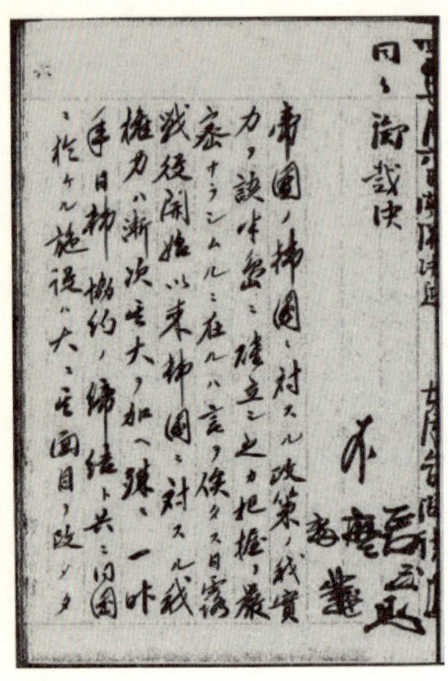

1909년 7월 6일 각의 결정된 「대한정책방침」

해 경쟁할 수 없는 세력을 수립하는데 노력할 것을 요한다. 그리고 이 목적을 달성하는 데는 이번에 제국정부에서 다음의 대방침을 확정하고, 이에 기초하여 제반의 계획을 실행하는 것을 필요로 한다.

제1. 적당한 시기에 한국의 병합을 단행할 것. 한국을 병합하여 이를 제국 판도의 일부로 하는 것은 반도에서 우리 실력을 확립하기 위해 가장 확실한 방법이다. 제국이 내외의 형세에 비추어 적당한 시기에 단호히 병합을 실행하고, 반도를 명실 공히 우리 통치 아래 두고 또 한국과 제외국과의 조약 관계를 소멸시키는 것은 제국 백년의 좋은 계책이다.

제2. 병합의 시기가 도래하기까지는 병합의 방법에 기초하여 충분히 보호의 실권을 거두고, 힘써 노력하여 실력의 부식을 꾀할 것. 앞항과 같이 병합의 대방침은 대개 확정했지만 적당한 시기가 도래하기까지는 병합 방침에 기초하여 우리의 제반 경영을 진척시킴으로써 반도에서의 우리 실력의 확립을 기하는 것을 필요로 한다.

이 「대한정책방침」을 4월 10일 가츠라, 고무라, 이토가 합의한 것과 비교해 보면 그 형식이 전문과 본문 2개 항으로 체계화되고 문장이 수정 보완되었을 뿐 병합 방침의 주지는 똑같다. 즉 일본이 한국에 자신들의 실력을 확립하여 장악하고 '적당한 시기'가 오면 한국을 병합한다는 것이다.

그리고 이러한 방침을 실현하기 위한 구체적인 정책 방안으로서 결정된 5개항의 「대한시설대강」은 다음과 같다.[19]

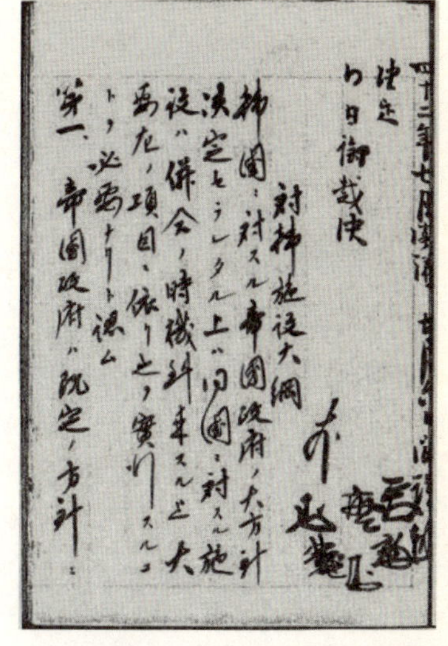

1909년 7월 6일 각의 결정된 「대한시설대강」

한국에 대한 제국정부의 대방침이 결정된 이상은 동국에 대한 시설은 병합의 시기가 도래할 때까지 대체로 다음 항목에 의해 이를 실행하는 것이 필요함을 인정한다.

제1. 제국정부는 이미 결정된 방침에 따라 한국의 방어 및 질서 유지를 담임하고 이를 위해 필요한 군대를 동국에 주둔시키고 또한 가능한 한 다수의 헌병 및 경찰관을 동국에 증파하여 충분히 질서 유지의 목적을 달성할 것.

제2. 한국에 관한 외국 교섭 사무는 이미 결정된 방침에 의해 이를 우리 손으로 장악할 것.

제3. 한국 철도를 제국철도원의 관할로 옮기고 同院의 감독 아래 남만주 철도와의 사이에 밀접한 연락을 부여하여 우리 대륙 철도의 통일과 발전을 도모할 것.

제4. 가능한 다수의 본방인을 한국내로 이식하여 우리 실력의 근저를 심화시키고 동시에 한일간의 경제 관계를 밀접하게 할 것.

제5. 한국 중앙 정부 및 지방 관청에 존재하는 본방인 관리의 권한을 확장하여 더욱 민활하게 통일적인 시정을 행하도록 기할 것.

---

19 日本外務省 編, 『日本外交文書』 제42책 제1책, 嚴南唐書店, 1966, 179~180쪽(이하 『日本外交文書』 제42책 제1책); 『日本外交年票竝主要文書』 上, 315~316쪽.

「대한시설대강」에서는 병합의 시기가 올 때를 대비하여 한국에서 군사·경제·외교 부분에서 일본의 실력 부식에 집중 노력할 것을 강조했다. 이 가운데 주목되는 내용은 첫째 항이다. 즉 한국 방어 및 질서 유지를 명분으로 일본군의 한국 주둔과 가능한 많은 헌병 및 경찰의 증파이다. 이것은 한국에 대한 군사적 점령을 강화하겠다는 것으로써 항일의병 진압은 물론 병합에 반대하여 일어날지 모를 저항을 군사적으로 탄압하겠다는 의도였다.

이렇게 병합 방침이 확정되자 고무라는 병합의 '적당한 시기'를 예측할 수 없지만 그 때를 대비하여 그 다음 수순으로 병합의 방법, 순서 등의 세목을 강구했다. 고무라는 같은 해 7월 중 지난번과 마찬가지로 구라치에게 병합 방침 세목에 대한 자신의 생각을 대략 이야기하고 기초안을 작성하라고 지시했다. 구라치가 입안한 기초안을 다시 고무라가 수정하여 완성한 것이 이른바 「대한세목요강기초안」이다.[20]

그런데 이 기초안은 자료에 따라 명칭과 각의 결정 시기가 달라 사실 관계에 혼란을 초래하고 있다. 먼저 일본외무성에서 편찬한 『소촌외교사』에 의하면 이 기초안의 작성 및 내각 결의에 대해 다음과 같이 기술하고 있다.[21]

고무라는 병합 실행의 시기 여하를 예측하기 곤란하고 언제 좋은 시기가 올지 알 수 없음에 비추어 이에 응할 수단을 정해 둘 필요가 있다고 하고 병합 단행의 순서, 방법 등의 세목에 관해 다시 퇴고를 거듭했다. 즉 한국병합

---

20 倉知鐵吉氏 述, 앞의 책, 6쪽. 구라치는 1913년 3월 고마츠에게 보낸 覺書에서 이것을 「제1호 방침서」에 이어 「제2호 방침서」라고 했다(小松綠, 앞의 책, 17쪽).
21 日本外務省 編, 『小村外交史』, 原書房, 1966, 840~843쪽(이하 『小村外交史』).

의 선포, 한국황실의 처분, 한국장래의 통치, 대외 관계 등에 걸친 제항을 상세히 갖춘 의견서를 7월 하순 가츠라 총리에게 제출했다. (중략) 가츠라는 이어서 고무라의 의견서를 각의에 부쳤고 각료 일동은 이것에 찬성했다.

이에 따르면 고무라가 7월 하순 가츠라에게 제출했다고 한 의견서(이하 '고무라의견서')는 구라치가 고무라의 지시로 7월 중에 입안했다고 한 「대한세목요강기초안」이며, 문맥상 7월 하순 각의에서 결정된 것이 된다.

그런데 일본국립공문서관이 소장한 『한국병합에 관한 서류』에 합철된 「한국병합에 관한 각의결정서」에는 표지에 '(명치) 42(년) 추 외무대신안으로서 각의를 거치지 않은 것'(이하 '외무대신안')이라고 가필된 문건이 함께 편철되어 있다.[22] 가필된 글에서 알 수 있듯이 외무대신안은 1909년 가을까지 각의를 거치지 않은 안건 상태의 문서이다. 이 안은 전문과 함께 '제1 병합 선포의 건', '제2 한국 황실 처분의 건', '제3 한반도 통치의 건', '제4 대외 관계의 건' 등 4개항으로 구성되어 있다. 이것은 『소촌외교사』에서 고무라가 가츠라에게 제출했다고 한 고무라의견서와 동일하다. 다만 『소촌외교사』의 고무라의견서에는 4개항에 '건'이란 명칭이 없고 '제3 한반도의 통치' 항에는 제목만 있고 내용은 생략되어 있다. 이에 반해 외무대신안은 각 항의 명칭이 '○○○의 건'으로 되어 있고 '제3 한반도 통치의 건'에는 『소촌외교사』(고무라의견서)에서 생략된 내용이 '중앙관청의 건', '지방관청의 건', '재판소의 건'의

---

[22] 「韓國倂合二關スル閣議決定書―其三」, 일본국립공문서관, JACAR(アジア歷史資料センター) RefA03023677700, 公文別錄・韓國倂合二關スル書類・明治四十二年~明治四十三年, 第一卷(이하 『韓國倂合二關スル書類』).

순으로 기술되어 있으며 그밖의 내용은 완전히 동일하다.[23]

　이상의 내용에서 다음 두 가지 사실을 확인할 수 있다. 하나는 구라치가 기초한 「대한세목요강기초안」과 『소촌외교사』에서 기술한 고무라의견서 그리고 『한국병합에 관한 서류』에 합철된 외무대신안이 동일한 문서라는 사실이다. 다만 내용을 보면 「대한세목요강기초안」과 외무대신안이 각의에서 결정되기 전의 안건이고 고무라의견서가 각의에서 결정된 방침인 것이다.[24] 다른 하나는 외무대신안의 표지에 가필된 '(명치) 42 가을'에서 알 수 있듯이 이 안건은 1909년 가을 이후 내각에서 결정된 것이다.

　이와 같이 '외무대신안'이 1909년 7월 하순이 아니라 그해 가을 이후 내각에서 결정되었다면 이 안의 입안 경위와 관련하여 또 한 가지 의문이 남는다. 내각총리 가츠라의 전기인 『공작계태랑전』에 의하면 "이해(1909년-인용자) 7월 내각회의를 열고 한국병합의 방침을 확정했다. 그 방침의 대강에 의하면"이라고[25] 하며 7월 중 각의에서 확정된 병합 방침의 대강을 전문과 함께 소개하고 있다. 이 '대강'의 내용을 보면 7월 6일 내각결정서인 「대한정책방침」 및 「대한시설대강」과는 확연히 다르다. 그렇다면 가츠라가 말한 '대강'은 7월 7일에서 7월 하순 사이 내각에서 결정한 것이 된다.[26]

23　운노는 '고무라의견서'의 '제3 한반도의 통치' 내용이 생략된 것이 "『小村外交史』 편자에 의한 것이 아니라 고무라의견서 원사료에서 생략된 것이라 추정"하여 이것을 검토 중인 안건으로 판단했다(운노 후쿠쥬, 정재정 옮김, 앞의 책, 424쪽). 그러나 '제3 한반도의 통치'의 원사료에 내용이 없었다면 '생략'이란 표현을 사용하지 않았을 것이고 또한 '외무대신안'처럼 '件'이란 명칭을 사용하지 않은 점에서 '고무라의견서'는 검토 중인 안건이 아니라 확정된 안건으로 보아야 할 것이고 '생략'은 말 그대로 내용이 길어서 생략한 것이다.

24　韓成敏, 앞의 논문, 96쪽.

25　德富猪一郎 編, 앞의 책, 459쪽.

과연 일본은 7월 6일 병합 방침을 결정하고 곧 이어 가츠라가 말한 또다른 병합 방침인 대강을 다시 결정했을까? 더구나 이 대강의 내용은 앞서 본 외무대신안과 거의 같기 때문에 이 대강이 7월 중 각의에서 결정되었다는 것은 논리적으로 맞지 않는다.

그럼 대강과 외무대신안의 내용 비교를 통해서 두 안의 관계를 알아보자.[27] 우선 두 방침의 전문을 비교하면 〈표 1〉과 같다.

〈표1〉 대강과 외무대신안의 전문

대강의 전문	외무대신안의 전문
한반도를 명실 공히 우리 통치 아래 두고, 아울러 한국과 제 외국의 조약 관계를 소멸시키기 위해 적당한 시기에 한국의 병합을 단행해야 하는 것은 이미 각의에서 결정된 바이다. 그리하여 병합 단행의 시기에 따르면 제국 정부와 한국 정부 사이에 하나의 조약을 체결하고, 한국의 뜻에 따르는 형식에 의해 그것을 실행하는 것이 가장 온당한 방법이라 하겠지만, 만일 이 방법에 의해 그것을 실행할 수 없을 경우에는 우리의 일방적인 행위에 의해 제국 정부에서 한국에 대해 병합을 선언하도록 하고, 그 어떤 방법에 따르는 것을 불문하고 병합의 실행에 즈음해서는 조칙으로써 병합을 선포하게 하고, 제 외국에 대해서는 병합 후의 제국 정부의 방침의 대체를 선언하는 것이 필요하다고 생각한다.	한반도에서의 우리 실력을 확립하고 아울러 한국과 제 외국과의 조약관계를 소멸시키기 위해 적당한 시기에 한국의 병합을 단행해야 하는 것은 이미 각의에서 결정된 바이다. 병합 실행의 시기 여하는 내외의 장세에 의해 결정될 문제에 속하고 지금 이를 測知할 수 없음은 물론이지만 내외의 장세는 날로 추이하여 그치지 않음으로 금후 예견할 수 없는 신사실이 발생하여 언제 병합 실행의 기회가 도래하게 될지 생각하기 어렵다. 따라서 右 실행의 경우에 우리가 취해야 할 방침 및 조치는 지금부터 이의 강구를 마침으로써 만일의 오산이 없기를 기할 필요가 있음으로 다음 4항에 기초하여 별지에 그 세목을 게재하여 강구의 자료로 제공한다.

---

26   운노는 가츠라의 '대강'과 관련하여 '고무라의견서'가 내각에서 결정된 후 가츠라가 따로 '대강'을 작성한 것으로 이해했다(운노 후쿠쥬, 정재정 옮김, 앞의 책, 424쪽). 이것은 "이해 7월 한국병합의 방침을 결정했다. 그 방침의 대강에 의하면"이라고 한 부분을 잘못 이해한 것이다.

27   이하 '대강'은 德富猪一郎 編, 앞의 책, 460~463쪽, '외무대신안'은 「韓國併合ニ關スル閣議決定書—其三」(『韓國併合ニ關スル書類』)에 편철된 「(明治) 四十二年 秋 外務大臣案ニシテ閣議ヲ經ザルモノ」 참조.

양 방침의 전문을 비교해 보면 적당한 시기에 한국을 병합한다는 방
침은 이미 각의에서 결정된 것이라는 도입부는 동일하나 그 다음부터
내용이 다르다. 두 전문에서 가장 큰 차이는 대강에서는 조약 체결에
의한 병합이 가능하지 않을 경우 일방적 선언에 의한 병합을 명시한데
반해 외무대신안에서는 병합 실행의 시기가 도래할 때를 대비한 준비
를 강조하고 있는 점이다.

그리고 대강에서는 병합 실행을 위해 추진할 세목으로 '제1 병합의
방법', '제2 병합의 선포', '제3 외국에 대한 선언'의 3개항인데 반해 외
무대신안에서는 '제1 병합 선포의 건', '제2 한국 황실 처분의 건', '제3
한반도 통치의 건', '제4 대외 관계의 건' 등 4개항이다.

이들 항목의 내용을 비교해 보면 〈표 2〉에서 알 수 있듯이 대강의 '제2
병합의 선포'와 외무대신안의 '제1 병합 선포의 건'이 거의 동일하다.

〈표2〉 대강과 고무라의견서의 '병합의 선포'

대강의 '제2 병합의 선포'	외무대신안의 '제1 병합 선포의 건'
병합 실행에 즈음해서는 특히 조칙을 발포하여 병합 사실을 내외에 선포케 하고 아울러 다음 사항을 선언하여 밝힐 것. (1) 병합의 사정 및 병합 실행에 이르게 된 사유. (2) 동아에서의 영원의 평화를 유지하고 제국의 安固를 확보하고 아울러 한민의 복리를 증진하고 한반도에서의 외국인의 안녕을 꾀하기 위해 병합이 필요하다는 것.	(1) 병합 실행에 즈음해서는 특히 조칙을 발포하여 병합 사실을 내외에 선포케 하고 아울러 다음 사항을 선언하여 밝힐 것. 가. 병합 실행이 부득이함에 이르게 된 사유. 나. 동양 영원의 평화를 유지하여 제국의 安固를 확보하고 아울러 한민과 더불어 한반도에서의 외국인의 강녕을 증진하기 위해 병합이 필요하다는 것. 다. 반도에서의 외국의 권리는 병합에 의해 일어날 수 있는 신사태와 양립할 수 없는 것을 제외하고 외국 정부에 충분히 이를 보증할 것. (2) 右 조칙에서는 아직 한반도의 통치는 전연 천황 대권의 행동에 속한다는 뜻을 표시하고 이로써 반도의 통치가 제국 헌법의 조장에 준거할 필요가 없음을 분명히 하여 후일의 쟁의를 예방할 것.

'병합 선포'에서 대강과 외무대신안의 (1)항이 같고 대신 외무대신안에는 '(1)의 다' 즉 '한국에서의 외국인의 기득권 보장 조항', (2)항 즉 '한반도의 통치는 천황 대권의 행동에 속하고 반도 통치에 제국 헌법의 조장을 적용하지 않는다'라는 내용이 추가되었다.[28] 특히 이 조항은 이후 일본이 마련한 병합 방침과 병합 후 식민 통치의 기본 방향을 적시한 것으로써 일제의 불법적 한국 강점 의지를 적나라하게 드러낸 것이라 할 수 있다.

그리고 대강의 '제1 병합의 방법'은 병합 후 황실의 처분에 관한 것으로 '병합 후 황실을 정권과 격리시키고 황실 대우를 정할 것' 등 2개항인데, 외무대신안의 '제2 한국 황실 처분의 건'에서는 7개항으로 세분화되었다. 즉 병합과 동시에 한국 황실을 정권과 완전히 격리시키고 현 황제를 대공전하, 대황제(고종), 황태자 및 의친왕을 공전하로 칭하고 대신 일본의 황족 및 華族의 예를 참작하여 대우하도록 한다는 것이다. 특히 일본은 한국 황실을 정권에서 완전 격리시킴과 함께 한국 황실을 도쿄로 이전시키기로 했는데 이것은 병합 이후 한국 황실이 반일 운동의 거점이 될 것을 우려한 대비책이었다.

이어 대강의 '제3 외국에 대한 선언'과 외무대신안의 '제4 대외 관계의 건'을 비교하면 〈표 3〉과 같다.

두 방침에서 제시한 병합 후 한반도에서의 치외법권, 관세 등에 대한 방안이 거의 같으나, 외무대신안에 '외국인에 관한 사법사무'와 '한반도에서의 외국인의 토지소유권' 등 2개 조항이 추가되었다. 그리고 한국

---

28 병합 후 한반도 통치에 대한 제국 헌법의 적용 여부는 이후 병합준비위원회에서 크게 쟁점이 되었는데 이에 대해서는 '3장 병합 방침에 관한 주요 쟁점 2) 일본 헌법의 적용 문제'에서 상세히 다룰 예정이다.

<표3> 대강과 외무대신안의 '대외 관계'

대강의 '제3 외국에 대한 선언'	외무대신안의 '제4 대외 관계의 건'
한국과 제 외국과의 조약은 병합과 동시에 소멸하고 법권 및 세권은 전연 우리에게 귀속되어야 함에 따라 제국정부는 앞항의 조칙 발포와 동시에 관계 제국에 대해 병합 사실을 통고하고 또 다음 사항을 선언할 것. (1) 제국과 제 외국과의 조약은 적용할 수 있는 한 그 효력을 한반도에 미치도록 할 것. (2) 수출입세는 당분간 현행 한국세율과 동일한 비율에 의해 이를 징수하도록 할 것. (3) 외국인의 기득권은 병합에 의해 일어날 수 있는 신사태와 양립할 수 없는 것을 제외하고 충분히 이를 보호토록 할 것. (4) 내지를 외국인에게 개방하고 거주 및 영업을 할 자유를 향유토록 할 것. (5) 제국과 한국 개항간 및 한국 각 개항간의 연안무역은 당분간 전과 같이 이를 외국 선박에게 허용토록 할 것. 청국은 우리에 대해 내지 잡거를 허용치 않음으로 명치 32년 칙령 제352호에 준해 동국인을 취급하는 것으로 하고 그 취지에 의해 전기 선언에 적당한 변경을 가할 것.	(1) 한국과 제 외국과의 조약은 병합과 동시에 소멸로 돌아가고 법권 및 세권은 모두 우리에게 귀속되어야 함에 따라 조칙으로써 병합을 선포케 함과 동시에 제국정부에서 관계 제국에게 병합의 취지를 통고하고 또 다음 사항을 선언할 것. 가. 제국과 제 외국과의 조약은 한반도에 적용하여 가능한 그 세력을 한반도에 미치도록 할 것. 나. 외국인에 관한 사법사무는 재한일본재판소에서 이를 취급할 것. 다. 수출세는 병합과 동시에 이를 전폐하고 수입세는 당분간 현행 한국세율과 동일한 비율에 따라 이를 징수할 것. 라. 외국인의 기득권은 병합에 의해 일어날 수 있는 신사태와 양립할 수 없는 것을 제외하고 충분히 이를 보호하도록 할 것. 마. 반도 내지를 외국인에게 개방하여 거주 및 영업을 위한 자유를 향유토록 할 것. 바. 반도에서의 토지소유권을 외국인에게 부여할 것. 사. 일본과 한국간 및 한국 각 항간의 연안무역은 당분간 종전대로 외국선박에게 허용할 것. (2) 청국에서는 우리에게 대해 내지 잡거와 토지소유권을 허락하지 않음으로 동국인에 대해서는 右에 관해 상당한 제한을 마련하는 것으로 하고 그 취지에 따라 앞항의 선언을 발포할 것.

에 거주하는 청국인의 토지소유권 및 거주에 대한 사항은 동일하다.

그밖에 외무대신안에는 대강에 없는 '제3 한반도 통치의 건'이 있다. 여기에는 병합 후 설치될 중앙 관청, 지방 관청, 재판소에 대한 기본적인 운영 방안으로써 중앙에는 총독부를 두어 총독이 제반 정무를 통리하고, 지방에는 현재 13도를 8도로 하고 관찰사와 그 아래 부·군을 두게 했다. 그리고 치외법권의 폐지를 예상한 재판소의 준비와 함께 민사를 제외한 재판관은 항상 일본인 재판관을 사용하도록 했다.

이상과 같이 대강과 외무대신안의 내용을 비교해 보면 대강의 경우 전문과 본문에서 '조약에 의해 병합이 가능하지 않을 때 일방적 선언을 통해 병합을 단행할 것'을 강조한 점이 가장 큰 차이이다. 그밖에 세부 항목에서는 전체적으로 그 내용이 크게 다르지 않음을 알 수 있다. 즉 외무대신안의 경우 대강에서 강조한 '일방적 선언' 부분이 삭제되고 병합 후 한국의 통치 방안인 '한반도의 통치' 부분이 추가되는 등 그 내용이 보다 더 세분화 구체화되었다.

따라서 외무대신안은 내용이 거칠고 미분화된 대강보다 문장이 세련되고 내용이 구체화되어 같은 내용이면서도 한층 진전된 병합 방침임을 알 수 있다. 더구나 1909년 7월 6일 이후 각의에서 결정한 병합 방침 결정서들은 다른 자료에서도 대개 확인할 수 있는데 이 대강은 오직 『공작계태랑전』에서만 확인할 수 있다. 이런 점에서 대강과 외무대신안이 별개의 것이 아니라 외무대신안이 가츠라의 병합 방침 구상인 대강을 더욱 구체화하고 체계화한 것으로 판단된다. 즉 대강은 1909년 7월 6일 각의 결정 이후 병합의 방법, 순서 등 세목을 정하기 위한 초안으로서 가츠라 개인의 구상이거나, 아니면 고무라와 함께 초안을 구상하고 이후 고무라가 이 대강을 기초로 구라치에게 세목 작성을 지시했고, 완성된 기초안(「대한세목요강기초안」)을 7월 하순 가츠라에게 제출하고 이후 그해 가을까지 외무대신안으로 검토한 것으로 판단된다.

일본은 철저한 비밀 속에 병합 방침을 확정했다. 그것은 '한국병합'의 실행 방안으로 조약에 의한 병합뿐만 아니라 '일방적 선언'에 의한 병합을 동시에 고려한 것이었다. 그리고 이때 일제가 확정한 병합 방침의 핵심은 병합 후 한국은 일본황제의 대권에 의해 통치하고 일본 헌법을 시행하지 않는다는 것이었다.

2) 국제적 승인의 배경—러시아, 영국, 미국의 사전 승인

1909년 4월 이후 일본은 '적당한 시기'에 한국을 병합한다는 방침을 결정했지만 '즉각' 병합을 단행하지 못한 것은 병합 실행을 위한 준비가 덜되었을 뿐만 아니라 병합에 대한 열강으로부터의 승인 문제도 해결되지 않았기 때문이다.[29]

이 무렵 동북아 정세는 1905년 11월 일본이 을사늑약을 강제 체결할 때와는 크게 달라져 있었다. 극동에서 영국과 대립했던 러시아는 러불동맹을 바탕으로 서아시아 분규 시에 러시아가 자유롭게 행동하기 위해 동아시아에서 영국 및 일본과 협력을 추구했다. 영국 역시 유럽에서 독일 포위를 위한 러시아와의 대타협을 기조로 러시아와 일본의 데탕트를 지지했다. 반면 미국은 일본의 만주 진출과 그에 따른 경제 독점을 우려하여 만주의 문호 개방을 주장하며 일본과 갈등했다.[30]

이런 변화된 극동의 정세 속에서 일본은 열강들을 상대로 1911년 만료되는 통상 조약의 불평등을 개정하는 협상을 해야 했고[31] 동시에 같은 시기 추진되고 있던 '한국병합'도 이들 국가로부터 승인을 얻어야

---

29 『小村外交史』, 844쪽.

30 1909년 전후 유럽 및 동북아에서의 열강간의 이해 관계에 대해서는 구대열, 『국제관계사연구』, 역사비평사, 1995, 제2장 한일합방과 국제관계 참조.

31 일본은 "幕府時代에 체결된 각국과의 옛 조약에 의해 法權, 稅權 모두 비상한 속박을 받아 독립국으로서의 권리 행사에 다대한 제한을 당해 각국과 매우 불평등한 지위에 있었기 때문에"(倉知鐵吉 述, 앞의 책, 9쪽) 이 불평등조약 개정에 힘써 왔다. 그래서 일본 정부는 1909년 8월 17일 열강과의 통상항해조약개정 방침을 결정하고 이 방침에 따라 '신통상항해조약초안' 및 '특별상호관세조약초안'을 마련하고, 현행 각 조약의 규정에 기초하여 1911년 7월 16일로서 만료되는 것은 그 1년 전인 1910년 7월 17일에 또 1911년 8월 3일로서 만료되는 것은 1910년 8월 4일에 각 체약국인 영국, 독일, 이탈리아, 벨기에, 스펜인, 포르투갈 등의 나라에 조약 폐기를 통고했다(『日本外交文書』 제43권 제1책, 1~6쪽).

했다. 즉 일본은 병합 방침을 결정하면서 병합에 대한 열강의 승인 여부와 이것이 일본의 불평등조약 개정에 끼칠 영향을 우선적으로 고려해야 했다.

일본은 이미 1907년 러시아와 맺은 제1차 러일협약에서 만주를 남북으로 나누어 러시아와 이권을 양분했다. 즉 일본에게 한국에서의 자유재량권을 인정하는 대신 한국에서의 러시아의 최혜국 대우를 보장받고 몽골에서 신강 일대에 이르는 러시아의 정치적 권익에 대해 일본이 간섭하지 않는다는 것이었다. 그런데 1917년 러시아혁명 이후 레닌 정권에 의해 공개된 것이지만 이 협약에는 공개되지 않은 비밀협약이 따로 존재했다. 이 비밀협약에서는, 만주에서의 모든 영토적 야심과 배타적 권리를 포기해야 했던 포츠머스조약 제3조와는 달리, 러시아는 북만주를 세력권으로 인정받게 되었다(제1조). 대신 러시아는 한국과 남만주에서의 일본의 '특수 이익'을 인정하고, 한·일관계의 더 이상의 진전을 방해하거나 간섭하지 않을 것을 약속했다(제2조).[32]

그런데 미국이 1909년 12월 만주 철도 중립화를 제의하며 러시아와 일본의 만주 분할에 제동을 걸고 나섰다. 미국은 만주의 문호 개방을 전제로 러시아와 일본이 차지한 만주철도를 영국, 미국, 러시아, 프랑스, 독일, 일본의 6개국이 국제연합체를 구성하여 공동 매입하고 그 소유권을 중국에 돌려준 뒤 이를 국제적으로 공동 관리하자는 것이었다.[33] 이런 미국에 맞서 러시아와 일본은 공동 전선을 펼쳤고 이 과정에서 두 나라는 제2차 러일협약 체결에 착수했다. 이것은 두 나라가 공동으로 미국의 만주 진출을 저지하면서 제1차 러일협약에서 불분명했

---

32 石和靜, 「러일협약과 일본의 한국병합」, 『歷史學報』 184, 2004, 286~287쪽.
33 『日本外交文書』 제43권 제1책, 722~723쪽.

던 남북 만주의 경계선 설정 및 철도 이권을 둘러싼 이해 대립을 해소하기 위한 것이었다. 협상 중인 1910년 4월 10일 러시아의 수상 스톨리핀(Pytr A. Stolypin)은 일본이 한국을 병합하는 것에 대해 러시아가 이의를 주장할 이유도 권리도 없다고 단언함으로써 러시아는 분명하게 일본의 '한국병합'을 공식 승인했다.[34] 제2차 러일협약은 7월 4일 조인되었다. 가츠라가 병합 시기와 관련하여 "목하 교섭 중에 있는 러시아와의 사건이 완료된 후 가장 가까운 시기를 선택하는 것이 적당하다"라고[35] 한 것은 바로 제2차 러일협약을 염두에 두고 한 말이었다.

한편 일본은 1910년을 전후 하여 내외의 형세가 급변하자 그해 1월 병합 단행의 방침을 확정하고[36] 이어 2월 고무라 외무대신은 해외 공관에 지난해 7월 6일 내각에서 결정한 「대한정책방침」 및 「대한시설대강」을 통보했다.[37] 이것은 일본이 열강과의 불평등조약 개정을 진행하면서 동시에 '한국병합'에 대해 이들 나라로부터 승인을 얻겠다는 전략이었다. 이때 가장 문제가 된 나라는 영국과 미국이었다. 영국과 미국은 "한국에 다수의 선교사를 파견하고 또 적지 않은 광산경영자가 있"어[38] 병합 후 한국에서의 이들에 대한 영사재판권 즉 치외법권과 관세 문제의 처리가 가장 큰 쟁점이 되었다.

미국은 만주의 문호 개방과 중립화 문제로 일본과 갈등했지만 전쟁을 원하지 않았다. 미국은 일본의 한국 흡수에 대해 묵인하는 대신 일본에게서 그동안 한국에서 누렸던 권리를 최대한 보장받으려고 했

---

34 石和靜, 앞의 논문, 292쪽.
35 德富猪一郎 編, 앞의 책, 465쪽.
36 倉知鐵吉氏 述, 앞의 책, 12쪽.
37 『日本外交年表竝主要文書』上, 179쪽.
38 小松綠, 앞의 책, 206쪽.

다.[39] 당시 미국은 자신들이 한국과 이해 관계가 있던 치외법권(영사재판권), 관세, 광산 이권 그리고 교육(선교 사업) 가운데 광산과 교육 두 가지는 큰 영향이 없겠지만 일본이 한국을 병합할 경우 한국에 거주하는 미국인들의 법적 지위와 미국이 한반도에서 가지고 있던 상업적 이해 관계는 문제가 될 것으로 파악했다.[40] 그래서 미국은 일본의 '한국병합'을 사실상 묵인하고 대신 관세 문제를 그대로 유지하는 조건으로 치외법권을 포기하는 방향으로 결정했다. 이로써 일본은 '한국병합'에 대해 미국에게서도 긍정적인 승인을 받았다.

영국과 일본의 불평등조약 개정 협상은 1910년 2월 예비적 절충을 한 이후 본격 추진되었다. 영국 역시 협상 과정에서 한국에서의 치외법권을 곧 포기하는 모습을 보이며 병합 후 한국에서의 경제적인 권리 획득 즉 관세 문제에 집중했다. 1910년 5월 19일 주일영국 공사 맥도널드(Claude Mcdonald)는 고무라 외무대신에게 "영국 정부도 물론 병합에 대해 이의는 없다. 다만 갑자기 병합을 실행하는 것은 동맹 관계상 좋지 않다고 생각한다"라고[41] 하며 일본의 '한국병합'에 크게 이의가 없다는 의견을 제시했다. 하지만 영국은 한국이 일본에 병합되더라도 기존에 영국이 한국에서 누리던 관세 및 치외법권의 특권을 상당기간 유지하기를 희망했다.[42] 이것 역시 일본이 영국의 요구를 받아들임으로써 해결되었다.

이와 같이 1910년 5월 이후 일본이 한국을 병합하면서 가장 큰 근심

39　안종철, 「'韓國倂合'전후 미일간 미국의 한반도 治外法權 廢止交涉과 妥結」, 『法史學研究』 제36호, 2007, 48쪽.
40　위의 논문, 49쪽.
41　『日本外交文書』 제43권 제1책, 659쪽.
42　『日本外交文書』 제43권 제1책, 663~664쪽.

가운데 하나였던 국제적 승인 문제가 해결되었다. 그러나 일본은 이 과정에서 '한국이 병합 이전에 체결한 제3국과의 조약에 관한 효력 문제는 병합국인 일본에 승계되지 않는다'고 한 병합 방침을 유예해야 했다. 이는 일본이 한국에 대한 서구 열강의 개입을 배제하기 위해서였고[43] 그 결과 열강에게 병합 후 한국에서의 치외법권과 관세에서 일정한 양보를 해야 했다.[44]

---

43 권한용, 「日帝식민통치기 초기 朝鮮에 있어서의 不平等條約의 國際法的 效力」, 『法史學研究』 제29호, 2004, 146~147쪽.

44 병합 후 한국에서의 치외법권 즉 영사재판권과 관세 문제에 대해서는 1910년 7월 8일 내각에서 결정된 22개항의 「韓國併合時 處理法案大要」에서 다음과 같이 결정되었다.
제3 병합에 즈음해 외국영사재판권에 계류 중인 사건의 처리 및 영사청에 구금중인 죄수의 처분
외국영사재판에 계류 중인 사건에 대해서는 그 終局 판결까지 該재판을 계속하는 것이 가능함.
영사창에 구금중인 죄수는 형의 집행을 완료하기까지 그 구금을 계속하지만 본국에 連하여 歸하든가 편의상 우리 감옥에 인계하든 당해국이 임의로서 이에 필요한 制令을 발포할 것.
제22 關稅에 關한 訓令案
제1조 외국에서 조선으로 수입하는 화물 및 조선에서 외국으로 수출하는 화물에 대해서는 당분간 종래의 세율에 의해 수출입세를 부과한다.
제2조 일본내지 대만 및 사할린에서 조선에 이입하는 화물에 대해서는 당분간 종래의 수입세와 동일한 세율에 의해 이입세를 부과한다.
조선에서 일본내지 대만 및 사할린으로 이출하는 화물에 대해서는 제1조의 수출세와 동일한 세율에 의해 이출세를 부과한다.
제3조 외국 및 일본 내지 대만 및 사할린에서 입항하는 선박에 대해서는 당분간 종래의 세율에 의해 톤세를 부과한다.
제4조 수출입 및 이출입 화물 및 출입 선박의 취급에 관해서는 당분간 종전의 수출입화물 및 선박의 취급에 관한 예를 준용한다.

2. 병합준비위원회와 「韓國併合時 處理法案大要」

1) 병합준비위원회의 구성

일본이 내각을 중심으로 병합 방침을 준비하던 1909년 10월 26일 이토가 하얼빈에서 안중근에게 사살당하는 사건이 일어났다. 이 사건을 계기로 일본 내에서는 한국을 합병할 시기가 도래했다고 믿으며 '한국병합'의 국론이 팽배한 가운데 한국에서도 그해 12월 일진회가 '합방청원서'를 제출하는 일이 일어났다. 가츠라는 당시 극동의 장래 및 열강관계를 고려하여 오히려 병합을 단행하여 국제적으로 일본의 의도를 선명히 하는데 문제가 없다고 생각했지만,[45] 병합에 대한 일본 국론이 통일되지 않은데다 소네 통감과 한국 정부의 의지가 일치하지 않았기 때문에 병합의 기운이 무르익기를 기다려야 했다.[46]

병합 시기가 무르익기를 기다리던 고무라 외무대신은 해를 넘겨 1910년 2월 28일 각국 공사에게 지난 해 7월 6일 내각에서 결정한 「대한정책방침」 및 「대한시설대강」을 통보했다.[47] 이때 그는 "병합 실행의 시기는 오로지 내외 형세에 비추어 결정해야 할 사항에 속하고, 지금 이것을 예단할 수 없지만 한편으로는 열국과의 관계를 염두에 두고 다른 한편으로는 병합 후 한국 통치의 준비 여하를 고려해야 할 문제"라고 하며 "당분간 현상을 유지하고 병합 단행까지는 다소의 시일이 걸릴 것"이라고 했다.[48]

---

45 『小村外交史』, 844쪽.
46 德富猪一郎 編, 앞의 책, 467쪽.
47 『日本外交年表竝主要文書』上, 179쪽.

이처럼 일본이 병합 시기와 관련하여 가장 우려했던 국제적 승인 문제가 1910년 5월 이후 해결되었다. 이제 남은 문제는 병합에 대해 일본과 한국 정부의 의지를 일치시키는 것이었다. 이 무렵 통감 소네가 위암 치료차 귀국하게 되었고 사실상 통감 업무 수행이 불가능해지자 일본은 5월 30일 현직 육군대신 데라우치를 겸직으로 한국 통감에 임명했다.

일본의 『오사카마이니치신문(大阪每日新報)』에 의하면 소네 통감이 병으로 귀국한 이후 가츠라 수상이 친히 대한정국에 대해 만사를 처리하는데 그 의론에 참여한 자는 데라우치 육군대신이라고 했다.[49] 데라우치는 3월 말경 가츠라로부터 통감 제의를 받고 병합 단행을 조건으로 승인한 뒤 5월 30일 정식으로 취임하기까지 정부·민간 요로에 있는 자들과 병합 문제를 의논하면서 주차일본군헌병대사령관 사카키하라 죠수(榊原昇造), 동양척식주식회사 총재 우사가와 가즈마사(宇佐川一正) 등 한국주재 간부들과도 의견 교환을 했다.[50] 이처럼 데라우치는 통감에 내정되면서부터 병합 준비에 적극적으로 나서고 있었던 것이다. 그는 5월 15일 이전 고마츠 등 통감부 관리들을 도쿄로 즉시 불러들였고[51] 5월 21일에는 자신의 관저에서 장시간 밀의를 가지는 등[52] 병

48　『日本外交文書』제43권 제1권, 659~660쪽.

49　「일본의 대한정책」,『皇城新聞』, 1910.5.28.

50　山本四郎 編,『寺内正毅日記』, 京都女子大學, 1980, 2~5月 記事(松田利彦,「朝鮮植民地化の過程における警察機構(1904~1910)」,『朝鮮史研究會論文集』31, 1993, 147쪽에서 재인용).

51　이시즈카 에이조(石塚英藏) 통감부 정무장관서리가 1910년 5월 15일 도쿄의 고마츠에게 전보를 보낸 것으로 보아 고마츠 등 통감부 관리가 도쿄로 간 것은 5월 15일 이전임을 알 수 있다(「上件 條約書類出處調査件」,『統監府文書』2, 국사편찬위원회, 1998, 207쪽).

52　「寺内邸密議」,『大韓每日申報』, 1910.5.25;「寺内邸內의 密議」,『皇城新聞』, 1910.5.25.

합 방법, 절차, 병합 이후 한국 통치 문제 등에 대한 사전 준비를 진행해 왔다. 이런 사이에 5월 30일 데라우치는 통감으로 정식 임명되었고 그 이튿날 도쿄 통감부출장소도 육군성으로 이전했다.[53]

한편 일본 내각은 6월 3일 각의에서 「한국병합실행에 관한 방침」을 결정했는데 그 내용은 다음과 같다.[54]

一. 조선에는 당분간 헌법을 시행하지 않고 대권에 의해 이를 통치할 것.

一. 총독은 천황에게 직예하고 조선에서의 일체의 정무를 통할할 권한을 가짐.

一. 총독에게는 대권의 위임에 의해 법률사항에 관한 명령을 발할 권리를 주되 단 본 명령은 별도의 법령 또는 율령 등 적당한 명칭을 부여할 것.

一. 조선의 정치는 힘써 簡易를 주지로 한다. 따라서 정치기관도 역시 이 주지에 의해 개폐할 것.

一. 총독부의 회계는 특별회계로 할 것.

一. 총독부의 경비는 조선의 세입으로서 이에 충당함을 원칙으로 하지만 당분간 일정 금액을 정해 본국 정부에서 보충할 것.

一. 철도 및 통신에 관한 예산은 총독부의 소관으로 편입할 것.

一. 관세는 당분간 현행대로 둘 것.

一. 관세 수입은 총독부의 특별 회계에 속할 것.

一. 한국은행은 당분간 현행 조직을 고치지 말 것.

一. 합병 실행을 위해 필요한 경비는 금액을 정해 예비금에서 이를 지출할 것.

---

53 「統府出張所移轉」, 『皇城新聞』, 1910.6.1.
54 『日本外交年表竝主要文書』上, 336쪽; 『日本外交文書』 제43권 제1책, 660쪽.

一. 통감부 및 한국 정부에 재직하는 제국 관리 중 쓸모없는 자는 귀환
또는 휴직을 명령할 것.

一. 조선에서의 관리에는 그 계급에 따라 가능한 한 다수의 조선인을 채
용하는 방침을 채택할 것.

6월 3일 각의에서 결의한 13개 항의 「한국병합실행에 관한 방침」은
첫째 병합 후 한국의 통치 구조로 한국에서 일본 헌법은 시행하지 않
고 천황에 직예하는 총독을 두어 대권으로 통치할 것, 둘째 병합 후 총
독부의 재정은 한국의 세입으로 충당한다는 것, 셋째 열강과 관련된
관세는 당분간 현행대로 유지한다는 것, 넷째 병합 후 총독부에 가능
한 다수의 조선인을 채용한다는 내용이다.[55] 이것은 실제 병합이 이루
어질 경우 총독부 설치 등 일본이 당장 취해야 할 기본적인 방침을 정
리한 것이다.

그런데 일본국립공문서관 소장의 『한국병합에 관한 서류』에는 6월
3일 내각에서 결정된 방침과 똑같은 문서가 두 개 더 있다. 하나는 「조
건」이란 표제가 있는 문서이고 다른 하나는 7월 8일 각의 이후 가츠라
가 데라우치에게 내각결정서 사본 2통을 통첩하면서 첨부한 「한국병
합실행에 관한 방침」이다.

「조건」이란 문서의 경우 표지에는 데라우치의 친서와 함께 '二四日'
이 가필되어 있다.[56] 이 문서에 데라우치만의 친서가 있는 것으로 보아
표지에 가필된 '24일'은 5월 24일 데라우치가 친서한 날짜로 판단된다.
그리고 7월 8일 데라우치에게 통첩된 「한국병합실행에 관한 방침」의

55　韓成敏, 앞의 논문, 94쪽.
56　「條件」, 『韓國倂合ニ關スル書類』.

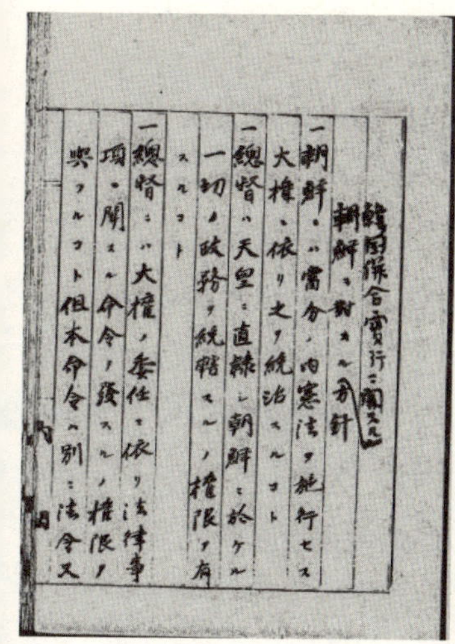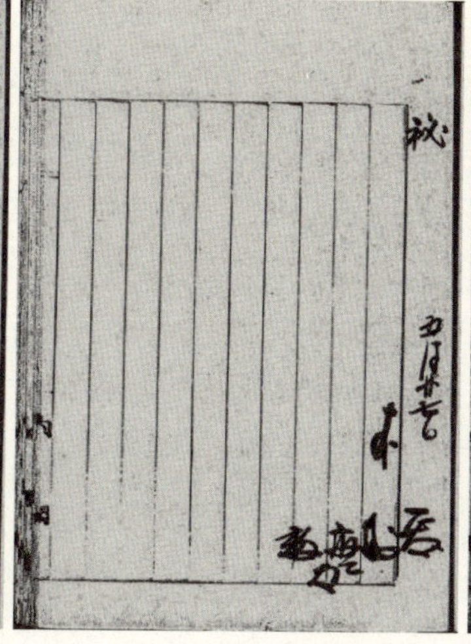

'5월 27일', 가츠라, 데라우치 등의 친서

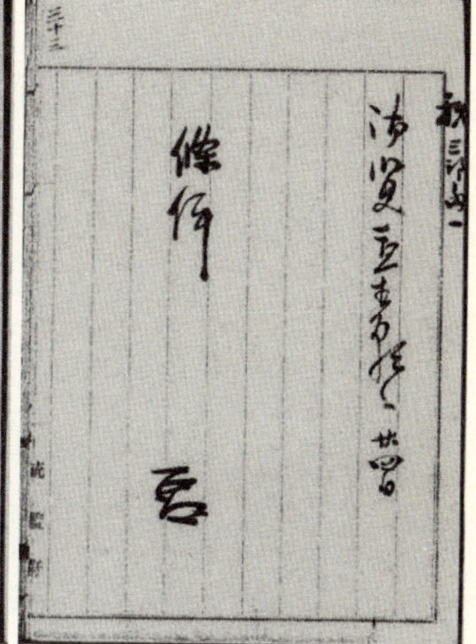

「조건」, '24일', 데라우치의 친서

표지에는 "秘 五月 二十七日"과 함께 내각총리 가츠라, 육군대신 데라우치, 해군대신, 농상대신 등의 친서가 가필되어 있다.[57] 이런 사실을 통해서 추론해 보면, 이 방침은 데라우치가 통감에 내정된 뒤 도쿄로 불러들인 통감부 관리들과 함께 이미 확정된 병합 방침을 근거로 병합 후 한국 통치에 필요한 13개 항의 조건을 입안하고 이것을 데라우치가 5월 24일 확인한 뒤 5월 27일 가츠라 등 각부 대신에게 회람하여 동의를 받아 6월 3일 각의에서 '한국병합실행에 관한 방침'으로 결정했던 것이다.

새 통감이 임명되고 6월 3일 내각에서 '한국병합'을 실행하는데 필요한 방침이 결정되면서 정부 내에서 병합을 책임지고 준비할 기구가 필요해졌다. 이런 필요성에서 그동안 고무라 외무대신의 지휘 아래 구라

---

57 「韓國倂合實行ニ關スル方針」, 『韓國倂合ニ關スル書類』.

치를 중심으로 병합늑약 단행 시 필요한 조약안, 조칙안, 선언문 등을 준비해 왔던[58] 외무성과 통감부를 중심으로 진행되던 병합 준비를 통합하여 병합준비위원회를 구성했다. 병합준비위원회의 구성을 보면 다음과 같다.[59]

> 의장 : 시바타 가몬(柴田家門 : 일본 내각 서기관장)
>
> 주임 : 구라치 데츠키치(외무성 정무국장)
>
> 고마츠 미도리(통감부 외무국장)
>
> 위원 : 야스히로 한이치로(安廣伴一郎 : 법제국장관)
>
> 와카츠키 레이지로(若槻礼次郎 : 대장성 차관)
>
> 나카니시 세이치(中西淸一 : 법제국 서기관)
>
> 에노키 다스쿠(江木翼 : 척식국 서기관)
>
> 고다마 히데오(兒玉秀雄 : 통감부관방 회계과장)
>
> 나카야마 세이타로(中山成太郎 : 통감부 참사관)
>
> 고토 신베이(後藤薪平 : 척식국 부총재(철도원총재 역임)

병합준비위원회 구성을 보면 일본 내각과 통감부 관리가 반반으로써 그 직책을 보면 외교 · 법률 · 재정 · 척식(식민지 경영)의 실무 책임자들로 구성되었다. 병합준비위원회는 병합 실행에 필요한 사항을 크게 열강에 관련된 사항과 한국에 관한 사항으로 나누어 구라치가 전반적인 열강과의 외교 문제에 대해, 고마츠는 한국 관련 사항에 대해 원안을 작성했고, 다른 위원들은 이들이 작성한 원안을 토대로 각 부처의

---

58 小松綠, 앞의 책, 87쪽.

59 小松綠, 앞의 책, 89~90쪽; 小森德治, 『明石元二郎』, 臺北 : 臺灣日日新報社, 1928, 372~373쪽.

입장에서 문제점이나 대안을 제시하는 구조였다.[60] 총리 관저에서 비밀리에 회합을 진행한 병합준비위원회는 일본 정부의 '한국병합'에 대한 구체적인 실행 방법을 준비함과 동시에 각 부처 사이에 상충되는 의견 충돌을 해소하는 자연적 소통의 공간이기도 했다.[61]

고마츠의 회고에 따르면, 병합준비위원회는 6월 하순부터 비밀리에 활동하기 시작하여 7월 7일 모든 회의가 끝났다고 했다.[62] 이에 따르면 활동 기간은 6월 20일을 전후한 시점에서 7월 7일까지 보름 남짓한 상당히 짧은 기간이었다.[63] 이렇게 짧은 시간 안에 병합준비위원회가 병합 실행과 병합 이후 한국 통치에 관한 법령 등 많은 준비를 할 수 있었던 것은 이보다 훨씬 앞서서 통감부와 외무성에서 각각 사전 준비를 해왔기 때문이다.

2) 병합준비위원회의 활동과 「韓國併合時 處理法案 大要」

고마츠의 회고에 의하면 병합준비위원회에서는 한국 황실 및 공신의 처분, 제 외국이 가진 치외법권 및 거류지제도, 한국의 채권채무 등 총 21개조를 다루었다고 했다.[64] 그렇다면 병합준비위원회가 구체적으로 어떤 원안을 작성하고 의견을 개진하여 최종 결론을 내려 내각회의에 올렸는지 보자.

병합준비위원회의 활동에 대해서는 일본국립공문서관 소장 『한국

---

60 小松綠, 앞의 책, 89쪽.
61 韓成敏, 앞의 논문, 92쪽.
62 小松綠, 앞의 책, 93~94쪽.
63 韓成敏, 앞의 논문, 93쪽.
64 小松綠, 앞의 책, 98~106쪽. 고마츠가 기술한 「明治 42年 7月 8日 決定 併合實行方法 細目」에는 '제22 關稅에 關한 訓令案'이 누락되어 있다.

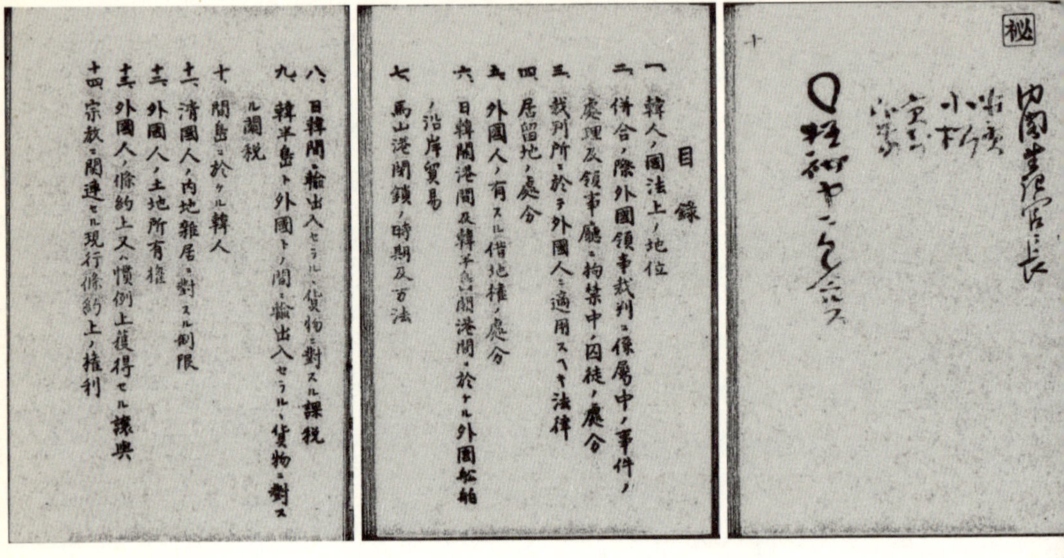

目録

一、韓人ノ國法上ノ地位
二、併合ノ際外國領事裁判ニ係屬中ノ事件ノ處理及領事廳ニ拘禁中ノ囚徒ノ處分
三、裁判所ニ於テ外國人ニ適用スヘキ法律
四、居留地ノ處分
五、外國人ノ有スル借地權ノ處分
六、日韓開港間及韓半島ノ關港間ニ於ケル外國船舶ノ沿岸貿易
七、馬山港閉鎖ノ時期及方法
八、日韓間ニ輸出入セラルル貨物ニ對スル課税
九、韓半島ト外國トノ間ニ輸出入セラルル貨物ニ對スル關税
十、間島ニ於ケル韓人
十一、清國人ノ内地雜居ニ對スル制限
十二、外國人ノ土地所有權
十三、外國人ノ條約上又ハ慣例上復得セル讓與
十四、宗教ニ關連セル現行條約上ノ權利

「한국병합에 관한 각종의 의견」의 표지와 목차 : 표지의 친서는 내각서기관장, 야스히로(安廣), 고마츠(小松), 구라치(倉知) 등 병합준비위원임

병합에 관한 서류』가 크게 참조된다. 이 자료에는 1909년 7월 통감부에서 사법권을 강탈한 '한국의 사법 및 감옥사무 위탁에 관한 각서'와 관련된 자료에서부터 1910년 9월 병합 후 한국 황실 처우와 관련된 총 36종의 문서가 합철되어 있다. 이 가운데는 병합과 관련된 결정적인 방침인 1909년 7월 6일, 1910년 7월 8일, 8월 22일의 내각 결정서를 비롯하여 병합준비위원회에서 검토한 것으로 판단되는 문서들이 다수 포함되어 있다.

이들 문서들은 문서의 작성 시기와 작성 주체가 불분명한 것들이 많아 문서 작성 일자와 주체를 정확히 확인하는 데는 어려움이 있지만 문서 내용이나 판심 등을 참고하면 어느 정도 문서 작성 시기와 주체를 추정할 수 있다. 이들 36종의 문서 가운데 우선 주목되는 것이 「한국병합에 관한 각종의 의견」이다.[65] 이 문서의 표지에는 내각 서기관장(병합준비위원회 위원장) 시바타, 야스히로, 고마츠, 구라치 등의 이름이 가필되어 있다. 이들은 모두 병합준비위원회 위원이다. 따라서 이 문서는 병합준비위원회에서 집중 검토한 '원안'과 '의견'임이 분명하다.

이 문서에는 아래 〈표 4〉와 같이 병합 이후 처리해야 할 문제로서 한국인의 국법상의 지위 문제, 한국과 조약을 체결한 나라의 치외법권과 무역 및 관세 문제 등 14개 항목이 열거되어 있다. 각 항목마다 해당 항목의 '원안'이라고 할 수 있는 현재 한국의 상황을 분석, 정리한 '현재의 상황'과 이에 대한 '의견'으로 구성되어 있다. 이것은 병합준비위원회에서 구라치가 전반적인 열강과의 외교 문제에 대해, 자신은 한국 관련 사항에 대해 원안을 작성하면 다른 위원들은 이 원안을 토대로 각

〈표 4〉 「한국병합에 관한 각종의 의견」내 안건명

순번	條項
1	韓人의 國法上의 地位
2	併合의 際 外國領事裁判에 係屬中인 事件의 處理 및 領事廳에 拘禁中인 囚徒의 處分
3	裁判所에 있어서 外國人에 適用해야 할 法律
4	居留地의 處分
5	外國人이 有한 借地權의 處分
6	日韓開港間 및 韓半島開港間에 있어서의 外國船舶의 沿岸貿易
7	馬山港閉鎖의 時期 및 方法
8	日韓間에 輸出入되는 貨物에 對한 課稅
9	韓半島와 外國과의 間에 輸出入되는 貨物에 對한 關稅
10	間島에서의 韓人
11	淸國人의 內地雜居에 對한 制限
12	外國人의 土地所有權
13	外國人의 條約上 또는 慣例上 獲得한 讓與
14	宗敎에 關聯된 現行條約上의 權利

---

65 이하 「韓國併合ニ關スル各種ノ意見」, 『韓國併合ニ關スル書類』.

부처의 입장에서 문제점이나 대안을 제시했다고 한 고마츠의 회고와 정확히 일치한다.

병합준비위원회에서 검토한 14개 항목을 보면 모두 국제법 내지 외국인의 토지소유권, 관세 등 한국과 조약을 체결한 열강과 관련된 현안들이 중점 검토되었다. 이것은 일본이 한국을 병합하면서 한국에 기득권을 가지고 있는 열강과 마찰을 피하려고 얼마나 고심했는가를 보여주는 대목이다.

이 14개 항목 가운데 주요 항목인 '한인의 국법상의 지위'를 보면, 원안인 '현재의 상황'에서 한국인의 제국관리 임용과 관련해서는 "일정한 자격이 있는 한인을 통감부 판사 또는 검사로 임용하는 길"은 열려 있지만 이들을 "동종의 일본인 관리와 마찬가지로 취급할 수 없"고 또 일반 법령에서도 제국의 법규를 한인에 적용하는 것은 매우 드문 것으

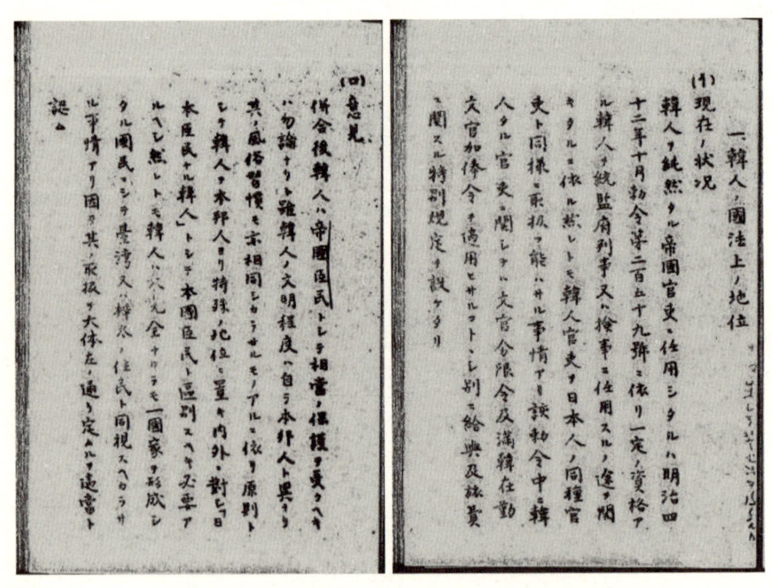

원안인 '현재 상황'과 '의견'으로 구성된 '한인의 국법상의 지위'

로 정리했다. 이런 원안에 대한 의견에서는 병합 후 한국인은 제국 신민으로서 보호를 받겠지만 일본인과 문명 정도는 물론 풍속 관습도 역시 같지 않기 때문에 원칙적으로 한인을 본 방인으로부터 특수한 지위에 두어 내외에 대해 일본 신민인 한인으로 하고 본국 신민과 구별해야 할 필요가 있고, "한국병합에 즈음해서는 오직 조선은 대권에 의해 통치된다는 뜻을 성명하는데 그치고 한인의 지위를 언급하지 않는 것이 좋다"는 의견을 제시했다.[66] 이 의견은 곧 병합 후 한국에 일본 헌법을 적용하지 않고 대권으로 통치한다는 방침의 연장이며 여기에는 한국인과 일본인은 문명 정도가 서로 다르다는 문화적 인종차별주의가 짙게 배여 있었다.

또한 『한국병합에 관한 서류』에는 「涉外事務에 關한 意見」과 「統監府外事部·總督府外事部事務對照」가 있다.[67] 이 두 문서는 병합 후 총독부의 외교 사무와 관련하여 "한국병합 후 제1 섭외 사무에 어떤 변화를 가져올 것인지, 제2 제도상 영토 내에 외사에 관한 局·課를 둘지 여부"를 검토한 것으로 외무성에서 작성한 것으로 판단된다. 특히 두 문서의 표지에는 '갑호', '을호'가 각각 가필되어 있어 연속된 문서임을 알 수 있다.

---

[66] 병합준비위원회에서는 한국은 "완전하지는 않지만 일국가를 형성해 국민으로서" 다른 식민지인 대만 또는 사할린과 다르기 때문에 다음과 같은 차별성을 두어야 한다는 의견을 개진했다. 즉 "1. 조선의 제국 문관 및 공직에 한해 임용할 것. 2. 징병령을 적용 않을 것 3. 특별호적법을 설하여 본국 신민과 구별하고 단 혼인양자조합 등에 의해 제국 신민을 득할 수 있음. 4. 조선에 시행하는 법규는 日韓人에 공통하는 것을 원칙으로 하고 한인의 풍속 관습에 적합한 부분에 한해 제외 예를 둘 것. 단 병합 후 곧바로 개폐할 법규 외는 당분간 현행의 예에 의할 것" 등이 그것이다(「韓國倂合ニ關スル各種ノ意見」, 『韓國倂合ニ關スル書類』).

[67] 이하 「涉外事務ニ關スル意見」·「統監府外事部·總督府外事部事務對照」, 『韓國倂合ニ關スル書類』.

먼저 총독부에 외사에 관한 국과를 두는 문제에 대해서는 영국이 호주와 캐나다 등지에 외무부를 두고 있고 일본도 "외국의 영사관 및 거류민 소재 지방의 현청 또는 시청에 외사과가 있고 또 궁내성에도 외사과가 있음"으로 병합 후 한국에 "외사에 관한 국과를 존치하는 것이 지당"하다는 결론을 내렸다. 또한 외교권이 일본 정부에 있던 보호국인 시절에도 "한국의 섭외 사무가 모두 지방 사무에 한정되었기 때문에" 외사 사무가 병합 후에도 축소될 만한 여지가 없으므로 "조금도 종전과 다르지 않을 것"이라고 했다.[68]

이밖에도 병합 후 한국의 국호에 대해 고토 신베이는 한국인의 역사적 심리를 생각하여 '고려'로 칭하자는 제안을 했지만 가츠라, 데라우치 등의 찬성을 얻지 못했고 마침내 조선으로 하기로 결정되었다.[69] 7월 8일 내각에서도 "한국을 개칭하여 조선으로 할 것"으로 결정되었다.[70]

이와 같이 병합준비위원회는 1909년 7월 6일 이후 각의에서 결정된 병합 방침들과 1910년 6월 3일 결정된 14개 항목의 「한국병합실행에 관한 방침」을 기준으로 병합 실행의 방법은 물론 병합 후에 취해야 할 조처 등을 작성, 토론한 끝에 1910년 7월 7일 총 22개항의 '한국병합에 즈음한 처리법안'을 의론, 결정하여 이튿날 열린 7월 8일 각의에 제출

---

[68] 병합준비위원회는 총독부에 섭외사무 국과를 존치시킬 경우 외사국이 담당할 사무로서 "1. 在朝鮮外國領事官과의 교섭 사무, 2. 조선에 적용시킬 조약 및 取極 實施에 관한 사무, 3. 諸般문서의 번역 사무, 4. 외국인과 각 관청과의 계약 및 紛議에 관한 사무, 5. 외국 선교사 및 그 포교에 관한 사무, 6. 淸露國境에 있어서의 교섭에 관한 사무, 7. 외국 여권에 관한 사무, 8. 조선인 외국 이민에 관한 사무, 9. 재외 조선인의 보호 및 取締에 관한 사무, 10. 외국인의 永代借地權에 관한 사무, 11. 舊居留地處分에 관한 사무, 12. 외국인의 敍勳 및 行賞에 관한 사무, 13. 來遊 외국인의 접대에 관한 사무, 14. 외국 군함 내왕에 관한 사무" 등을 열거했다(「涉外事務ニ關スル意見」·「統監府外事部·總督府外事部事務對照」, 『韓國併合ニ關スル書類』).

[69] 『小村外交史』, 846쪽.

[70] 「韓國併合時 處理法律大要」, 『韓國併合ニ關スル書類』.

하여 모두 정식으로 결정되었다.[71]

이 날 각의에서 결정된「한국병합시 처리법안대요」전문에는 각의에서 결정된 "각안 내용에 대해서는 실행할 때 다소 취사 수정을 요할 수 있다"라는 전제 아래 병합 시에 공포될 칙령 등을 포함한 22개항이 결정되었고 그 내용은 〈표 5〉와 같다.[72]

〈표 5〉「한국병합시 처리법안대요」

순번	법안	비고
1	國稱의 件	칙령
2	朝鮮人의 國法上의 地位	
3	倂合의 際 外國領事裁判에 繫屬中인 事件의 處理 및 領事廳에 拘禁中인 囚徒의 處分	
4	裁判所에서의 外國人에 適用해야 할 法律	
5	外國居留地의 處分	
6	居留民團法의 適用에 關한 件	
7	外國人土地所有權의 將來	
8	外國人이 가진 借地權의 處分	
9	朝鮮開港間 및 日本開港과 朝鮮開港과의 사이에 있어서의 外國 船舶의 沿岸貿易	
10	日本內地와 朝鮮과의 사이에 移出入하는 貨物에 對한 課稅	긴급 칙령 또는 칙령 공포 要
11	外國과 朝鮮과의 사이에 輸出入되는 貨物에 對한 課稅	
12	淸國人의 居住에 對한 制限	
13	朝鮮의 債權債務	
14	韓國勳章에 關한 件	
15	官吏의 任命에 關한 件	

---

71 小松綠, 앞의 책, 94쪽.

72 7월 8일 내각에서 결정된 이 22개항은 데라우치가 통감으로 부임한 이후 병합 사실이 공포된 8월 29일까지 통감부와 내각, 외무성 사이에 수많은 전신을 통해 한국의 실제 상황에 맞게 수정되는 과정을 거쳤다. 이에 대해서는 일본국립공문서관에 소장된『倂合에 關한 書類－發信・着信』(이 자료는 李鍾學 編,『1910年 韓國强占資料集』, 史芸研究所, 2000에 원문과 번역본이 수록되어 있다)이 크게 참조된다.

16	韓國의 皇室 및 功臣의 處分	조선귀족령
17	立法事項에 關한 緊急勅令案	칙령안
18	朝鮮總督府設置에 關한 勅令案	칙령안
19	舊韓國軍人에 關한 勅令案	칙령안
20	舊韓國政府의 財政에 關한 緊急勅令案(憲法 8條 및 17條)	칙령안
21	朝鮮에서의 法令의 效力에 關한 制令案	제령안
22	關稅에 關한 制令案	제령안

〈표 5〉의 22개 항목 가운데 '조선의 채권 채무', '한국 훈장에 관한 건', '관리의 임명에 관한 건', '한국의 황실 및 공신의 처분', '입법 사항에 관한 긴급 칙령안', '조선총독부 설치에 관한 칙령안', '구한국 군인에 관한 칙령안', '구한국 정부의 재정에 관한 긴급 칙령안', '조선에서의 법령의 효력에 관한 제령안' 등 9개 항목은 병합 후 당장 처리해야할 것과 한국 통치에 필요한 법률들이다. 고마츠가 병합준비위원회에서 "한국의 채권 채무를 부담하는 것이랑, 병합 후 한국의 법령을 일본 법령으로서 그 효력을 존속시키는 것 등"을 의논하여 결정했다고[73] 했듯이 앞의 9개 항목 역시 병합준비위원에서 사전에 검토하여 결정한 것이다. 그리고 나머지 13개 항목은 〈표 4〉에서 확인했듯이 병합준비위원회에서 영사재판권, 관세 등 열강과의 이해 관계와 관련하여 사전에 검토한 것들이다.

이 밖에도 7월 8일 각의에서는 조약안, 조칙안, 선언안 등이 결정되었다.[74] 고마츠가 "조약 및 선언과 같이 완전히 대외 관계에 속한 사무는 외무성에서 주관했다"라고[75] 했듯이 이 3건은 외무성에서 독자적으

---

73 小村綠, 앞의 책, 93쪽.
74 『小村外交史』, 845쪽.
75 小松綠, 앞의 책, 87쪽.

로 준비한 것으로 판단된다. 그런데 7월 8일 각의에서 결정된 조약안, 조칙안, 선언안은 최종안이 아니라 초안이었다. 『한국병합에 관한 서류』에 편철된 「조칙조약선언안」을 보면 8월 22일 체결된 조약안과 8월 29일 공포될 일본황제의 조칙안 2건(조약이 체결되어 병합될 경우 공포할 조칙안과 조약 체결 없이 일방적 선언에 의해 병합이 될 경우 조칙안) 및 선언문 초안이 있다.[76]

조약안은 7월 23일 데라우치가 통감으로 부임한 뒤 8월 14일 이후 외무성과 의논을 거쳐 전문 일부를 포함한 4개항이 부분 수정되어[77] 8월 22일 조약 체결 직전 재가를 받아 최종 결정되었다.[78] 조칙안은 결과적으로 병합늑약에 의해 병합이 이루어졌기 때문에 '조약 체결이 없는 경우의 조칙안'은 자동으로 폐기되고 조약 체결이 될 경우의 조칙안만 일부 문장의 수정을 거쳐 8월 29일 일본황제의 조서로 공포되었다. 그리고 선언안은 8월 22일 '한국과 조약 관계가 없는 나라에 대한 선언안'과 함께 수정되어 각의를 통과했다.

일본은 7월 8일 내각 결정을 통해 병합을 위한 준비를 사실상 끝냈다. 1909년 3월 이후 일본이 숨 가쁘게 입안하고 확정한 병합 방침은 곧 병합 후 한국을 통치할 식민 지배 정책의 '원형'이 되었다. 이제 남은 문제는 '적당한 시기'에 병합을 단행하는 일뿐이었다. 이 최종 임무는 임지로 떠나는 통감 데라우치에게 주어졌다. 7월 8일 각의 결정이 있은 뒤 가츠라는 각의결정서 사본 2통과 함께 '적당한 시기에 한국병합을 단행'하라고 하면서 데라우치 통감에게 6월 3일 각의에서 결정된

---

76 「詔勅條約宣言案」, 『韓國併合ニ關スル書類』.
77 「併合ニ關シ寺內統監ヨリ小村外務大臣宛電報應答ノ件」, 『韓國併合ニ關スル書類』.
78 운노 후쿠쥬, 정재정 옮김, 앞의 책, 472쪽.

13개 항목의 「한국병합실행에 관한 방침」을 첨부하여 통첩했다.[79]

　도쿄를 떠나기 직전 데라우치는 "짐이 의지하고 믿는 바로서 능히 그 임무에 적합하고 한국 장래의 시설에 대해서는 그 조치를 반드시 시의 적절하게 할 것을 믿"는다는[80] 일본황제의 친서를 받은 뒤 "최후 해결의 계략을 가슴 속에 감추고"[81] 7월 15일 도쿄를 떠나 7월 23일 서울에 도착했다.

3. 병합 방침에 관한 주요 쟁점

1) 병합단행의 시기와 실행 방안

　일본이 한국을 병합하겠다는 방침을 결정한 이후 병합과 관련하여 가장 쟁점이 되었던 것은 병합의 실행 방안과 병합 이후 한반도 통치에 대한 문제였다. 전자의 경우는 병합의 시기가 도래했을 때 병합을 조약 체결을 통해 할 것인지 아니면 일방적 선언으로 할 것인지 하는 문제였다. 후자는 병합 후 한반도의 법적 지위 및 성격과 관련하여 한반도에 '제국 헌법' 즉 일본 헌법을 적용할지 여부였다.

　1907년 정미조약 체결 이후 통감이 한국 내각을 실제로 장악한 체제였기 때문에 일본은 일방적 선언에 의한 병합을 단행할 수도 있었다.

79　「韓國併合實行ニ關スル方針」, 『韓國併合ニ關スル書類』.
80　「統監子爵寺內正毅ノ京城ニ派遣ニ付御親書案大要ノ件」, 『韓國併合ニ關スル書類』.
81　『小村外交史』, 846쪽.

그런데도 일본이 병합 시기와 실행 방안을 두고 고심을 한데는 나름의 이유가 있었다. 당시 일본은 병합 방침을 결정하면서 두 가지 문제에 고심했다. 하나는 국제적 승인 문제였고 다른 하나는 청일전쟁 이래 일본이 여러 차례 선언하여 밝힌 한국의 '독립 보장' 때문이었다. 일본은 자신들이 한국을 병합할 경우 "열강 중에는 당시 우리가 만주 경영으로써 일찍이 성명했던 문호개방주의에 반대한다는 목소리가 높"기 때문에 "극동정책상 병합 결행 자체에는 각별히 유의해야" 했다. 또한 청일전쟁 이래 "일본 정부는 한국의 독립 부익, 독립 유지 등을 여러 번 성명했"기 때문에 "우리 쪽에서 자진하여 병합을 결행하는 것은 약간 바람직하지 않는 관계도 있"다고 판단했던 것이다.[82] 뿐만 아니라 일방적으로 병합을 선언할 경우 고종과 순종황제를 비롯한 한국민의 저항도 충분히 예상할 수 있었다. 더구나 을사늑약의 불법 체결 이후 고종이 끝까지 이를 인정하지 않고 저항하는 상황에서 일방적 선언에 의한 병합은 현실적으로 쉽지 않았다.

그래서 일본은 병합의 '적당한 시기'가 도래하기를 기다리면서 이런 우려되는 상황에 대응할 수 있는 대책 마련에 매우 고심했던 것이다. 그럼 일본이 병합 방침을 입안, 결정하면서 병합 실행 방안과 관련하여 어떤 논의가 있었는지 보자.

병합의 실행 방안과 관련해서는 1909년 7월 작성된 것으로 추정되는 가츠라의 병합 방침 '대강'의 전문에서 조약에 의한 병합과 일방적 선언에 의한 병합 방안이 제시되었다. 가츠라의 이 같은 방안은 1년여가 지난 1910년 6월 하순에서 7월 4일 이전 작성된 것으로 추정되는 가츠라의 '각서'에서 다시 확인되었다.[83] 이 각서에서 가츠라는 "합병 실

82　『小村外交史』, 836쪽.

행 시기는 가장 주의를 요함은 물론이다. 따라서 모든 준비를 갖추고 그들(한국인-인용자)로 하여금 합병을 스스로 청원하게 하는 것을 최상으로 한다"라고 했다.[84]

이런 사실에서 일본이 결정한 병합의 실행 방안은 조약 체결을 통한 병합과 일방적 선언에 의한 병합을 고려하면서 최선의 방안으로 조약 체결을 통해 병합을 하되 한국이 스스로 병합을 청원하고 일본이 이를 받아들이는 모양새였다. 이럴 경우 대외적으로 병합에 대한 명분을 분명히 할 수 있어 열강의 승인을 얻는데 용이할 뿐만 아니라 대내적으로도 을사늑약 때와 같은 한국 관민의 반발과 저항을 사전에 예방할 수 있다는 의도였다.

이 문제는 병합 단행 시기와 관련하여 데라우치가 통감에 내정된 1910년 5월 이후 깊이 있게 논의되었던 것으로 판단된다.

고마츠의 회고에 의하면 데라우치가 통감으로 내정된 뒤 병합 실행 방안을 준비하면서 그가 가장 먼저 확정하고자 했던 것이 병합의 시기 문제였다. 이때 그의 가장 친근한 부하 가운데 한명이 '점진설'을 제출했다고 했다. 점진설이란 먼저 한국에서 시정의 개선을 수행하고 한국민이 일본에게 복종한 후에 병합을 실행하는 것이 유리하다는 계책이었다.[85] 고마츠의 또 다른 회고에 의하면 이 점진설을 개진한 자는 데

---

83 德富猪一郎 編, 앞의 책, 463쪽. 이 각서에는 병합 시기와 관련하여 "현재 교섭 중인 러시아와의 사건이 결말난 후 가장 가까운 시기를 선택하는 것이 적당하다"라는 내용이 있는데 '러시아와의 사건'이란 곧 제2차 러일협약을 말하며 이 협약은 7월 4일 체결되었기 때문에 이 각서는 이 이전에 작성된 것으로 추정된다. 한편 운노는 이 '각서'를 일본국회도서관헌정자료관 소장 「桂太郎關係文書」112의 '한일합병처분안'과 비교하여 '각서'는 편자에 의해 수식이 되어 있다고 했다(운노 후쿠쥬, 정재정 옮김, 앞의 책, 432쪽).
84 德富猪一郎 編, 앞의 책, 465쪽.
85 小松綠, 앞의 책, 81쪽.

라우치가 신임하고 있었던 육군성 참사관 법학박사 아키야마 마사노
스케(秋山雅之助)였다.[86] 이런 사실에서 데라우치는 통감 내정과 동시
에 자신이 신임하는 법학박사 아키야마에게 병합 실행 방안에 대한 검
토를 지시하고 그 의견서를 바탕으로 내부적으로 검토를 했던 것이다.

일본국립공문서관 소장『한국병합에 관한 서류』에는 「한국의 시정
에 관한 건」·「한국합병에 관한 건」이라는 2개의 첨부 문서와 이에 대
한 검토 의견이 있다. 검토 의견에는 '1910년 5월'의 일자가 있고 사용
된 종이는 육군성 괘지이다. 즉 이 문서는 1910년 5월에 육군성에서 작
성하여 제출한 것이다. 고마츠의 회고와 두 문서의 내용을 볼 때 이 두
첨부 문서가 데라우치의 신복이 제출했다고 한 '점진설'이 분명하다.

먼저 아키야마가 제출한 점진설에 대한 총괄적인 검토 의견을 보면
다음과 같다.[87]

본안 및 한국합병의 형식에 관한 건은 본년 당초의 복안으로서 먼저 제1
방안으로서 통감부와 한국 정부 및 궁내부에 대한 긴축쇄신을 결행한 후
합병을 결행하는 것이 가능하지만 그 안을 집행하든 곧바로 제2안의 합병

---

[86] 小松綠, 『明治外交秘史』, 千倉書房, 1936, 437쪽. 아키야마 마사노스케는 1890~1901
년에 걸쳐 10여년 외무성에서 근무하다가 국제법에 밝은 것 때문에 데라우치에게
발탁되어 러일전쟁 때부터 육군성 참사관으로 근무했고, 1910년 7월 실시된 헌병경
찰제의 골격을 마련한 입안자 가운데 한 명이었다(松田利彦, 앞의 논문, 147쪽).

[87] 「韓國ノ施政ニ關スル件」·「韓國合併ニ關スル件」, 『韓國併合ニ關スル書類』.
本案竝韓國合併ノ形式ニ關スル件ハ本年當初ノ腹案ニシテ先ツ第一方案トシテ統
監府竝韓國政府及宮內府ニ對スル緊縮刷新ヲ決行シタル後合併ヲ決行スルヲ可ト
シタレトモ同案ヲ執ラルルモ直ニ第二案ノ合併ヲ決行セラルルモ韓國官民中反抗
アルヘキントハ同一ナルカ故ニ合併ニ關スル件中ニ明言シタルカ如ク關係諸外國
ノ意嚮ヲモ商量シ此際韓國政府ヲ閉鎖シ同國ヲ帝國ニ合併シ其結果トシテ米國カ
布蛙國ヲ合併シタルト同シク從來韓國ト諸外國間ニ存在スル條約ヲ當然消滅セシ
メ領事裁判權ヲ始メ其條約上ノ特權特典ヲ抛棄シメ得ヘキ外交上ノ關係アルニ於
テハ此際直ニ第二案ヲ執ラルルモ敢テ不可ナキモノノ如シ 明治四十二年 五月

을 결행하든 한국 관민 중 반항이 있을 것은 동일하다. 때문에 '합병에 관한 건' 중에서 분명히 언급했듯이 관계 제 외국의 의향도 헤아려 이번에 한국 정부를 폐쇄하고 동국을 제국에 합병하여 그 결과로서 미국이 하와이를 합병했듯이 종래 한국과 제 외국 사이에 존재하는 조약을 당연히 소멸시켜 영사재판권을 비롯하여 조약상의 특권 특전을 포기시킬 수 있어야 한다. 외교상의 관계에 있어서는 이번에 곧바로 제2안을 집행하더라도 결코 불가능하지 않을 듯하다.

아키야마가 제출한 병합 실행 방안에 대해 검토 의견서에는 양 방안 가운데 한국 정부의 긴축 쇄신을 통한 병합이라는 점진설인 제1방안보다는 빠른 병합을 제시하고 특히 열강과의 관계 해결을 강조하면서 그럴 경우 일방적 선언에 의한 병합인 제2방안의 실시도 가능하다는 의견을 제시했다. 이 의견은 아키야마의 제안서에 대한 통감부 관리의 평가이다.

그렇다면 아키야마가 작성한 것으로 추정되는 「한국합병에 관한 건」을 통해서 그가 제시한 병합 실행 방안을 보자. 이 글에서 아키야마는 '한국병합'의 시기에 대해 통감 통치를 수년간 지속하여 병합의 여건이 조성된 뒤 실행한다는 제1방안과 현 시점에서 즉시 실행한다는 제2방안을 제시하면서 제1방안이 병합 실행에 용이하다고 제안했다. 즉 "병합을 수년간 유예하고 통감 정치 아래 각종 제도를 개선하여 민심을 거두어들이고, 동시에 열국으로 하여금 한국에서의 영사재판권을 포기시킨 후 병합을 결행한다면 한국 관민의 반항을 피하고 또한 제 외국으로 하여금 병합에 대해 이의를 제기할 여지가 없게 된다. 이에 반해 즉시에 병합을 단행하면 한국 내에서의 반항과 제 외국의 이 의도 예기하지 않을 수 없다"는 것이다. 그리고 병합 후에는 한국을 일본의 헌법 범위 밖에 두어 천황의 대권으로 통치하며 열강의 치외법권 및 한국과 열강 간의 조약은 병합과 동시에 그 효력을 소멸시켜야 한다고 했다.[88] 또한 「한국의 시정에 관한 건」에서는 병합 후 조선총독부 설치와 통치 방안을 집중 거론하고 있다.[89] 아키야마가 제2방안을 반대한 것은 일방적 선언에 의해 병합을 실행할 경우 국제적 승인을 얻기도 어렵지만 이에 대한 한국 관민의 저항을 우려한 때문이었다.

데라우치는 아키야마의 의견서를 고마츠 등 통감부 관리에게 보여 주며 비판을 구했다. 고마츠 등은 지난 4년여의 보호 정치 결과를 보면 점진설은 지상공론에 지나지 않고 지금부터 5년, 10년에 걸쳐 일본에 대한 한국민의 복종을 쟁취하리라 상상하는 것은 마치 백년하청과 같다고 하면서 병합은 마땅히 서둘러서 단행해야만 한다고 했다. 또한 병합의 즉시 단행에 한국민의 저항을 우려한데 대해서도 병합에 있어 점진과 속단의 사이에는 혹은 분쟁에 완급의 차이가 있겠지만 늦어지면 오랜 시간에 걸쳐 화근

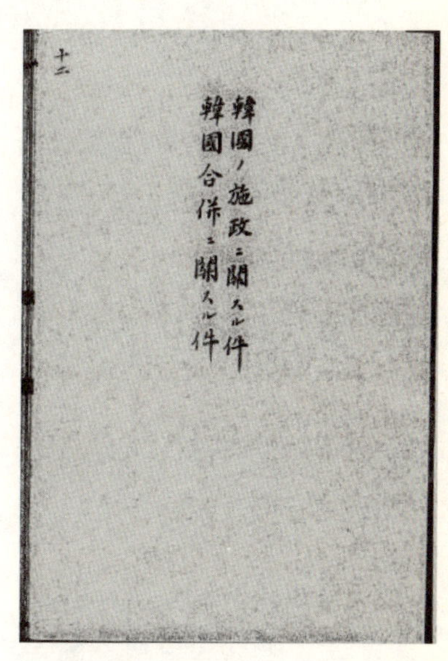

일본육군성 참사관 아키야마가 제출한 것으로 추정되는 병합실행방안 표지

이 점점 민심에 전파되어 마침내 뿌리 뽑을 수 없게 될 우려가 있고 반면에 서두르면 극열한 분쟁을 조성하겠지만 일시에 그칠 이점이 있다고 하면서 때가 되면 즉시 병합을 단행해야 한다고 주장했다.[90]

---

88 「韓國合倂ニ關スル件」, 『韓國倂合ニ關スル書類』.
89 「韓國ノ施政ニ關スル件」, 『韓國倂合ニ關スル書類』.

데라우치는 이런 의견에 대해 지금 병합 방안을 "어느 쪽으로 결정할 수는 없지만 병합이 속히 실행된다면 무엇보다도 좋은 일이다"라고 하며 역시 아키야마의 점진설을 반대하고, 한국 사정을 잘 알고 있는 고마츠 등의 의견을 받아들였다.[91] 이에 따라 병합의 시기가 여전히 예측 불허이지만 병합 담판 개시의 기회가 오면 즉시 단행한다는 결론에 이르렀다.

이처럼 일본이 병합 실행의 최선의 방안으로 생각한 것은 병합의 '적당한 시기'가 되면 즉시 병합을 단행하되 가능하면 한국의 청원에 의한 모양새를 갖추는 방식이었다. 그렇다고 일본이 병합의 제2방안 즉 '일방적 선언에 의한 병합' 방안을 완전히 포기한 것은 아니었다. 1910년 7월 8일 내각에서는 일본황제가 병합 사실을 내외에 공포하게 될 조칙안으로 두 가지를 결정했다. 즉 조약 체결에 의한 병합을 예상한 조칙안과 조약 체결이 없이 일방적 선언에 의해 병합이 될 경우의 조칙안이 그것이다. 두 조칙안 모두 병합의 이유로 지난 4년여의 통감 정치 하의 시정 개선에도 치안이 불안하여 공공의 안녕 질서를 유지하고 민중의 복리를 증진시키는 것이 최급무라고 하면서 다음과 같은 이유로 병합을 선언하고 있다.

먼저 조약 체결에 의해 병합이 될 경우 선포될 조칙안에서는 "한국 황제 폐하는 이 사태를 통찰하고 한국을 모두 일본제국에 병합하여 이로써 시세의 요구에 응하려는 것으로서 이번에 특히 그 뜻을 짐에게 부탁했다. 짐 역시 현하의 형세에 비추어 병합의 부득이함을 생각하고 이에 한국 황제 폐하의 희망에 응해 영구히 동국을 제국에 병합하는

---

90 小松綠, 앞의 책, 81~83쪽.
91 小松綠, 앞의 책, 83쪽.

것을 수락한다"라고 했다.[92] 즉 병합이 일본의 강제가 아니라 한국 황제가 시세의 요구에 응해 일본황제에게 요구한 것으로 되어 있다. 반면에 일방적 선언에 의해 병합이 될 경우 선포될 조칙안에서는 "현하의 형세에 비추어 敍上의 목적을 이루고자 할 때는 당연 한국을 제국에 병합하는 것은 진실로 부득이한 바에 속한다. 짐은 즉시 이 요구에 응하고 동양의 대국을 고려하여 이에 영구히 동국을 제국에 병합할 것을 선언한다"라고 했다.[93] 이 조칙안은 한국의 치안 불안과 시정 개선을 위해 병합이 부득이하다는 이유로 '한국병합'을 일방적으로 선언한다는 것이다.

이처럼 일본은 병합의 실행 방안으로 '적당한 시기'가 되면 즉시 병합을 단행하되 한국 황제가 일본황제에게 병합을 청원하는 형식을 취하면서 만약 이것이 불가능하게 될 때는 일방적 선언에 의해 병합하는 것으로 결정했던 것이다. 이 병합의 실행 방안은 데라우치가 이완용을 불러 병합늑약 체결을 강요하면서 그대로 관철되었다. 1910년 8월 16일 데라우치는 이완용을 통감 관저로 불러 병합늑약 체결의 불가피성을 설명하고 병합 방안으로 '합의적 조약' 체결을 강조하면서 "위압으로서 병합을 단행하거나 혹은 선언서를 공포하여 협약을 하지 않는 일도 있다"라고[94] 한 것이 그것이다.

---

92 「詔勅條約宣言案－詔勅案」,『韓國併合ニ關スル書類』. (…전략…) 韓國皇帝陛下此ノ事態ヲ洞鑒セラレ韓國ヲ擧テ日本帝國ニ併合シ以テ時勢ノ要求ニ應セムコトヲ○(판독불능)シ此ノ次特ニ其ノ意ヲ朕ニ致サル朕亦現下ノ形勢ニ鑑ミ併合ノ已ムヲ得サルヲ念ヒ玆ニ韓國皇帝陛下ノ希望ニ應シ永久ニ同國ヲ帝國ニ併合スルコトヲ受諾セリ(…하략…).

93 「詔勅條約宣言案－條約ノ締結ナキ場合ノ詔勅案」,『韓國併合ニ關スル書類』. (…전략…)之ヲ現下ノ形勢ニ鑑ルニ敍上ノ目的ヲ達セムト○(판독불능)スルトキハ此ノ際當然韓國ヲ帝國ニ併合スルハ誠ニ已ムヲ得サル所ニ屬ス朕卽チ此ノ要求ニ應シ東洋ノ大局ニ顧ミテ玆ニ永久ニ同國ヲ帝國ニ併合スルコトヲ宣示ス(…하략…).

2) 일본 헌법의 적용 문제

병합 단행의 시기 및 방안과 마찬가지로 일본이 고심한 것은 병합 이후 한국 통치에 일본 헌법을 적용할지 여부였다. 이에 대해서는 1909년 가을 이후 내각에서 결정된 것으로 추정되는 '고무라의견서'의 '제1 병합 선포' 두 번째 항에서 "한반도의 통치는 천황 대권의 행동에 속한다는 뜻을 나타냄으로써 반도의 통치가 제국 헌법의 조장에 준거할 필요가 없음을 분명히 하여 후일의 쟁의를 예방할 것"이라고 하여 이미 '헌법불시행론'을 분명히 했다. 이것은 1910년 6월 3일 내각에서 결정된 「한국병합실행에 관한 방침」에서도 "조선에는 당분간 헌법을 시행하지 않고 대권에 의해 이를 통치할 것"이라고 하며 재확인했다. 이처럼 1909년 7월 일본 내각에서 병합 방침을 공식화한 이후 병합 후 한반도에는 제국 헌법 즉 일본 헌법을 적용하지 않는다는 헌법불시행론이 이미 확정된 상대였다.

일본에서는 식민지에서의 일본 헌법 적용 문제에 대해 이미 대만을 점령한 뒤 한 차례 뜨거운 논쟁이 있었다. 1896년 법률 제63호 '대만에 시행해야 할 법령에 관한 법률'을 두고 제국의회 안에서 식민지에서의 헌법 시행 문제를 두고 시비가 있었다. 이때 일본 정부는 식민지도 일본 영토이기 때문에 헌법이 시행된다는 견해였다.[95] 이런 대만의 선례가 있음에도 일본 정부는 한국에 대해서는 헌법불시행론의 입장을 견지했다. 때문에 이 문제는 병합준비위원회에서 다시 논란이 되었다. 왜냐하면 한국과 대만의 국제적 위상이 달랐기 때문이다. 대만은 청일

94　李鍾學 編, 『1910年 韓國强占資料』, 史芸研究所, 2000, 26~27쪽.
95　운노 후쿠쥬, 정재정 옮김, 앞의 책, 428쪽.

전쟁 후 일본이 청나라로부터 할양을 받은 식민지였지만 한국은 1876년 이래 일본을 비롯한 11개국과 정식 조약을 체결한 독립 국가였다. 때문에 대만에도 헌법을 시행하는데 한국에 헌법을 시행하지 않는다는 것은 이론상 명분상 문제가 있었던 것이다.

그래서 당시 헌법불시행론에 대해서는 "헌법의 시행 지역에는 하등의 제한이 없어야 한다. 만약 새 영토가 제국의 판도에 편입되면 새 영토 역시 제국이기 때문에 제국에서 시행하는 헌법은 당연히 새 영토에도 적용되어야 한다"라는 입장에서 반대가 있었다.[96] 헌법불시행론은 이론상 한국이 완전히 폐멸되어 일본의 일부로 편입된다는 병합의 개념과 모순된다는 것이었다. 또한 병합 후 열강과의 관계를 고려할 때 한국에서 제국 헌법을 시행하지 않는다고 하면 한국은 일본의 헌법 범위 밖에 위치하는 직접 식민지가 된다. 이렇게 되면 한국과 일본은 이원적인 법체계를 갖는 것이 되어 열강이 병합 이후에도 한국에서 기존에 자신들이 누린 기득권 유지를 주장할 수 있는 빌미를 제공하게 된다. 이것은 일본에게 상당히 우려스러운 문제이기 때문에 일본은 형식적으로라도 한국에서 일본 헌법의 시행을 인정하지 않을 수 없었다.[97]

이런 이유로 병합준비위원회 내에서 이 문제를 두고 크게 논란이 일어났고 그 논란의 근거가 되었던 것이 일본국립공문서관 소장『한국병합에 관한 서류』에 합철된「합병 후 한반도 통치와 제국 헌법과의 관계」였던 것으로 추정된다.[98] 그럼 먼저「합병 후 한반도통치와 제국헌법과의

---

96 小松緣, 앞의 책, 94~95쪽.
97 韓成敏, 앞의 논문, 99쪽.
98 고마츠는 "병합준비위원회에서 크게 의론을 다투었던 대문제가 하나 있었다. 그것은 다름 아니다. 제국 헌법은 병합 후 신영토에 시행할지 여부 문제였다"고 하고 이 문제에 대한 논의 내용을 소개하면서 프랑스, 독일 등의 식민지 입법 문제, 대만의 사례 등을 예로 들고 있는데(小松緣, 앞의 책, 94~97쪽) 이것은「合倂後 韓半島統治

관계」라는 문서를 통해 어떻게 헌법불시행론을 합리화하는지 보자.[99]

이 문서에서는 "해외에서의 본국의 식민지 보호지 등은 국제법의 견지에서 본국 영토의 일부임이 의심할 여지가 없고 모국의 주권 하에 있기 때문에 모국이 그 지역에 대해서 어떻게 통치할 것인가는 모두 모국의 임의에 속한다"라며 헌법불시행론을 주장한다. 즉 국제법상 식민지에 헌법을 시행할지 여부는 본국의 의사에 달려있다는 것이다. 또한 영국, 독일, 프랑스 등의 식민지 입법권 사례를 비교 검토하고 그 결과 식민지의 입법권을 제국의회에서 갖는 이들 나라의 헌법은 일본 헌법과 그 성질이 근본적으로 다르다고 했다. 즉 영국, 독일, 프랑스 등은 주권이 제국의회에 있는 반면, 일본은 이들 나라와는 헌법상 정체 및 국체가 다르고 주권도 천황과 일체를 이루어 천황은 주권을 직접 장악하기 때문에 한국 통치를 대권 직접의 통치로 삼아도 이론상 조금도 저촉되지 않는다고 주장했다.

결국 헌법불시행론는 '일본의 주권은 천황과 일체를 이루고 천황이 주권을 직접 장악한다'는데 근거를 두었다. 즉 "식민지를 포함한 일본의 영토에 대한 천황의 통치권의 근거는 제국 헌법(1조·4조)에 의해 발생하는 것이 아니라, 초헌법적으로 건국 당초부터 있는 대권에 기초한다는 발상"이며 "천황의 통치권이 식민지에 미친다는 것과 헌법이 식민지에 시행되는 것은 별개의 문제"라는 것이다.[100] 따라서 병합 후 한국은 대권의 직접 통치 대상이기 때문에 내각이나 제국의회의 결정 형

ト帝國憲法トノ關係」에서 언급한 내용들이다.

99　이하「合倂後韓半島統治ト帝國憲法トノ關係」,「韓國倂合ニ關スル書類」. 이 문서의 작성 일자나 작성자의 표기는 없으나 사용한 종이가 육군성 괘지이고, 아키야마가 작성하여 1910년 5월 24일 제출한 것으로 추정된「韓國合倂ニ關スル件」과 함께 편철된 것으로 보아 이 문서 역시 같은 시기에 그가 작성하여 제출한 것으로 판단된다.

100　운노 후쿠쥬, 정재정 옮김, 앞의 책, 428쪽.

식으로는 통치가 불가하므로 반드시 한국 통치를 조칙으로서 언명하
고 칙령으로 규정해야 한다는 논리로 이어졌다. 뿐만 아니라 헌법불시
행론의 또 다른 이유로 '한반도의 민정, 풍속 및 관습 등이 일본과 다르
고 문화의 정도도 같지 않기 때문"이라고 했듯이[101] 그 밑바닥에는 병
합을 합리화하기 위한 문화적 인종차별주의 의식이 깔려 있었다.

　이런 이유로 병합준비위원회는 헌법불시
행론으로 귀결되었다. 하지만 같은 식민지
로서 헌법 시행을 규정한 대만과는 모순되
기 때문에 병합준비위원회에서는 "이론상
당연히 헌법을 시행하는 것으로 하고 실제
에서는 그 조장을 실행하지 않는" 것으로 결
정했다.[102] 이런 결정이 있은 뒤인 7월 2일
가츠라, 고무라, 데라우치, 해군대신, 농상
대신 등은 이 문제에 대해 "한국을 병합한
이상 제국 헌법이 당연히 이 신영토에 시행
되는 것으로 해석한다. 그러나 사실은 신영
토에 대해 제국 헌법의 각 조장을 시행하지

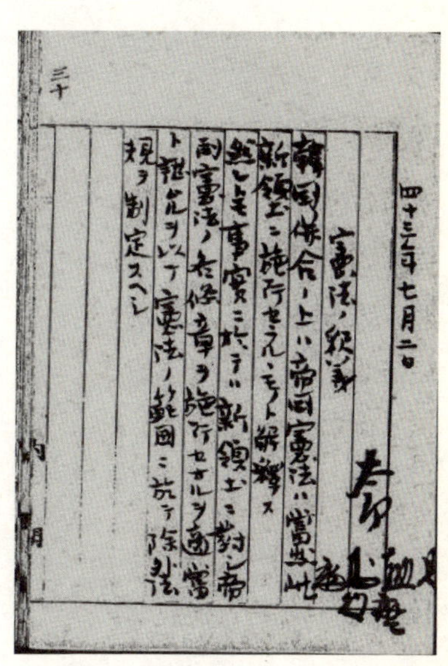

병합 후 한국에 헌법을 시행하지 않는다는 7월 2일
각의 결정

않음이 적당하다고 인정하고 이로써 헌법의 범위에서 제외 법규를 제
정해야 한다"라는 최종 결론을 내렸다.[103]

---

101 「合倂後韓半島統治ト帝國憲法トノ關係」, 『韓國倂合ニ關スル書類』.

102 小松綠, 앞의 책, 95쪽.

103 「韓國倂合ノ上帝國憲法ノ解釋」, 『韓國倂合ニ關スル書類』. '憲法의 釋義'라는 제목
하에 표지에는 "明治四十三七月二日" 일자와 함께 가츠라, 데라우치, 고무라, 해군대
신, 농상대신 등의 親署가 가필되어 있다. 그리고 고마츠는 자신의 회고록에서 똑같
은 문서를 「憲法의 釋義(明治四十三年七月十二日 桂首相에서 寺內總督婉通牒)」이
라고 하여 1910년 7월 12일자 문서로 되어 있다(小松綠, 앞의 책, 106쪽). 따라서 이
'憲法의 釋義'는 7월 2일 합의하고 7월 12일 가츠라가 데라우치에게 통첩한 것이다.

　내각의 이런 결정에 대해 고마츠가 "어떻게 하더라도 불철저한 결정"이었다고 회고했듯이 사실상 헌법불시행론이었다. 그리하여 병합 후 한반도에는 일본 헌법이 아닌 대권에 의해 통치가 가능하게 되었고 실제 병합 후 한국 통치는 조선총독이 일본황제의 대권을 위임한 칙령에 따라 제정된 제령에 의해 통치할 수 있게 되었다.

　이와 같이 일본이 실제 헌법불시행론이면서도 마치 헌법을 병합 후 한반도에 적용하는 것처럼 위장한 것은, '한국민의 복리증진' 운운한 병합의 명분상 또 '한국을 일본 제국의 신영토로 하고 한국민을 일본의 새로운 인민으로 한다'는 이론상 모두 모순된다는 것을 스스로 인정한 것이다. 1909년 가을 이후 내각에서 결정한 것으로 추정되는 '외무대신안'의 '제1병합 선포'에서 천황 대권에 의한 통치를 조칙에 명백히 하여 후일의 쟁의를 예방할 것을 명시한 것은 이런 모순에서 일어날 수 있는 문제를 사전에 예방하려던 것이었다. 그러나 이것은 한국 침략과 불법 강점을 포장하려는 '편법'이었고 그 편법의 이면에는 데라우치 통감이 "일본과 전연 사정을 달리하는 신영토(한반도―인용자)에 헌법을 시행하는 것은 사정상 매우 불편하다"고 했듯이[104] 제국주의 침략 의식이 깔려 있었던 것이다.

104　小松綠, 앞의 책, 94쪽.

맺음말

1909년 4월 10일 가츠라, 고무라, 이토가 비밀리에 '적당한 시기'에 한국을 병합한다는 방침을 합의했다. 이후 병합 단행을 위한 '적당한 시기'가 무르익기를 기다리며 병합 방침을 더욱 구체화해 온 일본은 최종적으로 '조약 체결에 의한 병합'과 '조약 체결 없는 일방적 선언에 의한 병합'이라는 두 가지 병합 실행 방안을 준비했다. 특히 병합의 최선의 방안으로는 조약 체결에 의해 병합을 추진하되 한국 황제가 스스로 병합을 청원하면 일본황제가 이를 받아들이는 모양새를 갖추기를 원했다. 또한 이 과정에서 확정된 병합 방침과 병합 후 한국통치에 필요한 법률 및 총독부체제는 이후 식민 통치의 원형이 되었다. 여기에는 '한반도는 천황 대권의 행동에 속하고 반도의 통치는 제국 헌법의 조장에 준거할 필요가 없다'라는 침략 이념이 본질을 이루고 있었다.

일본의 이런 최종 병합 방침은 1910년 7월 23일 데라우치가 통감으로 한국에 부임한 지 한 달 만에 전격적으로 실현되었다. 통감 부임 이후 약 2주간 의례적인 활동 이외에 긴 침묵을 지킨 데라우치는 8월 16일 내각총리대신 이완용을 통감 관저로 불러 병합 사실을 통보했고, 이어 18일 이완용의 동의를 받았다. 18일 열린 한국 정부의 내각회의에서 학부대신 이용직이 병합을 반대했지만 이완용과 데라우치는 그를 의도적으로 배제한 채 병합늑약 체결을 진행했다.

일본의 강압 속에 열린 8월 22일 어전회의에서 이완용은 '병합늑약 체결을 위한 전권대신에 위임'되었고, 어전회의가 끝난 뒤 곧바로 통감 관저로 달려간 이완용은 데라우치와 병합늑약에 조인하고 이어 양국 황제의 조칙을 통해 병합을 선포한다는 각서를 썼다. 이렇게 하여 병합늑약은 8월 16일 이후 단 6일 만에 처리되었다.

일본조차 예상치 못한 '짧은' 기간에 병합늑약 체결이 가능하게 된 데는 일본의 강압적인 사전 준비와 함께 데라우치의 치밀한 계략이 작용했지만 그 과정은 불법의 연속일 수밖에 없었다. 이 과정은 애초 데라우치가 이완용에게 강조한 조약 체결의 '정식 순서'를 스스로 어겼을 뿐만 아니라 한국 정부에서 규정한 조약 체결 절차 역시 무시한 불법의 연속이었다. 때문에 일본은 자신의 의도와 달리 그 불법의 흔적을 곳곳에 남길 수밖에 없었다. 이것은 일본이 병합 방침을 결정한 뒤 병합의 시기, 병합의 실행 방안 그리고 병합 후 한국에 제국 헌법의 적용 여부 문제를 고심하는 가운데 잉태되어 있었다.

일본이 1910년 7월 8일 병합 방침을 최종 결정한 각의에서조차 병합의 실행 방안으로 조약에 의한 병합과 일방적 선언에 의한 병합 두 방안을 동시에 결정한 것은 일본 스스로 순종황제의 재가를 받아 합법적으로 병합을 단행할 수 없다는 현실을 전제한 것이나 마찬가지이다. 또한 병합 후 한국 통치에는 제국 헌법을 시행하지 않는다는 '헌법불시행론'을 전제로 하면서도 대내외적 명분 등을 이유로 "헌법을 시행하되 실제에서는 당분간 시행하지 않고 대권에 의해 통치"한다는 편법을 취했다. 이것은 국제법적 견지에서 이론적으로 모순될 뿐만 아니라 '한국의 공공복리'를 성명해 온 대내외적 명분에도 어긋난 것이다. 일본이 '한반도의 병합을 천황 대권의 행동에 속한다'라고 한 이유가 '후일의 쟁의를 예방하는데' 있다고 스스로 고백했듯이 일본은 '한국병합'의 불법과 침략성을 은폐하려고 이렇게 이론상 명분상 모순을 합리화하는데 급급했던 것이다.

이와 같이 일본이 병합늑약을 '조약에 의해 그것도 한국이 스스로 병합을 청원하는 모양새'를 갖추려고 했지만 결국 이런 모순들로 인해서 또 한국민의 저항에 의해서 그 불법성을 역사적 증거로 남기지 않을 수 없었던 것이다.

데라우치 마사다케 통감의 '한국병합' 사전준비와 계략

머리말

1909년 4월 10일 레이난사카(靈南坂)에서 통감 이토 히로부미(伊藤博文), 내각총리대신 가츠라 다로(桂太郎), 외무대신 고무라 주타로(小村壽太郎) 3인이 비밀 회담에서 '적당한 시기'에 한국을 병합한다는 방침을 결정하고도 이후 일본이 가장 고심한 문제 가운데 하나가 '적당한 시기'가 언제인가 하는 병합 시기 문제였다. 그러나 실제 병합늑약은 데라우치 마사다케(寺內正毅)가 한국에 통감으로 부임한 1910년 7월 23일에서 한 달 만인 8월 22일 조인되었다. 병합늑약이 이렇게 '빨리', 그것도 일본이 최상의 병합 방안으로 생각했던 '한국 황제가 병합을 청원하는 형식의 조약'에 의해 조인되리라고는 누구도 예측하지 못하였다.

데라우치가 통감으로 한국에 부임한 후 한 달 동안 한국에서 무슨 일이 있었기에 이런 일이 가능했을까? '한국병합' 연구와 관련 하여 지금까지 이에 대한 의문이나 문제를 제기한 연구는 없었다.

병합늑약은 누구도 예상하지 못했듯이 데라우치가 부임한 지 한 달 만에 그리고 8월 16일 데라우치가 이완용을 자신의 관저로 불러 병합 사실을 통보한 지 6일 만에 모든 절차가 마무리되었다. 데라우치가 8월 13일 고무라 외무대신에게 "시국 해결은 내주부터 착수하여 별반 지장 없이 진행된다면 주말에는 완료할 것"이라고[1] 장담한대로 병합이 실현되었다. 데라우치는 무슨 근거로 이런 주장을 자신 있게 할 수 있었을까?

이것은 데라우치가 통감에 내정된 이후 철저한 사전 준비와 이완용 내각을 대상으로 한 계산된 정치 공작에 의해 가능했다. 병합 방침 결정에 중요한 역할을 했던 통감부 외사국장 고마츠 미도리(小松綠)는 이런 데라우치의 정치 공작에 대해 '꼭두각시를 놀리는 자의 인형 상자'('傀儡師の人形箱')라는 제목을 붙여 회고했다. 한 마디로 이완용을 비롯한 한국 내각이 데라우치의 간교한 계략에 놀아났다는 뜻이다. 물론 데라우치의 계략이 먹힌 데는 병합을 기정 사실로 받아들인 내각 총리 이완용, 농상공부대신 조중응 같은 친일 각료들의 역할도 한 몫을 했다.

여기서는 데라우치가 통감에 내정된 이후 한국에 부임하기까지 병합 실행을 위한 사전 준비로서 경찰권 강탈을 포함한 헌병경찰제의 실시와 한국주차군의 수도권 재배치 그리고 통감 교체와 함께 일본에서

---

1   日本外務省 編,『日本外交文書』제43권 제1책, 嚴南堂書店, 1962, 675쪽(이하『日本外交文書』제43권 제1책).

국내로 흘러들어온 '내각변동설'의 영향, 마지막으로 통감 부임 이후 보인 데라우치의 침묵 속에 이루어진 간계를 차례로 분석하고자 한다. 이를 통해서 일본의 예상과 달리 '빠른 시간 안'에 병합이 이루어질 수 있었던 과정을 이해하게 될 것이다.

1. 데라우치의 통감 임명과 병합 실행을 위한 사전 준비

1) 헌병경찰제의 실시와 주차군의 수도권 집중 배치

1910년 5월 30일 통감으로 정식 임명된 데라우치는 먼저 부통감 야마가타 이사부로(山縣伊三郎)를 한국으로 파견했다. 데라우치 자신은 한국 부임을 위해 도쿄를 떠난 7월 15일 이전까지 일본에 머물면서 내각의 병합 방침 결정에 따라 병합 단행을 위한 실질적인 준비를 시작했다. 그가 행한 병합 준비란 6월 20일 전후 구성된 병합준비위원회와 함께 병합 실행에 필요한 세부적 방침을 검토, 확정하는 한편,[2] 헌병경찰제의 실시와 한국주차군의 수도권 집중 재배치라는 한국에 대한 군사적 점령의 강화였다. 이것은 1909년 7월 6일 내각에서 결정한 병합 방침인 「대한시설대강」의 제1항 즉 "한국의 방어 및 질서 유지를 담임하고 이를 위해 필요한 군대를 한국에 주둔시키고 또한 가능한 다수의 헌병 및 경찰관을 한국에 증파"한다는[3] 방침을 실행한 것이었다.

---

2 小松綠, 『朝鮮併合之裏面』, 中外新論社, 1920, 93~94쪽.

데라우치는 이를 위해 우선 한국 정부의 경찰 기관을 통감부로 옮길 필요성을 인식하고[4] 치안 유지를 명분으로 한국 정부의 경찰권을 빼앗기 위한 작업에 착수했다. 헌병경찰제 실시에 앞서 병합에 소극적인 소네 아라스케(曾禰荒助) 통감에게 불만이었던 한국주차군 참모장 아카시 모토지로(明石元一郎)와 헌병대사령관 사카키하라 죠수(榊原昇造)가 한국의 치안 유지를 위해 헌병과 경찰의 통일을 육군대신 데라우치에게 일찍이 건의한 적이 있었다.[5] 특히 아카시는 1910년 1월 육군대신 데라우치에게 한국의 치안 유지 체제로서 헌병과 경찰을 통일하여 헌병·경찰·일본군 3종의 기관이 서로 연락 협동하는 헌병경찰제의 골격을 제시했다.[6] 병합 단행을 조건으로 통감을 승인한 데라우치는 통감에 정식으로 임명된 즉시 헌병경찰제의 실시를 추진했다.

그는 "한국에서의 경찰관 및 헌병이 서로 도와 공동으로 경찰 사무를 집행해야 하는데 그 소속이 다르기 때문에 때로 연락을 소홀히 하여 적절한 시의를 놓칠 우려가 있음으로 그 집무를 통일할" 필요가 있다고 하면서 6월 14일 헌병경찰제 실시를 목적으로 하는 「통감부경찰관서관제안」을 제출했다.[7] 이어 일제는 헌병경찰제 실시에 따른 헌병의 증원을 위해 헌병과 현역좌관은 특종의 근무에 복무할 필요가 있을 경우에 한해 다른 병과의 현역을 전과하여 보충시킨다는 칙령 제266호 「憲

3　日本外務省 編, 『日本外交年表竝主要文書』(上), 原書房, 1965, 315쪽.

4　日本外務省 編, 『小村外交史』, 原書房, 1966, 846쪽(이하 『小村外交史』).

5　松田利彦, 「朝鮮植民地化の過程における警察機構」, 『朝鮮史研究會論文集』 31, 1993, 147쪽.

6　小森德治, 『明石元二郎』 上卷, 臺北: 臺灣日日新報社, 1928, 440~442쪽.

7　「統監府警察官署官制」·「統監府警務警務局長及警務部長ノ發スル命令ニ關スル件」, 일본국립공문서관, JACAR(アジア歴史資料センター) RefA01200054700, 內閣〉公文類聚〉官職/司法〉公文類聚 第34編.

兵科佐官補充의 件」을 6월 15일 공포했다.[8] 데라우치는 다른 병과의 일본군을 헌병으로 전과할 수 있게 한 이 칙령으로 일본군에서 헌병을 차출 내지 모집하여 빠른 시간 안에 한국에 헌병을 증파할 수 있었다.

헌병경찰제 실시를 위한 제도적 정비를 마친 데라우치는 한국주차군 참모로서 한국에서의 치안 경험이 풍부한 아카시를 한국주차헌병대 사령관으로 임명하고[9] 6월 18일 중요 안건을 휴대시켜 한국으로 보냈다.[10] 6월 20일 서울에 도착한 아카시는 곧바로 한국주차군 사령관 오쿠보 하루노(大久保春野)와 장시간 밀담을 나눴다.[11] 아카시가 일본에서 가져온 중요 안건은 한국경찰권을 빼앗기 위한 '각서'였다. 이 각서는 곧바로 한국 정부에 통보되어 6월 24일 한국 정부와 통감부 사이에 "한국 경찰제도가 완비되었다고 인정될 때까지 한국 정부는 경찰 사무를 일본 정부에게 위탁"한다는 '한국 정부의 경찰 사무를 일본 정부에 위탁하는 각서'를 교환했다.[12] 이에 따라 한국 정부는 6월 30일 한국경찰관관제를 폐지했다. 말이 위탁이지 실제로는 1907년 정미조약 체결 이후 이미 한국의 치안경찰권을 일제가 완전히 장악한 상태에서 보다 강력한 경찰력 확보를 위해 한국주차헌병대 산하에 통합시키려는 것이었다.

데라우치는 6월 29일 칙령 제296호로 공포된 '통감부경찰관서관제'에 따라 한국의 경찰권을 일본군 헌병에 부속시켜 헌병과 경찰이 異體同心인 이른바 헌병경찰제를 실시하였다.[13] 일본은 경무총감을 통감

8　「勅令 第266號 憲兵科佐官補充의 件」, 일본국립공문서관, JACAR(アジア歷史資料センター) RefA03020857999, 內閣〉御署名原本.

9　「駐韓憲兵隊長更迭」, 『皇城新聞』, 1910.6.18.

10　「明石憲隊長出發」, 『皇城新聞』, 1910.6.20.

11　「明石大久會談」, 『皇城新聞』, 1910.6.22.

12　「覺書」[韓國政府의 警察事務를 日本政府에 委託하는 覺書](奎 23157).

13　李鍾學 編著, 『1910年 韓國强占資料集』, 史芸硏究所, 2000, 37~38쪽(이하 『1910年 韓

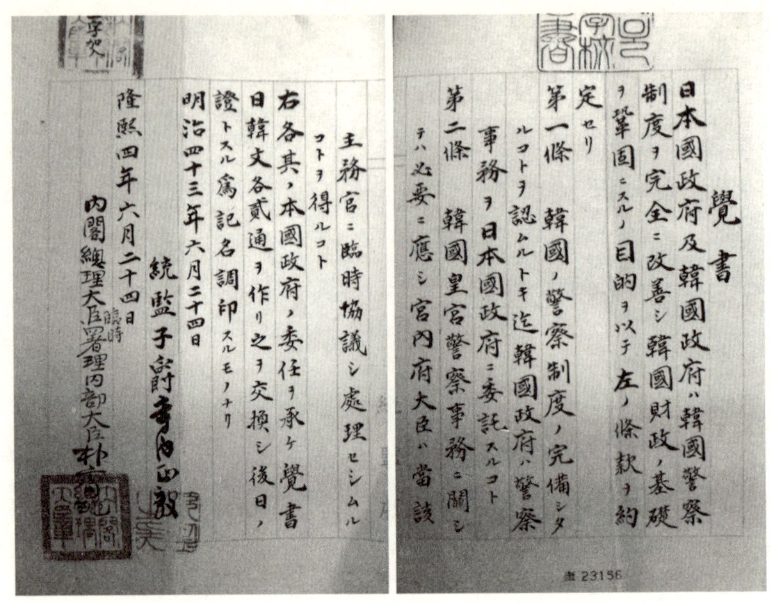

覺書

日本國政府及韓國政府ハ韓國警察
制度ヲ完全ニ改善シ韓國財政ノ基礎
ヲ鞏固ニスルノ目的ヲ以テ左ノ條款ヲ約
定セリ

第一條　韓國ノ警察制度ノ完備シタ
ルコトヲ認ムルトキニ迄韓國政府ハ警察
事務ヲ日本國政府ニ委託スルコト

第二條　韓國皇宮警察事務ニ關シ
テハ必要ニ應シ宮內府大臣ハ當該
主務官ニ臨時協議シ處理セシムル
コトヲ得ルコト

右各其ノ本國政府ノ委任ヲ承ケ覺書
日韓文各貳通ヲ作リ之ヲ交換シ後日ノ
證トスル爲記名調印スルモノナリ

明治四十三年六月二十四日
　　　　統監子爵寺内正毅
隆熙四年六月二十四日
　内閣總理大臣署理内部大臣朴齊純

「한국 정부의 경찰 사무를 일본 정부에 위탁한 각서」(일본본, 奎 23156)

부에 두고 한국주차헌병대 사령관을 육군장관으로 충원하고 종래 8도
로 나눠진 경찰 관할 구역을 폐지하고 새롭게 주차헌병대관구와 동일
하게 13관할로 하고 헌병대 1개소를 1관구에 두었다. 또한 70개소의
분대를 각 도에 신설하고 현재 500개소의 분견대를 800개소로 증설했
다. 이보다 앞서 내지 헌병 위관으로 주차헌병 분대장에 보충된 20여
명 외에 다시 현 주차헌병대 부위관 63명 가운데 50명은 분대장으로,
13명은 헌병대 부관으로 전보했다.[14]

　또한 데라우치는 헌병경찰제 실시에 앞서 통감에 정식 임명된 직후
인 6월 초 한국의 경찰 기관의 배치와 경비가 엉성하다는 구실로 1000

　　　國强占資料集』).

14　德富猪一郎 編, 『公爵桂太郎傳』坤卷, 故桂太郎公爵紀念事業會, 1917, 470~471쪽.

명의 헌병을 본국에서 증파하여 13도에 각 1헌병대를 두고 경찰과 합쳐 약 3리마다 초소를 두게 하였다.[15] 데라우치의 이런 계획은 8월 10일까지 거의 완료되었다. 특히 본국에서 가장 늦게 도착한 헌병 300명은 병합 시기에 대응할 필요에서 서울 경비를 위해 배치되었다.[16] 이로써 전국의 경찰사무권이 모두 헌병의 손으로 넘겨졌다.

데라우치는 헌병경찰제 실시에 즈음하여 7월 1일 오쿠보 한국주차군 사령관에게 이번 주차헌병대의 직무 범위를 확장시킨 목적을 이루려면 "반드시 각 기관의 협심과 협력을 기대해야 한다. 그러므로 차제 주차군대는 헌병 및 기타 기관과 서로 제휴하여 상호 의사를 소통하고 상호 호응"하는 것이 극히 중요하다고 훈시했다.[17] 이와 같이 헌병이 한국의 경찰권을 통할하기 위한 헌병경찰제 실시와 주차헌병의 증가는 '한국병합'을 위한 제1보였다.[18]

데라우치는 이와 함께 시국에 즈음하여 급히 대응하기 위해 당시 항일 의병이 활동하고 있던 지방과 수도권에 일본군을 집중 배치하였다. 한국주차군은 병합 실행이 결정되자 통감의 의도에 따라 정책 결정을

15　데라우치는 1910년 6월 2일 각의에 제출한 「韓國駐箚憲兵隊增派ノ爲經費支出ノ件」에서 현재 한국에 "경찰관 5200여 명, 헌병 2,300여 명, 헌병보조원 4,500여 명 총 12,000명으로서 이를 한국의 면적에 할당하면 1方里에 고작 8分 6厘의 배치에 그치고 일본 내지의 1인 4分, 대만의 2인 4分에 대비할 때 경찰력 遙力에 미치지 못하여 평시에도 한국의 치안을 保持하는데 쉽지 않은 이때 헌병 1,000명을 증가"해 줄 것을 요청했다(일본국립공문서관, JACAR(アジア歷史資料センター) RefC03022996500, 防衛廳防衛硏究所〉陸軍省大日記〉密大日記〉明治 43年).
16　『1910年 韓國强占資料集』, 38쪽. 다른 기록에 따르면 이때 일본에서 한국에 증파된 헌병은 1300여 명이며, 그 가운데 600명은 7월 5, 6일 양일에 헌병장교로 전과하여 한국에 파견하였고 나머지 700명은 각 사단 사령부에서 재향 군인, 기병, 포병, 공병, 치중대에서 모집 보충하여 7월 중순부터 소관 헌병대에서 1개월의 단기 교육을 시행한 후 파견했다고 한다(德富猪一郎 編, 앞의 책, 471쪽).
17　金正明 編, 『朝鮮駐箚軍歷史』, 巖南堂書店, 1967, 342~343쪽(이하 『朝鮮駐箚軍歷史』).
18　德富猪一郎 編, 앞의 책, 469쪽.

뒤받침하고 事端의 해결을 원만히 하기 위해 6월 초순부터 각지에 주둔해 있던 수비대의 여력을 용산에 집결시켰다. 이것은 정변(병합-인용자)에 따른 소요에 대비하기 위한 것이었다.[19]

그리하여 6월 1일 북부 수비관구에 주둔하고 있던 나남의 기병연대 본부 및 제2중대를 용산에 급파한 것을 시작으로 나남 보병 제4연대의 1대대(2중대 빠짐, 6월 21일 출발), 함흥의 보병 제32연대의 1대대(2중대 빠짐)는 보병 제65연대와 교대하여 서울로 출발하였다. 또한 대전에 본부를 둔 남부수비군인 임시한국파견대의 1대대(2중대 빠짐)는 육로로 그리고 대구에 집결한 기타 1대대(2중대 빠짐)는 기차로 출발하여 7월 상순에 용산 집결을 완료하였다.[20] 이때 용산에 집결한 일본군은 보병 15개 중대, 기병 1연대(1개 중대 빠짐), 포병 1중대, 공병 1중대였다.[21] 이로써 "병합 준비를 위한 군대의 집중을 전부 완료"한 "데라우치의 흉중에는 통감 부임 전에 이미 대사(병합-인용자) 결행의 일정 등도 결정해" 두고 있었던 것이다.[22]

이렇게 서울에 일본군을 집중시킨 상태에서 데라우치는 한국에 부임하자마자 한국주차군 사령관의 보고를 받고 자신이 직접 경비 계획을 지시하고 "어느 때 어느 경위를 막론하고 하나의 명령으로서 기회를 잃지 않기 위해 7월 하순 이후 서울, 용산의 모든 부대에 비밀리에 무장을 정비"했다.[23] 또한 그는 1907년 8월 군대 해산에 저항한 해산 군인을 상기하고 병합에 따른 대한제국의 마지막 남은 군대인 황실 근

---

19 『朝鮮駐箚軍歷史』, 340쪽.
20 『朝鮮駐箚軍歷史』, 340~341쪽.
21 『1910年 韓國强占資料集』, 38~39쪽.
22 小森德治, 앞의 책, 465쪽.
23 『1910年 韓國强占資料集』, 39쪽.

위대의 무장 봉기를 사전에 막기 위해 간부들을 협박, 설득하는 한편, 하사, 병졸에게는 인민과의 접촉을 차단할 목적으로 8월 이후 영외 출입을 아예 금지하였다.[24] 특히 8월 8일, 데라우치는 한국주차군 사령관을 불러 앞으로 '경기도, 황해도, 강원도 등 특히 비교적 서울에 가까운 지방과 종래 폭도(의병 – 인용자)가 자주 활동했던 지방에서는 주도면밀한 근무에 힘쓰도록' 훈시했다.[25] 곧 서울에 주둔한 부대는 일본의 병합 단행에 저항하는 소요가 있을 때 즉시 필요한 준비를 대비할 수 있고 또 철로 연선의 여러 부대는 하나의 명령 하에 全線의 수비를 할 수 있는 준비를 완료하고 시국의 발전 진행을 관망했다.[26]

이와 같이 데라우치는 통감으로 부임하기 전부터 한국의 경찰권을 빼앗아 일본군 헌병에게 넘긴 헌병경찰제를 실시하고 또한 서울을 비롯한 수도권에 일본군을 집중 재배치하여 병합 실행을 위한 계엄 상태를 유지했다. 이에 대해 데라우치가 병합 실행에 있어 "군대, 경찰의 위력과 끊임없는 경비가 간접적으로 다대한 효력을 나타낸 것"이라고[27] 평가했듯이 헌병경찰제의 실시와 군사적 점령의 강화는 병합 단행의 유력한 수단으로 작용했던 것이다.

2) '내각변동설'과 한국 내각의 동요

데라우치가 통감으로 내정되었다는 소식이 일본에서 전해지면서 한국 정국은 극심한 혼란에 빠졌다. 그것은 이 무렵 일본에서 비밀리

---

24 『1910年 韓國强占資料集』, 40쪽.
25 『朝鮮駐箚軍歷史』, 346~347쪽.
26 『朝鮮駐箚軍歷史』, 347쪽.
27 『1910年 韓國强占資料集』, 40쪽.

에 논의, 결정되고 있던 병합 방침이 '시국 문제' 또는 '한국 문제'라는 용어로 국내 언론에 보도되는 가운데 통감 경질과 함께 일본에서 날아든 '내각변동설' 때문이었다.

1910년 5월 30일 데라우치가 통감으로 정식 임명된 뒤 "현상을 타파하고 정무를 쇄신할 방침으로 제1착수에는 통감부에 총무장관을 전임하고 통감부 및 (한국)정부 각부 차관에 일대 경질을 실시"하겠다는[28] 취임사와 함께 "일본 내각에서 회의를 열고 한국 정부 경질사건을 제출"했다는[29] 보도가 나오면서 내각변동설이 급속히 번져나갔다.

이때부터 항간에는 통감 경질과 내각변동설을 근거로 "마산항에 있는 금릉위 박영효로 총상을 피명한다",[30] "데라우치 통감이 새로 임명된 후 한국 정부가 일대 변경되어 총리대신은 송병준, 이용구 양인 중에서 내정되었다"[31] 등의 항설이 난무하였다. 또한 지난해 12월 한일합병을 청원한 적이 있던 일진회에서는 도쿄에 있는 송병준의 통보를 근거로 "신통감은 이완용 현 내각을 해산하고 그 회(일진회―인용자) 중으로 신내각을 조직케 할 터이오. 그 회가 주창한 합방은 오는 7, 8월경에 성립되리라"는 주장이 제기되기도 했다.[32]

통감 경질에 따른 이런 내각변동설에 대해 당시 언론에서는 "통감이 경질된 이후로 한성에 의문의 구름이 첩첩하여 모 정파는 의기양양 한다, 모 정파는 가만히 침묵을 지킨다, 내각이 요동치고 신내각을 조직한다 이런다 저런다 하는 풍설에 진실로 두 귀에 搔瘍症이 발하여 못

28 「新統監의 初政略」, 『皇城新聞』, 1910.6.1.
29 「日內閣에 提議」, 『皇城新聞』, 1910.6.3.
30 「朴氏總相説」, 『皇城新聞』, 1910.6.3.
31 「遼豕又出」, 『大韓每日申報』, 1910.6.3.
32 「一進會의 揚言」, 『皇城新聞』, 1910.6.2.

견디겠네"라는[33] 풍자가 나올 정도로 한국 정국은 크게 동요했다.

이런 분위기 속에서 내각총리 이완용은 5월 23일 내부대신 박제순에게 내각총리직을 대리케 하고 치료를 이유로 온양 온천으로 내려가 정국을 관망했다. 한국 내각에서는 통감 경질에 대한 일본의 의도를 파악하는데 고심하였다. 5월 29일 각부대신들이 모여 통감 경질에 따른 임시회의가 열렸고,[34] 이 날 회의가 끝난 뒤에는 고영희 탁지부대신, 이용직 학부대신, 민병석 궁내부대신이 조중응 농상공부대신 집에 다시 모여 밤늦게까지 "통감 경질에 관하여 금후 내각의 거취를 협의"했다.[35]

일본이 병합 방침을 비밀에 부치고 언론도 철저히 통제했기 때문에 누구도 통감을 경질한 일본의 의도나 내각변동설의 진부를 알 수 없었다. 1907년 정미조약 체결 이후 통감이 사실상 한국 정부를 장악하고 있는 상태에서 '한국의 고등 관리 임면에 통감의 동의가 있어야 하기' 때문에[36] 통감이 실질적인 각료 임명권을 가진 것이나 마찬가지였다. 따라서 현 각료의 향후 운명은 새로 임명된 통감 데라우치의 의도 즉 일제의 대한정책에 달려있었다. 이런 상황에서 내각변동설은 그만큼 현직 각료에게는 불안감으로 또 다른 친일 정치배들에게는 기회로 다가왔던 것이다.

이를 반영이라도 하듯이 시중에서는 연일 구체적인 조각 내용까지 나돌기 시작했다. 예컨대 "총상은 김윤식, 내상은 조중응, 학상은 장석주, 궁상은 조희윤, 농상은 박제순 씨가 피임한다는 설",[37] "총리대신은 박영

---

33 「時事一掬」,『皇城新聞』, 1910.6.3.

34 「統府의 臨時會」,『皇城新聞』, 1910.5.31.

35 「農相邸密議」,『大韓每日申報』, 1910.6.1;「三大密議」,『皇城新聞』, 1910.6.1.

36 정미조약 제1조에는 "한국 정부는 시정개선에 관하여 통감의 지도를 받을 것", 제4조에 "한국고등관리의 任免은 통감의 동의로써 이를 행할 것"이라고 되어 있다([韓日協約(奎 23056)).

효 씨로 내부대신 박제순 씨는 그대로 두고 학부대신은 윤효정 씨로, 탁지대신은 이용구로 농상공부대신은 정운복 씨로 조직되리라는 설",[38] "총상은 송병준, 내상은 이용구, 학상은 최영년, 농상은 유학주, 친위부장관은 이희덕, 한성부윤은 윤정식"[39] 등 온갖 설이 난무했다. 뿐만 아니라 신임 통감이 부임하면 "학부를 폐지하여 내부에 학무국을 설치하고 탁지부는 농상공부로 합병"하며 "총상은 박제순 씨로 내상은 성기운 씨로 학무국총재는 이용직 씨로 피임케 한다는 설"조차 나돌았다.[40]

내각변동설로 향후 정국이 오리무중인 가운데 내각의 한 자리를 차지하려는 엽관운동의 소문도 무성했다. "영선군 이준용, 중추원고문 이하영 및 기타 모모 씨가 대신을 운동하기 위해 각기 경쟁"하고,[41] 김재순은 대신 한 자리를 차지하려고 거액을 들여 도쿄로 가고,[42] 대구관찰사 박중양도 대신 한 자리를 차지하려고 통감부에 비밀히 운동중이라는 소문이 돌았다.[43] 당시 궁내부대신 민병석은 자신의 지위를 공고히 할 목적에서 일본인에게 1천원의 운동비를 썼다가 '사기' 당한 사건도 있었다.[44] 이처럼 데라우치 통감이 부임한 뒤에 내각이 변동된다는 설에 일반 엽관자들이 대신 자리를 차지하려고 그 주선에 분주했다.[45]

이렇게 내각변동설로 서울 정국이 크게 동요하고 있는 가운데 주목되는 것은 이완용과 조중응의 관계이다. 이완용이 온양으로 내려간 뒤

---

37 「云云何多」, 『大韓每日申報』, 1910.6.5.
38 「新內閣組織說」, 『大韓每日申報』, 1910.6.15.
39 「可付一笑」, 『大韓每日申報』, 1910.7.5.
40 「學部存廢問題」, 『大韓每日申報』, 1910.6.19; 「必是風說」, 『皇城新聞』, 1910.6.19.
41 「大臣運動何多」, 『皇城新聞』, 1910.6.21.
42 「運動何多」, 『大韓每日申報』, 1910.6.23.
43 「大臣運動」, 『大韓每日申報』, 1910.6.25.
44 「同謀者調查」, 『大韓每日申報』, 1910.7.14.
45 「鄙夫觀望」, 『皇城新聞』, 1910.7.10.

둘 사이에 "밀의한 왕복이 날마다 있었다."[46] 민왕후시해 사건 당시 법부 형사국장을 지냈던[47] 조중응은 이듬해 2월 아관파천으로 친일내각이 무너지자 일본에 망명하였다. 그로부터 10여 년간 일본에 머문 조중응은 이토가 통감으로 부임한 뒤 귀국하여 1907년 4월 이완용 내각의 법부대신으로 발탁되었다.[48] 이후 일본통으로서 이완용이 가장 신임하는 조력자가 된[49] 조중응은 6월 19일에도 온양의 이완용을 방문하여 "현 내각변동에 관하여 末路의 정황을 협의"했다.[50]

이완용과 조중응 사이에 심상찮은 밀의가 진행되는 가운데 7월 23일 데라우치가 한국에 부임해 왔다. 그러나 내각변동설은 여전히 사라지지 않았다. 데라우치가 서울에 온 뒤에도 "총상은 중추의장 김윤식 씨로, 궁상은 영선군 이준용 씨로, 내상은 농상 조중응 씨로, 농상은 중추원고문 권중현 씨로 내정되었다는 설",[51] "총상은 김윤식 내상은 이용직 학상은 이○원 농상은 고영희 탁상은 조중응 제씨가 피임한다"는[52] 설 등이 나돌았다.

또한 자신의 정적인 송병준의 귀국 소식은 이완용을 더욱 긴장시켰다. 1909년 2월 내부대신에서 면직된 후 일본에 건너가 일본 정부를 상대로 '합방 운동'을 벌이던 송병준은, 병합 방침이 확정되고 통감 데라우치가 서울로 부임하자 그 역시 귀국을 서둘렀다. 데라우치는 이런 송병준을 이용하여 이완용을 압박하였다. 데라우치는 이완용이 합방

---

46 「豈不勞乎」, 『大韓每日申報』, 1910.6.4.
47 『日省錄』, 建陽 元年 1月 12日.
48 『日省錄』, 光武 11年 4月 14日.
49 小松綠, 앞의 책, 119~120쪽.
50 「末路情況協議」, 『大韓每日申報』, 1910.6.21; 「溫路牛火」, 『皇城新聞』, 1910.6.21.
51 「巷說難信」, 『大韓每日申報』, 1910.7.29.
52 「亦一風說」, 『大韓每日申報』, 1910.8.9.

단행에 주저할 경우에 대비해서 귀국을 서두르는 송병준을 시모노세키(下關)에 머물게 함으로써 정적 이완용을 견제토록 하는 용의주도함을 보였다. 이완용이 병합 협상에 미온적일 경우 곧바로 송병준 내각을 조직하여 병합을 완성한다는 계략이었다.[53]

통감 경질 이후 한동안 떠돌던 내각변동설은 한국 정국을 혼란에 빠뜨렸지만 결국 '사실무근'이었다. 그렇지만 내각변동설은 데라우치가 통감에 내정되어 한국에 부임하기까지 두 달 정도 한국 정국을 불안하게 했다. 이완용을 비롯한 현직 각료는 물론이고 기회주의적인 친일 정치배들이 내각변동설에 심각하게 동요하는 현상은, 데라우치가 의도한 바였다. 데라우치는 한국 부임을 전후하여 내각변동설로 한국 대신과 친일적 인사들로 하여금 향후 자신들의 진로에 대한 불안과 자리다툼을 경쟁시켜 자신이 의도한 바를 이끌어내고자 했던 것이다. 그것은 일본의 병합 방침에 이완용 내각을 일치시키려는 것이었다. 데라우치의 이런 계략은 그가 통감으로 부임한 지 얼마 지나지 않아 그 효력을 드러냈다.

---

53 市川正明 編, 『日韓外交史料』 10, 原書房, 1981, 185~186쪽.

2. 이인직의 渡日과 데라우치의 '꼭두각시 놀이'

1) 이인직의 渡日과 이완용

일본에서 흘러든 내각변동설로 서울 정국이 크게 동요하는 가운데 이완용과 조중응은 거의 매일같이 밀의를 했다. 아마 이들의 밀의 역시 당시 정국의 최대 관심사였던 일본의 통감 경질 의도와 향후 대한 정책의 방향을 파악하는데 있었을 것이다. 이런 두 사람의 동향을 짐작할 수 있는 기사가 이 무렵 국내 언론에 보도되었다.

당시 대한신문 사장이자 이완용의 개인 비서인 이인직이 "공자교회의 대표로 구통감 전별과 신통감 환영"을 위하여 6월 4일 경부선 열차를 이용하여 일본으로 출발했다.[54] 이어 이인직의 도일 목적을 짐작할 수 있는 당시 정우회 간사 고희준의 도일 기사가 보도되었다.

먼저 정우회가 차기 내각을 조직하려는 공상을 품고 김종한씨와 같은 자는 총리 자리를 얻으려 운동한다는 설을 전하는 자가 있으나 본래 정우회는 이완용, 조중응씨 등의 前矛인즉 김씨 운동설은 사실무근이 적실하고 정우회 간사 고희준씨의 도일함은 정우회 사무를 위한 것이 아니오 향일 조민희씨가 정보를 제공하고 온양에 있는 이총리를 방문한 결과로 조농대가 파견함이라더라.[55] (짙은 글씨는 인용자)

---

54 「李社長渡日」,『皇城新聞』, 1910.6.3. 이인직의 도일 일자와 관련하여 『皇城新聞』에서는 6월 2일로 보도하고 있으나 일본 측의 정보자료에 의하면 6월 4일 출발하여 이틀 뒤인 6월 6일 도쿄에 도착한 것으로 되어 있다(「韓人李人植入京ノ件」,『伊藤公爵薨去後ニ於ケル韓國政局並ニ總理大臣李完用遭難一件』, 일본국립공문서관, JACAR(アジア歷史資料セタ一) RefB03050610100, 外務省外交史料館〉外務省記錄〉1門 政治〉6類 諸外國內政〉1項 亞細亞).

이 기사는 정우회 간사 고희준이 일본에 간 것은 정우회 일 때문이 아니라 농상공부대신 조중응이 파견했고 여기에 조민희와 이완용이 관계되어 있다는 것이다. 이어서 이완용과 조중응이 이인직에게는 5천원, 고희준에게는 1,500원의 도일 여비를 지급했다는 기사가 보도되었다.[56] 이런 일련의 기사를 재구성해 보면 이완용과 동서지간인 경운궁 승녕부 총관 조민희가[57] 무슨 정보를 가지고 온양에 가서 이완용을 만났고 그 결과 농상공부대신 조중응이 이들을 일본에 파견한 것이 된다. 즉 이인직은 이완용과 조중응의 어떤 지시를 받고 일본에 파견된 것이다.

그럼 통감이 경질되고 내각변동설이 나도는 미묘한 시기에 이인직이 일본에 간 진정한 이유는 무엇일까? 당시 상황을 고려할 때 이인직의 도일 목적은 곧 급변하고 있는 일본의 대한정책을 내탐하기 위한 것이 분명했다. 일본이 통감을 현직 육군대신으로 경질한 이유와 시국 문제로 상징되던 병합에 대한 일본 정부의 입장 등을 파악하기 위한 것이었다.

사실 이인직은 이전에도 이와 비슷한 일로 이완용의 지시로 일본에 간 적이 있었다. 1909년 12월 일진회가 '합방청원서'를 제출하여 합방론이 크게 일어나자 이에 반대하던 이완용이 그해 12월 17일 이인직을 일본에 파견했다. 당시 통감부에서는 이인직의 도일에 대해 다음과 같이 파악했다.

대한신문 사장 이인직은 합방 문제 발생 이래 이수상 및 조농상의 수족이 되어 각 방면의 內偵에 종사했는데 현 내각에서 그를 도일시켜 일본 조

55 「李趙兩大運動」, 『皇城新聞』, 1910.6.5.
56 「李高의 旅費出處」, 『大韓每日申報』, 1910.6.9.
57 조민희의 부인이 이완용 부인의 동생이었다.

야의 합방 문제에 관한 의향을 탐지할 목적으로 17일 오전 9시 남대문 역을 출발하여 일본으로 향했다. 또 일설에는 이완용·조중응 등이 일진회의 성명서(합방청원서 — 인용자)에 반대했다는 등 설은 거짓 소문이라는 의미의 변명서를 일본 정부에 제출하려고 가져갔다고 하나 진위를 알 수 없다.[58]

즉 이완용과 조중응이 이인직을 일본에 파견한 것은 일진회의 합방 청원에 대한 일본 조야의 반응을 확인하고 이에 반대했던 자신의 입장을 변명하기 위한 것이었다.[59] 이번 그의 도일 역시 이완용의 밀명에 의한 것이 분명했다.

이인직은 1910년 6월 4일 서울을 출발하여 이틀 뒤인 6월 6일 도쿄에 도착했다. 이인직이 도쿄에 머무는 10여 일 동안 정확히 누구를 만나 무슨 이야기를 했는지 그의 행적을 현재까지는 알 수 없다. 다만 6월 10일 『요미우리신문(讀賣新聞)』에 보도된 「대폭동의 염려는 없다」라는 이인직 관련 기사에서 그의 도일 목적과 활동을 짐작해 볼 수 있다.

이번에 입경한 한국 정객 이인식씨는 합방 단행의 영향에 대해서 말하기를 한민 중 일소부분에는 합방 반대의 기염 지금 아직 지열하지만 게다가 도저히 군대의 진압을 요하는 정도의 소요를 조성하는 것은 없고 또한 데

---

[58] 「大韓新聞社長李人植의 渡日目的에 關한 件」, 『統監府文書』 제8권, 국사편찬위원회, 1999, 142쪽. 당시 일본 측 자료의 李人植은 李人稙의 오기이다.

[59] 이완용은 일진회의 합방설이 나돌자 일진회의 합방 청원에 앞선 1909년 11월 27일 탁지부대신 고영희를 오사카조폐국화폐주조시찰을 명분으로 일본에 파견하여 가츠라 다로(桂太郎) 수상에게 5개항의 합방안을 제출했다고 한다. 합방안 5개항이란 '1. 한국 황제는 종전대로 둘 것, 2. 원로는 일본 華族과 同列케 할 것, 3. 상당한 이력이 있는 자는 秩錄을 給할 것, 4. 한국민은 일본에 입적하여 일본의 신민이 될 것, 5. 한국에서 행하는 정무의 수반은 한국인으로 할 것' 등이었다(「令人骨冷」, 『大韓每日申報』, 1909.12.9).

라우치 통감의 취임에 전후해서 각지에 다소 폭도가 일어나는 모양 있지만 이는 합방 반대와는 몰교섭이고 한국은 목하 각지 다 대가뭄을 고하고 거의 오십일 전보다 강우가 없고 특히 전라, 충청, 경상의 삼 지방이 가장 심하다. 이런 시기에 임해서 민심 불온이 되는 것은 한국의 항례이다. 그래서 통감 정치에 좋지 않은 일부 야심가는 이것을 다행으로 합방 반대의 폭동이다며 와전을 유포하고 있을 따름이다. 생각하건대 한민의 다수는 거의 합방 단행을 예기하고 있어서 이것 때문에 대폭동을 演하는 것 같은 두려움은 결코 없다. 운운[60]

이 기사에서 이인직은 현재 한국 안에서의 소요 즉 의병은 합방과 무관하며 최근 가뭄으로 인한 민심 불안으로서 항상 있어온 일인데, 통감 정치를 반대하는 일부 야심가가 이것을 합방 반대의 폭동이라고 사실과 다르게 전하고 있을 따름이며, 한국민 다수는 거의 합방 단행을 미리 생각하고 있기 때문에 대폭동이 일어날 염려는 없다 라며, 일본이 우려하던 병합에 대한 한국의 민심 동향을 안심시키려고 노력했다. 이처럼 이인직은 일본이 병합을 단행하더라도 한국 관민의 저항이 별로 없을 것이라며 일본에게 병합 단행을 독촉하는 뜻한 의사를 표명했던 것이다.

이런 사실에서 이인직은 일본에 머물면서 일본의 병합 방침이 돌이킬 수 없는 정책이고 그 일환으로 데라우치가 통감에 임명되었다는 사실을 파악했던 것이다. 그가 일본에 간 시기는 일본 내각에서 6월 3일 병합 실행을 위한 「한국병합실행에 관한 방침」을 결정하고[61] 이후 데

---

60 「대폭동의 염려는 없다」, 『讀賣新聞』, 1910.6.10(다지리 히로류끼, 『이인직연구』, 국학자료원, 2006, 234쪽에서 재인용).

라우치와 그의 명령을 받고 도쿄로 간 통감부 관리들이 육군성으로 옮긴 도쿄 통감부출장소에서 비밀리에 병합 단행을 위한 준비를 진행하고 있던 때였다.[62] 보도 통제가 심한 국내 언론에서조차 도쿄 전보를 근거로 "합방이 점점 절박해 지고 있다"고[63] 보도되는 상황에서 이인직은 이번 통감 경질이 병합 단행에 있음을 인지하였던 것이다.

이런 그가 언제 귀국했는지는 불분명하다. 다만 이인직이 "온양 온천에서 치료하는 이총상을 위문하기 위하여 금명간 떠난다"라는[64] 6월 19일 보도에서 19일 이전에 귀국했음을 알 수 있다. 서울로 돌아 온 이인직은 곧바로 위문을 핑계로 온양으로 내려가 이완용을 만나 아마 자신이 일본에서 파악한 정세를 전달했을 것이다. 얼마 뒤인 6월 19일 농상공부대신 조중응이 온양으로 내려가 이완용을 만나 "현 내각 변동에 관하여 末路의 정황을 협의"했다.[65] 이 날 이완용과 조중응이 협의한 내용은 이인직이 일본에서 파악해 온 정보를 바탕으로 향후 대응책을 논의한 것으로 판단된다.

이로부터 10일이 지난 6월 28일 온양에 머물던 이완용은 서울로 돌아왔다.[66] 이날 이완용은 조중응 등을 비롯한 각 대신들에게 은밀히 통지하여 자신의 집에서 시국에 관한 밀의를 가졌다.[67] 이날 밀의의 내용이 무엇인지 알려지지는 않았지만 이완용이 '친근한 모씨에게 말했다'고 보도한 7월 2일 신문 기사에서 그 내용을 짐작할 수 있다.

---

61 日本外務省 編, 『日本外交年表竝主要文書』 上, 原書房, 1965, 336쪽.

62 「통府出張所」, 『皇城新聞』, 1910.6.4.

63 「合邦과 改正更迭」, 『皇城新聞』, 1910.6.14.

64 「慰問總相」, 『大韓每日申報』, 1910.6.19.

65 「末路情況協議」, 『大韓每日申報』, 1910.6.21.

66 「下詢總相」, 『大韓每日申報』, 1910.6.30.

67 「各大密議」, 『皇城新聞』, 1910.6.30; 「密議密探」, 『大韓每日申報』, 1910.6.30.

일전에 입성한 총리대신 이완용 씨는 친근한 모씨에게 말하기를 내가 사직한다는 설은 내외국 신문에 누누이 流傳한 바 이나 나는 이것을 보고 이것을 들을 때마다 냉소를 하였다. 그러나 곤란한 문제를 만나면 관직을 버리고 책임을 도피하는 것은 옛부터 한국 위정가의 보통 일인즉 이들 풍설이 있음은 괴이치 아니하나 이미 몸을 던져 수회의 조약을 체결한 이상에는 그 끝을 맺는 것은 나의 책임이라. 내가 비록 불민하나 어찌 책임을 다른 이에게 넘기고 홀로 身家만 보수하리오. 어디까지라도 처음 정한 목적을 향하여 맹진할 뿐이다. 사직할 뜻은 꿈속에도 없다. 만약 내가 사직할 뜻이 있다면 조난 당시에 마땅히 이를 행하지 아니하였겠는가. 고난을 겪으면 뜻이 더욱 단단해 지는 것이 나의 본령이니 당신은 이를 양해하라 하였다더라.[68](짙은 색은 인용자)

이완용의 담화에서 확인할 수 있듯이 그는 그동안 소문으로 떠돌던 자신의 내각총리 사직설을 일축하고 현 시국에 대한 자신의 입장을 은근히 밝혔다. 그는 병합이란 용어를 직접 사용하지는 않았지만 "이미 몸을 던져 여러 차례 조약을 체결한 이상에는 그 끝을 맺는 것은 나의 책임이라"고 했다. 이완용이 말한 '그 끝을 맺는 것'이란 곧 일본과의 병합을 자신이 책임지고 마무리하겠다는 의중을 드러낸 것이다. 이처럼 이완용은 이인직을 통해 전달받은 일본의 정국 동향을 확인하고 병합의 대세를 받아들여 자신의 책임 아래 해결하려고 결심하고, 6월 28일 다른 대신들과의 밀담에서 역시 일본이 통감을 경질한 의도와 이에 대한 자신의 생각을 전했을 것으로 판단된다.

이와 같이 데라우치가 한국에 부임하기도 전에 이완용과 조중응은

---

68 「이총리의 談話」, 『大韓每日申報』, 1910.7.2.

일본의 병합 방침에 대해 자신들이 책임지고 마무리한다는 결심을 하고 있었던 것이다. 이완용을 중심한 이런 한국 내각의 움직임은 데라우치가 의도했던 바였다. 이 움직임은 7월 23일 데라우치가 통감으로 부임한 뒤 보인 더욱 계산된 공작에 의해 가속화되었다.

2) 데라우치의 '꼭두각시 놀이'

통감으로 부임하기 전 병합 준비를 거의 완료한 상태에서 데라우치에게 남은 임무는 한국에 부임한 뒤 한국의 실정을 면밀히 살피면서 '적당한 시기'에 병합을 단행하는 일이었다. 그가 일본을 출발하기 전 그에게 '조약체결에 의한 병합'과 '일방적 선언에 의한 병합'이라는 두 가지 방안이 주어졌지만 최선의 방안은 조약 체결을 통해 병합을 하되 일본의 요구에 의해서가 아니라 한국 스스로 병합을 청원하고 일본이 이를 받아들이는 모양새를 갖추는 것이었다.

이를 위해서 가장 필요한 것은 병합조약 체결에 순종황제의 재가를 받는 것이었다. 그러나 순종황제의 경우 일본인들이 "현 황제(순종황제 −인용자)를 일진회의 한국의 대일병합 청원에 가담하도록 설득했지만 현 황제는 통곡하면서 그러한 조치에 서명하기보다는 오히려 스스로 생을 마감하는 것이 더 났다고 소리쳤다"라고[69] 했듯이 일본은 이미 순종황제가 병합에 반대한다는 사실을 인지한 상태였다. 때문에 데라우치 입장에서는 다른 방안을 강구하지 않을 수 없었다. 그것은 우선 한국 내각을 일본의 병합 방침에 일치시키고 이를 바탕으로 황제를 압박

---

[69] 최덕규, 「고종황제의 한일병합 자지계획과 노령지역 한인들의 독립운동(1909~1910)」, 『만주학회 제19차 국제학술회의 : 동아시아의 인구이동과 문화체험』, 2010.9.30 발표문, 50쪽.

하는 것이었다. 만약 이것이 여의치 않을 때는 곧바로 일방적으로 병합을 선언하는 것이었다.

이미 내각변동설을 통해 한국 내각을 크게 동요시킨 상태에서 한국에 부임한 통감이 이후 어떤 계산된 행동을 했는지 보자.

데라우치는 7월 23일 오전 10시 경에 인천에 도착한 뒤 경인열차를 이용하여 서울에 도착했다.[70] 그는 하루 휴식을 취하고 7월 25일 오전 10시 30분에 부통감과 함께 창덕궁을 찾아 순종황제를 알현했고 이어 오후 2시경에는 경운궁의 고종황제를 알현했다.[71] 통감은 고종황제를 만나 직후 "태황제(고종황제-인용자)가 이 이상 음모의 중심을 이룰만한 염려는 단연코 없었다"라고 했듯이[72] 병합에 대해 고종황제가 저항하거나 이를 저지할 어떤 계획을 가지지 않은 것으로 확신했다.

이날 이후 데라우치는 통감 관저에서 한국 정부의 각 대신이나 서울에 주재하는 각국 영사들을 대상으로 만찬회를 열거나 통감부 각 국과를 순시하는 등 지극히 부임 초기의 의례적인 활동만 하였다. 이런 연장선에서 데라우치는 한국 정부에서 마련한 환영회도 더위를 구실로 거절했다.[73]

이와 같이 데라우치는 7월 23일 통감 부임 후 한국 각료 및 중요 대관 등을 인견하고 취임 인사만 하고 통상적인 사무 처리 이외에 정치 방침에 대해서는 철저히 침묵으로 일관했다. 심지어 매주 화요일 통감 관저에서 통감의 주관 아래 한국 정부의 각부 대신과 일본인 참사관이

---

70 「統監到着光景」,『皇城新聞』, 1910.7.24.

71 「正副統監 陛見」,『皇城新聞』, 1910.7.26.

72 小松緣, 앞의 책, 114쪽. 당시 고종은 '趙南升御璽僞造事件'에서 드러난 '외교 문서' 문제로 어려운 처지에 몰려 있었는데 이에 대한 상세한 내용은 다음 글인 「'趙南升御璽僞造事件'과 고종황제의 망명계획」 참조.

73 「熱天歡會의 謝却內」,『皇城新聞』, 1910.8.7.

참여하여 열리던 화요정례예회도 8월 2일 첫 모임부터 중요 문제가 있을 때를 제외하고는 더위로 인하여 휴회한다며[74] 사실상 화요정례예회를 무기한 연기했다. 이처럼 통감이 주관하던 중요한 화요정례예회를 무기 연기한 것은 곧 통감이 한국 대신들과 공식적으로 만나지 않겠다는 것을 통고한 것이나 마찬가지였다.

일본 정부가 현직 육군대신인 데라우치를 통감에 임명한데서 보더라도 통감은 무언가 특별한 사명을 띠고 왔음에 틀림없었다. 특히 데라우치는 병합 문제에 대해서 석상처럼 조금도 입을 열지 않았고, 통감부 정무총감 이하 막료에게조차 언급하지 않았다.[75] 이완용 등 한국 대신들의 불안과 초조감이 더해가는 가운데 폭풍전야처럼 이렇게 2주일이 지나갔다. 그렇다고 데라우치가 마냥 침묵만 지킨 것은 아니었다. 그는 겉으로는 입을 굳게 다물고 있었지만 실제에서는 "남몰래 한국 상하의 상황을 살피"고 있었다.[76]

이완용은 데라우치의 기나긴 침묵과 자신의 정적이자 합방을 적극 주장해 온 송병준의 귀국설에 더욱 초조해지지 않을 수 없었다. 그리하여 이미 데라우치 통감의 뜻이 병합에 있음을 알고 있던 이완용은 7월 31일 취운정에서 내부대신 박제순, 농상공부대신 조중응, 전 학부대신 이재곤, 전 탁지부대신 임선준 등을 회동, 병합에 대한 정부의 결의를 정했다.[77] 이 결정은 8월 5일 밤 10시경 자신의 개인 비서인 이인직을 통감 관저로 보내는 것으로 나타났다.[78]

---

74 「大臣會議休會」, 『皇城新聞』, 1910.8.3.
75 小松綠, 앞의 책, 122쪽.
76 『1910年 韓國强占資料集』, 26쪽.
77 小森德治, 앞의 책, 376쪽; 「總相觀暢」, 『皇城新聞』, 1910.8.2.
78 小森德治, 앞의 책, 375쪽.

통감관저(『倂合紀念朝鮮寫眞帖』, 1910)

통감 관저로 고마츠를 찾아간 이인직은 이 날 자신의 방문이 순연한 자기의 의사에서 나온 것이지 이완용 또는 조중응과 타협한 결과는 아니라며 오늘 밤의 대화는 이곳에 한한 밀담으로서 데라우치 통감의 귀에 들어가길 바라는 것이 아니라고 강조했다. 그러나 고마츠는 당면의 병합 문제에 관해 이완용과 조중응의 뜻을 받아서 그가 이른바 세작의 임무로써 왔음을 알았다.[79] 이완용은 침묵으로 일관하고 있는 데라우치의 의도를 파악하고 또한 자신의 의중을 전달하려고 이인직을 고마츠에게 몰래 보냈던 것이다.

____

79 小松綠, 앞의 책, 126쪽.

이인직이 늦은 밤 통감 관저로 고마츠를 찾아간 것은 그와의 개인적인 친분 관계가 있었기 때문이다. 고마츠는 자신과 이인직과의 관계에 대해 다음과 같이 회고했다. 이인직은 조중응과 함께 동경에 망명했고 자신이 1897년 전후 창립된 도쿄정치학교에서 열국 정치제도와 국제법을 강의할 무렵 이인직과 조중응은 청강생으로 강의를 들은 적이 있었고 이 관계로 자신이 1906년 이토 통감을 따라 서울에 왔을 때 이인직은 그를 舊師, 賢師 등을 칭하면서 일방적인 호의를 표해 주었고 자신의 집에 놀러 와서 학문상의 대화를 하였다고 회고했다.[80]

이인직은 고마츠에게 곧바로 당시 최대 현안인 병합 문제에 관한 이완용의 생각을 설명했다. 그는 최근 한국과 일본에서 무성한 병합론과 관련하여 이완용에게 분명한 태도를 결정하라고 권유하면서 "만약 수상의 힘으로 도저히 시국 해결의 임무를 감당할 수 없다면 시비할 필요가 없다. 치욕을 고국에 드러내기 보다도 얼마 전 한국을 떠나서 일신을 보존했던 이학균을 배워 일본과 한국 어느 나라의 법권이 미치지 않는 상해에서 은둔하는 길밖에 없다. 어느 길로 나갈 것인지 찾아야 한다" 하자[81] 이완용은 자신이 물러나면 "내각은 와해할 수밖에 없다. 오적 또는 칠흉으로까지 불려 질 정도의 친일파인 현 내각이 무너지면 현 내각이상의 친일파 내각이 새로 등장할 것이라며 진실로 걱정을 금할 수 없다고 답하였다"라고 하며 병합에 대한 이완용의 속내를 은근히 전했다.[82]

80　小松綠, 앞의 책, 124~125쪽. 고마츠의 회고와 달리 이인직은 조중응과 함께 일본에 망명한 것이 아니라 1900년 관비유학생으로 일본에 유학하여 도쿄정치학교에 입학했고 이때 조중응을 만났다. 고마츠는 이때를 1897년 전후로 착각한 듯하다. 이인직은 1904년 2월 일본 육군성 제1군사령부 소속 통역이 되어 러일전쟁에 종군하게 되면서 귀국했고, 1906년에는 일진회 기관지 『국민신보』의 주필을 지내다가 이듬해 친일신문 『대한신문』을 창간하였고 이 무렵부터 이완용의 비서역할을 하였다(이인직의 일대기에 대해서는 다지리 히로유끼, 앞의 책, 27~41쪽 참조).

81　小松綠, 앞의 책, 128쪽.

그러면서 이인직은 "만일 데라우치 통감이 끝까지 현 내각을 신임해
준다"면 "이완용은 까닭 없이 책임을 피하려는 사람이 아니다." 그는
"결심을 굳게 하고 있지만 막상 어려운 문제는 왕실의 대우이다. 현 황
제는 스스로 물러날 뜻을 흘려주지 않는데 신하된 자로서 수천년래의
사직을 일시에 단절할 대사를 끄집어내는데 참을 수 없다"라고[83] 하면
서 이완용이 병합에 나설 명분을 찾고 있음을 은근히 내비쳤다. 이것
은 데라우치가 통감 부임 이후 남몰래 한국 상하의 상황을 살피면서
"어느 쪽이나 대세의 진운에 비추어 난국을 구제하기 위해서는 도저히
근본적인 개혁을 피할 수 없다는 사리를 깨달은 것 같으나 당국자는
오직 황실의 대우와 재상 이하 정부 직원의 처분에 관해 아직도 의심
을 품어 시국 해결의 책임을 미루려고 하는 상황"이라고[84] 한 것이 바
로 이것을 말한 것이다.

고마츠는 이인직의 이야기를 듣고 그는 "먼저 병합 조건의 대체를
말하는 것이 현 내각의 최후의 결심을 재촉할 유일의 방책"이라고 판
단하고[85] 한국 황실 및 대신 등의 대우에 관한 것은 확정되어 있다고
안심을 시켰다. 이인직은 병합에 관한 일본의 방침을 듣고 "그러한 관
대한 조건으로 병합이 행해지게 된다면 이수상이 마음 아파할 정도의
어려운 일도 아니라고 생각되기 때문에 수상은 결코 그 책임을 회피"
하지 않을 것이라고 말했다. 이에 대해 고마츠는 오늘 나눈 대화에 대
해 절대 비밀과 한 치의 가감 없이 이완용에게 전할 것을 당부했다.[86]

---

82 小松綠, 앞의 책, 129쪽.
83 小松綠, 앞의 책, 132쪽.
84 『1910年 韓國强占資料集』, 26쪽.
85 小松綠, 앞의 책, 132쪽.
86 小松綠, 앞의 책, 139쪽.

이렇게 하여 이날 밤 12시 무렵 이인직과 고마츠의 1차 밀담이 끝났다. 이인직을 통해 이완용의 의사를 확인한 고마츠는 곧바로 이인직과 나눈 대화 내용을 정리하여 다음날 아침 데라우치에게 보고했다. 이인직 역시 곧바로 이완용을 찾아가 이 사실을 전달했을 것이고 아마 조중응과도 논의가 되었을 것이다.

첫 방문이 있은 지 4일 후인 8월 8일 이인직은 역시 밤늦게 고마츠를 두 번째 방문하여 이완용의 의사를 전달했다. 이인직은 일본의 병합 방침에 이완용이 일일이 수긍했을 뿐만 아니라 자꾸 시간을 끌면 의외의 지장이 있을지 모르기 때문에 하루라도 빨리 시국을 해결하는 편이 득책이라는[87] 이완용의 의사를 전했다. 고마츠는 즉시 이 사실을 데라우치에게 알렸다. 데라우치가 본국에 병합 전말을 보고하면서 "내각총리대신 이완용이 분명히 깨달은 바 있어 스스로 시국 해결의 임무를 떠맡겠다는 결심이 있음을 확인"했다는[88] 것은 곧 이때를 말한 것이다.

이완용의 결심을 확인한 데라우치는 8월 13일 고무라 외무대신에게 병합 담판을 다음 주에 시작하여 주말에는 끝낼 수 있을 것이라는 보고를 했다.[89] 이어 그는 통감부 인사국장 고쿠부 쇼타로(國分象太郎)를 이완용에게 보내어 병합 건에 관해 면회하고 싶다는 통감의 뜻을 전했다.[90] 이렇게 하여 8월 16일 이완용은 주변의 눈을 속이기 위해 당시 대홍수의 큰 피해를 입고 있던 일본을 위문한다는 구실로 조중응과 함께 통감 관저를 찾아갔다.[91] 이날 데라우치는 이완용에게 병합 사실을 처

---

87 小松綠, 앞의 책, 140쪽.

88 『1910年 韓國强占資料集』, 26쪽.

89 日本外務省 編, 『日本外交文書』 제43권 제1책, 嚴南堂書店, 1966, 675쪽.

90 小松綠, 앞의 책, 141쪽.

91 「李首相의 水害慰問」, 『大韓每日申報』, 1910.8.17. 고마츠는 8월 16일 방문에 대해, 데라우치는 이완용에게 세인의 이목을 의식하여 밤중에 찾아올 것을 부탁했으나 이

음 알렸고 그로부터 6일 만인 8월 22일 병합늑약이 조인되었다.

　이와 같이 데라우치가 7월 23일 통감으로 한국에 부임한 후 2주일이 지나도록 통상적인 일과 이외는 아무런 활동을 하지 않은 채 긴 침묵을 지키고 심지어 매주 열리던 화요정례예회조차 무기 휴회한 것은, 한국 내각이 스스로 병합 협상에 나서게 하려던 데라우치의 계략이었던 것이다.

맺음말

　이상과 같이 '한국병합' 방침을 결정하고 병합 방안 등을 준비해 온 일본은 1910년 5월 무렵 그동안 일본이 병합과 관련하여 가장 고심한 문제 가운데 하나인 영국, 미국, 러시아 등 열강으로부터 국제적 승인을 받았다. 이제 병합을 실행하는데 남은 문제는 병합의 '적당한 시기'와 병합에 대한 한국의 동의였다. 이 임무는 새로 통감으로 임명된 육군대신 겸 통감인 데라우치의 몫이었다.

　데라우치는 한국에 통감으로 부임하기 전 도쿄에 머물면서 '한국병합'을 위한 제1보로서 헌병경찰제를 실시하는 등 군사적 점령을 강화

완용이 밤중에 만나면 세인의 의심을 살 우려가 있다며 예년에 없는 일본의 대홍수를 위문하는 형식으로 조중응과 함께 낮에 찾아가겠다고 했다고 회고했다(小松綠, 앞의 책, 141쪽). 이런 사실은 병합늑약 조인 후인 8월 24일, '8월 16일 이완용의 통감 방문 목적이 위문이 아니라 금번 중요 문제에 대한 내각의 의향을 보고함과 통감의 지도를 準從하기 위한' 것이었다고 폭로되었다(「重要問題의 經過」, 『皇城新聞』, 1910.8.24).

하는 한편, 병합 실행을 위한 간계를 꾸몄다. 그것은 병합의 '적당한 시기'를 앞당기고 병합 방안으로 조약에 의해 병합을 하되 한국이 스스로 병합을 청원하는 모양새를 갖추기 위해서였다 이를 위해 데라우치가 취한 간계는 먼저 자신이 한국에 통감으로 부임하기 이전 내각변동설을 흘려 한국 정국을 혼란시키고, 부임 뒤에도 병합 문제와 이에 대한 일본 정부의 방침에 대해 마치 돌부처처럼 침묵을 지키는 것이었다.

데라우치의 이런 간계는 곧바로 그 효력을 드러냈다. 일제가 현직 육군대신인 데라우치를 통감에 임명한데는 분명 일본의 대한정책에 큰 변화가 있고 통감에게 특별한 사명이 부여되었음을 충분히 예상할 수 있는 상황이었다. 그런데 철저한 언론 통제와 함께 데라우치의 긴 침묵으로 이에 대한 정보를 전혀 파악할 수 없었던 이완용 등 친일 각료들은 향후 자신들의 안위에 불안과 초조함을 떨쳐버릴 수 없었다. 결국 이완용은 자신의 개인 비서인 이인직을 일본에 보내어 일본의 정국 동향을 파악하게 했다. 그 결과 이완용은 자신이 병합을 마무리 짓기로 결심하고 8월 5일과 8일 두 차례 이인직을 통감 관저로 보내어 자신의 결심을 데라우치에게 전달했다.

데라우치의 간계는 우선 이완용과 조중응을 중심한 친일 내각을 압박하여 이들의 자발적인 협조를 이끌어내고자 했던 것이지만, 궁극적으로는 을사늑약의 외교적 실패를 되풀이하지 않기 위함이었다. 을사늑약 체결 당시 특명전권공사로 한국에 온 이토는 고종황제와 의정부 대신들을 협박, 회유했지만 결국 내각총리격인 의정부 참정 한규설이 끝까지 반대하고 고종 역시 재가에 앞선 내각의 협의를 구실로 일본의 요구를 거절했다. 때문에 일본이 외무대신 도장을 훔쳐 을사늑약에 조인했지만 이후 일본은 민영환 등 각료의 자결과 의병의 저항을 받았고

무엇보다도 고종이 을사늑약을 인정하지 않음으로써 을사늑약의 불법성 문제로 외교적 어려움을 겪었던 것이다.[92]

결과적으로 데라우치의 간계가 친일 내각에 먹혀들어 자신들이 기대했던 병합 방안 즉 '조약에 의해 병합을 하되 한국이 청원하는 모양새'를 갖춘 병합을 그것도 누구도 예상치 못하게 '빨리' 실현할 수 있었다. 그러나 데라우치의 간계 자체가 '정당하지 못한' 것처럼 병합늑약도 순종황제의 재가 거부로 결국 불법으로 귀결될 수밖에 없었다.

---

92 을사늑약의 불법성에 대한 보다 상세한 내용은 윤병석, 「"을사5조약"의 신고찰」, 『일본의 대한제국 강점─"보호조약"에서 "병합조약"까지』, 1995, 까치 참조.

‘趙南升御璽僞造事件’의 전말과 고종의 망명계획

머리말

‘趙南升御璽僞造事件’은 1910년 4월 19일자 『대한매일신보』를 통해 경시청 형사들이 조남승[1]을 체포하려다가 실패했다는 사실이 보도되면서 처음으로 세상에 알려졌다.[2] 조남승을 체포하려는 이유는 그가 고종의 어새를 위조하여 고종의 한미전기회사 투자금을 ‘횡령’했다는 혐의였다. 그런데 일제가 이 사건에 크게 주목한 것은 그를 심문 조

---

1   趙南升은 대원군의 둘째 사위이자 고종의 매부인 趙鼎九의 장남으로 고종과는 숙질 간이다(「秘 韓國現代史資料125건」, 『月刊朝鮮』, 1996년 신년호 별책부록, 67쪽).

2   “三昨日 하오 8시에 경시청 제2과장이 형사순사 8명을 대동하고 (중략) 前參判 趙南升을 捕得하려다가 失捕했는데 즉시 兩氏의 가택을 수색하여 일반 서류를 압수했으며 趙氏는 其於捕獲할 차로 형사순사를 파수하고 각 방곡 및 정거장까지 詗察한다더라”(「一捕一失」, 『大韓每日申報』, 1910. 4. 19).

사하는 과정에서 고종이 은밀히 숨겨두었던 조선·대한제국 시기 외국과 체결한 조약 원본 등 다수 문서를 발견했기 때문이다. 이때 일제가 압수한 문서는 조약 원본과 외국인과 체결한 산업 근대화 관련 계약서 등 87종, 고종의 친서 등 43종과 이와 관련된 사건 문서 26종 등 모두 156종에 해당하는 방대한 양이다.

조남승어새위조사건(이하 조남승사건)은 일제가 압수한 문서를 정리한 목록 자료가 학계에 소개되면서 그 실체가 드러났다. 압수 문서의 목록은 당시 경시총감 와카바야시 라이조(若林賚藏)가 한국 정부의 내부대신에게 보고한 문서의 寫本인 「條約書類進達ノ件」에 첨부된 목록과 1910년 6월 통감 데라우치 마사다케(寺內正毅)가 고무라 주타로(小村壽太郎) 외무대신에게 보고한 「號外」에 첨부된 목록 두 가지였다. 이 두 목록의 비교 분석을 통해 조선·대한제국이 일본을 비롯한 11개국과 맺은 정식 조약문이 현재 한국에 없는 원인과 현재 행방[3] 그리고 이 사건과 고종의 해외 자금과의 연관성에 대해 문제를 제기했다.[4]

그런데 이 사건은 일제가 '한국병합' 방침을 결정하고 비밀리에 실행을 준비하던 때에 일어났고 일제의 국권 침탈에 저항했던 고종과 직·간접적으로 연관되어 있었다. 헤이그특사 파견 등 을사늑약을 부정하며 일제에 저항했던 고종이 병합 단행에 대해서는 별다른 저항의 흔적을 보이지 않은 것은 의문이지 않을 수 없다. 이런 점에서 이 사건은 일제의 병합 공작과 어떤 형태로든 연관되어 있을 가능성이 높다. 그래

---

3 국내에서 조선·대한제국기 공문서를 가장 많이 소장하고 있는 규장각에는 1883년 조선이 영국과 맺은 통상조약 漢文本([英國條約附通商章程稅則續約(奎 15305·15307)) 외에는 일본을 비롯한 11개국과 맺은 통상 조약의 원본이 없고 사본만 존재하고 있다.

4 이에 대한 자세한 내용은 이태진, 「조선·대한제국 條約文 원본들과 중요 근대화 사업 계약문서들의 행방」, 『韓國文化』 33, 2004 참조.

서 여기서는 이 사건의 전말을 재구성하여, 일제가 이 사건을 병합에 어떻게 이용하고자 했는지 그리고 이 사건이 최근 밝혀진 병합 직전 고종의 러시아 망명 계획과 어떤 연관이 있는지 고찰하여 일제의 불법 적인 병합 공작의 일면을 밝히고자 한다.

1. '조남승어새위조사건'의 전말

먼저 조남승사건이 어떤 계기로 일어났는지 보자. 이 사건의 발단에 대해서는 이 사건을 연구 내지 자료를 소개한 글과 당시 이 사건을 보도한 신문 기사에 다소 차이가 있다.

조남승사건을 연구 내지 관련 자료를 소개한 글에 따르면, 통감부가 고종이 상해의 독일계 은행인 덕화은행(Deutsch Asiatic Bank)에 비자금을 은닉한 사실을 알고 이를 탈취하고 은폐하려고 '어새위조사건'을 일으켰다고 한다. 즉 고종황제가 1903년 12월 2일 금 23 덩이, 주식과 공채 증서 등을 상해에 있는 덕화은행을 통해 베를린에 있는 독일은행(Deutsch Bank)에 위탁 보관했다. 황제는 퇴위 중이던 1909년 10월 20일 이를 찾고자 조남승을 통해 고문관 경력을 가진 미국인 헐버트(Homer Bazaleel Hulbert)에게 고종이 싸인한 위임장을 전달했다. 헐버트는 이 위임장을 가지고 상해에 갔으나 이미 보관된 금의 값에 해당하는 15만여 엔이 1908년 4월 22일자로 통감에게 지출된 사실을 알게 되었다. 통감부가 대한제국 궁내부대신 이윤용을 동원해 그 직함으로 돈을 인출했던 것이다. 통감부는 이렇게 고종의 해외 자금을 빼돌린 뒤 조남승을 "태황제가 미국인 콜브란(Henry Collbran), 보스트위크(Harry Rice Bostwick)에게 주었다고 하는 전기회사 주식매각위임장을 위조한 혐의로" 몰아 같은 은행에 예치된 증서를 강제로 찾을 목적이었다고 추정했다.[5]

이처럼 기존 연구에서는 조남승사건의 발단을 상해의 독일계 은행에 예치한 고종의 해외 자금을 탈취하려 한 통감부의 기만적 술책에 두었다. 반면에 당시 이 사건을 보도한 신문 기사를 보면 약간 차이가 있다. 이에 따르면 이 사건은 고종이 한미전기회사를 일본인 회사 일한와사회사에 매각한 콜브란을 상대로 투자금 상환을 독촉한 것이 발단이 되었다.

한성전기회사는 당시 민간인의 청원에 의해 설립된 민간 회사의 형태를 빌렸지만 실질적으로는 자본금 전액을 황실에서 출자한 일종의 '황실 기업'이었다. 그러나 자본 부족으로 애초 공사비의 상당 부분을 청부업자인 콜브란 측에게서 빌렸기 때문에 저당권 설정 계약을 체결해 채무를 갚기 전까지 회사가 소유한 모든 재산과 특허권 등을 콜브란 측에게 신탁하고 별도로 전기철도 운영 계약을 체결해 콜브란 측에게 경영권을 위임해 둔 상태였다. 이후 전기회사를 둘러싼 채무 변제 문제와 함께 이 회사의 경영권 문제를 두고 콜브란과 고종 측근인 이용익 사이에 갈등을 겪다가, 1904년 러일전쟁이 임박하자 양측은 그해 2월 채무 분규 타결 계약을 체결하고 7월 황실과 콜브란 측의 합자로 한미전기회사를 설립했고 경영권은 콜브란이 갖게 되었다.[6]

그런데 콜브란이 한미전기회사를 일본인 회사인 일한와사회사에

---

5   이태진, 앞의 논문, 334~335쪽; 서영희, 『대한제국정치사연구』, 서울대 출판부, 2003, 239~240쪽.

6   吳鎭錫, 「1898~1904년 漢城電氣會社의 설립과 경영변동」, 『東方學志』 139, 2007, 236~237쪽.

매각하면서[7] 고종 소유의 주식매각 대금의 상환이 문제가 되었다. 당시 신문 보도를 통해 그 내막을 보자.

전 시종 조남승씨가 파주 등지에서 피착함은 이미 보도했거니와 그 내용인 즉 한미전기회사를 미국인 콜브란이 덕수궁 출자금 75만원과 자기의 자금 약간을 합작 조성했는데 콜씨가 동회사를 일한와사회사에 매도한 후 덕수궁에는 한 푼도 상납치 아니하고 몰래 도망함으로써 사람들이 모두 통탄하더니 지금 들은 즉 조씨가 옥새를 위조하여 콜씨에게서 30만원을 스스로 영수하여 멋대로 집어삼킨 까닭이라더라.[8]

이에 따르면 콜브란은 한미전기회사를 일한와사회사에 매각한 뒤 고종에게 그 투자금을 한 푼도 상환하지 않았고, 대신 조남승이 어새를 위조하여 콜브란에게서 고종의 투자금 상환액 30만원을 인수해 착복했다는 것이다.

현재 이 사건을 조사한 기록 등이 발견되지 않은 상태에서 그 나마 이 사건에 대해 보다 자세한 경위를 알 수 있는 것이 통감부 외사국장이었던 고마츠 미도리(小松緣)의 회고이다.

---

7   일한와사회사는 1906년 부통감이던 소네 아라스케(曾禰荒助)의 아들 소네 간지(曾禰寬治)가 1904년 7월 서울로 와서 한성전기회사에 관한 권리 일체를 확보한 뒤 동경와사주식회사의 도움을 받아 1908년 9월 서울에 설립한 회사였다. 소네 간지는 1909년 10월 이토 히로부미(伊藤博文)가 살해된 뒤 통감이 된 아버지의 권력을 배경으로 한미전기회사를 인수했고, 이 회사는 1910년 강제 병합 후 마산, 진해에 지점을 신설하고 인천전기주식회사를 매수한 다음 1915년 경성전기주식회사로 이름을 바꾸었다(이태진, 「개화기 전기·전차 시설에 대한 바른 인식의 촉구」, 『전기의 세계』, 대한전기학회, 2006.10, 54쪽).

8   「趙南升被捉內容」, 『皇城新聞』, 1910.4.27.

경성부내에서의 전등 및 전철의 독점권을 장악하고 있던 바의 미국인 콜브란 소유의 전기회사를 澁澤榮一, 竹內綱 등이 만들었던 신디케이트에서 매취하여 그것을 일본 회사로 경영하게 되었다. 이 미국 회사의 주식 총액은 200만圓으로 그 반수를 콜브란, 보스트위크 양인이 소유하고 다른 반수가 광무제(고종황제-인용자)의 소유로 되었던 것인데 이 광무제의 주식은 콜브란이 광무제 후의 태황제로부터 건네받은 것으로서 당시 회사 명의로 변경되었다. 미국 회사는 그 증거로 보일만한 광무제의 인장이 있는 주식 양도증을 일본 신디케이트에게 인계했다. 그런데 모든 인수인계가 끝난 후 태황제는 자신의 주식에 대한 권리를 주장했다. 일본의 신디케이트는 광무제의 양도증을 방패로 삼아 그 주식에 대한 권리를 부인했다.[9]

이에 따르면 1907년 7월 고종은 황제직을 강제 양위 당한 뒤 한미전기회사에 투자한 자신의 주식을 회사에 양도했고 그 결과 고종의 주식은 회사 명의로 변경되었다는 것이다. 그런데도 고종은 콜브란이 전기회사를 매각하고 자신의 지분을 상환하지 않자 자신의 주식에 대한 권리를 주장했고 이에 대해 콜브란과 일한와사회사에서는 고종의 어새가 찍힌 주식 양도증을 근거로 고종의 지분을 부인했다는 것이다. 또한 고마츠는 이 주식 양도증과 관련해서 이 양도증에 찍힌 어새를 조남승이 위조한 것으로 밝혀졌지만 그것은 당시 헤이그특사 파견을 위해 고종이 자신 소유의 주식을 매도하여 밀사 파견의 비용에 충당한 것으로서 고종이 이 양도증을 묵인해 주었던 것으로 판명되었고, 그래서 조남승은 공판에 해부되지 않고 경시청에서 풀려났고 고종의 소송도 취하되었다고 했다.[10]

---

9   小松綠, 『朝鮮併合之裏面』, 中外新論社, 1920, 109~110쪽.

두 기록을 종합하면 콜브란이 한미전기회사를 매각한 뒤 고종이 자신의 소유 지분의 상환을 콜브란에게 독촉한 것이 조남승사건의 발단이 되었다. 이 과정에서 조남승이 주식 양도증 즉 주식매각위임장을 위조하여 고종의 투자 상환금을 착복했다는 것이고, 어새를 위조한 주식매각위임장은 1907년 헤이그특사 파견 비용과 관련되어 있다는 것이다. 따라서 조남승사건은 한미전기회사의 매각이 발단이 되었고 조남승이 경시청에 체포된 이유는 그가 고종 소유 주식의 매각위임장을 위조했다는 것이다.

그렇지만 이 사건의 전후 관계를 고려해 보면 이해되지 않는 몇 가지 의문이 뒤따른다. 우선 고마츠는 고종이 강제 퇴위당한 뒤 자신의 주식을 한성전기회사에 양도했고 이 양도증은 헤이그특사와 관련된 것이라고 했다. 그런데 헤이그특사는 고종이 황제직에 있을 때 일이므로 시간적으로 앞뒤가 맞지 않는다. 또한 고종의 생질이자 그동안 최측근 가운데 한 사람으로써 활동해 온 조남승이 고종 몰래 어새를 위조하여 고종의 돈을 착복했다는 것도 의문이고, 고종이 자신의 명령에 따라 콜브란에게서 특사파견 비용을 마련한 조남승의 행동에 대해 아무것도 모르고 투자금 상환을 요구하여 자신의 최측근을 어새위조범으로 몰리게 했다는 것 역시 논리상 앞뒤가 맞지 않는다. 조남승사건에 왜 이런 의문이 들까? 여기에는 일제가 조남승사건에서 '은폐해야 할 어떤 숨겨진 진실'이 있지 않을까?

그럼 조남승사건의 사실 관계를 좀더 정확히 알아보기 위해 고종이 병합 이후 콜브란을 상대로 경성지방법원에 제소한 '주식매각대금인도청구소송'의 소장과 판결문을 통해서 이 사건을 재구성해 보자.

10　위의 책, 110쪽.

　콜브란이 일한와사회사와 한미전기회사의 매각 교섭을 시작한 것은 1908년 11월이었다. 그는 매각 교섭 과정에서 양도 가격으로 125만 엔을 요구했고 이때 그는 고종 소유 주식 5천주의 매각을 위탁받았다.[11] 그런데 콜브란은 1910년 6월 24일 고종의 주식을 일한와사회사에 60만엔에 매각하고 고종에게는 7만 5천엔에 매각했다고 하고 나머지 52만 5천엔을 지불하지 않았다. 그러자 고종은 조남승사건이 일단락된 뒤인 병합 후 일본인 변호사를 대리인으로 내세워 콜브란을 상대로 주식매각대금인도 청구 소송을 경성지방법원에 제소했고, 재판 결과 콜브란은 고종에게 주식 매각 대금 중 지불하지 않은 52만 5천엔과 그 이자를 합쳐 지불하라는 판결을 내렸다.[12]

　고종이 대리인을 통해 콜브란에게 청구한 주식매각대금은 전체 60만엔 가운데 7만 5천엔을 제한 52만 5천엔이다. 또 고종이 대리인을 통해 법원에 제출한 소장과 판결문을 보면 그 어디에도 조남승이 위조했다고 하는 주식매각위임장에 관한 언급이 없다. 판결문을 보면 재판 중 쟁점이 된 것은 콜브란의 재판권 관할 문제(영사재판권)였다. 반면 콜브란은 이에 대해 "넌 전 헤이그밀사 사건에 태황제의 생질 조남승이 폐하의 위임장을 가지고 와서 급히 주식을 팔아 달라함으로 이것을 7만원에 정가하여 2만원은 배설씨 부인에게 주고 5만원은 조남승이 가져갔다"고 했다.[13] 이 내용은 '당시 헤이그특사 파견을 위해 고종이 자신 소유의 주식을 매도하여 밀사 파견의 비용에 충당했다'고 한 고마츠의 회고 내용과 일치한다.

11　金容九 編,「米國人 コールブラン, ボストサッワタノ韓ニ於ケル」,『韓日外交未刊極秘史料叢書』17, 서울 亞細亞文化社, 1995, 33쪽(이하『韓日外交未刊極秘史料叢書』17).
12　『韓日外交未刊極秘史料叢書』17, 43~47쪽.
13　「광무뎨의 송ᄉ」,『新韓民報』, 1911.8.2.

이런 사실에서 소송 자체로 보면 고종은 콜브란이 조남승에게 지불했다고 한 7만 5천엔을 인정하고 그 차액의 지불을 요구한 셈이다. 그렇다면 조남승이 고종의 명령으로 콜브란을 통해 헤이그특사 비용을 마련한 전후 관계는 사실일 가능성이 높지만 과연 그 과정에서 조남승이 어새를 위조한 위임장을 사용했는지 또 그 돈을 횡령했는지는 여전히 의문이다.

더구나 경시청에서는 8월 29일 조남승을 석방하기 전 "당시 고종이 주권을 가진 황제가 아니라는 이유로 칙서 위조가 아닌 사문서 위조범으로 기소"하려고 했다.[14] 또한 고마츠는 조남승이 헤이그특사 비용 마련을 위해 어새를 위조한 것으로 판명되어 고종이 소송을 취하했다고 회고했다. 이 두 주장은 앞뒤가 맞지 않는다. 즉 전자의 경우 조남승이 어새를 위조한 것이 사실이라면 이때는 고종이 강제 양위 당하기 전이기 때문에 황제의 칙서를 위조한 중대 범죄를 저지른 것이다. 또 후자의 경우 고종은 소송을 실제 취하하지도 않았다. 그리고 조남승은 8월 29일 일제가 병합을 기념하여 실시한 대사면 때 석방됨으로서[15] 조남승사건은 흐지부지되었다. 이처럼 조남승사건은 어새를 위조했다는 주식매각위임장의 실체뿐만 아니라 사건의 발단과 처리에 의문투성이인 것이다.

그런데 1912년 3월 28일 이 소송과 관련하여 미국인 전기기사 맥가이버가 주일미국대사관 서기관과 함께 일본 외무차관을 찾아가서 다음과 같은 중요한 이야기를 했다. 그에 따르면 당시 통감이던 이토는 콜브란이 한미전기회사 매각과 관련하여 의논해 왔을 때 자신의 지론

14　「趙南昇의 擬律」, 『皇城新聞』, 1910.6.24.

15　「罪人減輕」, 『皇城新聞』, 1910.8.31.

이라며 "대황제가 다액의 금전을 소지하는 것을 바라지 않는다"고 여러 차례 언명했고, 일한와사회사는 이런 이토의 뜻에 따라 콜브란에게 "태황제에게는 7만 5천円만 건네면 충분하다"고 통지했다고 한다.[16] 이처럼 콜브란이 고종의 주식을 60만円에 팔고도 7만 5천円에 팔았다고 한 것은 통감 부임 이후 고종의 해외 자금 파악과 탈취에 노력하던 이토의 작품인 셈이다.

문제는 여기서 이토가 제시한 액수가 어떻게 7만 5천円인가 하는 점이다. 아마 이것은 콜브란이 한미전기회사 매각 문제로 이토와 상의할 때 헤이그특사 파견 비용을 말했거나 아니면 이토가 이런 사실을 알고 있었던 것 가운데 하나일 것이다. 통감 부임 이후 고종의 해외 자금 파악과 탈취에 노력해 왔던 이토는[17] 고종의 주식매각 대금이 고종에게 전달되는 것을 바라지 않았던 것이다. 결국 조남승사건은 고종의 주식매각 대금이 고종에게 가는 것을 차단하려는 이토의 계략과 이를 이용하여 고종의 주식매각 대금을 착복한 콜브란의 부도덕이 발단이 되었던 것이다. 즉 콜브란은 주식매각 대금을 착복할 목적으로 과거 헤이그특사 파견 비용 마련 때 고종이 조남승에게 주었을 것으로 추정되는 주식매각위임장을 이용했던 것이다.

이제 남은 문제는 어새를 위조했다는 주식매각위임장의 실체이다. 콜브란의 7만원 지급 발언이나 고종이 소송에서 7만 5천엔을 제외한 사실에서 헤이그특사 파견 비용은 사실로 보인다. 문제는 조남승이 주었다는 주식매각위임장의 어새가 위조인지 아니면 위임장 자체가 위조인지 하는 것이다. 이에 대한 분명한 사실 관계는 경시청에서 조남

---

16 『韓日外交未刊極秘史料叢書』 17, 27쪽.
17 통감에 의한 고종의 해외 자금 탈취에 대해서는 서영희, 앞의 책, 236~242쪽 참조.

승을 비롯하여 관련인인 김조현 등을 조사한 자료가 드러나야 정확히 알 수 있다. 그런데 고종이 조남승을 시켜 콜 브란에게 특사 파견 비용을 마련했다 면, 고종의 최측근이자 밀사 역을 담당 하던 조남승이 어새를 위조했을 리가 없고 고종은 분명 자신의 지시임을 증 명할 수 있는 어떤 징표를 사용하여 위 임장 같은 것을 주었을 것이다. 콜브란 역시 아무런 징표 없이 조남승에게 7 만 5천엔의 거금을 그냥 주었을 리 만

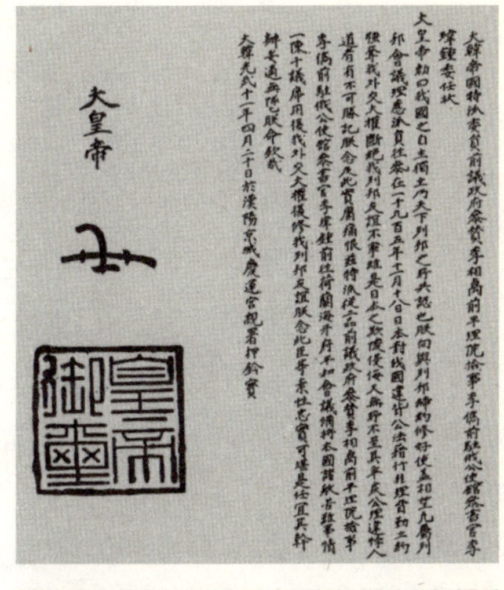

헤이그특사 임명장. 도장은 당시 고종이 비밀외교에 사용했 던 〈황제어새〉.

무한 것이다. 따라서 문제는 '위조되었다는 어새'이다.

고종은 을사늑약 이후 외국 황제에게 이 늑약의 무효화를 주장하며 보 내는 친서 등 비밀 외교에 '황제어새'라는 사각형의 어새를 비밀리에 만 들어 사용해 왔다. 아마 고종이 이 주식매각위임장에 어새를 사용했다 면 이 어새를 사용했을 가능성이 있고, 이 어새는 그동안 외부에 알려지 지 않았기 때문에 위조된 어새라는 의심을 받았을 것이다. 물론 이 사건 으로 일제는 고종이 이 어새를 사용한 친서 등을 압수했기 때문에 나중 에 이 어새가 위조가 아니라는 것을 알았을 것이다. 이런 이유로 일제가 이 사건의 최종 처리 과정에서 조남승을 석방했고, 고종의 주식매각대 금인도청구소송에서도 어새 위조는 전혀 거론조차 되지 않았던 것이다.

그렇다면 고종과 콜브란 사이의 주식매각대금 상환 문제가 조남승 사건으로 확대된 이유는 무엇일까? 이 의문은 고마츠의 회고 가운데 단서가 있다. 그는 어새위조범으로 조남승이 지목된 것은 "(주식―인용

자)양도증을 조남승이 위조했다는 內情이 있었기 때문"이라고 했다.[18] '내정'이란 '누군가가 어떤 사건의 내막을 은밀히 고변했다'는 뜻으로 곧 누군가가 조남승을 어새위조범으로 통감부에 밀고했다는 것이다. 이 밀고자는 고종이 헤이그특사 파견에 필요한 비용을 마련하기 위해 한미전기회사에 투자한 출자금을 이용했고 이 일에 조남승이 깊이 관계되어 있다는 사실을 잘 알고 있는 자가 분명하다.

그럼 이 '내정'의 주체 즉 밀고자는 누구일까? 이와 관련해서는 국내 신문에 인용 보도된 『오사카마이니치신문(大阪朝日新聞)』의 기사가 주목된다. 그 내용이 다소 길지만 인용하면 아래와 같다.

> 그 진상에 관하여 『大坂朝日新聞』(大阪의 오기 – 인용자)을 거한 즉 지난해 미국인 콜브란이 한성 내 전기철도부설을 계획할 때에 이완용, 이윤용 등이 이에 결탁하여 표면에는 한미합작이라 칭했으나 그 실은 태황제 폐하께 상주하여 거액의 금을 출자케 하고 그 잉여는 개인 주머니에 채울 의사로 여러 차례 상주했다. 태황제폐하께옵서 마침내 윤허하시고 金 백만 원을 하부했는데 그 가운데 육십만 원만 콜씨에게 교부하고 사십만 원은 이씨 등 4인이 나누어 가진 형적이 있고 그 후 동회사를 중수할 때 태황제폐하께옵서 또 수선비로 칠십만 원을 하부했다. 그후 콜씨가 동회사를 일한와사회사에 매도하고 동 출자액을 태황제폐하께 환납할 때에 역시 전례에 따라 이씨 등에게 위탁했더니 이씨 등은 해 위탁금 중 약간만 환납하고 그 나머지는 모두 횡령했다. 태황제께옵서는 환납하기만 고대하시는 중에 자연히 사실이 전파됨으로 태황제께옵서 사람을 콜씨에게 보내어 그 돈의 환납을 독촉했더니 천만 뜻밖에 콜브란에게 태황제폐하께옵서 재위하실 때

---

18   小松綠, 앞의 책, 109~110쪽.

사용하시던 사각 어새를 날인한 영수증이 있었다. 태황제폐하께옵서는 전혀 어새 및 영수증을 부인하시는 까닭에 어새 위조 문제가 일어나자 이씨가 自家의 화를 면하기 위하여 태황제폐하의 **舊日隱伏事件**을 일일이 찾아서 모처에 발고함으로써 이번 조씨의 체포 및 **泌櫃事件**이 발생함이라더라.[19] (짙은 글자는 인용자)

『오사카마이니치신문』의 보도를 보면, 조남승사건에 내각총리대신 이완용과 그의 형인 이윤용이 깊이 관련되어 있음을 알 수 있다. 즉 이완용과 이윤용은 고종이 전기회사에 투자한 출자금 100만원 가운데 40만원을 착복했고 또한 전기회사를 일한와사회사에 매각하고 그 출자금을 환납할 때도 콜브란이 위탁한 상환금 가운데 일부만 고종에게 환납하고 그 나머지를 역시 착복했다는 것이다. 그리고 고종이 출자금의 환수를 주장하자 입장이 난처해진 이완용이 이를 모면하려고 고종의 "舊日隱伏事件을 일일이 찾아 모처에 발고"함으로써 조남승이 체포되었다는 것이다.

이에 대해서는 황현의 『梅泉野錄』에서도 비슷한 주장을 하고 있다. 즉 고종이 콜브란을 불러 주식매각대금을 상환하지 않은 이유를 묻자 "콜브란은 어새가 찍힌 영수증을 가지고 와서 고종에게 올렸"고 "이것은 곧 태황제가 평일에 사용한 사각의 작은 도장이다. 이때 이완용은 또 콜브란이 반납한 금액을 착취하고 작은 어새를 도용하여 영수증을 올릴 때 그 착취 내용을 미봉한 것이다"고 했다. 또한 이완용은 자신의 착복 사실이 탄로 나자 "그 죄를 벗어나기 위해 통감부에다가 고종이 갑오년 이후 배일 행위에 대한 모든 사건을 폭로하고 또 배일 행위에

---

19 「無嚴執甚」, 『大韓每日申報』, 1910.5.26; 「趙南升과 密箱」, 『皇城新聞』, 1910.5.27.

대한 전후의 文蹟이 한 철궤에 비장되어 그 철궤가 프랑스영사관에 보관되었다고 말하였다"고[20] 했다. 『오사카마이니치신문』에서 이완용이 발고했다는 '구일은복사건'이란 곧 황현이 말한 "고종의 1894년 이후 배일 행위에 대한 모든 사건"과 이 "배일 행위에 대한 전후의 文蹟"인 것이다.

『오사카마이니치신문』과 『매천야록』의 기록을 종합해 보면, 조남승을 밀고한 자와 어새위조범은 이완용이다. 그는 고종의 한미전기회사 투자금 및 상환금을 착복한 사실이 탄로 나자 1894년 이후 고종의 배일 행위를 모두 통감부에 밀고하고 그 죄를 고종의 측근인 조남승에게 뒤집어씌운 것이 된다. 이런 『오사카마이니치신문』의 보도 내용과 『매천야록』의 기록이 어느 정도 사실일까? 이에 대해서는 현재까지 관련 자료를 확인할 수 없어 정확히 알 수 없지만 다음 몇 가지 이완용에 관한 기사에서 사실일 가능성이 크다고 할 것이다.

한미전기회사가 일한와사회사에 완전히 인계되었을 때인 1909년 9월, 당연히 환납되어야 할 황실출자금을 "콜브란 씨가 남촌의 모 대신과 부동하여 일부 금액만 봉납하여 후일 구실을 만들고 그 잔액은 양씨가 여차여차하였다는 설이 낭자"하다는 보도가 있었다.[21] 사실 확인은 안 되지만 '콜브란과 여차여차한 남촌의 모대신'은 누구일까? 이런 보도가 있은 뒤 해를 넘겨 조남승사건이 발생하자마자 이 사건과 관련하여 언론의 주목을 받은 인물이 승녕부총관 조민희와 이완용이었다. 승녕부는 고종이 강제 퇴위 당한 뒤 거처하던 경운궁(현 덕수궁)에서 玉

---

20   黃鉉, 『梅泉野錄 卷之六』(『黃鉉全集』 下, 亞細亞文化社, 1978, 1450~1551쪽). 황현의
      기록에는 조남승을 이완용의 하수인으로 파악한 것이나 문서 철궤가 천주교교회당
      이 아닌 프랑스영사관에 보관되어 있다는 등 사실관계에서 다소 오류가 있다.
21   「此其事實乎」, 『皇城新聞』, 1909.9.11.

冊·金寶 등의 보관과 회계 사무를 담당하던 기관으로서 그 우두머리인 조민희는 고종을 감시하던 인물이자 이완용과 동서지간이었다.[22]

이완용과 조민희는 조남승사건이 일어난 뒤 서로 자주 서신을 주고받거나[23] 직접 만나 밀담을 나누는 등의[24] 수상한 행동을 했다. 급기야 이런 행동에 대해 "조남승 씨 사건에 관하여 총리대신 이완용, 승녕부 총관 조민희도 연루 혐의가 있는 듯하다고 모 관헌의 이야기가 있더라"라는 보도도 있었다.[25] 또한 콜브란은 "내각총리 이완용 씨와 재정에 관한 건에 대하여 자기 변명서를 작성하여" 미국영사관으로 보냈다는 기사[26] 등을 고려할 때 고종의 투자금을 착복한 자는 조남승이 아니라 이완용일 것으로 추정된다.

이상의 사실에서 고종의 주식매각대금 착복 사건에 이완용이 깊이 개입되어 있었음을 알 수 있다. 즉 조남승사건은 애초 이토의 계략에 따라 콜브란이 고종의 주식매각대금을 착복한 것이 발단이 되었고 여기에 개입된 이완용이 자신의 죄를 모면하려고 그 죄를 조남승에게 전가하였고 콜브란 역시 헤이그특사 파견 비용 마련 때 조남승에게 받았던 주식매각위임장을 이용했던 것이다. 반면 이미 한미전기회사의 주식매각 대금이 고종에게 가는 것을 차단했던 일제는 조남승사건을 통해 을사늑약 체결 뒤 행한 고종의 반일 활동과 비자금에 대한 자세한 정보와 함께 고종이 숨겨두었던 조약 원문 등의 중요 문서를 손에 넣을 수 있었던 것이다.

---

22 친일반민족행위진상위원회, 『2007년도 조사보고서Ⅱ─친일반민족행위결정이유서』, 2007, 464~480쪽.

23 「有何關係」, 『皇城新聞』, 1910.4.28.

24 「密談推測」, 『皇城新聞』, 1910.4.29.

25 「終必綻露」, 『大韓每日申報』, 1910.4.30.

26 「骨弗安의 發明」, 『大韓每日申報』, 1910.6.22.

2. 조약 원본 등 압수 문서의 행방

　일제가 조남승사건에서 주목한 것은 '어새가 위조된 주식매각위임
장' 문제가 아니라 이완용이 밀고한 고종의 반일 활동 정보와 조남승을
심문하면서 확인, 압수한 문서들이었다. 이것은 일제가 병합의 목적이
달성되자 8월 29일 그를 석방한데서 알 수 있다. 고종과 콜브란 사이에
주식매각대금 상환 문제가 해결되지 않은 상태에서 조남승을 기소하
지도 않고 석방했다는 것은, 조남승이 주식매각위임장의 어새 위조 사
건과 아무런 연관이 없었다는 것을 시사하는 것이다.
　그럼 일제가 조남승사건을 통해 압수한 중요 문서들이 어떤 성질의 것
이기에 주목했는지 그리고 압수 문서를 최종 어떻게 처리했는지 보자.
　뮈텔 주교는 당시 경시청에서 조약 원문 등을 압수해 간 상황을 자
신의 일기에서 다음과 같이 기록하고 있다.

　5월 6일 오후에 경찰의 인도를 받은 조남승과 김조현을 위시해서 정장
차림의 한 한국인, 평복 차림의 일본인, 또 평복을 한 한명의 한국인이 와
서 황제가 1906년에 맡긴 철제 상자를 반환해 주도록 요구했다. 맡은 물건
을 다른 사람에게 넘겨줄 수 없다고 거절하자 그들은 황제가 그 물건에 대
한 영수증을 이미 내게 주었다고 말했다. 1907년 말에 그 상자를 찾으려 왔
던 사람이 조남승이었는데 그는 며칠 후 그것을 책임지고 내게 돌려주었
다. 나는 내 일기를 참고하러 2층으로 올랐다. 과연 나는 상자의 열쇠들과
함께 1907년 11월 그 기탁물을 돌려달라는 황제의 옥새가 찍힌 영수증을
찾아냈다. 그런데 그 무렵 나는 황해도에 가 있었으므로 조남승은 황제의

재촉에도 불구하고 내가 돌아오기를 기다려야만 했다. 이러한 이야기를 주고받은 후 그 상자를 나에게 다시 맡긴 조남승에게 되돌려주는 데 이의가 있을 리 없었다. 그리고는 먼지로 뒤덮인 2층 버들가지 광주리 안에서 그 상자를 꺼내 오게 했다. 그리고 그 상자를 열게 했더니 조남승도 그것을 내가 보는 앞에서 열기를 원했다. 종이들로 가득 차 있었는데 중요한 것도 들어 있었지만 쓸데없는 것도 많았다.[27]

1910년 5월 6일 경시청 소속 일본 형사는 조남승, 김조현 등을 대동하고 서울의 천주교교회로 가서 조남승이 고종의 밀명을 받고 맡겨두었던 조약문 원문 등을 압수했다. 이때 뮈텔 주교는 1907년 11월 고종이 맡겨둔 조약문 원본 등 문서를 돌려달라고 하면서 발급한 옥새가 찍힌 영수증을 찾아 확인하고 기탁물을 내어주었다. 그럼 이런 중요한 조약 원본 등이 어떻게 하여 뮈텔 주교에게 맡겨지게 되었을까?

을사늑약을 강제하여 외교권을 박탈한 일본은 1906년 2월 1일 통감부를 설치한 후 고종황제에게 그간에 체결한 각국과의 조약 원본들을 인도해 줄 것을 요청했다. 그러나 을사늑약 자체를 인정하지 않은 고종황제는 1904년 12월에 있었던 경운궁 중화전 화재 시 조약 문서들이 모두 불탔다는 이유를 들어 내놓지를 않다가 조남승을 시켜 비밀리에 다른 곳으로 옮기게 했다. 조남승은 이 문서들을 들고 북한산성, 강화도 등지를 전전했으나 곳곳에 일본 경찰의 눈이 있어 다시 서울로 돌아와 치외법권 지역인 뮈텔 주교 교회에 맡겼다.[28] 이렇게 은닉해 두었던 조약 원본 등 중요 문서들이 조남승사건을 계기로 세상에 드러나게 되었던 것이다.[29]

---

27   한국교회사연구소 역주, 『뮈텔주교일기』 4, 한국교회사연구소, 1998, 461쪽.
28   田保橋潔, 「朝鮮統治史論稿」, 朝鮮總督府 朝鮮史編修會, 1944, 23~24쪽.

일제가 당시 압수한 문서의 존재 여부를 현재 확인할 수는 없지만 다행히 한국 정부와 통감부 사이에 압수한 문서를 인수, 인계하는 과정에서 작성된 문서와 압수 문서의 목록 등 그 처리 과정을 파악할 수 있는 4건의 문서가 남아 있다. 이들 문서를 작성 시기 순으로 나열하면 다음과 같다.

① 「조약서류진달의 건」(사본: 경시총감 와카야바시 → 내부대신 박제순)[30]

② 「秘收 제977호」(내부대신 박제순 → 내각총리대신 이완용)[31]

③ 「機密統發 제1211호」(통감 데라우치 마사다케 → 내각총리대리내부

---

29 통감부에서 압수한 이들 문서의 행방에 대해서는 지금까지 알려진 바가 없다. 다만 일본 외무성에서 1947년에 그간 "火災·戰災에 의해 소실된 前戰期 외무성기록 파일의 목록"을 근거로 작성했다고 하는 『日本外務省記錄總目錄』에 첨부된 「燒失外務省記錄」 가운데 다음과 같은 문건 명들이 있어 주목된다.
第1門 韓國政府와 諸外國人과의 約定雜件,
第2門 露韓特殊約定 並히 取極(協約) 雜件,
「各國條約改正一件」
甲의 部
乙의 部
朝鮮各國間條約締結一件
米韓通商航海條約締結一件
英韓修好通商條約締結一件
露韓修好通商條約締結一件
朝鮮國各國間條約關係雜件
이에 따르면 적어도 한국이 미국, 영국, 러시아와 체결한 조약문 3건 그리고 정확한 문건 명이 밝혀지지 않은 상당한 양의 조약체결 관계 문서들이 1925년 관동대지진 당시 소실된 것으로 되어 있다. 그러나 "당시 일본의 정리대로 이 목록에 오른 문건들이 모두 실제로 소실된 것이라고 단정하기에는 이르며, 경우에 따라서는 반항구적으로 공개하지 않기 위해 燒失의 이유를 달았을 가능성도 없지 않기 때문에 위 문서들이 일본 고위기관에 깊이 수장되었을 가능성이 있고 아니면 '소실'의 위기적 상황에서 바깥으로 유출될 가능성도 있다."(이태진, 앞의 논문, 2004, 342~343쪽). 위 목록에 있는 '英韓修好通商條約', '露韓修好通商條約' 등의 문건 명을 보았을 때 분명한 사실은 조남승사건으로 압수한 문서들을 일본 외무성에서 보관했었다는 것이다.
30 [條約書類進達ノ件](奎 23154)
31 『內部來去案』(奎 17768 v.3).

대신 박제순)[32]

④「호외」(통감자작 데라우치 마사다케 → 외무대신백작 고무라 주타로)[33]

이 가운데 ①과 ④는 이미 소개된 자료이며 ②와 ③은 규장각에서 새롭게 확인한 것이다. 문서 ①~④의 내용에 따라 압수 문서의 보고, 인계 과정을 재구성하면 다음과 같다.

경시청에서는 1910년 5월 6일 프랑스 신부 뮈텔이 주교인 천주교교회에서 고종의 명령으로 조남승이 은닉한 조약 원본 등을 압수했다. 5월 12일 와카바야시 경시총감이 내부대신 박제순에게 "일찍이 프랑스 교회 주교 뮈텔에게 부탁하여 보관하게 한 조약 서류를 이번에 발견한 데 대해 별지 목록을 첨부하니 현품 및 진달조 영수증을 발급"하여 보내주기 바란다는 공문을 보냈다(문서 ①). 다음날 내부대신 박제순은 전날 와카바야시 경시총감의 공문에 의거하여 "별지 목록과 현품을 모두 보내니 조사하여 거두어주길 요한다"라며 내각총리대신 이완용에게 보고했다(문서 ②). 그리고 데라우치는 5월 19일 한국 내각의 조회에 따라 "조약서류 별지 목록대로 영수"했다는 회답을 6월 8일 내각총리대리 박제순에게 통보했다(문서 ③). 같은 날 통감 데라우치는 고무라 외무대신에게 "한국 정부에서 이를 회수하여 지난번에 그것을 인도하지 못한 이유 및 이번 발견의 사실을 갖추어 별지 乙號 목록과 같이 다시 통감부에 인계 수속을 마쳐 두었다. 상세한 사실이 밝혀졌으니 본건의 처분을 결정해 주실 수 있도록 통첩"했다(문서 ④).[34]

---

32 『統監府來文』(奎 17849 v.10)

33 「韓國太皇帝ノ外國元首ニ就スル親書原本及趙南昇ハ下セル密書發見並統監府ヨリ請求ノ際燒失ノ理由ニヨリ引渡方拒絶ノ韓國諸條約本書京城佛蘭西敎會監督「ミユーテル」回收一件」, 일본국립공문서관, JACAR(アジア歷史資料センター) RefB03041712800, 外務省外交史料館〉外務省記錄〉門 政治〉5類 帝國內政.

　이처럼 이 4건의 문서내용을 정리하면 경시청에서 압수한 조약 원본 등이 한국 내각에 인계되었다가 병합 직전인 1910년 5월에 통감부에 다시 인계된 것으로 되어 있다. 문서 ①~④대로 라면 뮈텔 주교로부터 압수한 조약 원문 등 87종은 한국 정부에 인계되었다가 다시 통감부로 인계한 것이 된다. 문서상으로만 보면 5월 19일 한국 내각의 조회에 따라 데라우치가 "조약서류 별지 목록대로 영수"한다고 6월 8일 한국 정부에 통첩했다. 따라서 압수 문서는 한국 정부에 인계되었다가 5월 19일 다시 통감부에 인계되었고 그 영수증을 6월 8일 받은 것이 된다. 다만 이 4건의 문서만으로는 통감부에서 인계받은 압수 문서의 처분을 외무성에 의뢰한 것까지만 확인할 수 있을 뿐 이들 문서가 최종적으로 일본 정부에 인계되었는지 여부는 확실치 않다.

　그런데 이 압수 문서는 곧바로 일본 외무성의 주목을 받았던 것으로 보인다. 이 문서를 압수한 지 열흘도 안 된 5월 14일 고무라 외무대신은 통감부에 압수 문서의 처분을 알려달라는 전문을 보냈고[35] 이에 대해 이튿날 이시즈카 에이조(石塚英藏) 통감부 총무장관서리는 당시 도쿄에 있던 고마츠 외사국장에게 조약 원본의 인계를 "현재 수속" 중이며 "조만간 와카바야시가 상경"하여 상세히 보고할 것이라고 보고했다. 이때 일본이 요구한 압수 문서의 인계 근거는 1906년 7월 통감부에서 조약 원서 인도를 한국 내각에 청구했던 조회였다.[36] 이것은 아마 통감으로 부임한 이토가 고종에게 각국과 체결한 조약 원본의 인도를

34　통감이 외무대신 앞으로 보낸 문서 ④와 동일 문서인 「韓人趙南昇의 電氣會社 株券賣渡委任狀 僞造書類에 관한 件」(『統監府文書』 2, 국사편찬위원회, 1998, 213쪽, 이하 『統監府文書』 2)의 발송 일자가 1910년 6월 8일로 되어 있다.

35　「韓國皇帝의 委任狀僞造 및 條約書 發見 事實에 대한 請訓」, 『統監府文書』 2, 207쪽.

36　「上件 條約書類出處調査件」, 『統監府文書』 2, 207쪽.

강요하면서 보낸 조회를 뜻하는 것 같다.

이렇게 하여 문서상으로 보면 일단 압수된 조약 원문 등은 5월 19일 통감부에 인계되었고 5월 24일 와카바야시 경시총감이 귀국하면서 일본으로 가져갔다. 당시 신문 보도에 따르면 와카바야시 경시총감은 "일간 귀국한다는데 그 내용은 극히 비밀에 부침으로 알기 곤란하나 모종 중대 요건을 보고"하려고[37] 5월 24일 귀국했다.[38] 이때 그는 "조남승 씨 공초로 인하여 발현된 철궤 중 중요 서류를 휴대하고 갔다"고 했다.[39] 이처럼 그가 귀국한 이유는 5월 15일 이시즈카의 보고처럼 조남승을 취조한 결과 압수한 조약 원본 때문이었다.

와카바야시 경시총감이 압수한 문서를 가지고 귀국했다는 사실은 고마츠의 회고에서 다시 확인할 수 있다. 고마츠는 데라우치가 통감 부임을 위해 도쿄를 출발한 7월 20일로부터 "4, 5일 이전에 (와카바야시가—인용자) 비상한 중대 사건을 발견하게 되었다"고 하면서 "1개의 수제 금고를 가지고 갑자기 상경해 왔다. 그 금고 가운데는 태황제인 광무제로 재위 중 및 퇴위 후에 종종의 음모를 입증할만한 비밀 서류가 들어 있었다. 이 금고는 경성의 프랑스교회에 숨겨두었던 것을 우연한 일로 발견했던 것"이라고 했다고 한다.[40] 이처럼 와카바야시 경시총감은 귀국할 때 이미 뮈텔로부터 압수한 문서를 통째로 가져갔던 것이다.

다만 여기서 문제가 되는 것은 와카바야시가 데라우치를 찾아와 압수 문서를 제시했다고 한 날짜이다. 고마츠는 데라우치 통감이 일본을 떠난 날짜가 7월 20일이라 했으나 그가 도쿄를 떠난 것은 7월 15일이

---

37 「摠監歸國」, 『皇城新聞』, 1910.5.17; 「若林東渡」, 『大韓每日申報』, 1910.5.17.
38 「若林辭陛」, 『皇城新聞』, 1910.5.25.
39 「外交書類渡日」, 『大韓每日申報』, 1910.5.28.
40 小松綠, 앞의 책, 108쪽.

었다.[41] 때문에 그가 데라우치를 만났다면 도쿄에 있을 때인 7월 15일 이전이어야 한다. 즉 고마츠의 회고대로 라면 그가 데라우치에게 보고한 것은 7월 15일의 4, 5일 전인 7월 10일 내지 11일이 된다. 와카바야시가 5월 24일 서울을 출발했으니 도쿄로 가는 시간 등을 고려하면 이 중대한 사건을 보고하는데 약 한 달 이상 걸렸다는 것은 이해가 되지 않는다. 더구나 와카바야시는 본국에 체류하는 사이 나라현(奈良縣) 지사로 전임되어 사무 인계를 위하여[42] 6월 30일 경성으로 돌아왔다가[43] 7월 15일 다시 도쿄로 돌아갔다.[44] 때문에 와카바야시가 데라우치에게 7월 10일 내지 11일 보고했다면 이때는 그가 경시총감의 사무인계를 위해 도쿄에서 서울로 돌아와 머물고 있던 때였다.

이런 사실에서 고마츠가 기억한 일자는 착오이다. 따라서 와카바야시 경시총감은 5월 24일 서울을 출발, 도쿄로 갈 때 뮈텔 주교로부터 압수한 조약 원본 등을 비롯하여 문서 ④의 별지 목록에 있는 압수 문서를 모두 일본으로 가져갔고, 도쿄에 도착하는 즉시 데라우치를 찾아가 보고했던 것이다. 그리고 6월 4일 이시즈카는 데라우치에게 "본일 박(제순)서리 총리대신이 통감부에 와서 구두로서 신청하고 쌍방이 합의 한 후 원본 인도를 완료했다"고 보고했다.[45]

이미 압수 문서가 일본으로 간 상태에서 인수, 인계를 구두로 했다는 것이다. 이런 사실에서 한국 정부와 통감부 사이에 압수 문서를 실제 번거롭게 인수하고 인계받았을 가능성은 희박하다. 오히려 통감부

에서 압수 문서를 가지고 있는 상태에서 문서 ①, ②, ③처럼 서류만 주고받은 것이며 이는 마치 합법적인 인수 인계의 절차를 거친 것처럼 서류상 형식을 갖춘 것일 가능성이 높다. 분명한 것은 이 모든 압수 문서가 최종적으로 일본 외무성에 인계되었다는 사실이다.

이 압수 문서와 관련한 또 다른 의문은 문서 ①, ②, ④에 첨부된 압수 문서의 목록에 차이가 있다는 점이다. 〈부표 1·2〉는 압수 문서의 목록을 비교하기 위해 정리한 것이다.

〈부표 1〉은 문서 ①, ②, ④ 가운데 조약문을 집중 정리한 것이다. 우선 부표를 보면 문서 ①과 ②의 별지 목록은 동일하지만[46] 문서 ④의 별지 목록은 다르다. 통감부에서 한국 정부에 통고한 압수 문서 목록(문서 ①, ②)과 데라우치가 일본 외무성에 보고한 목록(문서 ④)에 차이가 있다. 즉 와카바야시가 내부대신 박제순에게 보고한 「조약서류진달의 건」에는 5월 6일 뮈텔 주교로부터 압수한 조약 원본 등 87종의 문서만 있다. 반면 6월 8일 통감 데라우치가 고무라 외무대신에게 보고한 문서 ④인 「호외」의 별지 목록에는 이것 외에도 '4월 27일 청국인에게서 영치한 색인 목록' 43종(甲號의 一)과 '御親書에 其因한 조사 사건 목록' 26종(甲號의 二) 총 69종의 문서가 더 있다. 〈부표 2〉는 갑호의 1·2의 문서를 따로 정리한 것이다.

1910년 4월 27일 '청국인에게서 영치' 받았다는 문서의 목록인 '갑호의 1'의 경우 그 청국인이 누구인지 알 수 없다. 청국인에게서 영치한 43종의 문서가 주로 황실이 외국인과 맺은 산업 관련 계약서와 고종이 러

---

[46] 〈부표 1〉 압수 문서의 목록 비교에서 알 수 있듯이 문서 ①에는 原本과 寫本의 구분이 있으나 문서 ②에는 없다. 또 문서 ①의 경우 '五八. 德國領事口麟証認狀'이 누락되어 있는데 이것은 아마 필사하는 과정에서 누락된 것으로 판단된다.

시아황제, 프랑스공화정부 등에 보내는 친서 등이 주인 것으로 보아 이역시 고종이 은닉시킨 문서가 분명하다. 다만 어떤 경위로 청국인이 이문서들을 보관하게 되었는지는 분명치 않지만 이 역시 조남승이 고종의 부탁으로 자신이 믿을 수 있는 청국인에게 맡겼을 가능성이 높다.

'갑호의 2'는 목록 순번이 '갑호의 1'에 이어져 있고 내용 또한 '친서에 기인한 사건'들인 것으로 보아 친서와 관련된 사건의 조사서 또는 관련 문서로 짐작된다. 예컨대 목록 가운데 문서 명을 보면 '一.御親書原文綴', '二.電氣會社事件', '三.南韓御巡幸前李完用宋秉晙殺害陰謀事件' 그리고 '二十六.金祚鉉에 대한 調書' 등인데, 김조현은 조남승사건과 관련하여 조남승과 함께 체포되어 조사를 받은 자이다. 따라서 이 목록은 압수한 문서의 목록이 아니라 조남승을 취조하면서 알게되었거나 이전에 고종의 비밀 활동과 관련하여 통감부에서 파악하고있던 사건들에 대한 조사 보고서로 추정된다. 이런 짐작이 맞는다면이런 많은 사건들에 대한 정보는 조남승을 취조하는 과정에서 확인했을 수도 있으나 오히려 이완용이 고종의 비자금을 착복한 자신의 행위를 은폐하려고 통감부에 밀고한 고종의 배일 행위와 관계가 더 깊을것으로 판단된다.

그런데 마지막 목록인 '을호'는 5월 12일 와카바야시 경시총감이 내부대신 박제순에게 보고한 목록 ①과 일치한다. 이런 사실에서 곧 통감부에서는 4월 27일 청국인에게서 영치한 문서인 〈부록 2〉는 숨긴 채단지 5월 6일 뮈텔 주교로부터 압수한 조약 원문 등 87종만 한국 정부에 통보한 셈이다. 왜 그랬을까?

〈부표 2〉에서 알 수 있듯이 청국인에게서 영치한 문서는 금광개발과 같이 외국인과 체결한 산업 관련 계약 건, '전기회사자금 중 내탕금

하사건', '洋債借入에 대한 이용직에의 밀칙' 등 고종의 비자금과 관련된 것, '서북간도 및 부근 인민 등에 대한 태황제의 密諭' 그리고 각국 황제에게 보낸 친서 등이다. 이들 문서는 을사늑약의 무효화를 위해 고종이 벌인 반일 외교활동과 이런 활동을 뒷받침할 해외 자금 그리고 연해주, 상해 등지에 망명하여 활동하던 자신의 측근에 대한 정보를 알 수 있는 매우 중요한 문서들이다.

이런 압수 문서의 성격을 고려할 때 통감부가 '갑호의 1·2' 문서를 은닉한 것은 이들 문서들이 고종 개인의 문서들인 이유도 있겠지만 이것을 정치적으로 활용할 의도가 있었기 때문에 한국 정부에는 이런 문서의 압수 사실을 고의로 알리지 않았던 것으로 판단된다. 즉 이들 문서는 병합 단행을 준비하던 일제에게 병합에 걸림돌이 될 수 있는 고종을 정치적으로 압박할 수 있는 중요한 수단이 될 수 있었기 때문이다.

3. 압수 문서와 고종의 망명계획

병합늑약의 체결과 관련하여 해명되지 않은 의문 가운데 하나가 '병합'에 대해 고종은 어떤 태도를 취했을까 하는 점이다. 주지하듯이 고종은 1905년 11월 강제 체결된 을사늑약의 무효화를 줄곧 주장해 왔고 또 실제 이를 무효화시키기 위해 반일 외교를 활발히 벌였다. 결국 고종은 '헤이그특사파견사건' 때문에 1907년 황제직을 순종에게 강제 양위당하기까지 했다. 이후 고종은 '태황제'란 명칭으로 경운궁에 '유폐'

되다시피 했지만 그의 지난 행적을 돌이켜 보면 병합이란 사태에 직면하여 고종이 어떤 형식이든지 항거했을 것이며 일본 역시 고종의 저항을 예상하고 대비했음을 쉽게 짐작할 수 있다.

그런데 8월 16일 데라우치를 만나 병합 통지를 받은 이완용이 이에 대한 고종의 의사를 알아보려고 승녕부총관 조민희를 통해 병합늑약의 대요를 고종에게 전달했다고 한다. 이때 고종은 "자신은 일절 정치에 간여하지 않기 때문에 본건에 대해서는 可否 모두 아무런 의견도 가지고 있지 않으며 모든 일을 現帝(순종황제－인용자)의 조치에 맡길 각오이다"라고 했다고 한다. 이런 고종의 입장을 보고받은 데라우치는 "비밀 서류 발견 이래 태황제(고종황제－인용자)가 일층 근신하고 있다"라고 하며 안심했다고 한다.[47] 즉 고종은 자신이 현직 황제가 아니라는 이유로 병합 문제에 대해 한발 물러난 매우 소극적인 태도를 취하고 있다.

과연 이런 고종의 모습이 본 모습일까? 일제가 파악한 한 정보에 의하면, 1909년 12월 일진회가 '합방청원서'를 제출한 이래 침식을 폐하고 걱정하던 고종은 일진회가 사면초가에 빠져 점차 전멸하고 있다는 정보를 접하고 대한국 만세를 외쳤다고 하듯이[48] 고종 역시 일제의 병합에 예민하게 반응하고 있었던 것이다. 이런 고종이 왜 데라우치가 부임 인사차 알현했을 때 '근신'하는 태도를 보였을까? 과연 데라우치의 짐작대로 조남승사건, 더 정확히 이야기하면 이 사건으로 인해 드러난 압수 문서 때문일까? 일제가 병합 과정에서 이 압수 문서를 어떻게 이용하려고 했는지 그리고 이에 대한 고종의 반응은 어떠했는지 보자.

와카바야시 경시총감이 압수 문서를 가지고 도쿄로 간 때는 일본 각

---

47 小松綠, 앞의 책, 173~174쪽.
48 「韓日合邦問題 發生以來의 太皇帝陛下 動靜에 관한 件」, 『統監府文書』 8.

의에서 병합 방향을 설정한 13개 항목의 '한국병합실행에 관한 방침'을 결정했고,[49] 이 방침에 따라 병합준비위원회를 구성하여 구체적인 실행 방침을 준비하고 있었다. 한편 이 무렵 국내에서는 데라우치가 통감이 된 뒤 일본 언론을 인용하여 병합에 관한 기사를 보도한 『황성신문』, 『대한매일신보』 등이 일시 정간되거나 국내에 들어오는 일본 신문들이 압수 조치되는 등 '시국 문제'라는 말로 병합에 대한 관심이 어느 때보다도 비상한 때였다.

이런 시기에 와카바야시 경시총감은 귀국 즉시 데라우치를 찾아가 압수 문서를 보여주며 "병합을 실행하는 과정에서 가장 걱정스러운 것은 태황제를 둘러싸고 있는 소위 잡배의 암중 비약이다. 순종황제는 천성이 온후한 편일뿐만 아니라 그를 보좌하는 대신은 통감의 직접 감독 아래에 있기 때문에 걱정되지 않는다. 하지만 태황제는 현명한 사람이며 그 신변에 출몰하는 잡배에 의해 잘못될 우려가 있다. 지금 이 비밀 서류를 보더라도 그간의 소식이 걱정되었다. 따라서 이 피할 수 없는 음모의 증거를 들이밀어 태황제를 잠시라도 경성에서 멀리 두게 하자"고 제안했다.[50] 와카바야시가 말한 고종 주변의 잡배란 곧 고종의 측근들을 일컫는 말이다. 와카바야시는 압수 문서를 근거로 고종이 자신의 측근들과 함께 병합에 저항할 것을 크게 우려한 것이다. 그래서 그는 사전에 이를 차단하기 위해 고종을 서울에서 지방으로 일시 파천하여 격리시키고자 했던 것이며, 이를 위한 압박 수단으로 압수 문서를 이용하자고 제안했던 것이다.

이런 와카바야시의 제안에 대해 고마츠 등 병합준비위원회에서는

49　日本外務省 編, 『日本外交文書』 第43卷 第1冊, 嚴南堂書店, 1962, 660쪽.

50　小松綠, 앞의 책, 111쪽.

'고종을 다른 곳으로 파천하면 주변 측근과의 접촉을 차단할 수는 있겠지만, 조선왕조 이래 국왕이 서울을 떠난 적이 없고 병합 실행에 즈음하여 고종을 파천할 경우 오히려 그로 인해 인심을 격발시켜 병합에 지장을 초래할 수 있다'고 하면서,'비밀 서류 발견 사건은 다른 날 필요한 경우에 책임을 물을 도구로 이용하'는 것이 좋겠다는 의견을 데라우치와 와카바야시에게 제안했다고 한다.[51] 고마츠 등은 고종의 파천으로 일어날지 모를 '부작용'을 크게 우려했던 것이다.

데라우치는 고마츠 등의 이런 제안에 동의했고 다만 '비밀 서류 발견 사건은 절대 비밀에 부치는 것이 아니라 자연스럽게 고종에게 알려져도 무방하다'는 묘한 태도를 취했다.[52] 데라우치의 이런 태도는 이 사건을 들추어내어 고종을 직접 압박하기보다는 은근히 이 사실이 고종에게 알려져서 고종 스스로 알아서 근신하도록 하겠다는 계략이었다.

데라우치의 이런 계략은 어느 정도 성공한 듯하다. 즉 데라우치가 서울에 통감으로 부임하고 부임 인사차 고종을 알현했을 때 고종의 태도가 이전과 상당히 달랐다고 한다. 즉 고종은 데라우치가 알현했을 때 일본 황실에서 선물한 병풍과 화병 등으로 실내를 장식하고 자신은 "최근 전혀 마음을 俗事에서 끊고 미술품을 감상하거나 화분 분재 등의 취미를 즐기고 있다"고 말했다고 한다. 이런 고종의 달라진 태도에 대해 데라우치는 비밀 서류 발견의 일을 떠올렸고 이 사건이 고종을 파천시키지도 않고 음모 예방의 목적을 이루게 되었다고 평가했다.[53]

데라우치의 이런 계략이 아니더라도 고종은 조남승사건을 잘 알고 있었다. 고종은 조남승사건이 일어난 뒤 승녕부총관 조민희를 불러 조

---

51 小松綠, 앞의 책, 112쪽.
52 小松綠, 앞의 책, 113쪽.
53 小松綠, 앞의 책, 114쪽.

남승사건에 대해 묻기도 했듯이[54] 이 사건의 추이에 관심을 가지고 지켜보고 있었다. 또한 5월 6일 뮈텔 신부에게 조약 원본 등과 중요 친서 등이 압수된 사실이 국내 신문에 보도되었기 때문에 고종 역시 당연히 이런 사실도 알고 있었을 것이다. 더구나 자신의 측근으로서 자신의 반일 외교 활동 등에 밀사 역을 한 조남승이 체포되었기 때문에 고종은 이 사건으로 향후 자신에게 다가올 일본의 정치적 압박 내지는 책임 추궁을 충분히 예상했을 것이다. 고종에게 이 사건은 일대 정치적 위기가 아닐 수 없었다.

고종은 이 위기를 그동안 계획해 왔던 러시아 망명 계획을 실현하는 것으로 극복하려고 한 것으로 판단된다. 최근 발견된 러시아 측 자료에 의하면 고종은 일본의 강제 병합이 임박한 시점에서 러시아 극동군과 한국 의병과의 한러 연합군을 형성하여 일본의 병합을 저지하려는 목적에서 러시아의 블라디보스톡으로 망명할 계획을 가지고 있었다. 그러나 고종은 "해외 체제 자금 마련을 위해 가명으로 예치된 자신의 비자금을 인출하는" 문제와 "일본에 볼모로 가있는 영친왕의 모친이자 왕비 역할을 하던 엄비가 아들의 신변 안전을 이유로 이를 만류했던 복잡한 가족 문제" 등 때문에 그 계획을 미룰 수밖에 없었다.[55]

그런데 고종은 바로 조남승사건이 일어난 무렵인 1910년 4, 5월 사이 그동안 미루어오던 망명 계획을 단독으로 결행할 결심을 한 것으로 판단된다. 그해 6월 중순 전 한국군 대위 출신이자 고종의 측근인 현상건이 서울에서 상해로 온 李甲을 대동하고 상해의 러시아 상무관 고이

---

54 「趙南升事件下詢」,『皇城新聞』, 1910.4.27.

55 최덕규,「고종황제의 한일병합 저지계획과 노령지역 한인들의 독립운동(1909~1910)」, 만주학회 제19차 국제학술회의『동아시아의 인구이동과 문화체험』, 2010.9.30 발표문, 40쪽. 이하 고종의 러시아 망명계획과 관련해서는 이 발표문을 참고했음을 밝혀둔다.

에르를 방문하여 고종의 러시아 망명 계획을 통보했다. 이갑은, 자신이 "서울에 머물고 있었던 4월과 5월에 고종과 수차례 만났고" 그때 "고종은 도주하기로 결심을 굳혔으며 조만간 그 희망을 실천에 옮기려는 준비를 하고 있다"고 비밀리에 자신에게 전달했다고 한다.[56] 이갑이 고종을 비밀리에 만나 망명 계획을 듣고 그 임무를 부여받았던 1910년 4월과 5월은 곧 조남승사건의 조사가 한참 진행되던 시기였다.

고종이 망명을 결심한 시기와 조남승사건이 시기적으로 겹치는 것이 '우연의 일치'일까? 압수된 문서 그 가운데서도 〈부표 2〉에서 확인할 수 있듯이 이들 문서는 자신이 그 동안 행해온 반일 활동은 물론 이들 활동을 뒷받침 해 온 해외 자금과 관련된 것이다. 자신의 반일 외교 활동과 해외 자금이 구체적 물증으로 드러난 상태에서 고종은 일대 정치적 위기를 맞았던 것이다. 병합이 사실상 눈앞에 다가오고 국내에서 이를 저지할 방법이 없었던 고종은 병합의 현실을 받아들이고 이 상황을 타파할 최후의 저항 수단으로 러시아 망명을 결심, 결행하려고 했던 것이다. 그러나 고종의 망명 계획은 만주 분할을 두고 7월 4일 체결된 제2차 러일협약 협상 과정에서 러시아가 일본의 '한국병합'에 동의한 상태였기 때문에 실현될 수 없었다.

데라우치 통감이 부임 인사 차 고종을 알현했을 때 고종이 '세상과 무관한' 듯한 태도를 보인 것은 아마 러시아의 본심을 모른 채 러시아 망명을 염두에 둔 고종의 '위장'일 수 있고, 아니면 망명 계획의 좌절로 병합 사실을 현실적으로 수용한 모습일 수 있다. 더구나 고종이 병합을 전후하여 실제 망명 실행을 위한 어떤 행동을 취한 흔적이 없는 것으로 보아 이 계획은 사실상 계획으로 끝난 것이다.

56　위와 같음.

맺음말

1910년 4월 일어난 조남승사건은 겉으로는 고종의 측근인 조남승이 어새를 위조하여 고종이 한미전기회사에 투자한 지분을 착복한 이른바 '횡령사건'으로 알려져 왔다. 그러나 이 사건은 콜브란이 한미전기회사를 매각했을 때 고종의 투자금을 착복한 죄를 면하려는 이완용과 병합 단행을 준비하면서 고종을 견제하려던 일제의 이해 관계가 일치하면서 일어난 사건이었다. 일제가 이 사건에 주목한 것은 고종의 투자금 착복 문제가 아니라 이완용이 밀고한 1894년 이후 고종의 배일 행위와 이와 관련된 문서였고, 그 문서는 고종의 측근인 조남승을 심문하여 압수하게 되었다. 일제가 압수한 문서는 고종이 조남승을 통해 은밀히 숨겨두었던 중요 문서들이었다. 즉 조선·대한제국이 외국과 맺은 조약 원문을 비롯하여 러시아황제 등에게 보낸 고종의 친서, 자신의 측근들에게 보낸 밀지 등 을사늑약의 무효를 주장하는 반일 외교 활동과 고종이 해외에 은닉한 자금을 파악할 수 있는 중요한 문서였다. 일제는 이 문서를 압수함으로써 병합에 가장 걸림돌이 될 수 있는 고종을 정치적으로 압박할 수 있는 수단을 확보했고 반대로 고종은 정치적 위기에 내몰렸던 것이다.

더구나 이 사건의 발생과 압수 문서의 발견에는 당시 내각총리대신 이완용도 깊이 관련되어 있었다. 이완용은 자신의 형인 이윤용과 함께 고종의 한미전기회사 투자금 가운데 일부를 '착복'했는데 이 사실이 한미전기회사의 매각과 고종의 투자금 상환 요구로 밝혀질 우려가 있자 그는 자신의 죄과를 면할 목적으로 조남승과 함께 고종이 과거 행한 반일 활동을 일일이 찾아 통감부에 밀고했던 것이다. 결국 을사늑약 이후 추진한 고종의 반일 외교 활동이나 해외 자금 등이 이완용에 의해 드러나게 되었고 이것은 통감부가 압수한 문서에서 입증되었던 것이다.

결국 이 사건은 고종을 더욱 정치적 위기로 몰아가게 함으로써 그동안 미루어오던 러시아 망명 계획의 단행을 결심하는 계기가 되었다. 고종의 러시아 망명 계획은 병합 자체를 저지할 수는 없었지만 대내외적으로 일제의 병합 명분에 상당한 정치적 타격을 가할 수 있는 방안이었다. 그리하여 고종은 조남승사건을 한창 조사 중이던 1910년 4월과 5월 자신의 측근인 이갑에게 망명 계획을 전달하고 임무를 부여했다. 그러나 고종의 러시아 망명 계획은 이미 러시아가 일본의 '한국병합'을 승인한 상태였기 때문에 현실적으로 실현 가능한 일이 아니었다. 이것은 고종이 당시 냉혹한 국제질서를 깨닫지 못한 한계 속에서 그동안 일제의 국권 침탈을 열강에 의지하여 해결하려고 했던 방식의 연장이었다.

한편 조남승사건의 조사 과정에서 통감부가 압수한 문서는 조약 원본 등 87종과 고종의 친서와 산업 관련 계약서 등 43종, 고종의 친서와 관련된 사건 조사 26종 등 모두 156종으로 실제 개별 문건 수로는 수백 건에 이르는 방대한 양이다. 이 문서들은 을사늑약 체결 이후 고종이 일제의 국권 침탈에 저항한 반일 활동과 대한제국의 근대화 정책 등을 해명할 수 있는 중요한 역사적 자료이다.

당시 통감부는 압수한 문서를 한국 정부에 인계하고 다시 정식으로 인계받은 것처럼 문서를 남기고 있지만 실제 압수 문서는 1910년 5월 24일 와카바야시 경시총감이 보고를 위해 귀국하면서 모두 일본으로 가져갔고 한국 정부와 통감부 사이에 이루어진 압수 문서의 인수 인계는 구두로 이루어졌다. 때문에 이를 증명하는 현존하는 문서는 모두 그 과정을 합리화하려고 조작한 것이나 마찬가지이다. 그리고 일본으로 건너간 압수 문서는 최종적으로 일본 외무성에 인계되어 보관되었다.

일제가 압수 문서를 인계받은 근거는 한국의 외교권을 강제 박탈한 을사늑약이었다. 을사늑약은 불법이기 때문에 압수 문서의 인계는 인계가 아니라 불법 '강탈'인 것이다. 현재 대한제국 공문서의 최대 소장처인 규장각에는 1876년 일본과 체결한 조일수호조규 이래 11개국과 맺은 조약 원본 가운데 오직 영국과 맺은 조약 원본인 한문본 1건만 있을 뿐이다. 나머지는 모두 일제가 강탈해 갔고 현재 그 행방이 불명한 상태이다. 한국의 문화재이자 역사적 자료인 조약 원본을 비롯하여 병합 과정에서 강탈해 간 고종의 친서 등은 일본이 지금이라도 그 행방을 찾아 반환해야 할 역사적 책임이 있다.

「條約書類進達ノ件」(①)	「秘收 第977號」(문서 ②)	「號外」(문서 ④)
1. 在朝鮮國日本民人通章程(日・漢文) 二	1. 在朝鮮國日本民人通章程(日・漢文) 二	1. 在朝鮮國日本民人通章程(日・漢文) 二
2. 大英國條約章程(英文) 一	2. 大英國條約章程(英文) 一	2. 大英國條約章程(英文) 一
3. 中國代辨朝鮮陸路電線條款合同 一	3. 中國代辨朝鮮陸路電線條款合同 一	3. 中國代辨朝鮮陸路電線條款合同 一
4. 韓淸議約公牘	4. 韓淸議約公牘	4. 韓淸議約公牘
5. 各國約章合編	5. 各國約章合編	5. 各國約章合編
6. 朝日修好條規(日・漢文) 二	6. 朝日修好條規(日・漢文) 二	6. 朝日修好條規(日・漢文)
7. 大淸國條約大韓批准 一	7. 大淸國條約 大韓批准 一	7. 大淸國條約　　　大韓批准 一
8. 京仁間鐵路合同, 雲山金鑛特許証 一	8. 京仁間鐵路合同 一	8. 京仁間鐵路合同 雲山金鑛特許証 一
9. 稅則初編稿 一	9. 稅則初編稿 一	9. 稅則初稿 一
10. 京城駐在副領事橋口直右エ門証認狀	10. 京城駐在副領事橋口直右エ門証認狀	10. 京城駐在副領事橋口直右エ門証認狀
11. 訓諭欽命駐箚日本弁事大臣金嘉鎭 一	11. 訓諭欽命駐箚日本弁事大臣金嘉鎭 一	11. 訓諭欽命駐箚日本弁事大臣金嘉鎭 一
12. 釜山港領事立田革証認狀 一	12. 釜山港領事立田革証認狀 一	12. 釜山港領事立田革証認狀 一
13. 釜山港領事室田義文証認狀 一	13. 釜山浦領事室田義文証認狀 一	13. 釜山浦領事室田義文証認狀 一
14. 朝日通商章程續約(日・漢文) 二	14. 朝日通商章程續約(日・漢文) 二	14. 朝日通商章程續約(日・漢文) 二
15. 於朝鮮國議定諸港日本人民貿易規則(日・漢文) 二	15. 於朝鮮國議定諸港日本人民貿易規則(日・漢文) 一	15. 於朝鮮國議定諸港日來人民貿易規則(日・漢文) 二
16. 各國租界章程(日・漢文) 二冊內 二	16. 各國租界章程(日・漢文) 二冊內 一	16. 各國租界章程(日・漢文) 二冊內 一
17. 日本條約批准 二	17. 日本條約批准 二	17. 日本條約批准(一袋) 二
18. 朝美條約 一	18. 朝美條約 一	18. 朝英條約 一
19. 修好條約附錄 一	19. 修好條約附錄 一	19. 修好條約附錄 一
20. 通商章程 一	20. 通商章程 一	20. 通商章程 一
21. 京義鐵路合同 (原) 一	21. 京義鐵路合同 一	21. 京義鐵路合同 一
22. 朝日海關稅則(日・漢文) (原) 二	22. 朝日海關稅則(日・漢文) 二	22. 朝日海關稅則(日・漢文) 二
23. 朝日通漁章程(日・漢文) (原) 二	23. 朝日通漁章程(日・漢文) 二	23. 朝日通漁章程(日・漢文)(一袋) 二
24. 朝日仁川口租界條約(日・漢文) (原) 二	24. 朝日仁川口租界條約(日・漢文) 一	24. 朝日仁川口租界條約(一袋) 一
25. 元山港副領事渡邊修証認狀 一	25. 元山港副領事渡邊修証認狀 一	25. 元山港副領事渡邊修証認狀 一
26. 仁川港領事鈴木充美証認狀 一	26. 仁川港領事鈴木充美証認狀 一	26. 仁川港領事鈴木充美証認狀 一
27. 釜山浦領事立田革証認狀 一	27. 釜山浦領事立田革証認狀 一	27. 釜山浦領事立田革信認狀 一
28. 修好條規附錄國文一譯漢文一 (原) 合二	28. 修好條規附錄國文一譯漢文一 合二	28. 修好條規附錄(國文一譯漢文一) 合二
29. 日本批准 (寫) 一	29. 日本批准 一	29. 日本批准 一
30. 訓諭日本弁理大臣閔泳駿 (寫) 一	30. 訓諭日本弁理大臣閔泳駿 一	30. 訓諭日本弁理大臣閔泳駿 一
31. 修好條規 (日本) (寫) 一	31. 修好條規 一	31. 修好條規 一
32. 大法國條約章程(漢文) (原) 一	32. 大法國條約章程(漢文) 一	32. 大法國條約章程(漢文) 一
33. 大德國條約章程(英・德文) (原) 一	33. 大德國條約章程(英・德文) 一	33. 大德國條約章程(英・德文) 一
34. 絶影島日本煤炭庫約單(日・朝文) (原) 各一	34. 絶影島日本煤炭庫約單(日・朝文) 各一	34. 絶影島日本煤炭庫約單(日・朝文) 各一
35. 訓諭美國參贊官李完用 (原) 一	35. 訓諭美國參贊官李完用 一	35. 訓諭美國參贊官李完用 一
36. 京仁間鐵路合同 (原) 一	36. 京仁間鐵路合同 一	36. 京仁間鐵路朝鮮政府命令合同 一
37. 大俄羅斯國條約章程(俄文) (原) 一	37. 大俄羅斯國條約章程(俄文) 一	37. 大俄羅斯國條約章程(俄文) 一
38. 訓諭英德俄義法五國全權大臣趙民熙 (原) 一	38. 訓諭英德俄義法五國全權大臣趙民熙 一	38. 訓諭英德俄義法五國全權大臣趙民熙 一
39. 駐日本弁理大臣委任狀 (寫) 一	39. 駐日本弁理大臣委任狀 一	39. 駐日本弁理大臣委任狀 一
40. 仁川港副領事林權助証認狀(無表記) (原) 一	40. 仁川港副領事林權助証認狀 (但表記無) 一	40. 仁川港副領事林權助証認狀 (但表記無) 一
41. 訓諭英德俄義法五國參贊官李容善 (原) 一	41. 訓諭英德俄義法五國參贊官李容善 一	41. 訓諭英德俄義法五國參贊官李容善 一
42. 日本人民漁採犯罪條規(日・漢文) (原) 二	42. 日本人民漁採犯罪條規(日・漢文) 二	42. 日本人民漁採犯罪條規(日・漢文) 二

43.日本電線條款　(寫)一	43.電線條款　一	43.日本電線條款　一
44.朝日釜山口設海底電線條款 (日·漢文)　(原)二	44.朝日釜山口設海底電線條款 (日·漢文)　二	44.朝日釜山口設海底電線條款 (日·漢文)　二
45.駐箚英德俄義法五國全權大臣委任狀　(原)	45.駐箚英德俄義法五國全權大臣委任狀	45.駐箚英德俄義法五國全權大臣委任狀
46.駐箚美國全權大臣委任狀　(原)一	46.駐箚美國全權大臣委任狀　一	46.駐箚美國全權大臣委任狀　一
47.釜山浦駐在領事室田義文証認狀　(原)一	47.釜山浦駐在領事室田義文証認狀　一	47.釜山浦駐在領事室田義文信認狀　一
48.訓諭日本參贊官金嘉鎭　(寫)一	48.訓諭日本參贊官金嘉鎭　一	48.訓諭日本參贊官金嘉鎭
49.仁川月眉島煤庫地基約契(附地圖一紙添)　(原)	49.仁川月眉島煤庫地基約契(附地圖一紙添) 一	49.仁川月眉島煤庫地基約契(附地圖一紙添)
50.慶源鍾城金煤兩礦條約　(原)一	50.慶源鍾城金煤兩礦條約　一	50.慶源鍾城金煤兩礦條約
51.朝鮮木商會社約章　(原)一	51.朝鮮木商會社約章　一	51.朝鮮木商會社約章
52.議訂朝鮮國間行里程約條幷附錄(日·漢文)　(原)四	52.議訂朝鮮國間行里程約條幷附錄(日·漢文)　四	52.議訂朝鮮國間行里程約條幷附錄(日·漢文)　四
53.日本皇帝ノ條約批准(赤表紙無表記)　(原)一	53.日本皇帝ノ條約批准(赤表紙無表記) 一	53.日本皇帝ノ條約批准(赤表紙無表記) 一
54.朝俄陸路通商章程草　(草案)一	54.朝俄陸路通商章程　一	54.朝俄陸路通商章程　一
55.俄國一等商民뿌리너가西洋養木法則　(草案)一	55.俄國一等商民뿌리너가西洋養木法則 一	55.俄國一等商民뿌리너가西洋養木法則
56.癸未春阿須頓稅則論難　(○記)一	56.癸未春阿須頓稅則論難　一	56.癸未春阿須頓稅則論難　一
57.京城駐在副領事橋口直右エ門証認狀　(原)	57.京城駐在副領事橋口直右エ門証認狀 一	57.京城駐在副領事橋口直右エ門信認狀
(58.德國領事口麟証認狀　一)	58.德國領事口麟証認狀　一	58.德國領事口麟証認狀　一
59.駐箚美國匹羅達皮阿城總領事戴肥時証認狀　(寫)一	59.駐箚美國匹羅達皮阿城總領事戴肥時証認狀　一	59.駐箚美國匹羅達皮阿城總領事戴肥時証認狀　一
60.井上伯爵金宏集約款(純子袋入)(日·韓文)　(原)一	60.井上伯爵金宏集約款(純子袋入)　一	60.井上伯爵金宏集約款(純子袋入)　一
61.朝淸連線章程　(寫)一	61.朝淸連線章程　一	61.朝淸連線章程　一
62.照會　二	62.照會　二	62.照會　二
63.大英國條約章程(漢文)　(印刷物)一	63.大英國條約章程(漢文)　一	63.大英國條約章程(漢文)　一
64.大法國條約章程(漢文)　(寫)一	64.大法國條約章程(漢文)　一	64.大法國條約章程(漢文)　一
65.大德國條約章程(漢文)　(原)一	65.大德國條約章程(漢文)　一	65.大德國條約章程(漢文)　一
66.大俄羅斯國條約章程(漢文)　(原)一	66.大俄羅斯國條約章程(漢文)　一	66.大俄羅斯國條約章程(漢文)　一
67.韓法郵遞法國批准文憑(漢·法文)　(原)一	67.韓法郵遞法國批准文憑(漢·法文)　一	67.韓法郵遞法國批准文憑 (漢·法文同封)
68.仁川港副領事林權助証認狀　(寫)一	68.仁川港副領事林權助証認狀　一	68.仁川港副領事林權助証認狀　一
69.大日本國條約章程(國書)　(原)一	69.大日本國條約章程(國書)　一	69.大日本國條約章程(國書)　一
70.大法國條約章程(法文)　(原)一	70.大法國條約章程(法文)　一	70.大法國條約章程(法文)　一
71.大法國條約章程(法文)　(原)一	71.大法國條約章程(法文)　一	71.大法國條約章程(法文)　一
72.大美國條約章程(美文)　(原)一	72.大美國條約章程(美文)　一	72.大美國條約章程 批准附(美·漢文) 一
73.大奧國條約互換(漢·英文)　(原)一	73.大奧國條約章程(漢·英文)　一	73.大奧國條約章程(漢·英文)　一
74.大德國條約章程(德文)　(原)一	74.大德國條約章程(德文)　一	74.大德國條約章程(德文)　一
75.大俄國條約章程(漢文)　(寫)一	75.大俄國條約章程(漢文)　一	75.大俄國條約章程(漢文)　一
76.日本通商章程(漢文)　(原)一	76.日本通商章程	76.日本通商章程(漢文)
77.朝日修好條規附錄(日·漢文)　(原)冊內一	77.朝日修好條規附錄(日·漢文)　二冊內	77.朝日修好條規附錄(日·漢文)　二冊內
78.大奧國條約章程(漢文)　(原)一	78.大奧國條約章程(漢文)　一	78.大奧國條約章程(漢文)　一
79.大丹國條約章程(法·漢文)　(原)一	79.大丹國條約章程(法·漢文)　一	79.大丹國條約章程(法·漢文)　一
80.大義太利國條約章程(漢·義·英文)　(原)一	80.大義太利國條約章程(義·漢文)　一	80.大義太和國條約章程(義·漢文)　一
81.大比利時國條約章程 批准(法·漢文)　一	81.大比利時國條約章程(法·漢文)　一	81.大比利時國條約章程(法·漢文)　一
82.大淸國條約 淸國批准　(原)一	82.大淸國條約 淸國批准　一	82.大淸國條約 淸國批准　一
83.大俄羅斯國條約章程(俄文)　(原)一	83.大俄羅斯國條約章程(俄文)　一	83.大俄羅斯國條約章程(俄文)　一

84. 大英國條約章程(英文)	(原) 一	84. 大英國條約章程(英文)	一	84. 大英國條約章程(英文)	一
85. 旅行証	十	85. 旅行証	十	85. 旅行証	十
86. 釜山港領事立田革通知狀	一	86. 釜山港領事立田華通知狀	一	86. 釜山港領事立田華通知狀	一
87. 訓諭美國全權大臣朴定陽	一	87. 訓諭美國全權大臣朴定陽	一	87. 訓諭美國全權大臣朴定陽	一
87종 111건(원문 43건) * 58. 德國領事口麟証認狀은 누락		87종 111건		甲號ノ一 四月二十七日淸國人ヨリ領置ノ分目錄 43종 甲號ノ二 御親書ニ基因セル調査事件目錄 26종	

|부록 2| 甲號의 1·2 목록

甲號의 1: 四月二十七日淸國人ヨリ領置ノ分目錄(43종)	甲號의 2: 御親書ニ基因セル調査事件目錄(26종)
1. 金礦會社 및 開發會社株券第貳號의 索引內容	1. 御親書原文綴
2. 開發會社株券無效證明	2. 電氣會社事件
3. 電氣會社資金中內帑金下賜의 件	3. 南韓御巡幸前 李完用宋秉畯殺害陰謀事件
4. 西北間島 및 부근 人民等에 對한 太皇帝의 密諭	4. 美國御潛幸陰謀事件
5. 英國에 보내야 할 文書	5. 金塊放賣事件(3, 4, 5 合冊)
6. 皇室持電氣會社株券에 關한 件	6. 膠州灣에서 買收한 家屋事件
7. 洋債借入에 付한 李容植에의 密勅	7. 露淸銀行預金事件
8. 雲山金礦合同契約改正의 件	8. 金櫃 및 鞄를 外國人에게 預置한 事件
9. 日露以外의 列國과 密約해야 한다는 上奏文	9. 베델 및 朴容奎等 金五千円을 詐取 당한 事件
10. 日本政府 및 軍司令의 內情搜査에 關한 件	10. 스티븐슨殺害의 加害者에 대한 賞與의 件
11. 金弘集外數人에 係한 告發書	11. 間島趙南昇旅行計劃事件
12. 李寅榮이 啓下文蹟下賜를 奏請한 書	12. 趙南昇을 密使로서 露國派遣計劃(10, 11, 12 合冊)
13. 美人 샌즈(Sands)傭聘契約에 關한 件	13. 韓一銀行增資株事件
14. 露館潛幸中露公使와의 密約	14. 베델弔慰金의 件
15. 露館에서 歸還後 同館에 보낸 禮狀	15. 大韓每日申報社의 建物에 關한 件(14, 15 合冊)
16. 國權回復에 關한 上奏書	16. 卞龍植上納洋食原料代價의 件
17. 海牙密使出發際 國權回復의 聲援을 露皇에게 賴한 書	17. 免官後 引續俸給 給與의 件(16, 17 合冊)
18. 獨立協會撲滅에 關한 件	18. 太皇帝陛下가 趙南昇에게 內命하여 美國領事館으로 出火後 문안하게 하고 또 皇帝陛下의 分御를 알리게 한件
19. 皇帝로 改稱할際 臣下 및 佛公使等의 意見을 窺한 書	19. 大漢門附近 家屋文券 및 前華盛頓公使館 家屋文券의 件
20. 露韓密約書	20. 西韓御巡幸에 關한 件
21. 礦山及航海에 關해 諸外國과 契約의 件	21. 淸國天津에 買收한 家屋事件
22. 趙南昇을 露國에 使行케 하는 書	22. 李裕健不法監禁被害의 件
23. 韓皇과 在露京 閔泳煥과 往復한 電報一束	23. 韓太子 渡日에 關한 件
24. 日韓第一協約後 露佛獨皇帝에 國權回復의 聲援을 請한 書	24. 손탁 歸國에 關한 件
25. 平和克復後 露皇에게 送한 書	25. 美國通信員에 關한 件/佛國公使館建物買收에 關한件
26. 日露開戰前 露皇에게 送한 書	26. 金祚鉉에 對한 調書(24, 25, 26 合冊)
27. 日露戰爭中 露皇에게 送한 書	

데라우치 마사다케 통감과 한국병합 조약 조인 광경(독립기념관 제공)

조작된 「朝鮮總督報告 韓國倂合始末」*

머리말

  '한국병합' 사실이 국내에 알려진 것은 병합 선언이 있기 하루 전인 1910년 8월 28일 국내 언론을 통해서였다. 이날 『대한매일신보』에서는 '지난 16일부터 통감 데라우치 마사다케(寺內正毅)와 내각총리대신 이완용이 병합늑약 체결과 관련하여 정식 교섭을 개시하여 22일 정식으로 조인을 완료'하였다고 하며 조약 체결 과정과 조약 내용을 보도하였다.[1] 병합에 관한 소식은 통감이 소네 아라스케(曾禰荒助)에서 데라우치로 교체된 5월 무렵 이후 일본 국내 신문 보도의 인용을 통해 국내

---

*　이 글은 『한국문화』 제52호(2010.12)에 게재된 것을 수정 보완한 것이다.
1　「時局問題의 經過」, 『大韓每日申報』, 1910.8.28.

언론에 '시국 문제' 또는 '한국 문제'라는 용어로 간간히 보도되기는 하였지만 병합 사실을 명확히 보도한 것은 아니었다. 일제와 통감부가 병합과 관련된 모든 보도를 철저히 통제했기 때문이다.

이렇게 하여 알려진 병합늑약 체결 과정은 1910년 8월 16일 데라우치와 이완용의 협상 시작 → 8월 22일 오후 2시 어전회의 : 순종황제의 이완용을 전권위원으로 임명하는 위임장 부여 및 조약안 재가 → 오후 4시 통감 관저에서 이완용과 데라우치의 조약 날인의 순이었고 이 모든 과정이 아무런 저항 없이 순조롭게 진행되었을 뿐만 아니라 어전회의 당시 순종황제가 병합늑약을 '흔쾌히 받아들여 재가'(嘉納裁可)한 것으로 알려졌다.

그동안 1904년 강제 체결된 한일의정서 이후 대한제국과 일본이 체결한 일련의 조약들에 대해 국제법과 형식상·절차상 결함과 관련된 불법성을 지적한 많은 연구가 있었지만, 병합늑약의 불법성에 대해서는 조약 체결 절차상의 결함과 함께 8월 29일 공포된 순종황제의 칙유가 '날조'되었다는 주장이 제기된 정도이다.[2] 여기에는 전권 위임장, 한일 양국 협상 대표가 기명·날인한 조약문 그리고 병합 사실을 알리는 순종황제의 칙유가 있어 병합늑약이 마치 '전권위임 → 조인 → 비준'의 절차를 거친듯하여 그 불법성을 지적하기가 쉽지 않았다. 더구나 1910년 8월 16일 이후 병합늑약의 체결 과정에 대해서도 별로 주목하지 않았다. 왜냐하면 11월 7일 데라우치가 초대 조선총독이 된 뒤 본국 정부에 보고한 「朝鮮總督報告 韓國併合始末」(이하 「한국병합시말」)이[3]

---

2   이태진, 「공포 칙유가 날조된 "일한병합조약"」, 『일본의 대한제국 강점─"보호조약"에서 "병합조약"까지』, 1995, 까치; 이상찬, 「한국 皇帝는 統治權讓與條約案을 裁可하였는가」, 동북아역사재단·하와이 아시아태평양연구대학 공동주최 '한일병합의 성격과 정책'의 발표문, 2009.4.23.

매우 구체적이고 보고자가 조약 체결 당사자여서 조약 체결 과정 자체에 대해서는 별다른 의심을 하지 않았기 때문이다.

그런데 현재 규장각이 소장하고 있는 공문서 가운데 병합늑약 체결과 관련된 공문서와 한국 정부와 통감부가 주고받은 공문서, 통감부와 일본 정부가 병합늑약 체결과 관련하여 주고받은 전보 그리고 병합늑약의 체결 과정에 참여했던 통감부 관리의 회고록 등을 바탕으로 조약 체결 과정을 재구성해 보면, 「한국병합시말」의 내용과 일치하지 않는 부분이 상당히 존재한다. 이런 불일치는 데라우치가 작성, 보고한 「한국병합시말」의 주요 내용이 조작되었을 가능성을 암시하는 것이다.

따라서 본고에서는 병합늑약과 관련하여 현존하는 공문서와 주변 자료를 중심으로 조약 체결 과정을 재구성하여 「한국병합시말」의 조작 여부를 고찰하고자 한다. 「한국병합시말」의 조작이 병합늑약의 불법성을 직접 증명하는 것은 아니지만 조약 체결 과정에서 저지른 일본의 불법을 확인하는데 기여할 것이다.

---

3 「朝鮮總督報告 韓國併合始末 附 韓國併合과 軍事上의 關係」는 2002년 작고한 전 史芸研究所 李鍾學 소장이 편찬한 『1910年 韓國强占資料集』에 번역본과 함께 실려 있다. 이 자료집은 1992년 2월에 일본 국립공문서관에서 발견한 「朝鮮總督報告 韓國併合始末 附 韓國併合과 軍事上의 關係」, 같은 곳에서 1994년 12월에 발견한 「韓國併合에 관한 書類－發電·着電電文」 그리고 1997년께 입수한 「樞密院會議筆記」가 한데 묶여 2000년에 출간되었다(이하 『1910年 韓國强占資料集』).

1. '합의적 조약'과 '강요'의 모순

1) '정식 순서'를 강조한 합의적 조약

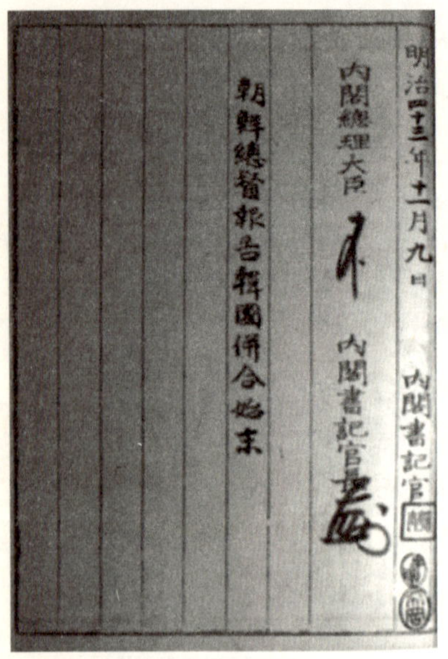

1910년 11월 9일 내각에 접수된 「조선총독보고
한국병합시말」 표지

데라우치가 1910년 11월 7일자로 본국 정부에 보고한 「한국병합시말」은 본문과 부록 부분으로 되어있다. 본문은 그가 통감으로 부임한 7월 23일부터 병합늑약을 조인한 8월 22일까지 날짜별·시간별로 조약 체결 과정을 상세히 보고한 「조선총독 보고 한국병합시말」이고, 부록은 병합늑약 체결과 관련하여 혹시 발생할 소요에 대비한 헌병경찰과 한국주차군의 배치 및 서울 경비에 관한 보고인 「한국병합과 군사상의 관계」이다.

두 보고 내용을 보면 전자의 경우는 병합늑약이 조약 체결의 정식 절차를 거친 합법적 조약으로써 그 과정이 매우 순조롭게 진행된 것으로 보고하고 있다. 그러나 후자의 경우는 보고서 말미에 병합늑약의 체결은 "군대, 경찰의 위력과 끊임없는 경비가 간접적으로 다대한 효력을 나타낸 것"이라고[4] 평가했듯이 병합늑약이 무력적 위협 속에서 체결되었음을 보여준다. 두 보고서만 보면 병합이 정식 절차에 의해 성립되었다는 주

---

4   「1910年 韓國强占資料集」, 40쪽.

장과 군대, 경찰에 의한 군사적 위협이라는 강제성을 드러내어 본문과 부록이 서로 모순되어 사실상 병합늑약이 불법임을 암시하고 있다.

먼저 데라우치가 본국에 보고한 「한국병합시말」을 통해서 병합늑약의 체결 과정의 주요 내용을 날짜별·시간별로 정리하면 아래 〈표〉와 같다.

〈표〉「한국병합시말」의 날짜별·시간별 주요 내용

일자	주요 내용
7월 23일	○ 통감 부임
8월 16일	○ 통감, 관저에서 이완용 면담 　① 조약 체결을 위한 이완용 설득 　② 합의적 조약으로써 '시국 해결'을 강조 　　1) 준비한 병합늑약 체결을 위한 각서 제시 　　2) 조약 체결의 순서 강조 　　　1. 내각회의와 합의 　　　2. 조약체결을 위해 전권위원 임명 주청 　　　3. 내각총리대신과 통감이 조약 체결
8월 17일	○ 이완용 오전 10시, 통감에게 각원과 협의가 필요하므로 오후 8시까지 확답 유예 통보 ─ 각원과 협의, 전원 동의 얻는데 실패
8월 18일	○ 통감, 이완용 면담 　각원의 의견을 모아 조약 체결 착수를 주의 　휴대한 조약안 및 조약 前文 제시 및 설명 　한국 황제가 내각총리대신을 조약체결의 전권위원에 임명하는 칙서 제시 ○ 이완용, 조약안 동의 ○ 이완용, 내각회의 개최 　① 농상공부대신 조중응을 통해 내부대신 박제순, 탁지부대신 고영희 설득 　② 학부대신 이용직 병합 반대
8월 19일	○ 이완용, 궁내부대신 민종석, 시종원경 윤덕영에게 시국해결 대요 설명
8월 20일	○ 이완용, 어전회의 준비 지시
8월 22일 　오전 10시 　오전 11시 　오후 2시 　오후 4시 　오후 5시	 ○ 통감, 궁내부대신 민종석·시종원경 윤덕영 관저로 불러 설득 ○ 순종황제, 오후 1시 어전회의 지시 ○ 어전회의 : 전권 위임장에 친히 서명, 국새를 누르게 함. 조약안 '흔쾌히 받아 들여 재가'함 ○ 이완용·농상공부대신 조중응, 통감관저 방문 　통감, 전권위임의 칙서 사열 후 승인 　통감, 이완용 양문의 조약 각 2통 기명·조인 ○ 궁내부대신·시종원경, 통감관저 방문 순종황제의 宣旨 전달

〈표〉에서 알 수 있듯이 「한국병합시말」 그 자체로 보면, 통감과 이완용이 첫 면담을 한 8월 16일부터 22일까지 병합늑약이 아무런 협박이나 강제 없이 체결된 것으로 되어 있다. 특히 8월 22일 순종황제는 어전회의 소집을 명령하면서 "대세가 이미 정해진 이상 속히 실행하는 것이 좋"다고 하였고, 당일 어전회의에서는 "조약체결의 전권 위임장에 친히 서명하여 국새를 누르게" 하고 조약안에 대해서도 "일일이 이를 흔쾌히 받아들여 재가했다(嘉納裁可)"라고[5] 하여 병합늑약이 순종황제의 재가를 받아 합법적으로 체결되었음을 강조하고 있다.

그렇다면 병합늑약은 과연 데라우치의 보고대로 '순종황제가 흔쾌히 받아들여 재가'한 합법적 조약인지 먼저 데라우치가 이완용에게 강조한 조약 체결의 절차부터 알아보자.

「한국병합시말」에 따르면 통감 데라우치와 내각총리대신 이완용이 병합늑약과 관련하여 처음으로 대화를 나눈 것은 그가 부임한 지 25일이 지난 8월 16일이다. 이날 데라우치는 이완용을 통감 관저로 불러 그동안 일본이 막대한 재정적·인적인 희생을 했는데도 도저히 한국의 시정개선의 목적을 이룰 수 없기 때문에 한국 황실의 안전 보장과 한 국민의 복리 증진을 위해 양국이 서로 합하여 하나가 되는 길밖에 도리가 없다고 하며 병합의 필요성을 강조하였다.[6] 그런 다음 데라우치는 한일 양국이 하나가 되어 정치 기관의 통일을 꾀할 방법으로 합의적 조약으로써 서로의 의사를 표시하는 것이 타당하다고 하며 '합의적 조약'을 강조하였다.[7]

---

5 『1910年 韓國强占資料集』, 34쪽.
6 『1910年 韓國强占資料集』, 26쪽.
7 『1910年 韓國强占資料集』, 26~27쪽.

그리고 데라우치는 "조약 체결의 순서로서 귀 대신은 먼저 각의를 거친 후에 한황폐하에게 위와 같은 취지를 말씀드려 조약 체결을 위해 전권위원의 임명을 주청할 것이며 귀대신과 본관은 그 직책상 조약 체결의 대임을 맡을 것"이라고 했다.[8] 이에 대해 이완용이 협약 체결에 대한 동의 여부를 각원과 협의하여 보고하겠다고 하자 데라우치는 다시 한번 "수상 및 각원의 입장으로서는 황제가 시국에 필요한 칙명을 내려 그 칙명의 뜻에 기초해 조약 체결을 맡는 것이 정식 순서"라고[9] 하며 다시 한 번 조약의 체결 절차를 강조하였다. 이어 8월 18일 데라우치는 이완용을 다시 불러 "각원의 의견을 모아 조약 체결에 착수할 것을 주의시키고 조약안을 제시하여 상세한 설명"을 한 뒤 순종황제가 "내각총리대신을 조약 체결의 전권위원에 임명함을 정식 순서로 하기" 위한 칙서를 제시하였다.[10] 이처럼 데라우치가 8월 16일, 18일 양일간 이완용에게 강조한 '합의적 조약'을 위한 절차는 '내각에서의 합의 → 내각총리를 조약 체결의 전권위원에 임명하는 주청 → 전권위원 위임장 재가 → 이완용과 통감의 조약 체결' 순이었다.

이와 같이 데라우치가 강조한 '정식 순서에 의한 합의적 조약'이란 곧 조약 성립의 전제가 될 '자유로운 합의에 의하여 체결한 조약' 내지는 '강제 없이 자유 의사로 체결한 조약'을 뜻한다고 할 수 있다. 사실 데라우치가 "위압으로써 병합을 단행하거나 혹은 선언서를 공포하여 협약을 하지 않는 일도 있다"라고[11] 하며 강제 병합을 협박하면서도 양국의 합의를 강조한 것은, 일본 내각이 병합 방침을 결정하는 과정에

---

8 『1910年 韓國强占資料集』, 29쪽.
9 『1910年 韓國强占資料集』, 30쪽.
10 『1910年 韓國强占資料集』, 31쪽.
11 『1910年 韓國强占資料集』, 26쪽.

서 결의한 최선의 병합 방안 즉 적당한 시기에 즉시 병합을 단행하되 한국이 일본에게 병합을 청원하는 모양새를 갖추려고 했던 것이다.

데라우치가 이처럼 '합의'를 강조한 것은 강제 병합을 단행할 경우 부딪힐 대내외적인 저항을 크게 우려한 때문이었다. 일본은 강제 병합 내지 일방적 선언에 의해 병합을 단행할 경우 이에 대한 열강의 반발과 특히 1905년 11월 을사늑약을 강제 체결하는 과정에서 학습한 경험을 크게 의식했던 것이다. 을사늑약 체결 당시 이토 히로부미(伊藤博文)는 조약 체결을 위한 전권위원을 임명하라고 고종을 윽박질렀지만 고종은 "대사(이토)가 하야시 겐조(林權助) 공사로 하여금 외부대신에게 제출토록 한다는 일이 잘되면 외부대신은 공사와 교섭을 거듭하여 그 결과를 정부에 제의하고 정부는 그 의견을 결정한 후에 짐의 재가를 구하기에 이를 것이다"라고 하며 끝내 전권위원을 임명하지 않았고 그 결과 을사늑약은 고종의 인준을 받지 못한 결정적인 결함을 가지게 되었던 것이다.[12]

일본은 이런 이유 외에도 을사늑약 체결 사실이 알려진 뒤 있었던 시종무관장 민영환 등의 자결, 전국에서 일어난 의병 항쟁과 같은 저항을 우려한 때문이기도 하였다. 그래서 데라우치는 "정변(한국병합—인용자)에 즈음해 전 한국을 통틀어 작은 소요도 빚는 일이 없이 평화로운 사이에 시국을 종결시킬 필요"에서[13] 군대와 경찰을 전국 주요 도시와 서울에 집중 배치하였던 것이다.

따라서 데라우치가 '합의적 조약'을 위해 강조한 정식 순서 즉 '내각 총리대신 이완용을 전권위원으로 임명하는 위임장'과 병합에 대한 내

---

12 이태진, 「조약의 명칭을 붙이지 못한 '을사보호조약'」, 『일본의 대한제국 강점—"보호조약"에서 "병합조약"까지』, 까치, 1995, 100쪽.
13 『1910年 韓國强占資料集』, 38쪽.

병합늑약 조인 장소인 통감 관저와 데라우치(『朝鮮倂合紀念寫眞帖』, 1910)

각회의의 의결과 이에 대한 순종황제의 재가는 합법적 조약 체결을 위해 반드시 거쳐야할 절차였다. 데라우치가 이완용에게 이 절차를 강조한 것은 합법성을 가장하려는 의도와 함께 을사늑약의 전철을 밟지 않으려는 의도였다. 〈표〉에서 알 수 있듯이 「한국병합시말」을 보면 데라우치가 강조한 정식 순서가 순조롭게 진행된 것으로 되어 있다. 그러나 실제에서도 이 절차가 지켜지고 그것이 양측의 자유 의지에 의해 이루어진 것인지 보자.

2) 군대와 경찰을 동원한 강요

「한국병합시말」의 부록, 「한국병합과 군사상의 관계」는 제목에서도 알 수 있듯이 이것은 병합에 즈음하여 서울을 비롯한 전국 각지에 만일의 사태에 대비하는 한편 병합늑약 체결을 군사적으로 압박, 위협할 목적으로 일본군과 경찰을 배치한 보고서이다. 이 보고서는 '경찰제도 통일과 헌병대와의 관계', '한국주차군의 경비 배치', '경성에서의 경비', '병합 담판 개시 후의 상태' 등 4개 항목으로 구성되어 있다.

데라우치는 통감에 취임하자마자 "한국의 정세에 비추어 일본 정부는 헌병 1,000명을 증파하여 경찰력의 부족을 보충함과 함께 치안 유지를 완성하기 위해 한국 정부의 경찰 기관을 통감부로 옮겨 헌병과 서로 합쳐 한국의 경찰 사무의 통일을 꾀"한다는[14] 명분으로 1910년 6월 24일 '한국 정부의 경찰 사무를 일본 정부에 위탁하는 각서'를 체결했다.

말이 위탁이지 사실상 대한제국의 경찰권을 빼앗은 데라우치는, 경찰 제도의 통일과 치안의 보전 및 질서 유지를 구실로 경찰권을 일본군 헌병에 부속시켜 헌병과 경찰이 異體同心인 이른바 헌병경찰제를 실시하였다.[15] 그리고는 자신이 통감으로 임명된 직후인 6월 약 1,000명의 헌병을 본국에서 증파하여 13도에 각 1헌병대를 두고 경찰과 합쳐 약 3리 반마다 초소를 두게 하였다. 데라우치의 이런 계획은 8월 10일까지 거의 완료되었다. 특히 본국에서 가장 늦게 도착한 헌병 300명은 병합 시기에 대응할 필요에서 서울 경비를 위해 배치되었다.[16] 나아가 당시 대한제국의 위탁으로 일본 헌병의 지휘를 받던 헌병보조원 약 4,000명도 일본군 헌병대에 직속시켰다.[17]

---

14 朝鮮總督府, 『朝鮮ノ保護及倂合』, 1918, 302쪽.

15 『1910年 韓國强占資料集』, 37~38쪽.

16 『1910年 韓國强占資料集』, 38쪽.

17 1910년의 한국주차군 헌병대 수 7,582명은 일본·대만·기타 지역을 포함한 헌병 총인원 9,144명의 82.9%에 해당할 정도로 한국에 집중 배치되었다(松田利彦 編, 『朝鮮憲兵隊史』, 不二出版, 2000, 해설 2쪽(운노 후쿠쥬, 정재정 옮김, 『한국병합사연구

데라우치는 이와 함께 시국에 즈음하여 급히 대응하기 위해 당시 항일 의병이 활동하고 있는 지방과 서울에 일본군을 집중배치 하였다. 즉 한국주차군은 병합 실행이 결정되자 통감의 의도에 따라 정책 결행을 뒷받침하고 사단의 해결을 원만히 하기 위해 6월 초순부터 각지에 주둔해 있던 수비대의 여력을 용산에 집결시켰다. 이것은 정변(병합–인용자)에 따른 소용에 대비하기 위한 것이었다.[18]

그리하여 6월 1일 북부 수비관구에 주둔하고 있던 나남의 기병연대 본부 및 제2중대가 용산에 급파된 것을 시작으로 나남 보병 제4연대의 1대대(2중대 빠짐, 6월 21일 출발), 함흥의 보병 제32연대의 1대대(2중대 빠짐, 6월 21일 출발), 삭령, 개성에서의 보병 제29연대의 1대대(2중대 빠짐)는 보병 제65연대와 교대하여 서울로 출발하였다. 또한 대전에 본부를 둔 남부 수비군인 임시한국파견대의 1대대(1중대 빠짐)는 육로로 그리고 대구에 집합한 기타 1대대(1중대 빠짐)는 기차로 출발하여 7월 상순에 용산 집결에 완료하였다.[19] 이때 용산에 집결한 일본군은 보병 15개 중대, 기병 1연대(1개 중대 빠짐), 포병 1중대, 공병 1중대였다.[20]

이렇게 서울에 일본군을 집중시킨 상태에서 데라우치는 한국에 부임하자마자 한국주차군 사령관의 보고를 받고 자신이 직접 경비 계획을 지시하고 어느 때 어느 경위를 막론하고 하나의 명령으로써 기회를 잃지 않기 위해 7월 하순 이후 서울, 용산의 모든 부대에 비밀리에 무장을 정비하도록 명령했다.[21] 또한 그는 1907년 8월 군대 해산에 저항

』, 논형, 2008, 458쪽에서 재인용).

18　金正明 編,「朝鮮駐箚軍歷史」,『日韓外交資料集成 別冊』1, 巖南堂書店, 1967, 340쪽 (이하『朝鮮駐箚軍歷史』).

19　『朝鮮駐箚軍歷史』, 340~341쪽.

20　『1910年 韓國强占資料集』, 38~39쪽.

21　위와 같음.

한 해산 군인을 상기하고 병합에 따른 대한제국의 마지막 남은 군대인 황실 근위대의 무장 봉기를 사전에 막기 위해 간부들을 협박, 설득하는 한편 하사, 병졸에게는 인민과의 접촉을 차단할 목적으로 8월 이후 영외 출입을 아예 금지하였다.[22] 이완용과 병합늑약 체결 협상에 들어가기 직전인 8월 8일, 데라우치는 주차군사령관을 불러 "경기도, 황해도, 강원도 등 특히 비교적 서울에 가까운 지방과 종래 폭도(의병―인용자)가 자주 활동했던 지방에서는 주도면밀한 근무에 힘쓰도록"[23] 하여 병합에 저항하여 일어날 지도 모를 의병 항쟁에 대비토록 하였다.

이처럼 서울에 주둔한 부대는 사변이 있을 때 즉시 필요한 配備를 할 수 있고 또 철도 연선의 여러 부대는 하나의 명령 하에 全線의 수비를 할 수 있는 준비를 완료하고 시국의 발전 진행을 관망했다고 했듯이[24] 병합 실행을 위한 계엄 상태를 유지하였던 것이다. 더구나 병합늑약 체결 당시 일본군의 서울 배치도인 '용산위술지경비약도'를 보면, 8월 22일 어전회의가 열렸던 창덕궁과 고종황제가 기거하던 경희궁 및 그 주변에 일본군 제2사단 및 임시파견대의 각 부대가 집중 배치되어 있다.[25] 이것은 병합늑약이 일제의 군사적 위협과 압박에 의해 강제되었음을 뜻하는 것이다.

그래서 데라우치도 병합늑약 체결과 관련하여 "군대, 경찰의 위력과 끊임없는 경비가 간접적으로 다대한 효과를 나타낸 것 역시 다툴 수 없는 사실"이라고 평가했던 것이다. 이런 점에서 데라우치가 이완용에게 강조한 병합늑약의 '합의적 조약' 체결은 이런 군사적 강제를 눈가림한

---

22 『1910年 韓國强占資料集』, 40쪽.
23 『1910年 韓國强占資料集』, 39쪽.
24 『朝鮮駐箚軍歷史』, 347쪽.
25 「龍山衛戍地警備略圖」, 『1910年 韓國强占資料集』, 172쪽.

것에 불과한 것이다. 이미 대한제국의 군대를 강제 해산시키고 군부를 폐지하고 그리고 경찰권마저 탈취하여 대한제국이 스스로 자신을 보호할 수 모든 물리적 수단을 빼앗은 상태였다. 이런 상태에서 일제가 서울에 군사력을 집결시키고 더구나 창덕궁에 군대를 집중 배치한 것은 직접적인 것은 아니더라도 포괄적 의미에서 당시 국제법에서 조약 무효로 인정되던 '국가 대표에 대한 강박'에 해당하는 것이라 할 수 있다.

2. 조약 체결 절차의 결함과 「한국병합시말」의 조작

1) 내각 합의를 기피한 조약안

병합늑약 체결을 위한 협상이라고 한 1910년 8월 16일과 18일, 통감 관저에서 데라우치가 이완용에게 강조한 것은 '합의적 조약' 체결을 위한 내각 합의와 전권위원 임명 주청이라는 정식 순서였다.[26] 협상이라고 하지만 사실 병합의 일방적 통보를 위한 자리였고 그 마저도 비밀 유지를 위한 '속임수'였다. 이 날 이완용의 통감 관저 방문 목적은 이 무렵 일본의 도쿄와 동북 각지의 극심한 수해에 대한 위문 방문으로 보도되었지만[27] 사실은 "위문이 아니라 금번 중요 문제(병합-인용자)에 대한 내각의 의향을 보고함과 통감의 지도를 따르기" 위한 것이었다.[28]

---

26 『1910年 韓國强占資料集』, 29쪽.
27 「李首相水害訪問」, 『大韓每日申報』, 1910.8.17.
28 「重要問題의 經過」, 『皇城新聞』, 1910.8.24.

사실 이 날 이완용의 통감 관저 방문은 통감 부임을 전후하여 즉각 단행을 꾀하려는 데라우치의 계략에 불안해진 이완용이 8월 5일과 8일 두 차례 개인 비서인 이인직을 비밀리에 통감 관저로 보내 병합에 동의한다는 자신의 의사를 전달한 것이 계기가 되었다.[29]

이완용의 의중을 확인한 데라우치는 자신의 비서관인 고쿠부 쇼타로(國分象太郞)를 이완용에게 보내어 병합 건에 관한 면회를 위해 통감 관저를 은밀히 방문해 줄 것을 요청했고, 특히 세간의 주시를 피해 밤중에 방문해 줄 것을 당부했다. 이에 이완용은 그럴 경우 오히려 의심을 받을 수 있으니 대신 일본 수해 위문을 명분으로 농상공부대신 조중응과 함께 낮에 방문하겠다고 하고,[30] 8월 16일 통감 관저로 갔던 것이다.

일본 수해 위문 방문을 위장한 이완용은 데라우치로부터 병합늑약 체결에 관한 대체적인 방침을 듣고 그 내용을 적시한 각서를 한번 읽어본 뒤 "한국의 현상은 모든 일이 퇴폐하여 스스로 쇄신할 힘이 없고 어느 나라에 의지하지 않으면 안 된다는 것은 이제 여러 말이 필요치 않으며, 그리고 일본국을 제외하고 달리 도와줄 나라가 없다는 것은 열국이 모두 인정하는 바"라고 하며 일본의 병합 방침을 받아들이고 단지 각서 내용 가운데 병합 이후의 국호와 황제의 존칭에 대해 황제폐하를 태공전하에서 이왕전하로, 국호를 조선으로 해달라고 제의하였다.[31]

이튿날 데라우치는, 이완용은 한국 황실 처분의 건 및 한국 국호 개칭 문제 외에 "병합조약에 대해 하등 이의가 없고 만약 이 양건에 관해 승낙을 준다면 조약은 체결될 것"이라며 현 황제를 창덕궁 이왕전하,

---

29 小松綠, 『韓國倂合之裏面』, 中外新論社, 1920, 124~143쪽.
30 위의 책, 141쪽.
31 『1910年 韓國强占資料集』, 28~30쪽.

태황제를 덕수궁 태왕전하, 황태자는 왕세자전하로 하고 국호도 조선으로 해달라고 고무라 주타로(小村壽太郎) 외무대신과 가츠라 다로(桂太郎) 내각총리에게 전보하였고,[32] 18일 가츠라로부터 양 건에 대해 아무런 이의가 없다는 전보를 받았다.[33]

데라우치는 8월 18일 이완용을 다시 불러 16일 이의 제기한 양건을 본국 정부에서 승인한 이상 "각원의 의견을 모아 조약 체결에 착수할 것을 주의시키고" 이미 수정한 조약안과 함께 한국 황제가 "내각총리대신을 조약 체결의 전권위원에 임명함을 정식 순서로 하기 위한 칙서"를 제시하였다. 이완용은 수정된 조약안과 자신을 전권위원으로 임명하는 칙서안을 보고 전부 승인하였다.[34]

이완용은 이날 곧바로 목요일에 열리던 정례 내각회의를 개최하였다.[35] 회의에서 내부대신 박제순, 탁지부대신 고영희는 동의했으나 학부대신 이용직은 완강하게 병합에 반대하였다.[36] 이완용은 병합에 반대하는 이용직을 배제한 채 19일, 20일 궁내부대신, 시종원경, 중추원의장 등을 설득시키는 한편 어전회의 준비를 지시하여 마침내 8월 22일 어전회의를 열었다.

이처럼 8월 16일에서 조약 조인이 이루어지는 8월 22일에 이르는 동안 데라우치가 강조한 정식 순서는 조약 체결을 위해 한국 내각에서

32　日本外務省 編纂,「倂合後ノ韓國皇帝ノ稱號及國號ニ關スル韓國側ノ希望承認ノ件」,『日韓外交文書』第43卷 第1冊, 嚴南堂書店, 1962, 678~679쪽(이하『日韓外交文書』第43卷 第1冊).

33　『1910年 韓國强占資料集』, 60쪽.

34　『1910年 韓國强占資料集』, 30~31쪽.

35　대한제국의 내각회의는 매주 월요일과 목요일 정례회의가 열리고 필요에 따라서는 임시회의가 열렸는데 8월 18일은 목요일로서 정례회의가 열리던 날이었다.

36　『1910年 韓國强占資料集』, 32쪽.

반드시 거쳐야 할 절차였고, 이미 국내법에도 규정된 절차였다.

대한제국에는 국제 조약 체결에 관한 별도의 규정은 없었지만 1899년의 대한국국제와 1904년 3월 개정된 의정부 관제 등에 나름의 규정이 있었다. 즉 "의정부 관제 제4조 8항에 따르면 국제 조약 및 중요한 국제 조건은 의정부 회의를 거친 후 황제에게 상주하여 재가를 청해야 하는 사항으로 되어 있다.[37] 이에 따르면 조약 체결은 대체로 '조약 체결 의사 접수(외부 조약국) → 의정부 회의(내각회의) → 재가'를 거치는 것이 관례였다. 그러나 을사늑약의 강제 체결로 외부가 폐지되고 외교권이 박탈되면서 외교 문제는 통감부의 주도 아래 내각과 협의했다. 그리고 1907년 7월 강제 체결된 정미조약에 의해 또 다른 절차가 추가되었다. 즉 정미조약 제2조에 "한국 정부의 법령의 제정 및 중요한 행정상의 처분은 미리 통감의 승인을 받는다"라는[38] 조항에 따라 이후 내각회의에서 의결된 칙령·법령은 물론 행정상 중요 안건은 미리 통감의 승인을 받아야 하는 조회·승인 절차가 추가되었다.

이에 따라 1907년 7월 이후 조칙·칙령 등 중요 안건은 '내각회의 → 통감 조회 → 통감 승인 → 황제 재가'라는 절차를 거쳐야 했다. 따라서 8월 16일 이후 데라우치가 이완용에게 제시한 두 가지 사안 즉 내각총리대신 이완용을 전권위원으로 임명하는 조칙안(이하 전권위원 위임 조칙안)과 병합늑약안은 조약 체결을 위한 정식 순서의 첫 단계로서 내각회

---

[37] 같은 시기 개정된 '의정부회의규정' 제6조 회의 절차에는 "조약안이 의정부 회의에 회부되어 논의를 거쳤으면, 회의 결과를 정리해 군주에게 아뢰는 문서(上奏案)를 작성하여 議政과 主任大臣이 이에 서명을 하고 그것에 황제의 의견 지시(批旨)가 나오면 의정이 다음 회기에 이를 낭독하여 결과를 알리는 것으로 규정되어, 조약체결 과정에서 국내 절차와 함께 각 단계에서 생산되는 문서 등을 자세히 규정하고 있다. 이러한 국내법적 절차 규정에 대한 보다 상세한 내용은 이태진, 「1904~1910년 한국 국권 침탈 조약의 절차상 불법성」, 『한국병합과 현대』, 태학사, 2009, 145~147쪽 참조.

[38] [韓日協約](奎 23056).

의의 의결을 거쳐야 했다.

그렇다면 합의적 조약을 위한 첫 절차인 내각회의 합의가 실제 어떻게 이루어졌는지 보자. 현재 규장각에는 순종황제 즉위 2년(1908)부터 1910년 8월 28일까지 열린 내각회의에 제출된 안건의 제목만을 회의 일자별로 정리한 『각의제출안목록』[39]이 있다. 여기에는 내각을 비롯하여 내부·농상공부·탁지부·학부 등에서 내각회의에 제출한 청의 안의 제출 일자, 내각회의가 열린 일자 및 내각회의에서 다룬 해당 부서별 청의안 목록이 기재되어 있다. 이에 따르면 내각 및 각 부에서 내각회의에 제출한 청의안이 의결되면 내각총리대신은 안건을 통감에게 조회하고, 통감이 승인 내지 訂正 여부를 통지하면 황제의 재가를 받아 조칙 또는 칙령 등으로 공포되었다. 예를 들면 8월 18일 내각회의에 제출된 탁지부 안건인 '고등토지조사위원회규칙칙령안'은[40] 8월 19일 통감에게 승인을 조회하여 이튿날인 8월 20일 승인을 통지받았고,[41] 8월 23일 황제의 재가를 받아 칙령 제43호로 공포되었다.[42]

이처럼 내각 또는 각부에서 내각회의에 안건(청의안)을 올리면 이것을 의결하고 그런 다음 내각총리대신 명의로 통감에게 안건 승인을 조회하면 1~3일 내로 통감이 승인 통지를 하였고, 이것을 다시 황제에게 상주(상주안)를 하면 대개 당일 내지 이튿날 황재의 재가를 받아 공포되

---

[39] 현재 규장각이 소장한 『閣議提出案目錄』은 모두 3책인데 〈奎 18033-1〉은 2책이고 〈奎 18033-2〉는 1책이다. 〈奎 18033-1〉은 筆寫本이고 〈奎 18033-2〉는 謄寫本으로 내용은 거의 같다. 매주 월·목요일 정례회의 및 임시회의 단위로 (請議)官廳名·號數·件名·請議年月日·閣議年月日·可否 등의 순으로 기재되어 있다. 여기서는 등사본인 〈奎 18033-2〉를 이용하였다.

[40] 「高等土地調査委員會規則勅令案」(度支部請議), 『閣議提出案目錄』(奎 18033).

[41] 「高等土地調査委員會規則勅令案」(照會秘 第374號)·「高等土地調査委員會規則勅令案」(機密統發 第1559號), 『統別勅令往復案』(奎 17851의 2).

[42] 「勅令 第43號 : 「高等土地調査委員會規則」, 『勅令』(奎 17706 v. 20).

었다.[43] 전권위원 위임 조칙안과 병합늑약안 역시 이런 과정을 거치는 것이 데라우치가 강조한 '정식 순서'였다.

아래 〈자료 1·2〉는 8월 18일(木)과 22일(月) 열린 내각회의에서 다룬 안건 목록이다. 통감부 설치 이후 외부가 폐지되었기 때문에 전권위원 위임 조칙안과 병합늑약안은 당연히 내각에서 청의하게 된다. 그런데 8월 18일 내각회의에 내각이 청의한 안건은 「前警視向田幸藏外其他十二人贈勳」 1건뿐이다. 이 날 회의에서 분명 학부대신 이용직이 "임금이 욕을 당하면 신하는 죽음뿐(君辱臣死)"이라며 반대하였다고 했는데[44] 청의안이 없다는 것은 곧 병합늑약 체결과 관련한 두 안건을 정식 안건으로 다루지 않았음을 뜻한다. 그런데 내각회의가 있던 18일 오후 6시 각 대신은 "총리대신 이완용 씨 사저에 회동하였다가 수 시간 후에 산회하였다"라는[45] 사실에서 이 안건에 반대하는 이용직만을 제외한 각부 대신들이 이완용의 집에서 별도의 사적인 모임을 갖고 양 안건을 다른 것은 아닌지 의심된다.

그리고 이 안건은 8월 22일 어전회의 직전 열렸던 내각회의에 상정될 기회가 한 번 더 있었다. 〈자료 2〉는 이날 열린 내각회의에 내각 명

---

43 대한제국 시기 내각회의가 열리면 회의에서 다룰 안건 즉 請議案은 청의를 한 官廳 名義로 회의에 올려지고 협의가 끝나면 황제의 재가를 받기 위한 上奏案이 만들어진다. 이때 상주안에는 내각회의 일자와 안건명을 기술한 내각회의 결과표와 이 안건에 대해 각부 대신의 '可否'를 표시한 것 그리고 청의안 등이 첨부된다. 현재 규장각에는 1894년 이후에서 1910년까지 이런 청의안 등을 모아놓은 『奏本』(奎 17702), 『奏本存案』(奎 17704) 등 여러 종의 공문서철이 있는데 이들 공문서철에는 전권위원 위임안과 병합늑약안과 관련된 어떤 종류의 청의안도 현존하지 않고 있다. 이에 대한 보다 상세한 내용은 이상찬, 동북아역사재단·하와이 아시아태평양연구대학 공동주최 '한일병합의 성격과 정책'의 발표문 「한국 皇帝는 統治權讓與條約案을 裁可하였는가」, 2009.4.23 참조.

44 『1910年 韓國强占資料集』, 32쪽.

45 「各大訪問」, 『皇城新聞』, 1910.8.21.

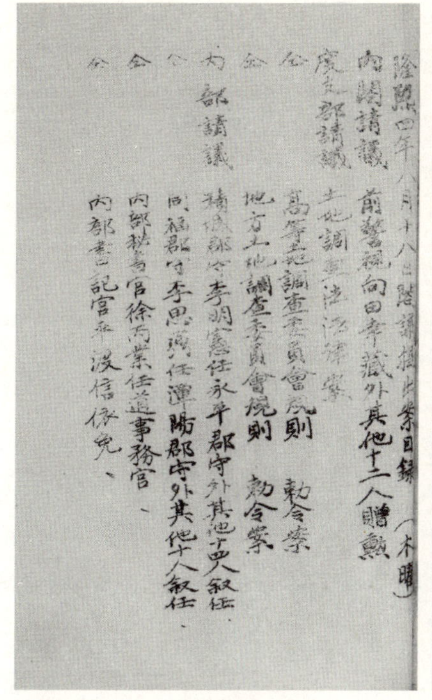

〈자료 1〉 8월 18일(木) 내각회의안목록　　　〈자료 2〉 8월 22일(月) 내각회의안목록

의로 제출된 안건들로서 「侍從院副卿李會九外五十四人陞品」·「韓一銀行取締役白寅基外三人敍勳」·「掌禮院典祀趙性協外十三人陞品」·「京城駐在淸國領事館通譯官陳秉焜」 4건뿐이며, 병합과 관련된 안건은 역시 없다. 이 날 내각회의는 이용직을 제외한 대신들이 참여한 가운데 통감 비서관 고쿠부의 보고를 접한 후 즉시 형식 각의가 되었다고 했듯이[46] 이미 어전회의가 오후 1시에 열리기로 되어 있었기 때문에 이날 내각회의는 다분히 형식적으로 이루어졌음을 알 수 있다.

---

[46] 「重要問題의 經過」, 『皇城新聞』, 1910. 8. 24.

결국 병합늑약이 조인되는 8월 22일까지 두 차례 정례 내각회의가 열렸지만 전권위원 위임 조칙안과 병합늑약안은 정식 안건으로 다루어지지 않았다. 대한제국이 규정한 내부 절차나 데라우치가 강조한 첫 번째 정식 순서인 내각 합의는 없었다. 때문에 병합늑약은 첫 번째 절차라고 할 수 있는 내각 합의를 기피한 것으로 이 부분에 대한 「한국병합시말」의 내용은 사실이 아닌 것이다.

그럼 이와 관련하여 남는 의문은 왜 8월 18일과 22일 두 차례 내각회의가 열려 공식 안건으로 다룰 수도 있었는데 일제는 왜 이를 기피했을까 하는 점이다. 아마 학부대신 이용직의 반대가 크게 작용한 것으로 판단된다. 이완용과 데라우치는 이용직의 반대와 관련하여 "이전 보호조약 체결 시 겪었던 어려운 경험을 떠올렸던 것이다. 당시 의정부 참정 한규설이 끝까지 반대 태도를 고집하여 광무제(고종—인용자)의 침전에 闖入하여 간쟁을 시도하고 시종무관 민영환, 전의정부대신 조병세 등이 분사하는 등 소요가 일었다. 이번 병합조약 체결 때에 만일 이러한 불상사를 보게 된다면 원만한 타협의 열매를 파괴할 뿐만 아니라 장래의 민심에 다대한 악영향을 미칠 것"이라고 우려한 것이다.[47] 때문에 이완용과 데라우치는 8월 18일 이후 이용직을 내각회의에서 철저히 배제하는 공작을 벌였다.

이용직이 병합늑약 체결에 분명한 반대 의사를 표명하자 이완용은 8월 18일, "일본 동경 대수재에 대한 위로 사절을 학부대신 이용직으로 선정하고" 21일 일본에 파견하기로 하였다.[48] 아마 이 결정은 그날 내각회의가 끝난 뒤 여타 각부 대신들이 이완용의 집에 모여 밀의하는

---

47 小松綠, 앞의 책, 178쪽.
48 「水災慰問使行程」, 『皇城新聞』, 1910.8.23.

과정에서 결정되었을 것이다. 또한 이 일은 데라우치와의 긴밀한 협조 아래 이루어졌다. 한국 내각에서 이런 결정이 있은 뒤인 8월 20일 데라우치는 내각총리 가츠라에게 일본의 대홍수 피해 위문차 특파한 학부대신 이용직이 내일 밤 출발할 것이라는 전보를 보냈다.[49] 그는 다음날 또 가츠라에게 전보를 보내 이용직의 도쿄 파견은 그가 "대단히 완고한 인물로 시국 해결에 대해 도저히 타협이 불가능하기 때문에 물의를 일으킬 우려가 있어" 수해 위문 특사로 파견하게 되었다면서 이러한 내밀한 사정을 잘 양해해 달라고 부탁하였다.[50]

이용직이 일본 수해 위문 특사로 출발할 일자는 어전회의가 열리기 바로 하루 전인 8월 21일이었다. 이완용과 데라우치가 이런 농간을 부린 이유는 단 하나 즉 8월 22일 어전회의에서 '이용직의 반대'로 일어날지 모를 '불상사' 때문이었다. 그래서 이용직을 이후 병합늑약 체결 논의에서 아예 배제할 계획이었던 것이다. 그런데 8월 21일 출발하기로 한 이용직은 暑泄症을 이유로 출발하지 않았다. 1차 공작이 실패하자 이완용과 데라우치는 다시 공작을 꾸몄다. 그 공작은 22일 있을 어전회의에 이용직의 참석을 막는 것이었다.

이완용은 8월 22일 어전회의 당일 통역관이자 대한제국의 사무관인 덴죠 이치로(川上立一郎)를 이용직에게 보내어 그를 감시하게 했다. 덴죠의 임무는 어전회의가 끝날 때까지 여러 한담을 하면서 그를 집에 붙잡아 두는 것이었다. 더구나 이완용은 이날 어전회의가 열린다는 사실조차 이용직에게 알리지도 않았고 그 때문에 이용직은 어전회의 개최 사실을 전혀 알지 못했다.[51]

---

49 『1910年 韓國强占資料集』, 107~108쪽.
50 『1910年 韓國强占資料集』, 108쪽.

마지막으로 혹자는 그렇다면 내각 합의 여부와 관련하여 이용직이 배제된 8월 22일 내각회의에서 나머지 대신들이 안건을 상정하여 합의할 수도 있는데 왜 그렇게 하지 않았을까 하는 의문을 제기할 수도 있다. 물론 그럴 수도 있다. 그러나 의정부회의 규정에 따르면 내각회의를 마치면 청의안에 대한 각 대신의 '可否'를 표시한 회의결과표를 만들도록 되어 있다. 청의안을 주청할 때 올리는 상주안에는 청의안과 함께 대신의 가부를 표기한 회의표제 등이 함께 작성, 첨부되었다.

이런 상주안을 염두에 둘 때 두 가지 경우를 예상할 수 있다. 하나는 이용직이 내각회의에 참여하여 반대를 표시하는 경우인데 이 경우 을사늑약 때처럼 순종황제가 이용직의 반대를 구실로 재가를 거부하는 '불상사'가 일어 날 수 있다. 이것은 아마 데라우치가 가장 우려한 상황일 것이다. 다른 하나는 이용직을 배제하고 나머지 대신만 참여하여 '可'만 표기할 경우 그것은 이용직을 의도적으로 배제한 사실은 물론 이날 내각회의 성립 자체가 문제될 수 있는 역사적 증거를 남기게 될 것이다. 이런 이유로 이용직의 내각회의 참석에 관계없이 안건을 상정할 수 없었던 것이다.

이처럼 전권위원 위임 조칙안과 병합늑약안은 내각 합의라는 '정식 순서'를 사실상 기피하고 불법으로 처리된 것이며, 데라우치가 「한국병합시말」에서 8월 18일 내각회의에서 병합늑약안을 다루었다고 하는 것은 사실이 아닌 것이다. 더구나 8월 22일 어전회의에 당연히 참석했어야 할 학부대신 이용직이 회의 개최 사실을 통보받지도 못하였고 이완용과 데라우치의 농간에 의해 자신의 집에 억류된 것은 어전회의 성사 여부가 문제될 수 있는 중요한 사실이다.

51　小松綠, 앞의 책, 178~179쪽.

2) '至急' 조회의 진실

데라우치는 「한국병합시말」에서 8월 22일 어전회의에서 순종황제가 이완용이 사전에 준비해 온 전권위원 위임 조칙안에 친서를 하고 국새를 누르게 하여 건네주었다고 하였다. 이것은 곧 이완용이 주청한 조칙안을 재가하였다는 의미이다. 그런데 앞에서 언급했듯이 순종황제가 조칙안을 재가하기 앞서 지켜야 할 나름의 절차가 있었다. 즉 내각총리가 내각회의에서 결정한 안건을 통감에게 미리 조회하여 승인을 받는 절차가 그것이다.

〈자료 2-1·2〉는 이 조칙안이 통감에게 조회·승인의 절차를 거쳤다는 것을 확인할 수 있는 자료다. 〈자료 2-1〉은 어전회의가 있던 날인 8월 22일 이완용이 데라우치 앞으로 '이완용을 전권위원으로 위임한다'는 조칙을 첨부한 '통치권 양여에 관한 조칙안'을 승인해 달라고 조회한 것이고,[52] 〈자료 2-2〉는 이에 대해 데라우치가 당일자로 승인한 통지문이다.[53] 그리고 이완용이 데라우치에게 승인을 요청한 〈자료 2-1〉의 첨부 문서는 순종황제의 친서와 국새가 있는 전권위원 위임장인 〈자료 4〉와 동일하다.

두 문서의 발·수신 날짜를 보면 어전회의가 있던 당일인 8월 22일이다. 조회와 승인이 이루어진 시각은 아무리 늦어도 순종황제가 어전회의를 소집한 오후 1시 이전이어야 한다. 두 문서가 정상적으로 처리되었다면 전권위원 위임 조칙안인 '통치권 양여에 관한 조칙안'은 어전회의 직전에 이완용이 통감에게 조회하여 곧바로 승인을 받고 이어 오후 2시에 열

---

52 「統治權讓與에 關한件 詔勅案」(照會秘 第408號), 『統別詔勅關係往復文』(奎 17853 v.2).

53 「統治權讓與에 關한 件 詔勅案」(機密統秘發 第1678號), 『統別詔勅關係往復文』(奎 17853 v.1).

〈자료 2-1〉 이완용을 전권위원에 임명한다는 '통치권 양여에 관한 조칙안'(照會秘 第408號)

린 어전회의에서 순종황제에게 주청하여 재가를 받은 셈이 된다. 그런데 「한국병합시말」에 따르면 데라우치는 어전회의가 끝난 오후 4시에 통감 관저로 온 이완용이 제시한 위임장을 "사열해 그 타당함을 승인"한 뒤 곧바로 병합늑약에 기명·날인했다고 하였다.[54] 이것은 데라우치가 강조한 '정식 순서'가 뒤바뀐 것이자 정미조약 제2조를 위반한 것에 해당한다.

왜냐하면 일제가 정미조약에서 강제한 절차 규정에 따르면 이 조칙안은 '통감 조회 → 통감 승인 → 주청 → 황제 재가'의 순서를 거쳐야 정상인데 실제로는

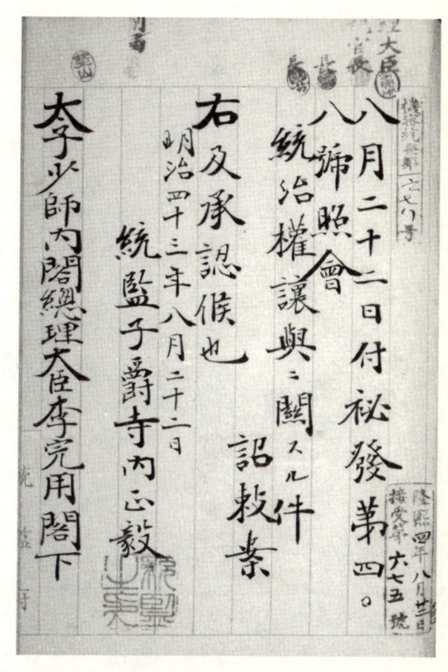

〈자료 2-2〉 機密統發 제1678호

이완용의 '주청 → 황제 재가 → 통감 승인'의 절차를 거친 것이기 때문이다. 이것이 사실이라면 〈자료 2-1·2〉가 절차상·시간상 있을 자리가 없는 모순이 발생한다. 즉 이완용은 어전회의가 끝난 뒤 전권위원 위임장 원본을 직접 가지고 가서 통감에게 조회한 것이고, 통감은 이것을 보고 구두로 승인한 것이 되기 때문이다. 혹시 시간적 급박함 때문에 절차를 바꾸어 통감에게 조회를 먼저 하고 바로 주청을 한 뒤 사후 통감의 승인을 받았을 가능성도 있지만 이 역시 편법이자 불법이기는 마찬가지다.

어느 경우이든 정식 절차를 어긴 것이며 두 문서는 결과적으로 조칙안이 '정식 순서'를 밟은 것처럼 가장하려고 사후에 조작한 것이 된다.

---

54 『1910年 韓國强占資料集』, 34쪽.

이것은 〈자료 2-1〉에서 '통치권 양여에 관한 조칙안'을 '각의 결정'에 의해 조회한다는 내용에서 분명해 진다. 이 문구가 문서상 형식적 수사일 수도 있지만 앞서 검토했듯이 실제 '각의 결정'이 없었기 때문에 〈자료 2-1〉이 작성될 근거가 없는데도 이렇게 작성되었다는 것은 조작임을 보여주는 것이다.

또한 두 문서의 조작 가능성은 〈자료 2-1〉의 1면 상단에 찍힌 '至急'이란 붉은 도장에서 더욱 분명해진다. '지급'이란 조회 · 승인 두 과정이 비정상적으로 처리되었다는 것을 뜻한다. 지급이란 어떤 일을 시간적으로 매우 다급하게 처리해야 할 때 사용하는 것이 일반적이다. 그렇다면 이완용이 통감에게 요청한 '통치권 양여에 관한 조칙안'을 지급 처리해야 할 어떤 '다급한 사정'이 있었다는 것이다. 어전회의가 오후 1시에 열리기로 되어 있었고 그 직전에 내각회의가 열렸으니 이때 조칙안에 합의를 보았다면 다급한 상황인 것은 분명하다.

그런데 이날에 열린 내각회의는 물론이고 그보다 앞서 열린 18일 내각회의에서도 이 조칙안은 안건으로 상정되지 않았다. 데라우치가 이완용에게 이 조칙안을 제시한 것은 8월 18일 내각회의가 열리기 직전이었다. 이날 이 조칙안을 내각회의에 상정했다면 조인 당일 지급 처리할 정도로 시간적 여유가 없었던 것은 아니었다.

그런데도 '통치권 양여에 관한 조칙안'을 두 차례 열린 내각회의에 정식으로 상정하지도 않고 조회 · 승인 절차를 '지급' 처리한 이유는 무엇일까? 여기에는 「한국병합시말」에서 사실대로 보고할 수 없는 어떤 다급한 사정이 있었다는 것이다. 그 다급한 사정이란 무엇이었을까? 그것은 학부대신 이용직의 반대로 내각 합의를 이루는 것이 불가능한 데도 원인이 있겠지만 근본적으로는 순종황제가 병합 자체를 반대한 상황 이외에는 다른 상황을 생각할 수 없다.

「한국병합시말」에 따르면 순종황제가 어전회의를 소집한 이유가 "대세가 이미 정해진 이상 속히 (조약 체결을—인용자) 실행하면 좋"겠다고[55] 한 상황이고 통상 조회·승인에서 재가까지 길어도 3~4일정도 시간이 소요된 전례에 비추어 볼 때 8월 18일에서 22일까지 이르는 4일 동안의 시간적 여유 속에서 조회·승인을 이렇게 지급 처리할 이유가 없는 것이다. 그런데도 조회·승인을 지급 처리했다는 것은 순종황제의 재가를 확신하지 못하여 결국 재가를 받은 뒤에야 이를 합리화하려고 사후에 〈자료 2-1·2〉를 조작했거나 아니면, 순종황제에게 재가를 압박하다가 뜻을 이루지 못하자 어전회의가 임박해서 이완용과 통감이 '제멋대로'로 처리했거나 둘 중 하나일 것이다.

3) '상의 협정' 없는 병합늑약

외국과 조약을 체결할 때는 그것도 주권과 관련된 조약을 체결할 때는 양국이 전권위원을 임명하고 이들 전권위원들이 일정한 장소에서 조약문과 관련한 협상을 한 뒤 비준권자의 비준을 받아 공포하는 것이 일반적이다. 그래서 1910년 8월 22일 순종황제가 재가한 것으로 알려져 있는 전권위원 위임장에도 "내각총리대신 이완용에게 전권위원을 임명하고 대일본제국 통감 데라우치 마사다케와 회동하여 상의 협정" 하도록 했다.

그렇다면 양국 전권위원의 '상의 협정'도 조약 체결을 위한 중요한 절차 가운데 하나다. 그런데 「한국병합시말」에 따르면 이런 '상의 협

---

[55] 『1910年 韓國强占資料集』, 34쪽.

정' 과정은 사실상 있지도 않았다. 이미 여러 차례 지적했듯이 8월 22일 오후 3시 반에 어전회의를 마친[56] 이완용은 농상공부대신 조중응과 함께 오후 4시에 통감 관저로 가서 데라우치로부터 전권위원 위임장의 승인을 받고 양국어로 된 병합늑약에 기명·날인하였다.[57] 당시 이완용이 통감 관저에 머무는 동안 「한국병합시말」 어디에도 조약문을 '상의 협정'했다는 언급이 없고, 일본 측에서 제시했던 조약문은 一字 一句도 수정되지 않은 채 일방적으로 조인되었다.[58]

일본이 조약안을 언제부터 준비했는지는 현재까지 알 수 없으나 초안은 외무성의 주도아래 작성되어 1910년 7월 8일 각의에서 결정되었다.[59] 이 날은 그동안 비밀리에 준비해 온 주요 병합 방침들이 최종 결정된 때였다. 데라우치는 7월 23일 통감으로 부임하면서 이 날 결정된 조약 초안을 가져왔다. 그는 8월 18일 이완용과 면담하면서 조약안을 수정하여 이미 재가를 주청했다고[60] 했듯이 데라우치는 8월 18일 전에 통감으로 부임하면서 가져온 조약안을 수정 완료했던 것이다. 그 과정을 보면 다음과 같다.

데라우치는 8월 13일 고무라 외무대신에게 다음 주부터 시국 해결에 본격 착수하겠다고 하면서 서울에서 협의할 때 조약안에 기초하여 교섭을 개시하겠지만 조약안 가운데 다소 수정을 요하는 것이 있으면 다시 협의하겠다고 보고하였다.[61] 그리고 바로 다음날 데라우치는 조

---

56 小松綠, 앞의 책, 180쪽.
57 고마츠 미도리(小松綠)는 병합늑약이 조인된 시간이 오후 5시라고 하였다(앞의 책, 184쪽).
58 위와 같음.
59 日本外務省 編, 『小村外交史』, 原書房, 1966, 845쪽.
60 『1910年 韓國强占資料集』, 31~32쪽.
61 「韓國併合條約交涉開始及其完結期ノ豫定二關スル件」, 『日本外交文書』 第43卷 第1

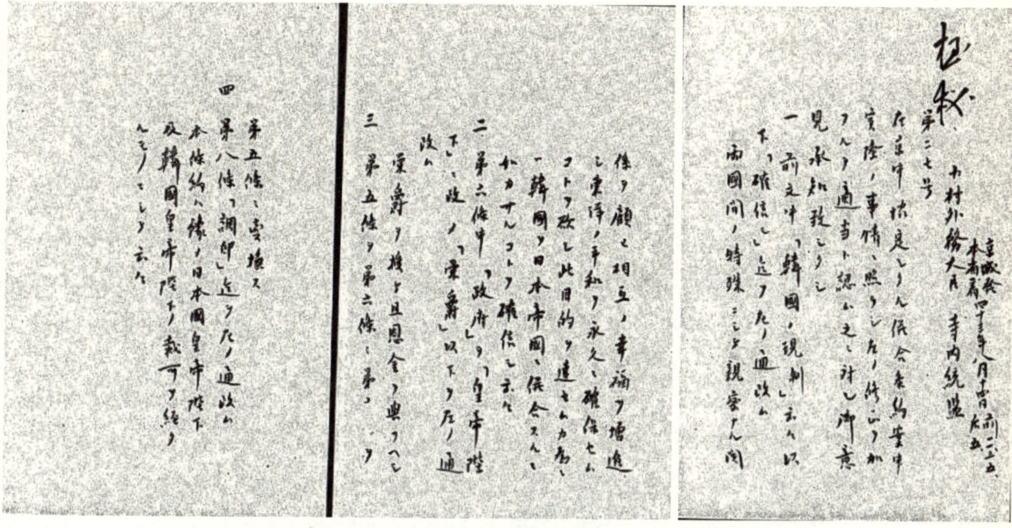

〈자료 3〉 8월 14일 데라우치가 고무라에게 전보한 병합조약안 수정건(電報 第27號)

약문 가운데 4개항에 대한 수정안을 보고하였다. 〈자료 3〉이 8월 14일 데라우치가 고무라 외무대신에게 보낸 조약 수정안이다.[62]

이때 수정된 내용은 4개항으로써 전문 일부와 제5·6·8조의 일부 내용이다. 즉 전문에서는 조약안 초안의 "「한국의 現制」 운운 이하에서 「확신하고」까지"를 "양국간의 특수히 친밀한 관계를 顧하여 서로의 행복을 증진하며 동양 평화를 영구히 확보하기 위하여 이 목적을 이루고자 하면 한국을 일본 제국에 병합함에 不如할 것으로 확신하여"로 수정하고, 제6조에서는 "「정부」를 「황제폐하」로 고치고 「榮爵」이하"를 "榮爵을 주고 또 恩金을 與함"으로, 그리고 제5조와 제6조의 순

冊, 675쪽.

62　「電報 第27號」(寺內統監 → 小村外務大臣)「併合二關シ寺內統監ヨリ小村外務大臣宛電報應答ノ件」, 일본국립공문서관, JACAR(アジア歴史資料センター) RefA03023679200, 公文別錄·韓國併合二關スル書類·明治四十二年~明治四十三年, 第一卷.

서를 바꾸고 제8조는 "「조인」까지를" "본 조약은 미리 일본국황제 폐하 및 한국 황제 폐하의 재가를 거친 것"으로 수정한다는 것이었다. 제8조를 제외한 3개 조항은 최종 조약안에 그대로 반영되었다.

데라우치가 "서울에서 협정할 병합조약안이 실제 사정에 비추어서" 수정했다고 보고했듯이 조약안의 수정 원인은 그가 통감으로 부임한 이후 파악한 한국의 '실제 사정'이다. 이 실제 사정이 무엇인가에 대해서는 병합준비위원회에 참여하였고 당시 통감부 외사국장이었던 고마츠 미도리(小松綠)의 증언이 참조가 된다. 그는 원래 "조약안은 외무성이 기초에 관계했고 각의에서 결정된 것을 데라우치 통감이 경성에 부임한 이래 실제의 사정에 비추어서 또한 수정을 가한 것"이고 그 수정은 지엽적인 것인데 특별히 지적할만한 가치가 있는 부분은 전문이다. 초안에 있던 전문의 경우, 한국 정부에서 생각 외로 병합에 호감을 가지고 병합 담판을 맞이하는 상황에서 "지나치게 노골적이고" 또한 "지나치게 巧言的"이어서 문자를 고치고 조항의 순서를 바꾸었다고 했다.[63] 한편 조약안 수정 보고를 받은 고무라는 이튿날인 15일 수정안에 대해 전보 제44호로 "하등 異가 없음"이라고 답신했다.[64]

그리고 조약안은 또 한 번 수정을 거쳤다. 그것은 제8조의 조약 효력 발생 시점 문제였다. 일본이 병합 이후 후속 조처에 필요한 제 법령의 정비 등의 사정으로 병합늑약을 조인한 후 공포까지 1주일의 시간이 필요하게 되었다. 때문에 원래 준비한 조약안 제8조 즉 '조인일로부터 이를 시행함'이라는 부분이 문제가 되어 "공포일로부터 이를 시행함"

63　小松綠, 앞의 책, 161~163쪽.

64　「電報 第44號」(小村外務大臣 → 寺內統監), 「併合ニ關シ寺內統監ヨリ小村外務大臣宛電報應答ノ件」, 일본국립공문서관, JACAR(アジア歷史資料センター) RefA03023679200, 公文別錄・韓國併合ニ關スル書類・明治四十二年~明治四十三年, 第一卷.

으로 최종 수정했다.[65] 이런 수정 과정을 거쳐 통감이 최종적으로 일본 황제의 재가를 요청한 것이 8월 20일이다.[66]

이와 같이 일본은 한국과 협상을 위해 조약안 수정을 자체적으로 완료했고, 8월 18일 데라우치가 이완용에게 제시한 조약안은 바로 이 수정된 것이었다. 비록 이완용이 이날 "조약의 규정을 모두 본 후 이를 승인"하였다고 하지만[67] 그는 아직 전권위원으로 정식 임명되기 전이기 때문에 사실 '정식 협상'이라고 할 수도 없다. 그러나 8월 22일 조약 협상을 위한 전권위원으로 위임장을 받은 이완용은, "필요한 조장을" "대일본제국 통감 데라우치 마사다케와 회동하여 상의 협정"케 하라는 위임장과는 달리 아무런 상의 협정 없이 조약안에 기명·날인하였다.

상의 협정이 없었던 조약 체결에 대해 병합의 부당합법론을 주장하는 연구자조차 "교섭다운 것이 있었다고 한다면 황제·태황제·황태자의 병합 후의 존칭에 대해서뿐이며 그 이외는 일본 측의 각본대로 진행되었다"고[68] 할 정도로 조약 체결은 일방적이었다. 8월 16일 이완용이 데라우치에게 문제 제기한 황제 칭호와 국호 문제는 조약안과는 무관한 병합 이후 한국 처리 문제와 관련된 부속 사항의 극히 일부에 지나지 않는다. 결국 전권위원 위임장은 데라우치가 조약 체결을 위해 그토록 강조한 '정식 순서'에 따라 실제 조약안의 조장을 상의 협정하기 위한 것이 아니라 이미 일본 측이 일방적으로 수정 완료한 조약안을 마치 상의 협정한 것처럼 가장할 목적에서 마련된 것에 불과할 뿐이다. 한 마디로 아무런 상의 협정 없는 '협상'인 것이다.

---

65 「日韓條約ノ公布日及條約ノ發效日ニ關スル件」, 『日本外交文書』第43卷 第1冊, 677쪽.
66 「韓國倂合條約案御裁可奏請ノ電報ノ件」, 『日本外交文書』第43卷 第1冊, 679~680쪽.
67 『1910年 韓國强占資料集』, 33쪽.
68 海野福壽, 「한국병합의 역사인식」, 『한국병합, 성립되지 않았다』, 태학사, 2001, 170쪽.

　이처럼 병합늑약이 데라우치가 강조한 '정식 순서'가 아니라 자신이 강조한 '합의적 조약' 체결의 합리화를 위한 편법과 불법으로 가능하게 된 데는 기본적으로 일본 측의 강압과 매수가 뒷받침되었다.

　데라우치는 한국에 통감으로 부임하기 전부터 대한제국의 경찰권을 빼앗아 일본 헌병대에 합쳐 헌병경찰제를 실시하는 한편, 한국주차군과 임시한국파견대 등을 동원하여 전국 각지에 군사 배치를 완료하여 계엄 상태를 유지하였다. 이런 군사적 위협 아래 통감으로 부임한 데라우치는 "이미 확정된 방침에 따라 시기를 노려 병합의 실행에 착수코자 한편으로는 준비를 서두름과 동시에 남몰래 한국 상하의 사정을 엄밀히 살피며"[69] 공작을 펼쳤다. 그가 직·간접적인 경로를 통해 벌인 공작이란 병합 실행과 관련하여 한국의 내각대신들에게 "그 직을 그만둔다 할지라도 제국 정부의 결의를 실행하는 데는 전혀 지장이 없"다는[70] 협박과 함께 "현재 내각대신으로서 유종의 직책을 다하고 원만히 시국 해결을 수행하면 별도로 발탁돼 특별한 은상과 영작을 받아 평생 행복한 생활을 하는데 충분한 은사금이 내려질" 것이라며 회유하는 방식이었다.[71] 평생 행복한 생활을 보장할 충분한 은사금의 지불 약속은 곧 매국 행위에 대한 대가로서 매수인 것이다.

　결국 병합늑약 체결은 이런 군사적 강박과 은사금이란 매수를 통해 가능했고, 그 결과 8월 22일 어전회의에서 조약안에 대해 참석자 누구도 이의를 제기한 자가 없었던 것이다. 상의 협정 없는 병합늑약의 조인은 이런 상황에서 가능했던 것이다.

69　『1910年 韓國强占資料集』, 26쪽.

70　위와 같음.

71　『1910年 韓國强占資料集』, 28쪽.

3. '潛搽'된 전권위원 위임장의 國璽

을사늑약과 달리 병합늑약의 합법성을 비판하는데 가장 큰 어려움은 늑약 체결과 관련된 문서 즉 '내각총리대신 이완용을 전권위원으로 임명하는 위임장', 한일 양국어로 된 병합늑약, 그리고 8월 29일 공포된 순종황제의 칙유가 있기 때문이다. 특히 전권위원 위임장에 순종황제의 어명인 '坧'이 친서되어 있고 국새인 '대한국새'가 찍혀 있기 때문에 병합늑약의 불법 여부와 관계없이 8월 22일 어전회의에서 순종황제가 이완용이 미리 준비한 "조약 체결의 전권위임장에 친히 서명하며 국새를 누르게 해 이를 내각총리대신에게 건네주었다"라는 사실을 아무런 비판 없이 받아들이고 있다.

일본이 "한국 통치를 거ᄒᆞ야 이를 짐이 극히 신뢰ᄒᆞᄂᆞ 대일본국황제 폐하게 양여홈으로 결정"했다 라고 쓴 위임장에 순종황제가 아무런 저항 없이 순순히 친서하여 국새를 누르게 했다는 것이 과연 사실일까? 더구나 이완용이 준비하여 설명한 병합늑약안에 대해서도 "흔쾌히 받아들여 재가"했다고 하였다. 아무리 힘없는 황제이지만 500년 조선왕조의 사직을 일순간에 일본에게 넘기는 일을 '흔쾌히 받아들여 재가했다'라는 주장에는 선뜻 동의하기 어렵다.

사실 이 위임장은 한국 측에서 작성한 것이 아니라 일본 측에서 사전에 준비한 것이다. 8월 18일 데라우치는 이완용을 두 번째로 통감 관저로 불러 다시 한 번 '전권위원 임명 주청과 병합'에 대한 내각의 합의를 강조하면서 늑약안과 함께 '내각총리대신 이완용을 전권위원으로 임명'하는 순종황제의 칙서를 제시했는데 그 내용은 다음과 같다.[72]

짐이 동양 평화를 공고히 하기 위해 일한 양국의 친선 관계를 돌아보고 서로 합해서 일가가 되는 것이 만세의 행복을 도모하는 소이로 생각돼 이에 한국 통치를 모두 짐이 가장 신뢰하는 대일본국 황제폐하에게 양여하기로 결정함에 따라서 필요한 조장을 규정하여 장래 우리 황실의 안녕과 생민의 복리를 보장하기 위해 내각총리대신 이완용으로 하여금 대일본제국 통감 데라우치 마사다케와 회동하여 상의·협정케 함이니 제신 또한 짐의 뜻의 확단한 바를 받들어서 봉행하라.

이 날 데라우치가 이완용에게 제시한 전권위원 임명 칙서는, 8월 22일 어전회의에서 이완용이 순종황제로부터 건네받았다는 위임장과 내용이 똑같으며 〈자료 4〉[73]가 그 원본이다. 〈자료 4〉는 데라우치가 이완용에게 제시한 일본어로 된 칙서를 국한문으로 번역한 것이다.

〈자료 4〉에 보이는 '坧'이 어전회의에서 순종황제가 친히 서명했다는 어명이며, 아래 보이는 도장 '대한국새'가 "국새를 누르게" 했다는 국새이다. 자료상으로는 전권위원 위임장에 순종황제가 친서를 하고 국새를 누른 것으로 볼 수도 있다. 하지만 과연 데라우치의 보고대로 순종황제가 "친히 서명하며 국새를 누르게" 했을까?

8월 22일 어전회의 상황과 관련해서는 데라우치의 보고서 외에 다른 기록이 없어 '사실 여부'를 정확히 알 수 없다. 병합 이후 '소문'에 근

---

72 원문은 다음과 같다. "朕東洋ノ平和ヲ鞏固ニセムカ爲メ日韓兩國ノ親善ナル關係ニ顧ミ相合シテ一家トナルハ相互萬世ノ幸福ヲ圖ル所以ナルヲ念ヒ茲ニ韓國ノ統治ヲ擧ケテ之ヲ朕カ最モ信賴スル大日本皇帝陛下ニ讓與スルコトニ決シタリ依テ必要ナル條章ヲ規定シ將來ニ於ケル我カ皇室ノ安寧竝ニ生民ノ福利ヲ保障セムカ爲メ內閣總理大臣李完用ヲシテ大日本帝國統監寺內正毅ト會同シ商議協定セシム諸臣亦朕カ意ノ確斷スル所ヲ體シテ奉行セヨ"(『1910年 韓國强占資料集』, 44~45쪽(원문)).

73 「韓日合倂條約의 協定에 總理大臣 李完用을 全權委員으로 任命하는 勅諭」(奎 23158).

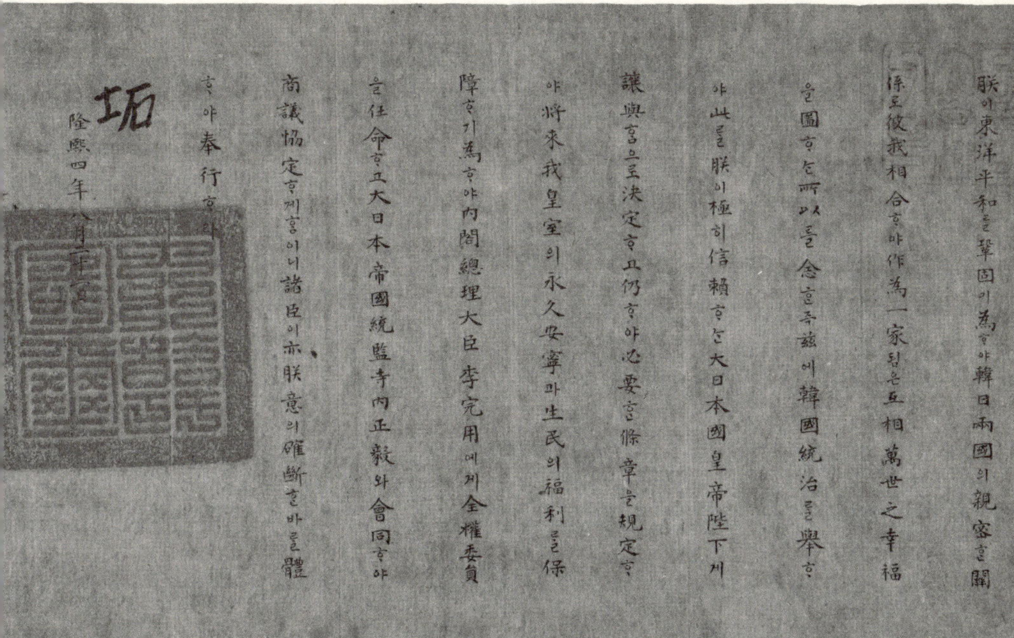

〈자료 4〉 李完用을 全權委員으로 임명하는 委任狀

거한 것으로 추정되지만 당시 상황을 기술한 몇 가지 한국 측 기록을
보면, 전권위원 위임장에 찍힌 국새에 대해 의문을 갖게 하는 중요한
공통점을 확인할 수 있다. 아래 세 내용은 이와 관련된 기록이다.

① 1910년 8월 20일 완용 등이 讓國詔를 矯造하여 황후의 숙부 시종원경
윤덕영을 闕에 보내어 날인을 요구하다 이를 접한 황제는 통분을 이기지
못하여 歔欷하시며 황후는 통곡하기를 마지 아니 하였으나 덕영은 황제가
취침함을 틈타서 어새를 潛捺하여 완용을 援함에 완용이 이를 寺內에게 致
하다.[74]

② 오호라 조선반도 4천여 년 역사가 서력 1910년 8월 20일까지 있었으니 음력으로는 경술년이라. 이 날에 이완용이가 자의로 조칙을 꾸며 황후의 숙부 윤덕영이를 시켜 황제를 협박하여 조약에 날인하기를 요구하되 황제께옵서 슬퍼하면서 허락지 아니하는 동시에 황후께옵서 통곡하거늘 윤덕영이 (중략) 황제 취침할 때를 기다려 옥새를 도적하여 조약서에 날인하고 이완용을 주니[75]

③ 8월 22일 해질 무렵, 통감부의 여러 관리(오직 데라우치 마사다케만이 오지 않았다)와 이완용 등 각 대신 및 시종원경 윤덕영, 중추원의장 김윤식이 창덕궁에 모였다. 오후 6시쯤 이완용과 윤덕영이 두 조칙(즉 8월 22일과 29일의 조칙)을 내어와 옥새를 찍어 라고 황제를 몰아세웠다. 황제는 무슨 일을 하는지 알지 못했다. (중략) 이완용과 윤덕영은 일본인의 지휘를 받아 곧바로 김윤식과 여러 사람들을 쫓아냈다. 마침내 옥새를 가져다 그 문서에 찍었다(그때 일본인들은 옥새를 가지고 통감부로 갔다).[76]

①은 대한민국임시정부에서 1919년 9월 국제연맹에 제출할 목적으로 작성한 『한일관계사』 가운데 '합병늑약'을 기술한 부분이다. 8월 20일이란 날짜에는 차이가 있지만 여기서 '양국조'란 곧 전권위원 위임장을 뜻한다.[77] ②는 1915년 발간된 박은식의 『한국통사』에서 병합에 대

---

74 국사편찬위원회, 『대한민국임시정부자료집』 7, 2005, 42~43쪽.
75 백암박은식선생전집편찬위원회 편, 『白巖朴殷植全集』 제1권, 동방미디어, 2002, 695~696쪽.
76 정교 저 · 김우철 역주, 『大韓季年史』 9, 소명출판, 2004, 229쪽.
77 상해 임시정부에서 『韓日關係史』를 위해 자료를 모으고 집필을 할 당시 법무총장이던 李始榮은, 을사늑약 체결 직전까지 외부 교섭국장을 지냈고 이후에도 평안남도 관찰사를 비롯하여 여러 관직을 거치다가 병합 직전인 1910년 7월까지도 법부 민사국장을 지냈다. 이시영이 만주로 망명한 때가 1910년 12월 무렵이니 『韓日關係史』

해 기술한 부분이다. 이 내용은 『한일관계사』의 ①과 거의 같다. 여기서 "옥새를 도적하여 날인"한 조약서 역시 전권위원 위임장을 말한다. 두 자료의 공통점은 병합 당시 황후의 숙부이자 궁내부 시종원경인 윤덕영이 국새를 몰래 훔쳐 전권위원 위임장에 찍었다는 것이다.

③은 정교의 『대한계년사』에서 8월 22일의 어전회의 상황에 대해 기술한 부분이다. 『대한계년사』의 내용은 ①, ②와 달리 8월 22일 어전회의 상황을 기술한 것이고 시간도 차이가 있다. 즉 어전회의는 오후 2시에 열렸고 약 1시간 반을 소비하여 3시 30분에 마쳤다. 이런 몇 가지 점에서 사실과 차이가 있으나 옥새를 가져다 전권위원 위임장에 찍은 장본인이 시종원경 윤덕영이란 사실은 동일하다.

비록 소문에 의존한 것이지만 ①, ②, ③에 따르면 전권위원 위임장에 찍힌 국새는 데라우치의 보고서와는 달리 윤덕영이 순종황제의 반대에도 불구하고 몰래 훔쳐 찍은 것이 된다. 그렇다면 마지막 의문은 과연 이런 주장들이 얼마만한 사실에 근거한 것인가 하는 점이다. 이와 관련해서는 우선 8월 22일 어전회의 당시 궁내부 사무관으로서 어전회의를 지켜 본 곤도 시로스케(權藤四郎介)의 증언이 주목되는데 다소 길지만 인용하면 아래와 같다.[78]

이보다 앞서 어떻게 하면 평화롭게 병합의 대업을 단행할 수 있을까 하고 그 준비에 고심을 거듭하던 데라우치 총독은 비밀리에 시종원경인 윤덕영 자작을 불러 우리 조정회의가 결정한 중대 방침을 설명하였으며, 병합이 이루어질 수밖에 없는 점을 이해시키고 이왕 및 이태왕 두 분 전하의 양

의 을사늑약 이후 부분의 기술에는 이시영의 지식이 상당히 참고 되었을 것으로 추정된다.

[78]　權藤四郎介, 『李王宮秘史』, 朝鮮新聞社, 1921, 32~33쪽.

해를 얻어야 하는 모든 일을 그의 수완에 믿고 맡겼다. 윤덕영 자작은 일이 여기에 이르자 이미 내외 형세가 더 이상 손을 써 볼 수 없게 되었음을 깨닫고 그 대업을 맡기로 승낙하였다. 그러고는 민병석 궁내부대신 및 왕비 전하의 부친인 윤택영 후작과 함께 약 일주일간 아침저녁으로 왕 전하를 알현해 이치를 따져가면서 성심을 다하고 열성을 피력하면서 왕가 백년의 안위를 위해 결단을 내려주시길 촉구하였고 협약의 골자인 왕가의 지위, 종친·공신의 대우, 백성의 혜택과 관련한 우리 정부의 뜻을 말씀드리며 사전에 심심한 양해를 청하였다. 따라서 사직과 백성의 안녕을 유지하려면 협약을 원만하게 성립시키는 것 외에는 방법이 없음을 이미 깨닫고 계셨던 왕 전하께서는 이 자리에서도 의연하게 칙명을 내리셨던 것이다.

곤도의 증언에 따르면 윤덕영은 최소한 8월 22일의 1주일 전인 15일 내지 16일부터 데라우치의 공작에 의해 그의 동생이자 황후의 부친인 윤택영, 궁내부대신 민병석과 함께 순종황제를 협박하며 병합늑약의 체결을 종용한 것이 된다. 이 무렵은 데라우치가 고무라 외무대신에게 다음 주부터 병합 협상을 시작하겠다고 보고한 8월 13일 직후이고 8월 16일 이완용을 자신의 관저로 불러 병합을 통보한 시점이다. 곤도의 증언에 상당한 개연성이 있음을 확인할 수 있다.

그런데 곤도의 증언은 데라우치가 보고서에서 언급한 윤덕영과는 사뭇 다르다. 「한국병합시말」에는 8월 22일 오전까지도 윤덕영이 늑약 체결에 완전 동의하지 않았다고 했다. 그래서 데라우치는 당일 오전 10시 궁내부대신 민병석과 시종원경 윤덕영을 통감 관저로 불러 "시국해결의 문제가 금일까지 원만히 진행된 대요를 들어 이를 설명"하였고 두 사람은 "그 일을 맡는 것이 곤란하다는 사정을 말했으나 마

침내 본관의 충고를 납득"하였다고 했다.[79]

　그렇다면 과연 누구의 말이 진실일까? 현재 이를 정확히 알 수 있는 자료가 없지만 곤도의 말을 사실로 추정할만한 중요한 단서들이 있다. 그 단서는 윤덕영 일가의 부채와 은사금의 관계다. 『황성신문』에 의하면 8월 14일 통감부 경무총감부에서는 시종원경 윤덕영의 채권자를 모두 불러 채무 액수를 조사하였고,[80] 16일에는 해풍부원군 윤택영의 채권자인 한·일·청 삼국인을 불러서 조사하였다고 한다.[81] 8월 14일이면 곤도의 증언처럼 윤덕영과 윤택영이 순종황제를 겁박하기 바로 직전이다. 그런데 데라우치는 8월 21일 가츠라에게 보낸 전보에서 임시 은사금 분배 방법과 관련해서 "정당 해산 자금 및 윤덕영 부채 정리에 관한 分을 공채로서 교부함은 사정에 적합지 않"다고 하면서 "정당에 대해서는 50만원 이내, 윤덕영에 대해서는 20만원 이내의 현금을 교부하여 처분"하겠다고 보고하였다.[82] 즉 데라우치는 윤덕영의 개인 부채 해결을 위해 은사금 명목으로 20만원의 현금 지급을 약속했음을 알 수 있다.

　통감부 경무총감부에서 윤덕영 형제의 부채를 조사한 일자가 14일과 16일이고 데라우치가 윤덕영의 부채를 해결하기 위해 20만원의 현금을 지급하겠다고 보고한 일자가 21일이다. 이런 사실에서 윤덕영과 데라우치 사이에 윤덕영 형제의 부채 문제를 두고 논의가 있은 것은 8월 14일에서 21일 사이임을 알 수 있다. 그렇다면 데라우치는 무슨 이유로 윤덕영 개인의 부채를 해결해 주려고 했을까 의문이지 않을 수 없다. 그것도 은사금을 국채 발행을 통해 병합 후 지불하기로 한 것과

79　『1910年 韓國强占資料集』, 33쪽.

80　「債額調査」, 『皇城新聞』, 1910.8.16.

81　「海豊債權者招問」, 『皇城新聞』, 1910.8.17.

82　동일한 전보의 바로 뒤에서는 정당분 20만 원, 윤덕영분 50만 원으로 뒤바꿔 있는데 아마 착오인 듯하다(『1910年 韓國强占資料集』, 111쪽).

달리 윤덕영에게는 병합 전에 임시 기밀비에서 인출하여 즉시 현금으로 지급한다는 특혜까지 베풀면서이다. 다른 특별한 사정이 없다면 윤덕영에게만 이런 특혜를 줄 이유가 없다. 따라서 이 사이에 윤덕영과 데라우치 사이에 부채 해결을 위한 은사금 20만원의 현금 지불을 미끼로 '모종의 밀약'이 있었음을 강력히 시사한다. 그 '모종의 밀약'이란 곧 곤도의 증언에 해당하는 공작일 것이며, 이것은 앞에서 인용한 자료 ①, ②, ③의 공통점 즉 윤덕영이 국새를 훔쳐 전권위원 위임장에 찍었다는 사실을 뒷받침하는 것이다. 또한 윤덕영이 국새를 몰래 훔쳐 찍었다던 8월 20일 밤 궁내부대신 민병석이 해풍부원군 윤택영을 방문하여 수 시간 밀담을 나누었다.[83] 밀담의 내용은 알 수 없지만 이 역시 8월 20일 밤 상황과 연관된 것으로 짐작된다.

그동안 '한국병합'의 부당합법론의 입장을 견지해 온 운노 후쿠쥬는 이 부분과 관련해서, "궁상·시종원경이 반대라면, 온당한 절차에 따른 어전회의 개최나 전권 위임장 발급이 불가능하다. 거기에서 데라우치는 21일 임시기밀비에서 20만엔 이내의 현금을 윤덕영의 '부채 정리'의 처분비로서 제공하는 것과 함께 고쿠부 비서관에게 그들을 농락하는 공작을 개시하도록 했다"고[84] 하여 윤덕영에 대한 공작을 8월 21일 시작한 것으로 파악하였다. 병합늑약의 체결을 위해 데라우치가 윤덕영의 부채를 미끼로 공작을 벌인 것은 운노도 인정하고 있다. 다만 공작 시점을 21일로 추정한 것은 오류이다. 왜냐하면 8월 21일 보고했다는 것은 이미 공작이 그 이전에 시작되었다는 것을 뜻하고, 여기에다가 8월 14일 윤덕영의 부채를 조사한 점, 은사금 총액 및 재원 마련 등

---

83 「宮相訪問」, 『皇城新聞』, 1910.8.23.
84 운노 후쿠쥬, 정재정 옮김, 앞의 책, 467~468쪽.

에 대한 본국과 통감부 사이의 검토가 8월 15일부터 시작되고 있는 점을 고려할 때 윤덕영에 대한 공작은 21일 이전에 이미 시작되었다고 보는 것이 타당할 것이다.

이상의 정황들을 근거로 다시 정리해 보면 전권위원 위임장에 대한 순종황제의 재가를 고심하던 데라우치는 8월 15일 내지 16일 즈음에 당시 부채 문제로 어려움에 처해있던 시종원경 윤덕영에게 순종황제의 설득 내지는 위임장 재가를 받는 조건으로 부채 해결을 약속했던 것이다. 데라우치가 윤덕영을 주목한 것은 그가 시종원경으로서 순종을 가장 지근거리에서 보필하고 또 궁내부의 주요 문서와 국새 등을 관리하는 자임에 주목했던 것이다. 윤덕영은 이에 따라 자신의 동생이자 황후의 친부인 윤택영 그리고 궁내부대신 민병석과 함께 순종황제를 설득하다가 실패하자 마침내 국새를 훔쳐 전권위원 위임장에 찍었던 것이다. 그 시기는 8월 22일 어전회의 당일보다는 궁내부대신이 윤택영을 방문했다고 한 8월 20일일 가능성이 더 높다. 왜냐하면 8월 22일 어전회의에서 순종황제가 재가를 하지 않는데도 이를 무시하고 자신이 직접 국새를 가져와 찍기는 쉽지 않을 것이기 때문이다.

이런 사실에서 8월 22일 어전회의에서 순종황제가 '친서를 하고 국새를 누르게 해 이완용에게 전권위원 위임장을 건네주었다'는 데라우치의 보고서는 사실이 아닌 것이다. 아마 어전회의 당일 순종황제가 아무런 저항을 할 수 없는 상황에서 이완용이 이미 국새가 찍힌 전권위원 위임장을 제시하며 일사천리로 진행한 것이 사실에 더 가깝다고 할 수 있다. 그리고 전권위원 위임장에 있는 순종황제의 친서는 이미 여러 차례 순종황제의 서명을 위조한 경력이 있던 통감부로서는 별로 문제가 되지 않았을 것이다.[85]

이런 짐작을 보다 분명히 해 주는 것이 '순종황제의 유조' 즉 순종황제가 죽기 전 마지막으로 남긴 조칙이다. 순종황제는 1926년 4월 붕어하기 직전 궁내대신 조정구에게 유조를 남겼고 이것이 두 달 뒤인 7월 8일자 미주의 『신한민보』에 발표되어 세상에 알려졌다. 이 유조에서 순종황제가 "과거 병합의 인준은 강린(일본─인용자)이 역적의 무리와 함께 제멋대로 하여 제멋대로 선포한 것이고 모두 내가 한 바가 아니다"라고 한 것은 곧 이런 상황을 증언한 것이다.[86] 순종황제가 병합조약을 거부했다는 사실은 유조 외에도 최근 공개된 러시아 측 자료에서도 똑같이 확인된다. "일본인들이 현 황제(순종─필자)를 일진회의 한국의 대일병합 청원에 가담하도록 설득"하자 "황제는 통곡하면서 그러한 조치에 서명하기보다는 오히려 스스로 생을 마감하는 것이 더 낫다고 소리쳤다"고 한다.[87]

"목숨을 겨우 보존한 짐은 병합 인준의 사건을 파기하기 위하여 조칙하노니 지난날의 병합 인준은 강린(强隣 : 일본)이 역신(逆臣)의 무리와 더불어 제멋대로 하여 제멋대로 선포한 것이고, 모두 내가 한 바가 아니다. 오직 나를 유폐하고 위협하여 나로 하여금 명백히 말을 할 수 없게 한 것이니 고금에 어찌 이런 도리가 있겠는가. 내가 구차히 살며 죽지 않은 지가 지금에 17년이다. 종사의 죄인이 되고 2천만 생민의 죄인이 되었으니 한 목숨이 꺼지지 않는 한 능히 잠시라도 낫지 못할 것이다. 유폐의 곤란함으로 말할 자유가 없이 금일까지 이르러 지금 병이 침중하니, 한 마디를 하지 않고

---

85 순종황제의 서명을 위조한 사실에 대해서는 이태진, 「통감부의 대한제국 寶印 탈취와 순종황제 서명 위조」, 『일본의 대한제국강점』, 까치, 1995 참조.

86 「新韓民報 전융희황제의 유죠」, 『신한민보』, 1926.7.8.

87 최덕규, 「고종황제의 한일병합 저지계획과 노령지역 한인들의 독립운동(1909-1910)」, 『만주학회 제19차 국제학술회의 : 동아시아의 인구이동과 문화체험』 발표문, 2010.9.30, 50쪽에서 재인용.

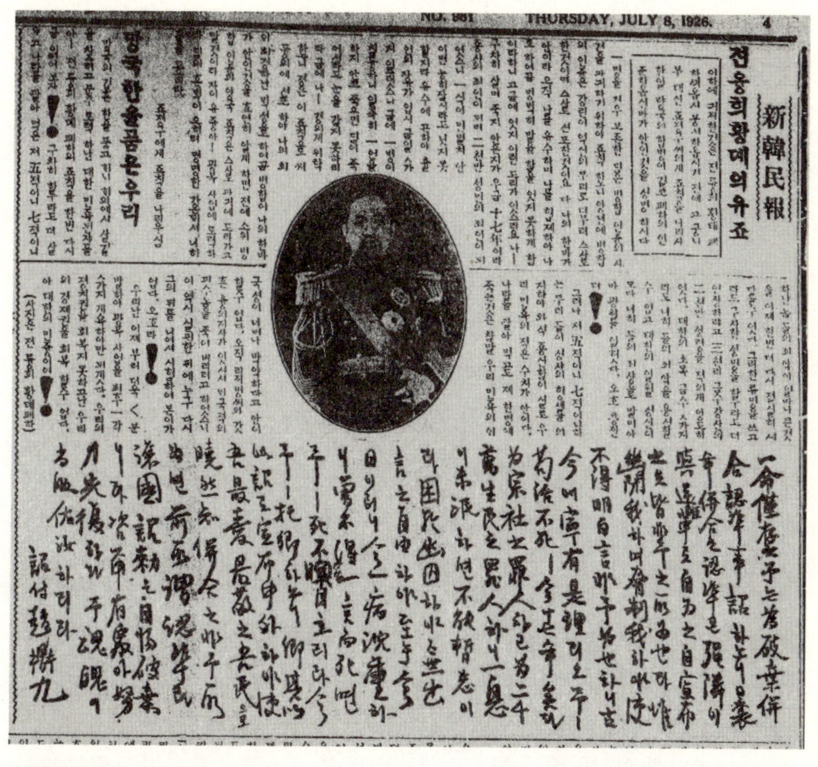

순종황제의 유조(『신한민보』1926년 7월 8일)

죽으면 짐이 죽어서도 눈을 감지 못하겠다. 지금 내가 경에게 위탁하노니 경은 이 조칙을 중외에 선포하여 내가 가장 사랑하고 존경하는 백성으로 하여금 병합이 내가 한 것이 아닌 것을 분명히 알게 하면 이전의 소위 병합 인준과 양국(讓國)의 조칙은 스스로 과거로 돌아가고 말 것이다. 백성들아! 광복사업에 노력하라. 짐의 혼백이 오히려 명명한 가운데 너희를 도울 것이다."

조정구에게 조칙을 내리심.

이렇게 병합에 대해 목숨을 걸고 반대한 순종황제가 8월 22일 어전
회의에서 병합늑약을 '흔쾌히 받아들여 재가'했다는 「한국병합시말」
의 보고 내용은 사실이 아닌 것이다. 따라서 순종황제의 친서와 국새
가 있는 전권위원 위임장은 순종황제의 병합 거부와 일제가 역적의 무
리와 함께 제멋대로 한 사실을 은폐하고 '합의적 조약'을 가장하기 위
해 데라우치가 윤덕영을 사주하여 국새를 '潛採'한 것이다.

· 맺음말

이상과 같이 병합늑약과 관련된 규장각 소장 자료와 당시 통감부와
본국 정부가 주고받은 전보 그리고 병합에 직·간접적으로 관여했던
통감부 관리들의 증언 등을 토대로 데라우치의 「한국병합시말」을 검
토한 결과, 병합늑약이 정식 순서에 의한 합의적 조약임을 강조한 주
요 내용이 사실과 다르다는 것을 확인할 수 있었다.

데라우치는 8월 16일과 18일 이완용을 만나 병합늑약 체결을 설득
하면서 합의적 조약 체결과 이를 위한 정식 순서를 강조했다. 그가 강
조한 정식 순서란 곧 '내각 합의와 전권위원 위임장 주청' 그리고 자신
과 이완용의 늑약 조인이었다. 그가 이렇게 정식 순서를 강조한 이유
는 병합늑약이 마치 자유 의지에 의해 강제 없이 체결된 것처럼 가장
하기 위한 것이었다. 여기에는 무엇보다 1905년 을사늑약의 학습 경험
이 크게 작용했다. 즉 내각대신의 반대나 비준권자의 거부로 나타날

수 있는 '불상사'를 가장 우려하였던 것이다. 그래서 그는 한편으로 조약 체결을 위한 정식 순서를 강조하면서도 다른 한편으로는 헌병경찰제의 실시와 군경의 서울 집중 배치를 통해 군사적으로 협박을 동시에 진행하였던 것이다.

그 결과 데라우치는 「한국병합시말」에서 조약 체결을 위한 절차가 매우 순조롭게 진행되었고 또 8월 22일 어전회의에서 순종황제가 전권위원 위임장에 친서하고 국새를 누르게 하였을 뿐만 아니라 병합늑약도 '흔쾌히 받아들여 재가'하였다고 했다.

그러나 다른 관련 문서와 증언들을 검토한 결과 데라우치의 보고서는 사실과 많이 달랐다. 즉 데라우치 스스로 강조한 늑약 체결의 정식 순서는 물론이고 국내법에 규정된 절차 역시 제대로 지켜지지 않았다.

우선 늑약 체결의 첫 번째 절차인 내각회의와 합의를 기피하였다. 여기에는 학부대신 이용직의 반대가 그 원인이었다. 내각회의의 기피는 곧 대한제국이 규정한 조약 체결의 절차를 위반한 것이기도 하였다. 또한 데라우치는 당시 부채 문제로 어려움에 처해있던 시종원경 윤덕영을 매수하여 내각총리대신 이완용을 전권위원으로 임명하는 조칙안에 국새를 훔쳐 찍게 하였다. 뿐만 아니라 8월 22일 이완용과 데라우치는 반드시 거쳐야 할 상의 협정의 절차도 없이 늑약안에 바로 기명·날인하였다.

이런 절차상의 결함은 병합늑약이 체결되기 약 두 달 전에 '한국 정부의 경찰사무를 일본 정부에 위탁하는 각서'를 체결한 절차와 비교해 보면 더욱 분명해진다. 6월 21일 데라우치의 지시를 받은 통감부에서 22일 박제순 내각총리대리에게 각서 체결을 통보했고, 이 날 박제순은 급히 내각회의를 소집하여 경찰권 위탁에 관한 각서에 대해 우여곡절 끝에 합의를 이룬 뒤 곧바로 창덕궁으로 가서 순종황제에게 주청하여 재가를 받았다. 이어 23, 24일 양일간 양측이 각서 문안에 대해 협상, 합의를 하여 24일 오후 8시 무렵 조인을 했다.[88] 그리고 이튿날인 25일 박제순은 다시 창덕궁으로 가서 각서 조인 사실을 복주한 뒤 재가를 받고 26일 각서를 정식 교환했다.[89] 이처럼 각서의 경우도 국내법 절차인 '내각 합의 → 상주 → 상의 협정 → 조인 → 재가 → 각서 교환'의 절차를 거쳤는데 한 나라의 통치권을 통째로 넘기는 병합늑약에서는 이런 절차들이 모두 지켜지지 않고 편법 내지 불법으로 처리되었던 것이다.

병합늑약은 이런 절차적 결함뿐만 아니라 자신들이 1907년 정미조약을 통해 강조한 절차조차 무시하였다. 일제는 칙령·법안 등과 행정상 중요 문서는 반드시 통감에게 조회하고 승인을 받은 뒤 황재의 재가를 받도록 하였으나 병합늑약의 체결 과정에서는 이 과정을 지키지도 않았다. 전권위원 위임장의 경우 오히려 황제의 재가를 받은 뒤 통감이 '사열 승인'하는 역순을 밟았다. 이것은 현재 규장각이 소장하고 있는 문서가 증명하고 있다. 즉 8월 22일 병합늑약 조인이 있던 당일, 이완용은 전권위원 임명 조칙안을 통감에게 조회했고 통감은 곧바로 이를 승인한 것으로 되어 있다. 더구나 조회 문서에 찍힌 '지급'이라는 붉은 도장은 조칙안에 대한 조회·승인이 비정상적으로 처리되었음을 보여줄 뿐만 아니라 절차를 합리화하려고 사후에 조작된 것임을 입증하는 것이다.

데라우치가 정식 순서를 강조하면서도 실제로는 이런 절차상의 불법을 저지른 이유는 오직 하나, 순종황제가 병합을 거부했기 때문이

---

88 「閣議結果上奏」, 『皇城新聞』, 1910.6.25; 「警察權委任經過」, 『皇城新聞』, 1910.6.26.
89 「警察委任裁可」, 『皇城新聞』, 1910.6.26.

다. 이것은 1926년 4월 순종황제가 붕어하기 직전 남긴 유조에서, 일제가 자신을 창덕궁에 유폐시키고 병합을 일본과 역신들이 제멋대로 한 것이라고 한 사실이 이를 말해주는 것이다.

결국 병합늑약의 불법 체결을 강행한 데라우치는 그 불법성을 은폐하고 병합늑약이 마치 강제가 아니라 양국이 합의하여 정식 순서에 의해 체결된 것처럼 가장하고 나아가 병합 실행에 대한 자신의 공을 과장할 목적에서, 병합늑약 체결 과정에 대한 최종 보고서인 「한국병합시말」을 왜곡, 조작했던 것이다. 또한 「한국병합시말」에서는 병합늑약의 체결에 이완용을 비롯한 한국 내각 및 황실은 능동적으로, 이에 반해 통감 등 일본은 수동적으로 역할을 한 것으로 일관하고 있다. 이것은 병합늑약 제1조('한국 황제의 통치권 양여')와 제2조('일본황제의 수용')의 관계에서 알 수 있듯이 일본이 병합을 단행하면서 '한국이 통치권을 스스로 양여하는 모양새'를 갖추려고 한 의도에서 「한국병합시말」을 수미일관에게 왜곡, 조작하였던 것이다.

'한국병합' 관련 4개문서의 필적 비교와 筆寫者

머리말

현재 규장각에는 병합늑약과 관련하여 1910년 8월 22일자로 작성된 4개의 중요 문서를 소장하고 있다. '한일합병조약의 협정에 이완용을 전권위원으로 임명하는 위임장'(이하 전권위원 위임장), 한일 양국어로 된 병합늑약 2종, '병합조약 및 양국 황제 조칙 공포에 관한 각서'(이하 「각서」)가 그것이다. 이 4개문서 가운데 한일 양국어로 된 병합늑약의 경우 필적뿐만 아니라 지질, 봉합 방식 등에서도 똑 같다는 주장이 일찍이 제기되었다.[1]

그런데 2010년 6월 '한국병합' 100년을 맞이하여 규장각한국학연구

---

1 「한일병합 문서 같은 인물이 작업해 무효」, 『한겨레』, 2009.7.7.

원과 국립고궁박물관에서 공동 개최한 '100년 전의 기억, 대한제국' 전시회를 준비하면서 이들 4개문서를 함께 전시한 결과, 한일 양국어로 된 병합늑약뿐만 아니라 전권위원 위임장과 「각서」의 필적도 병합늑약과 매우 유사하다는 사실을 새롭게 확인할 수 있었다. 만약 4개문서의 필적이 동일하다면 이는 곧 4개문서의 작성과 필사를 일본이 주도했다는 믿을 수 없는 사실과 맞닥뜨리게 된다.

대한제국이 을사늑약의 체결로 외부가 폐지되었지만 외국과 조약을 맺을 경우 비준 주체는 여전히 대한제국이었다. 때문에 전권위원 위임장과 병합늑약(한국본) 같은 외교 문서는 당연히 대한제국이 그 문안을 작성하고 쓰는 것이 원칙이었다. 그런데 이들 문서들이 일본 측에서 작성한 것과 필적이 같다면 이런 행위는 1876년 개항 이후 조선과 대한제국이 일본을 비롯한 서구 열강과 맺은 조약 체결 관례에서는 물론 국제조약사에서도 유례가 없는 일이다.

본고에서는 병합 관련 4개문서의 동일 필적 여부와 필사자를 알아보기 위해 우선 1910년 8월 22일자의 병합 관련 4개문서가 어떤 과정을 거쳐서 작성되었는지 알아보고 4개문서의 필적 검토를 통해서 이것들을 필사한 자가 누구인지 밝히고자 한다. 만약 병합 관련 4개문서의 작성과 필사 주체가 일본이라면 이것은 조약 체결의 전제가 되어야할 '합의의 자유' 즉 조약 체결의 적법성과 정당성에 심각한 결함이 될 수 있는 문제이다. 다만 이 주장을 실증하려면 객관적이고 과학적인 필적 감정이 전제되어야 한다. 그러나 이것은 필자의 능력을 벗어난 것이기 때문에 가능한 방법 내에서 객관성을 유지하려고 노력하였다. 따라서 본고에서의 분석 결과는 추정에 그칠 수밖에 없는 한계가 있음을 미리 밝혀 둔다.[2]

1. 병합 관련 4개문서의 작성 경위와 동일한 筆跡

1) 병합 관련 4개문서의 작성 경위

1910년 8월 22일 병합늑약이 조인되던 날, 이 날짜로 작성된 병합 관련 문서는 모두 네 가지이다. '전권위원 위임장', 한일 양국어로 된 병합늑약 2종(한국본과 일본본), 「각서」이며 이들 문서는 모두 현재 규장각에서 소장하고 있다.

주권과 관계된 정식조약(Treaty)이 체결되는 일반적인 절차에서 보면 각 문서가 작성된 순서는 전권위원 위원장, 한일 양국어로 된 병합늑약, 「각서」의 순이다. 그럼 누가, 언제, 어떤 과정을 거쳐서 이들 문서들을 작성했는지 보자.

먼저 전권위원 위임장을 보자. 전권위원이란 국제회의나 조약 체결에 국가를 대신하여 조약 체결을 담당하는 임시 외교사절이며 위임장은 곧 이에 대한 비준권자의 임명장이다. 현재 규장각이 소장하고 있는 전권위원 위임장은 1910년 8월 22일 비준권자인 순종황제가 내각총리대신 이완용에게 일본 측 전권위원과 '통치권 양여에 관한 조약안'을 '상의 협정'할 권한을 부여한 것이다.[3] 전권위원 위임장인 〈자료 1〉은 이날 오후 2시에 열린 어전회의에서 이완용이 순종황제에게 주청하여

---

2   병합 관련 4개문서와 그 필사자를 확인하는 문제는 병합늑약의 불법성을 밝힐 수 있는 매우 중요한 문제이고 또한 국제적 문제이기 때문에 국립과학수사연구소와 같은 공신력 있는 국가기관에서 관련 문서와 대조 자료에 대한 객관적이고 과학적인 필적 감정이 시급히 이루어질 필요가 있다.

3   [韓日合倂條約의 協定에 李完用을 全權委員으로 임명하는 委任狀](奎 23158)

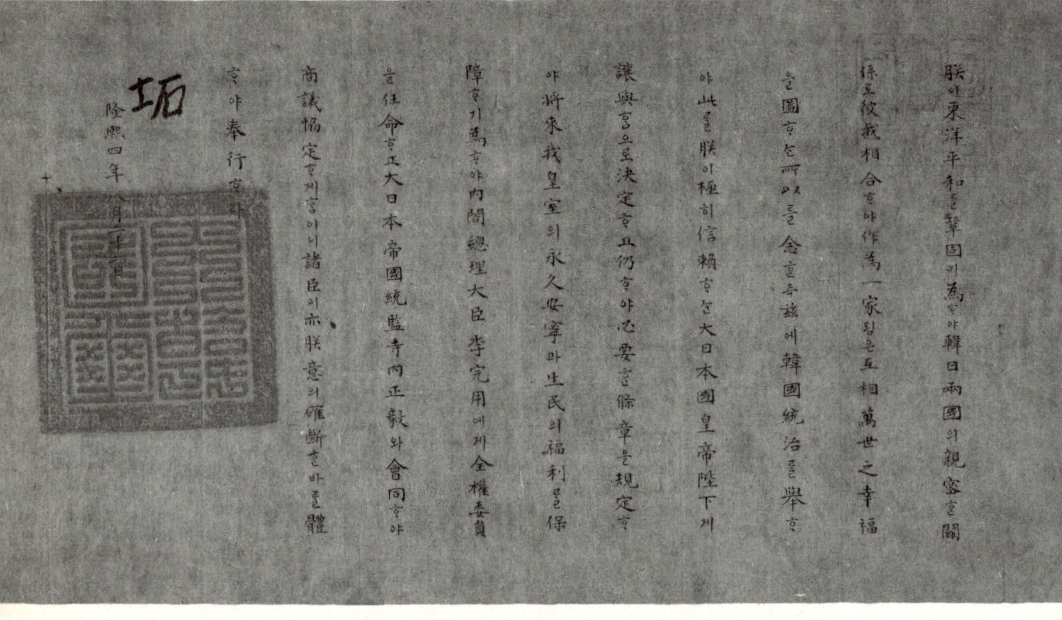

坧

隆熙四年八月二十二日

朕이 東洋平和를 鞏固히 爲ᄒᆞ야 韓日兩國의 親密ᄒᆞᆫ 關係로 彼我相合ᄒᆞ야 作爲一家됨은 互相萬世之幸福을 圖ᄒᆞᄂᆞᆫ 所以를 念ᄒᆞᆫ즉 玆에 韓國統治를 擧ᄒᆞ야 此를 朕이 極히 信賴ᄒᆞᄂᆞᆫ 大日本國皇帝陛下께 讓與ᄒᆞᆷ으로 決定ᄒᆞ고 仍ᄒᆞ야 必要ᄒᆞᆫ 條章을 規定ᄒᆞ야 將來 我皇室의 永久安寧과 生民의 福利를 保障ᄒᆞ기 爲ᄒᆞ야 內閣總理大臣 李完用에게 全權委員을 任命ᄒᆞ고 正大日本帝國統監寺內正毅와 會同ᄒᆞ야 商議協定ᄒᆞ게ᄒᆞᆷ이니 諸臣이 亦 朕意의 確斷ᄒᆞᆫ 바를 體ᄒᆞ야 奉行ᄒᆞ라

〈자료 1〉〔李完用을 全權委員으로 임명하는 委任狀〕

재가를 받은 것으로 되어 있다.[4] 〈자료 1〉 자체로만 보면 국한문으로 된 위임장의 문안은 대한제국에서 작성하고 외교 문서를 전문으로 쓰는 대한제국 소속의 寫字官이 썼을 것이라고 의심 없이 생각할 것이다.

그런데 데라우치가 1910년 11월 7일자로 본국에 보고한 「조선총독 보고 한국병합시말」을 보면 실제 전권위원 위임장의 문안 작성자는 대한제국이 아니라 일본이었다. 데라우치는 8월 16일에 이어 18일 이완용을 통감 관저로 다시 불러 병합에 관한 내각 합의를 강조하면서 병합늑약안과 함께 '내각총리대신 이완용을 전권위원으로 임명'하는

---

4   李鍾學 編著, 『1910年 韓國强占資料集』, 史芸研究所, 2000, 34쪽(이하 『1910年 韓國 强占資料集』).

순종황제의 칙서를 제시했는데 그 내용은 다음과 같다.[5]

　　짐이 동양 평화를 공고히 하기 위해 일한 양국의 친선 관계를 돌아보고 서로 합해서 일가가 되는 것이 만세의 행복을 도모하는 소이로 생각돼 이에 한국 통치를 모두 짐이 가장 신뢰하는 대일본국 황제폐하에게 양여하기로 결정함에 따라서 필요한 조장을 규정하여 장래 우리 황실의 안녕과 生民의 복리를 보장하기 위해 내각총리대신 이완용으로 하여금 대일본제국 통감 寺內正毅와 회동하여 상의 협정케 함이니 諸臣 또한 짐의 뜻의 확단한 바를 받들어서 봉행하라.

　　8월 18일 데라우치가 이완용에게 제시한 일본어 칙서와 〈자료 1〉을 비교해 보면 〈자료 1〉은 데라우치가 제시한 칙서를 국한문으로 번역한 것임을 알 수 있다. 이것은 곧 전권위원 위임장의 문안을 일본이 작성했다는 것을 뜻한다. 특히 전권위원 위임장은 당연히 대한제국이 작성해야 하는데도 일본이 작성했다는 것은 그 자체가 심각한 주권 침해 행위이다.

　　다음으로 8월 22일 통감 관저에서 이완용과 데라우치가 기명·날인한 한일 양국어로 된 병합늑약의 작성 경위를 보자. 이에 대해서는 병합 당시 통감부 외사국장이자 1910년 6월 초에 조직된 병합준비위원회에서 한국 관계 사항에 대해 원안을 작성했던[6] 고마츠 미도리(小松

5　데라우치가 이완용에게 제시한 전권위원 위임장 원문은 다음과 같다. "朕東洋ノ平和ヲ鞏固ニセムカ爲メ日韓兩國ノ親善ナル關係ニ顧ミ相合シテ一家トナルハ相互萬世ノ幸福ヲ圖ル所以ナルヲ念ヒ茲ニ韓國ノ統治ヲ擧ケテ之ヲ朕カ最モ信賴スル大日本皇帝陛下ニ讓與スルコトニ決シタリ依テ必要スル條章ヲ規定シ將來ニ於ケル我カ皇室ノ安寧並ニ生民ノ福利ヲ保障セムカ爲メ內閣總理大臣李完用ヲシテ大日本帝國統監寺內正毅ト會同シ商議協定セシム諸臣亦朕カ意ノ確斷スル所ヲ體シテ奉行セヨ"(『1910年 韓國强占資料集』, 44~45쪽(원문)).

6　韓成敏, 「구라치 데쓰키치(倉知鐵吉)의 '韓國倂合' 계획 입안과 활동」, 『한국근현대

緣)의 증언이 참조된다. 고마츠는 "조약안은 외무성이 기초에 관계했고 각의에서 결정된 것을 데라우치 통감이 경성에 부임한 이래 실제의 사정에 비추어서 또한 수정을 가한 것"이라고 했다.[7] 이에 따르면 일본 외무성이 병합늑약의 초안을 작성하여 각의의 결의를 거친 뒤 데라우치가 통감으로 부임하면서 가져온 것이 된다. 병합의 제안 당사국이 일본이기 때문에 이 조약안은 최종안이 아니라 향후 한국과의 협상 과정에서 수정되거나 거부될 수도 있는 협상안이었다.

그런데 일본이 준비한 이 협상안은 한국과 협상에 착수하기 이전에 이미 일본에 의해 최종 수정되어 그대로 조인되었다. 7월 23일 통감으로 부임한 데라우치는 8월 13일 고무라 주타로(小村壽太郎) 외무대신에게 다음 주부터 시국 해결에 본격 착수하겠다고 하면서 조약안 가운데 다소 수정을 요하는 것이 있으면 다시 협의하겠다고 보고하였다.[8] 그리고 바로 다음날 데라우치는 '실제의 사정'을 이유로 조약안 가운데 4개항에 대한 수정안을 전보 제27호로 외무대신에게 보고하였다. 이때 초안의 수정 내용은 4개항으로써 전문 일부와 제5·6·8조의 일부 내용이었다.

즉 전문에서는 조약안의 "「한국의 現制」 운운 이하에서 「확신하고,」까지를 "양국간의 특수히 친밀한 관계를 顧하여 서로의 행복을 증진하며 동양 평화를 영구히 확보하기 위하여 此目的을 이루고자 하면 한국을 일본제국에 병합함에 不如할 것으로 확신하여"로 수정하고, 제6조에서는 "「정부」를 「황제폐하」로 고치고 「榮爵」이하"를 "榮爵을 주고 또 恩金을 與함"으로, 그리고 제5조와 제6조의 순서를 바꾸었다.

사연구』 제54집, 2010, 92쪽.

7 小松綠, 『韓國併合之裏面』, 中外新論社, 1920, 141쪽.

8 日本外務省 編, 「韓國併合條約交涉開始及其完結期ノ豫定ニ關スル件」, 『日本外交文書』 第43卷 第1冊, 嚴南堂書店, 1962, 675쪽(이하 『日本外交文書』).

그리고 제8조 "본 조약은 조인에 앞서 먼저 일본국황제 폐하 및 한국 황제 폐하의 열람에 供하고 재가를 거친 것이니"에서 "조인에 앞서" "열람에 供하고"를 삭제, "본 조약은 미리 일본국황제 폐하 및 한국 황제 폐하의 재가를 거친 것이니"로 수정하였다.[9] 조약안 수정 보고를 받은 고무라는 이튿날인 15일 수정안에 대해 전보 제44호로 "하등 異가 없음"이라고 답신하였다.[10]

이어 조약의 효력발생 시점과 관련하여 제8조가 다시 수정되었다. 8월 15일 데라우치는 제8조의 조약 발효 시점과 관련하여 조약 조인과 공포 사이에 1주일의 시간이 필요한 문제와 관련하여 "조인일로부터 곧바로 효력을 가짐"이라는 조약 초안을 "공포일로부터 효력을 발생함"으로 수정하겠다고 다시 전보했다.[11] 일본이 병합 이후 후속 조처에 필요한 제 법령의 정비, 병합에 대한 영국 등 열강의 설득 등의 사정으로 병합늑약의 조인 후 공포까지 1주일의 시간이 필요하였다. 이에 대해 고무라는 "공포일로부터 효력을 발생시키는 것은 꼭 필요한데 조약안 제8조는 그 의미로써 상당 수정되기 바란다"고 하였고[12] 결국 제8조는 최종적으로 "공포일로부터 효력이 발생함"으로 수정되었다. 데라우치는 이렇게 수정된 조약안을 8월 18일 이완용에게 보여주고[13] 8월 20일 본국에 조약문의 최종안을 보고하고 재가를 요청했다.[14] 최종

---

9 「併合二關シ寺內統監ヨリ小村外務大臣宛電報應答ノ件(電報 第27號)」, 국립일본공문서관, JACAR(アジアセンター), RefA03023679200, 公文別祿·韓國併合二關スル書類·明治四十二.年~明治四十三年·第一卷(이하『韓國併合二關スル書類』).

10 「併合二關シ寺內統監ヨリ小村外務大臣宛電報應答ノ件(電報 第44號)」, 『韓國併合二關スル書類』.

11 「韓國併合條約ノ調印後速急公布ノ必要及條約」, 『日本外交文書』 第43卷 第1冊, 677쪽.

12 「日韓條約ノ公布日及條約ノ發效日二關スル件」, 『日本外交文書』 第43卷 第1冊, 677쪽.

13 『1910年 韓國强占資料集』, 9~30쪽 참조.

14 「韓國併合條約案御裁可奏請ノ電報ノ件」, 『日本外交文書』 第43卷 第1冊, 679~680쪽.

수정안은 8월 22일 조인 당일 오전 10시 40분에 열린 추밀원회의의 자순을 거쳐 곧바로 일본황제의 재가를 받았다.[15]

일본국립공문서관 소장 『한국병합에 관한 서류』라는 문서철에 있는 「조칙조약선언안」에는 병합 실행의 방식에 따라 달리 공포될 두 종류의 조칙안, 병합늑약 초안인 조약안, 외국을 상대로 병합 사실을 알리는 선언안 초안이 합철되어 있다. 이 가운데 조약안이 고마츠가 증언한 각의에서 결정한 조약안으로 추정된다. 〈자료 2〉가 그것이다.[16]

〈자료 2〉와 데라우치가 8월 14일 보고한 조약 수정안인 전보 제27호와 그 내용을 비교해 보면, 데라우치가 수정하겠다고 한 전문과 제5·6·8조의 일부 내용의 원안이 〈자료 2〉와 같다. 때문에 〈자료 2〉의 조약안이 데라우치가 통감으로 부임하기 전 일본 정부의 각의에서 결정된 조약안임을 알 수 있다.

이 조약안은 데라우치가 통감 부임을 위해 한국으로 출발하기 직전인 7월 8일 열린 각의에서 조칙안, 선언안과 함께 결정되었다.[17] 이날 각의에서는 6월 20일 전후 구성된 병합준비위원회에서 지난 6월 3일 각의에서 결정된 '한국병합실행에 관한 방침' 등에 따라 병합 시에 공포될 칙령·법령 등 22개항의 '한국병합시 처리법안대요'를 결정했다.[18] 이날 각의에서 결정한 방침과 조약안 등은 '각 안 내용에 대해서는 다소 취사 수정을 요할 수 있다'고 하여 최종 확정안이 아니라 초안이었다. 따라서 데라우치가 통감에 부임하면서 가져온 조약안은 초안 상태였다.

그런데 8월 20일 최종 수정된 조약안은 8월 22일 "一字一句도 수정

---

15 운노 후쿠쥬, 정재정 옮김, 『한국병합사연구』, 논형, 2008, 472쪽.
16 「詔勅條約宣言案」, 『韓國倂合ニ關スル書類』.
17 日本外務省 編, 『小村外交史』, 原書房, 1966, 845쪽.
18 小松綠, 앞의 책, 98~106쪽.

條約案

日本國皇帝陛下及韓國皇帝陛下ハ
韓國ノ現制ヲ以テ公共ノ安寧秩序ヲ
保持スルニ不十分ナリト認メ根本的ニ之
ヲ改善スルノ急務ナルコトヲ顧ミ且韓國人
民ヲシテ永久ノ康寧ヲ享ケ善政ノ恩澤
ニ浴シ生命財産ノ完全ナル保護ヲ得セシ
メムコトヲ欲シ此ノ目的ヲ達スルニハ全
然韓國ヲ日本國ニ併合スル外ナキコト
ヲ確信シ茲ニ両國間ニ一ノ併合條約ヲ
締結スルコトニ決シ之ヲ爲シ日本國皇帝
陛下ハ・・・・・・ヲ韓國皇帝陛下ハ
・・・・・・ヲ各其ノ全權委員ニ任命セリ因
テ本全權委員ハ會同協議ノ上左ノ諸條
ヲ協定セリ

第一條
韓國皇帝陛下ハ韓國全部ニ関スル一切
ノ統治権ヲ完全且永久ニ日本國皇帝陛
下ニ譲与ス

第二條
日本國皇帝陛下ハ前條ニ掲ケタル譲与
ヲ受諾シ且全然韓國ヲ日本帝國ニ併
合スルコトヲ承諾ス

第三條
日本國政府ハ前記併合ノ結果トシテ全然
朝鮮ノ統治ヲ擔任シ同地ニ施行スル法規
ヲ遵守スル韓人ノ身體及財産ニ對シ十
分ナル保護ヲ與ヘ且其ノ福利ノ増進ヲ
圖ルヘシ

第四條
日本國政府ハ韓國皇帝陛下、太皇帝陛
下、皇太子殿下並其ノ后妃及後裔ヲシ
テ各其ノ地位ニ應シ相當ナル尊稱威嚴及名
譽ヲ享有セシメ且之ヲ保持スルニ十分ナ
ル歳費ヲ供給スヘキコトヲ約ス

第五條
日本國政府ハ前條以外ノ韓國皇族及其
ノ後裔ニ對シ相當ノ取扱ヲ爲シ且之ヲ
シテ各相當ノ尊稱及地位ヲ保有セシム
ルコトヲ約ス

第六條
日本國政府ハ勲功アル韓人ニシテ特ニ賞
彰ヲ爲スヲ適當ナリト認メタル者ニ對シ
榮爵ノ授與ヲ奏請シ且高職ヲ授ケ又ハ恩
金ヲ與フヘシ

第七條
日本國政府ハ誠意忠實ニ本條約ニ依
リ定メラレタル新制度ヲ尊重スル韓人ニ
シテ相當ノ資格アル者ヲ事情ノ許ス限
リ朝鮮ニ於ケル帝國官吏ニ登用スヘシ

第八條
本條約ハ調印ニ先チ日本國皇帝陛下
及韓國皇帝陛下ノ閲覧ニ供シ其ノ裁可
ヲ經タルモノニシテ調印ノ日ヨリ直ニ効力
ヲ有スルモノトス
右證據トシテ両全權委員ハ本條約ニ記
名調印スルモノナリ

〈자료 2〉 병합늑약 초안

되지 않"고[19] 그대로 조인되었다. 결국 한일 양국어로 된 병합늑약 역시 결과적으로 일본이 작성한 것이다.

병합 관련 4개문서 가운데 마지막 문서인 「각서」의 작성 경위를 보자. 8월 22일 통감 관저에서 데라우치와 이완용은 병합늑약을 조인한 뒤 병합늑약 및 양국 황제의 조칙을 동시에 공포한다는 「각서」에 기명, 교환하였다.[20] 〈자료 3〉이 현재 규장각에서 소장하고 있는 「각서」다.[21] 〈자료 3〉에서 보듯이 「각서」 말미에 1910년 8월 22일자의 이완용과 데라우치의 친서가 있다. 「각서」는 일본어로 작성되어 있고, 가운데 '통감부'라는 판심이 인쇄되어 있어 이 용지가 통감부에서 사용하는 공용 용지임을 알 수 있다. 이런 사실에서 「각서」 역시 작성 주체가 통감부이다.

이와 같이 8월 22일자로 된 병합 관련 4개문서 즉 전권위원 위임장, 한일 양국어로 된 병합늑약 2종, 「각서」의 작성 주체가 모두 일본(통감부)이다. 대한제국이 '문맹국'도 아니고 외국과 근대적 조약을 체결한 경험이 없는 것도 아닌 상황에서 대한제국이 작성해야 할 조약 관련 문서를 일본(통감부)가 작성했다는 것은 명백한 불법이자 주권 침해인 것이다. 특히 문안 작성 주체가 당연히 대한제국이어야 할 전권위원 위임장인 칙서를 일본이 작성하고 이완용을 내세워 주청케 한 것은, 이 칙서를 작성할 순종황제의 권리를 빼앗은 것이자 칙서의 인준 즉 병합을 강박한 것이나 마찬가지이다.

---

19 小松綠, 앞의 책, 184쪽.
20 이날 데라우치와 이완용이 「각서」를 교환했다고(朝鮮總督府, 『朝鮮ノ保護及併合』, 1918, 334쪽) 하나 현재 규장각에는 일본어 본 각서만 있다.
21 [併合條約 및 兩國皇帝詔勅公布에 關한 覺書](奎 23159).

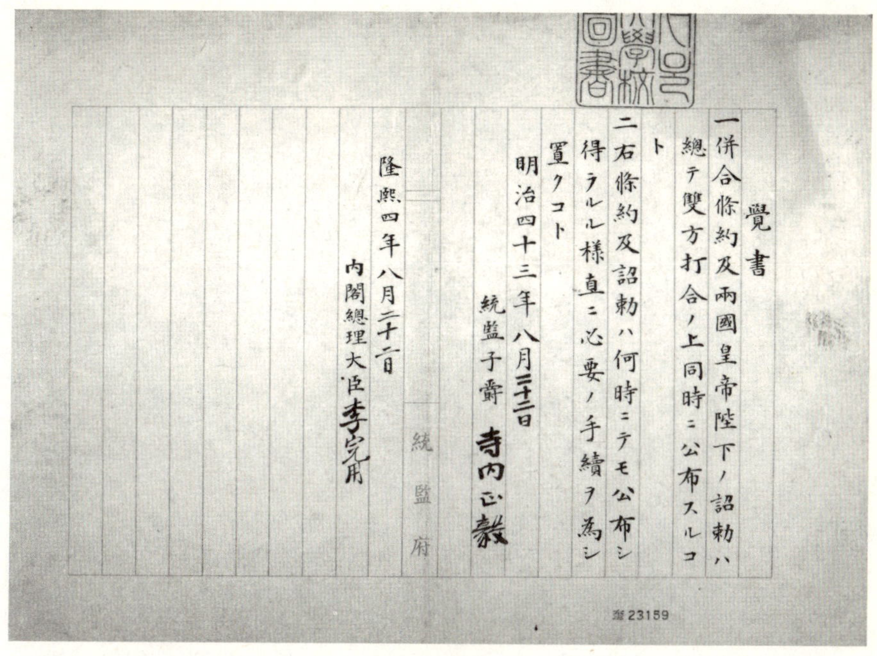

〈자료 3〉「覺書」

2) 筆跡이 같은 4개문서

　병합 관련 4개문서의 작성 주체가 모두 일본(통감부)이라고 하더라도 최소한 4개문서 가운데 국한문으로 된 전권위원 임명장과 병합늑약(한국본)은 당연히 대한제국이 쓴 것이어야 한다. 아마 정상적으로 한국 측에서 작성했다면 외교 문서인 이들 두 문서는 조선시대 승문원의 뒤를 이은 궁내부의 시종원에 소속된 寫字官이 썼을 것이다. 조약문의 경우는 원래 조약 당사국이 각각 자국어로 된 조약문 2부를 작성하고 여기에 전권위원이나 외무대신 등이 기명·날인 한 뒤 한 부씩 서로 교환하는 것이 원칙이었다. 때문에 조약 당사국은 항상 자국어로 된 조약문과 상대 나라의 국어로 된 조약문을 각각 보관해 왔다. 현재 규장각에서 소장하고 있는 1904년 한일의정서 이래 일본과 체결된 조약 원본을 보면 한자 내지 국한문본과 일본어본으로 된 두 개의 같은 조약문이 있다.[22]

그런데 병합과 관련된 8월 22일자 4개문서의 글씨를 보면 필적이 모두 똑같다는 의심을 지을 수 없다. 이들 4개문서 문안의 작성 주체가 일본(통감부)이고 필적이 똑같다는 사실은 결국 통감부에 소속된 누군가가 4개문서를 썼다는 것이다. 만약 이것이 사실이라면 병합늑약의 불법성을 따지기 이전에 이 사실 하나만으로 병합늑약 자체가 성립될 수 없는 중대한 결함이다.

우선 한일 양국어로 된 병합늑약의 필적이 똑같다는 것은 이미 지적된 바 있다. 1876년 2월 강화도 조약 체결 이후 한국과 일본이 체결한 조약문을 보면, 조약문은 한국본과 일본본이 있기 때문에 사용된 언어와 필적이 당연히 다르고 또 조약문으로 사용한 종이나 봉합 방법, 봉합에 사용된 끈도 모두 달랐다. 예컨대 한국 정부의 경우는 주로 괘선이 있는 한지를 사용하는데 반해 일본은 서양종이(펄프지)에 코발트 또는 흰 비단 끈을 사용하여 문서를 묶고 씰로 봉합하였다. 그런데 한일 양국어로 된 병합늑약은 단지 한글과 가나의 토씨만 다를 뿐 그밖의

22　현재 규장각에서 소장하고 있는 1876년 강화도 조약 이후 외국과 맺은 통상조약의 경우, 원본은 1882년 영국과 맺은 '조영수호통상조약' 한문본 외에는 원본이 없고 단지 필사본만 남아 있다. 이들 원본은 현재 행방불명이다. 을사늑약이 체결된 뒤 고종은 조약문을 비롯한 외국과 맺은 산업관련 계약서 등을 일본에게 빼앗기지 않기 위해 자신의 측근인 趙南升을 시켜 천주교주교 뮈델 신부의 다락방에 숨겨두었지만 1910년 4월 이 사실이 발각되어 몰수당하였다. 이후 곧바로 병합이 되었기 때문에 이들 외교 문서들이 일본으로 옮겨졌을 것으로 추정되지만 현재까지 그 소장처 내지는 존재 유무를 확인할 수 없다. 이에 대한 보다 상세한 내용은 이태진, 「조선·대한제국 條約文 원본과 중요 근대화 사업 계약문서들의 행방」, 『韓國文化』 33, 2004 참조.

것은 모두 똑같다.[23]

그럼 한일 양국어로 된 조약문의 주요 글씨를 통해 필적이 같은지
다른지 확인해 보자. 필적은 "사람이 어릴 때부터 성장하는 과정에서
문자를 배우고 익히며 오랜 생활이 계속 반복되면서 그 사이에 필자에
대한 고유의 습성"이 생기고 "글자의 형태와 그 글자를 손으로 쓰는 습
관이 오래 동안의 사용으로 굳어지게 되면 세월이 흘러 변동이 있다
하더라도 그 서체의 특징은 거의 변하지 않는다."[24] 이런 개인의 고유
습성을 전제로 동일 필적 여부를 판단하기 위해서는 "자획이 기울어지
는 정도, 각도, 속도, 필압, 자획간의 간격, 크기, 연결 방법, 펜의 이동
방법, 표기하는 운필 습관, 문장의 가장자리로부터의 여백, 필적의 밀
집도, 철자법, 오자, 오용 등"을 풍부한 시료를 바탕으로 검증해야 정확
한 결과를 얻을 수 있다.[25] 이를 위해서는 전문성과 함께 감정에 필요
한 과학 기구 등이 요구되지만, 여기서는 시각적으로 판단이 가능한
방법을 중심으로 병합 관련 4개문서의 필적을 비교하고자 한다.[26]

---

23 이에 대해서는 이상찬, 「한국 皇帝는 統治權 讓與 條約案을 裁可하였는가?」, 2009년
    4월 23일 동북아역사재단 · 하와이대 아시아태평양연구대학 공동주체 '한일병합의
    성격과 정책' 발표문 참조.
24 양후열, 『문서감정의 이론과 실제』, 국립과학수사연구소, 2005, 37~38쪽.
25 위의 책, 38쪽.
26 이후 필적 비교와 관련하여 사용되는 '자획', '점획', '필운', '자획 형태' 등의 용어들은
    위의 책을 참고한 것이다.

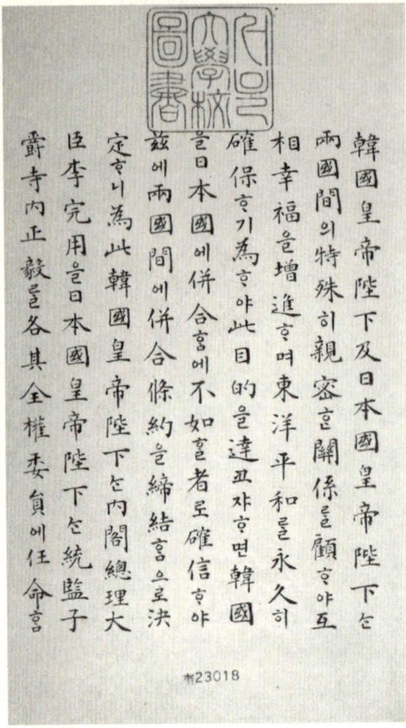

〈자료 4〉 병합늑약(한국본) 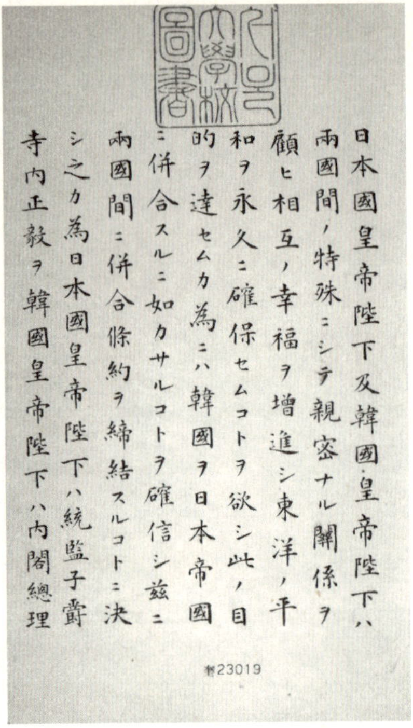　　　　　〈자료 5〉 병합늑약(일본본)

〈표 1〉 병합늑약의 배자 상태(단위 : cm) *일본본의 자간간격은 漢字와 漢字 사이임

		한국본	일본본
가장자리 여백	상	5.5	5.4
	하	4.1~4.2	4.1
	좌	0.7	0.7
	우	1.3	1.5~1.6
행간 간격		0.7~0.8	0.7
자간 간격		0.4~0.5	0.4~0.5

　한일 양국어로 된 병합늑약의 前文 첫 면(〈자료 4 · 5〉)에서 먼저 전체적인 配字의 상태 즉 가장 자리의 여백, 글자간 여백과 간격 등을 보면

매우 비슷하다는 것을 알 수 있다. 먼저 두 조약문의 前文이 있는 첫 면의 상·하·좌·우 가장자리의 여백, 세로 행으로 된 행간의 간격, 글자와 글자 사이의 간격 등을 조사한 것이 〈표 1〉이다. 배자 상태의 측정 결과를 보면 한국본과 일본본 사이에 부분적으로 수치에 미세한 차이가 있다. 이것은 조약문을 직접 쓴 데서 생긴 차이이다. 그리고 가장 자리 여백 가운데 일본본의 오른 쪽 여백(1.5~1.6cm)이 한국본(1.3cm)보다 약간 넓다. 이것은 양 조약문의 표지를 접으면서 그 접힌 정도가 조금 다른데서 비롯한 것이다. 이런 미세한 차이를 제외한다면 일단 양 조약문 첫 면(〈자료 4·5〉)의 배자 상태가 동일하다고 판단해도 무리가 없을 것이다. 이것은 양 조약문을 쓴 필자가 동일할 가능성이 매우 높다는 뜻이다.

〈표 2〉는 한일 양국어로 된 병합늑약의 前文 가운데 '韓國皇帝', '日本國皇帝', '東洋平和', '倂合條約' 등 공통된 네 단어와 전권위원 위임장 가운데 공통된 세 단어를 선택하여 필적을 비교한 것이다. 〈표 3〉의 경우 필적 비교를 위해 세 문서의 공통 단어 '日本國皇帝'를 같은 크기로 확대하여 상호 겹쳐 본 것이다.

한일 양국어로 된 병합늑약의 공통 단어인 '韓國皇帝', '日本國皇帝', '東洋平和', '倂合條約' 네 단어와 전권위원 위임장에 있는 공통 단어 '韓國', '日本國皇帝', '東洋平和'를 함께 비교한 〈표 2〉를 보면, 겉보기에도 필적이 같음을 단번에 알 수 있다. 우선 세 문서의 서체는 모두 해서체이며, 글자 한 자의 바깥 둘레를 가상선으로 둘러싼 문자의 외형은 세 문서 모두 정체 즉 정방형이란 공통점을 가지고 있다.

동일 필적 여부를 보다 확실히 하기 위해 세 문서의 공통단어 '日本國皇帝'를 같은 크기로 확대하고 이것을 투명 필름에 복사하여 겹쳐

	韓國皇帝		日本國皇帝	東洋平和	併合條約
병합늑약 (한국본)	韓國皇帝	①	日本國皇帝	東洋平和	併合條約
병합조약 (일본본)	韓國·皇帝	②	日本國皇帝	東洋平和	併合條約
전권위원 위임장	韓國	③	日本國皇帝	東洋平和	

〈표 2〉 '韓國皇帝'·'日本國皇帝'·'東洋平和'·'併合條約' 필적 비교

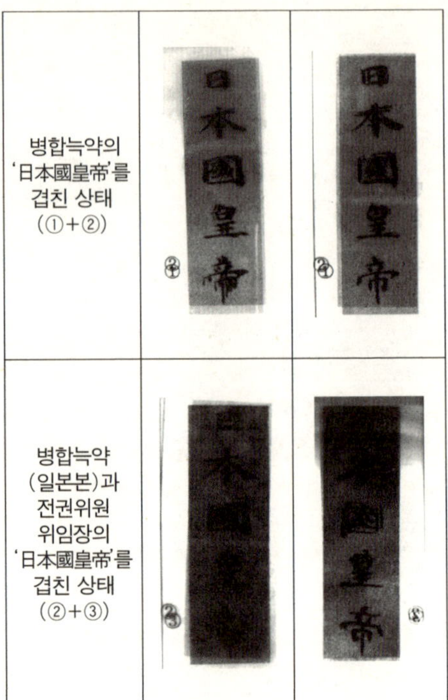

병합늑약의 '日本國皇帝'를 겹친 상태 (①+②)		
병합늑약 (일본본)과 전권위원 위임장의 '日本國皇帝'를 겹친 상태 (②+③)		

〈표 3〉 '日本國皇帝'를 겹친 상태

본 것이 〈표 3〉이다. 세 문서 가운데 전권위원 위임장의 글자는 병합
늑약의 글자에 비해 크기가 약간 작고 자간 간격도 0.4cm로 약간 좁다.
그러나 이것을 병합늑약의 글자와 크기를 같게 확대하여 겹쳐 본 결과
(〈표 3〉의 ②+③), 세 문서 모두 자간 간격에 거의 차이가 없다. 그리고 세
로행의 글자 배열도 기준 글자에 따라 약간 어긋나는 부분도 있지만,
직접 손으로 쓴 글임을 전제할 때 전체적으로 같은 자간 간격으로 일
렬로 배열됐다고 보아도 무리가 없을 것이다.

　　그리고 〈표 3〉에서 '日本國皇帝'의 겹친 상태를 보면, 한일 양국어로
된 병합늑약(①+②)의 경우 첫째 것은 '日本'이란 글자를, 두 번째 것은

'皇帝'란 글자를 겹쳐 본 것이다. 그 결과 '日本'과 '皇帝'라는 글씨가 마치 인쇄한 듯이 똑같다. 이는 한일 양국어로 된 병합늑약의 필적이 동일하다는 것을 증명하는 것이다. 또 병합늑약(일본본)과 전권위원 위임장의 '日本國皇帝'의 경우(②+③) '日本'과 '皇帝'를 겹친 결과 역시 마찬가지이다. 〈표 2·3〉의 이런 결과는 세 문서의 필적이 동일하다는 것을 입증하는 것이다. 이를 보다 분명히 확인하기 위해 병합늑약(한국본)과 전권위원 위임장의 공통된 한글의 필적을 비교한 것이 〈표 4〉이다.

〈표 4〉에서 전권위원 위임장과 병합늑약(한국본)에 공통된 글자인 '는' 자를 보면, 이 문서를 필사한 사람의 고유한 습성을 확인할 수 있다. 병합늑약의 "韓國皇帝陛下는 內閣總理大臣 李完用"과 전권위원 위임장의 "朕이 極히 信賴ㅎ는 大日本國皇帝" 가운데 '는' 자의 운필과 자획 형태가 매우 특이함을 알 수 있다. 먼저 '는' 자 가운데 위 'ㄴ'의 자획 형태가 한글 'ㅅ'과 비슷하고, 쓰기를 시작하는 始筆部의 기울어진 경사각(右上에서 左下)은 물론 종필부 끝마침 처리의 필압도 똑같다.

〈표 4〉 전권위원 위임장과 병합늑약(한국본)의 '는' 자 필적 비교

전권위원 위임장(①)	병합늑약(한국본)(②)	겹친 상태(①+②)

이것은 ①의 '눈'자를 ②와 같은 크기로 확대, 복사하여 두 글자를 겹친 상태(①+②)를 보면 분명해진다. 다만 아래 아('ㆍ')를 기준으로 한 '눈'자의 자획 간 간격이 다르긴 하지만, 받침 'ㄴ'의 필운 방향과 필세가 거의 같음을 알 수 있다. 이런 필적의 특징에서 전권위원 위임장과 한일 양국어로 된 병합늑약의 필적 역시 동일하다는 결론을 얻을 수 있다.

〈표 5〉 병합 관련 4개문서에서 '目'·'日'이 사용된 한자 비교

전권위원 위임장			병합늑약문(한국본)		병합늑약문(일본본)			「각서」		
韓日	相合	委員	日本	相幸福	目的	日本	目的	相互	覺書	置 手續

다음으로 한 사람의 필적이 분명한 3개의 문서(전권위원 위임장, 병합늑약 한국본·일본본)와 나머지 「각서」의 필적을 비교해 보자. 이 4개문서(〈자료 1·3·4·5〉)에 사용된 한자를 자세히 관찰해 보면 특정한 漢字 자획의 경우 글쓴이의 고유한 습성을 발견할 수 있다. 그것은 4개문서에서 '目'이나 '日'을 부수로 사용한 한자이다. 즉 전권위원 위임장의 '韓日'·'相合'·'委員', 병합늑약(한국본·일본본)의 '日本'·'(互)相幸(福)'·'目的' 그리고 「각서」의 '覺書'·'置'·'手續'의 각 글자에 사용된 '目'과 '日'이다.

일반적으로 '目', '日'을 쓸 때는 內外系인 'ㅁ' 안의 가로획을 양쪽의 세로획에 붙여 쓰거나 아니면 한 쪽의 세로획에 붙여 쓰는 것이 일반적이다. 그런데 한 사람의 필적인 전권위원 위임장, 병합늑약(한국본·일본본)에 '目'이나 '日'이 사용된 한자를 보면 이와는 전혀 다른 특징을 보인다. 즉 'ㅁ' 안에 한 개, 내지 두 개의 가로획을 그을 때 세로획에 붙

이지 않고 마치 점획과 같은 자획 형태로 쓰고 있다. 이런 특징은 「각서」에 있는 한자 '覺書'·'置'·'手續'에 사용된 '目', '日'에서도 마찬가지이다. 「각서」의 필사자 역시 '目', '日'을 쓸 때 앞의 세 문서와 마찬가지의 고유한 습성을 가지고 있음을 알 수 있다.

이와 함께 병합늑약(한국본)과 「각서」의 공통된 단어인 '併合條約'의 필적을 비교한 것이 〈표 6〉이다. 여기서도 필적 비교를 위해 병합늑약(한국본)과 「각서」의 공통 단어 '併合條約'을 같은 크기로 확대하여 투명 필름에 복사, 겹쳐 보았다. 〈표 6〉의 겹친 상태에서 확인할 수 있듯이 일단 세로행의 글자 배열이 일치하고 자간 간격 역시 일치한다. '併' 자의 경우 배열 상태가 조금 어긋나지만 그 아래 '合條約' 세 글자는 마치 인쇄한 듯이 똑같다. 이런 외형상의 특징 외에도 '併' 자의 경우 '人' 변과 두 점획의 삐침 방향 즉 '左上에서 右下'로 또는 '右上에서 左下'로 기울어지는 획의 경사 방향이 일정하게 동일하다. 이런 사실에서 병합늑약(한국본)과 「각서」의 필적 역시 동일한 것으로 판단된다.

이것은 곧 「각서」의 필사자 역시 앞의 세 문서의 필사자와 동일하다는 뜻이다. 더구나 「각서」가 일본어로 되어 있을 뿐만 아니라 판심이 '통감

〈표 6〉 병합늑약(한국본)과 「각서」의 필적 비교

병합늑약(한국본)	「각서」	겹친 상태
併合條約	併合條約	併合條約

부'로 된 통감부 공용 용지인 점에서 그리고 서명한 장소가 통감 관저인 점에서 「각서」를 쓴 자는 통감부 소속의 직원임이 분명하다. 이런 사실은 곧 병합 관련 4개문서의 필사자가 통감부 소속 직원이란 뜻이다.

이상의 사실에서 8월 22일자 병합 관련 4개문서는 문안의 작성자가 일본일 뿐만 아니라 일본 즉 통감부 소속의 한 관리가 4개문서 모두를 필사했음을 알 수 있다. 이런 행위가 일본(통감부)에 의해 사전에 준비되어 일방적으로 진행되었다는 점에서 이것은 대한제국의 정당한 권리를 철저히 무시한 불법이자 주권 침해이다.

2. 병합 관련 4개문서의 필사자, 마에마 교사쿠(前間恭作)

1) 마에마 교사쿠는 누구인가?

병합늑약의 합법성을 주장하는 주요 근거인 병합 관련 4개문서를 일본이 그 문안을 작성하고 직접 필사했다는 사실 하나 만으로도 병합늑약의 불법성을 증명하는데 충분하다. 혹시 4개문서의 필사자가 한국인이라고 하더라도 필사자는 일본의 하수인에 지나지 않기 때문에 주권 침해라는 사실에는 하등의 변함이 없다. 그렇다고 필사자를 밝히는 문제가 중요하지 않은 것은 아니다. 필사자가 한국인이라면 누가, 어떤 이유로 그렇게 했는지 또 일본인이라면 누구인지 그 정체를 밝히는 문제 역시 병합늑약의 불법성과 관련하여 결코 소홀히 할 수 없는 문제이다.

병합 관련 4개문서의 필사자로 가장 유력한 인물이 통감부 통역관이었던 마에마 교사쿠(前間恭作)이다.[27] 마에마는 이미 일제의 불법적인 국권 침탈 과정에서 순종황제의 御名을 위조하고 또한 1905년 불법 체결된 을사늑약(일본본)을 쓴 '전과'를 가지고 있다.[28] 그렇다면 마에마는 당시 어떤 인물이기에 을사늑약(일본본)을 비롯하여 일제가 한국을 불법 침략하는 과정에서 강제 체결한 조약의 양국 조약문을 쓰게 되었는지 그의 이력을 중심으로 살펴보자.

마에마는 1868년 1월 23일 쓰시마(對馬島)에서 태어났고, 고향의 이즈하라(嚴原) 중학교 한학부에서 한국인 全慶玉으로부터 한국어를 배웠다. 18세 때 미국인이 경영하던 나가사키(長崎) 가부리학교에서 영어를 배웠고 이후 도쿄로 유학하여 게이오(慶應) 의숙에 진학, 1891년 4월 졸업하였다. 그는 그해 8월에 외무성 유학생 선발에 뽑혀 11월에 한국 경성으로 와 한국어를 배웠다. 경성에서 2년 반의 유학 생활을 마친 그는 1894년 7월 영사관 서기생이 되어 인천에 근무했고, 1897년 10월에는 외무성 서기생이 되어 경성에서 근무했다. 그리고 1902년 10월 6일에는 주한일본공사관의 2등 통역관이 되었다.[29] 1905년 11월 17일 을

---

27 병합 관련 4개문서의 필사자로 마에마 교사쿠를 지목하게 된 데는 그동안 병합늑약의 불법성을 밝히는데 선구적으로 연구해 오신 현 국사편찬위원회 위원장이신 이태진 교수님의 조언, 마에마의 필적을 확인할 수 있는 자료에 대한 중요한 정보를 제공해 준 현 규장각한국학연구원 부원장이신 이현희 교수님 그리고 마에마가 한국에 있을 때 자신이 수집한 韓籍 古書에 대해 작성한 서지 목록 카드를 애써 찾아주신 규장각 정보자료실의 권재철, 박숙희 선생님의 도움이 컸다. 이 자리를 빌려 감사드린다.
28 이태진 교수는 1907년 7월 '정미조약' 체결 이후 순종황제가 1907~1908년 사이 반포한 칙령 가운데 60건에 있는 순종황제의 御名인 '坧' 자가 위조된 사실을 확인하였고, 이 순종황제 서명의 위조범이 당시 통감부 통역관인 마에마 교사쿠임을 밝혔다. 또한 이태진 교수는 마에마가 후지나미(藤波義貫)와 함께 共訂한 『校訂交隣須知』를 출판하면서 작성한 속표지의 필적이 을사늑약의 일본본과 같은 것으로 확인하였다. 이에 대한 보다 자세한 내용은 이태진, 「통감부의 대한제국 寶印 탈취와 순종황제 서명 위조」, 『일본의 대한제국 강점』, 까치, 1995 참조.

<표 7> 마에마 교사쿠 통감부 관련 이력

임명연월	관직명	사령 사항
1906년 1월 31일	통역관	
4월 4일	통역관	외사과 겸 서무과 근무
9월 15일	통역관	외사과 겸 문서과 및 인사과 근무
1907년 4월 27일	통역관	문서과장 대리
8월 10일	통역관	인사과장 대리
10월 9일	통역관	겸 인사과 근무
10월 31일	통역관	겸 통감관방 문서과 근무
12월 5일	통역관	인사과장 대리
1908년 4월 13일	통역관	대리
1910년 1월 3일	통역관	대리
10월 1일	통역관	조선총독부

사늑약 체결 시에 그는 외교관보 누마노 야스타로(沼野安太郎)와 함께 외부대신 관저로 가서 외부고문인 스티븐스(Durham White Stevens)로부터 외부대신의 직인을 받아내어 황궁 앞에 대기하고 있었던 고쿠부 쇼타로(國分象太郎)에게 넘겨주는 역할도 수행하였다.[30]

마에마는 1906년 1월 31일 통감부가 발족하면서 그 날짜로 통감부 통역관으로 임명되었고 이후 그는 통감부 통역관을 역임하면서 통감부의 중요 부서인 문서과, 인사과의 직책을 두루 겸임하였다. 그는 1911년 3월말일자로 조선총독부 통역관직을 스스로 물러나 도쿄, 후쿠오카(福岡) 등지에 거주하면서 한국학 연구 생활로 여생을 보내다가 1942년에 병사하였다. 1906년 1월 통감부가 설치된 이후 마에마의 주

---

29 末松保和, 「前間先生小傳」, 『古鮮冊譜』三, 前間恭作 編, 圖書出版 民族文化, 1995, 1~5쪽 참조(이하 「前間先生小傳」).

30 강성은, 「1차 사료를 통해서 본 '을사5조약'의 강제 조인 과정」, 『한국병합과 현대—역사적 국제법적 재검토』, 태학사, 2009, 229쪽.

요 관련 이력을 정리하면 〈표 7〉과 같다.[31]

마에마의 2등 통역관직은 단순한 전문직이 아니라 고등관 7등 5급俸으로 상위 관료직이었다. 그는 통감부 안에서 총무부, 통감관방 쪽의 인사·문서과의 요직, 심지어는 외무부까지 겸직할 정도로 다채로운 이력을 지녔다. 이런 이력은 통감의 심복이 아니고는 할 수 없는 것이다.[32]

마에마가 1907년 10월 이후 역임한 통감관방의 문서과는 일제가 그 해 7월 정미조약을 강제 체결하여 한국의 법령·칙령·행정상의 중요 안건을 통감의 승인을 받도록 함으로써 대한제국의 감시·감독은 물론 통제할 수 있는 통로였다. 즉 1907년 10월 19일 통감부는 통감관방을 신설하여 총무장관이 그 장관을 겸하고 총무부 산하에 있던 인사과, 문서과, 회계과를 관방 소속으로 옮겼는데 이 개편은 통감의 대한제국 섭정의 통로를 한층 강화하기 위한 의도였다.[33] 이처럼 통감부에서의 그의 이력에서 알 수 있듯이 마에마는 비록 통역관의 신분이기는 하지만 통감관방의 인사·문서과의 양 직책을 겸임하면서 통감부의 대한제국 감시·감독에 중요한 역할을 하였다.

마에마는 이런 경력만 있는 것은 아니었다. 그는 통역관으로 한국에 건너왔지만 개항 후 한국학 연구에 종사한 일본인 제1 세대에 속하는 인물로 한국의 서지, 언어, 문학, 역사 등에 관해서 많은 저서와 논고를 남겼다. 특히 한글 고어에 관한 그의 연구 저서들은 육필 원고를 영인 출판한 것이 많아 일본인 학자들 사이에 그 달필에 대한 칭송이 자자하였다.[34]

마에마가 1942년 타계하기 전까지 그가 한국학과 관련하여 남긴 업

31　〈표 7〉은 「前間先生小傳」, 5~6쪽과 이태진, 앞의 글, 160쪽을 참조하였다.
32　이태진, 앞의 글, 161쪽.
33　이태진, 앞의 글, 143쪽.
34　이태진, 앞의 글, 156쪽.

적을 보면 다음과 같다. 단행본류로는 문법서인『韓國通』(1909)이 있고, 주석 작업으로『龍歌故語箋』(1924),『鷄林類事麗言攷』(1925) 등이 있으며, 일종의 자료 정리 작업으로『校訂交隣須知』(1904, 藤波義貫과 共訂),『訓讀吏文』(1942),『校註歌曲集』(1951) 등이 있고, 서지학적 업적으로『朝鮮の板本』(1937),『古鮮冊譜』(1944~1958),『鮮冊名題』(1927) 등이 있으며, 사전 편찬 작업으로『朝鮮古語辭典稿本』(8冊, 현재 행방불명) 등이 있다. 그 외에도 향가, 이두, 吏文 등의 차자표기 자료에 대한 여러 편의 논문들이 있다.[35]

마에마가 1911년 한국을 떠나기 직전까지 가진 그의 통감부 이력과 한국의 언어, 문학, 역사 등에 대한 지식과 능력은 일제가 한국을 병합하기 위해 저지른 불법적 조약문의 필사자로 동원하는데 충분한 조건이 되었다.

2) 筆跡의 주인 - 마에마 교사쿠

현재 마에마의 필적을 확인할 수 있는 자료로는 네 종류가 있다. 이 가운데 세 종류는 규장각에서, 나머지 1종은 서울대 중앙도서관에서 소장하고 있다.[36] 그 종류는 〈자료 6〉과 같다.

〈자료 6〉에서 ㉮는 서울대 중앙도서관에서 소장하고 있는『交隣須

---

35 李賢熙,「前間恭作(1924),『龍歌故語箋』」,『周時經學報』11, 1993, 107~108쪽.

36 처음 이 글을 쓸 당시에는 마에마의 필적을 확인할 수 있는 자료로서 규장각 소장 3종류만 확인했는데 글을 완성한 뒤 규장각한국학연구원 부원장이신 이현희 교수로부터 서울대 중앙도서관에 마에마의 필사본인『交隣須知』초간본이 있다는 중요한 정보를 제공받아 이후 이 부분을 보완하였다. 이 책의 말미에는 '본 책은 마에마가 부산에 있을 때 나카무라 씨 소장본을 스스로 필사한 것으로 경성제국대학에 기증했다'는 이 책의 소장 경위에 대한 오쿠라 신페이(小倉進平)의 설명이 있다.『交隣須知』초간본의 마에마 필사본은 현재 서울대 중앙도서관에서 원본 검색이 가능하다.

㉮ 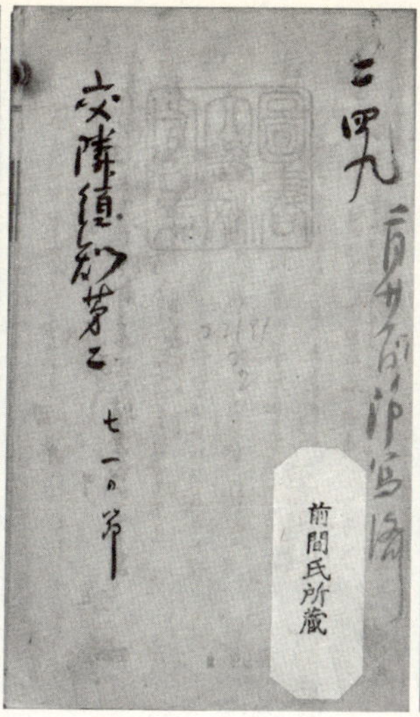　　　　　　　　　㉯ 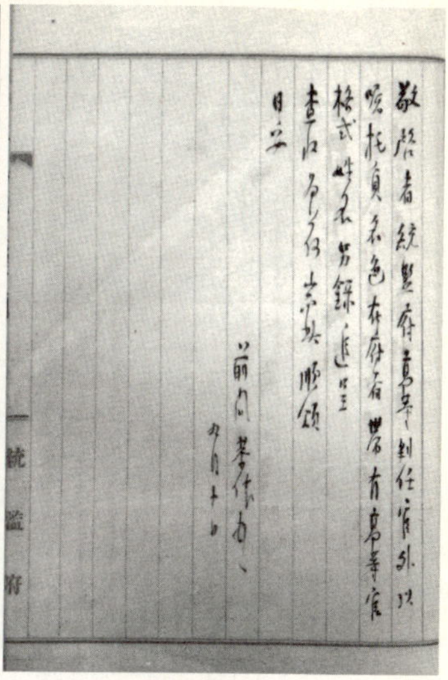　　　　　　　　　㉰

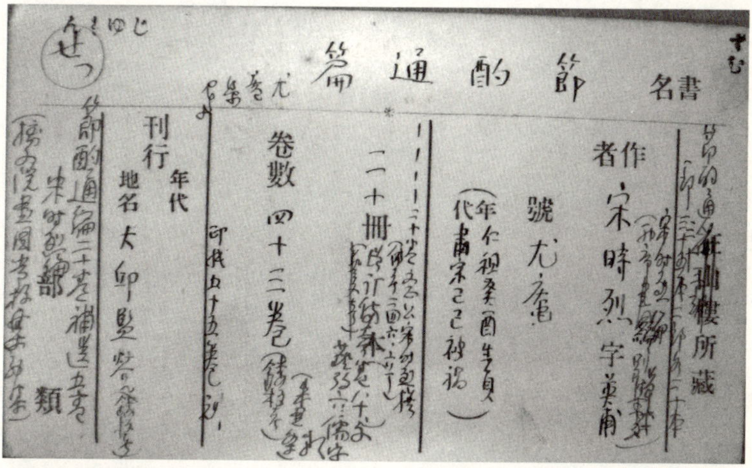

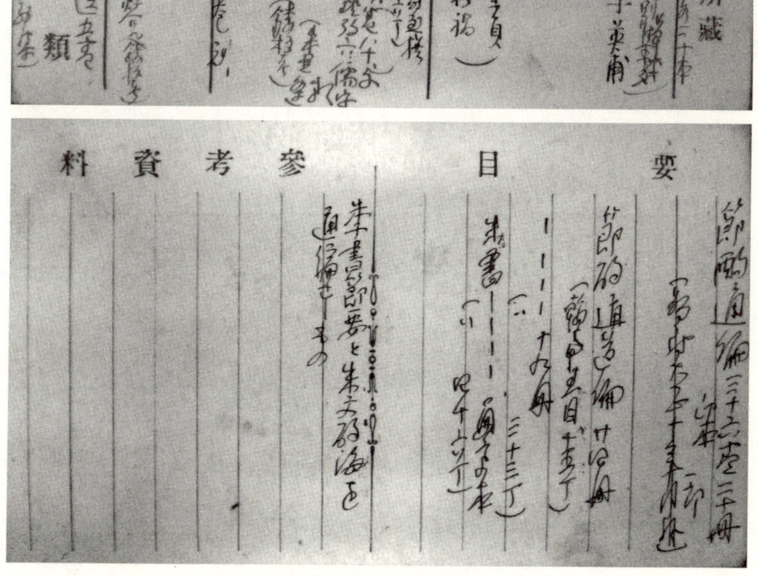

㉱ 앞면(위)과 뒷면(아래)

〈자료 6〉 마에마(前間恭作)의 친필 자료

知』 초간본의 마에마 필사본이고, ㉯·㉰·㉱는 규장각이 소장하고 있는 자료이다. 이 가운데 ㉯는 마에마와 후지나미 요시츠라(藤波義貫)가 共訂한 『校訂交隣須知原稿』이고,[37] ㉰는 1906년 6월 8·10일 작성한 친필 공문 3건이며[38] 그리고 ㉱는 그가 한국에서 수집한 古書들에 대한 간단한 서지사항을 기록한 서지 목록 카드이다.[39] 이들 자료를 통해서 한자, 한글 고어, 일본어 등에 대한 마에마의 다양한 필적을 확인할 수 있다.

그런데 네 자료의 필적을 보면 겉보기에는 한 사람의 것으로 보기에 어려울 정도로 필체가 다양하다는 것을 알 수 있다. 이 가운데 ㉮는 마에마가 잠시 부산에 있을 때 『교린수지』 초간본을 입수하여 필사한 것이다. 그가 부산에 있을 때란 자신의 한글 선생인 '전경옥을 배웅하고 그 뒤 자신도 부산에 갔다가 귀국했다'라고 한 시기이다.[40] 『교린수지』 초간본이 발행된 1883년 직후인 이때는 그가 한글을 배우던 초기 시절이므로 그의 초기 한글 필적을 확인할 수 있는 자료이다. 그러나 아래 〈자료 7〉에서 확인할 수 있듯이 필사본의 한글은 마에마가 『교린수지』 초간본의 인쇄된 한글을 마치 복사하듯이 또박또박 쓴 것이므로 1910년 무렵의 그의 필적과 비교하는 데는 한계가 있다. 또한 자료 ㉰도 한

37　『校訂交隣須知原稿』(奎 22199). ㉮는 奎 22199의 2冊에 있는 속표지이다.

38　『各部通牒』(奎 17824 v.4). 『各部通牒』에는 마에마의 친필 공문 3건(1906년 9월 8일자 1건과 10일자 2건)이 있는데 ㉰는 9월 10일자 공문으로 '統監府高等判任官外의 囑託 중 통감부에 있는 자로서 통감부 格式을 지닌 자의 姓名을 進呈한다'는 공문이다.

39　마에마가 작성한 서지목록 카드는 현재 규장각의 지하 서고에 특별 보관되어 있다. 서지목록 카드 중 하나인 ㉱는 12.8cm×7.6cm 크기의 직사각형 인쇄 종이에 古書 별로 '書名·所藏·作者·冊數·卷數·刊行年代·分類·要目·參考資料' 순으로 간단한 내용을 한자·일본어·한글 古語 등을 사용하여 기재한 것이며, 인쇄용지의 부족 때문인지 일반 종이를 인쇄목록 카드 크기로 잘라서(11.9cm×7.7cm 또는 12.1cm×7.6cm 등) 같은 형식으로 서지 내용을 기록한 것도 다수이다.

40　「前間先生小傳」, 2쪽.

『交隣須知』초간본 12쪽   『交隣須知』貞 87쪽

〈자료 7〉『交隣須知』초간본(왼쪽)과[41] 마에마의 필사본 한글 비교

자를 빠른 흘림체로 쓴 글이어서 비교 자료로서는 적당하지 않다.

그래서 자료 ㉯·㉭에서 확인할 수 있는 한글·한자에 대한 마에마의 필적과 병합 관련 4개문서의 필적을 비교하여 마에마가 병합 관련 4개문서의 필사자인지 확인해 보자. 병합 관련 4개문서의 필적이 동일하다는 특징이 잘 드러난 것은 한글 '는' 자에서 위의 'ㄴ' 자를 'ㅅ' 자처럼 쓴 자획 형태와 內外系(口)에 가로획을 쓸 때 양 끝의 세로획에 붙여 쓰지 않고 마치 점획처럼 쓴 '目' 자와 '日'자였다. 필적 비교의 통일성을 위해 여기서도 이런 특징을 중심으로 마에마의 필적을 검토해 보자.

〈표 8〉은『교정교린수지원고』에서 '는' 자가 있는 여러 면 가운데 글씨체가 상대적으로 선명한 것을 선택한 것이다. 이 가운데 ①은 제1책

---

41   『교린수지(交隣須知)』, (국어사자료실)http://kang.chungbuk.ac.kr/zbxe/151212

의 68쪽에서 '山地'를, ②는 115쪽에서 '指環'을, ③은 제2책의 29쪽에서 '明太'를, ④는 69쪽에서 '모과(木瓜)'를 설명한 부분에서 선택한 '는' 자이다.

〈표 8〉에서 드러나듯이 『교정교린수지원고』의 4개의 '는' 자는 병합늑약(한국본)과 전권위원 위임장의 '는' 자와 일단 외형상 차이가 있다. 우선 서체가 다르다. 앞의 4개 '는' 자는 흘림체인데 반해 뒤의 '는' 자는 해서체이다. 또한 양 글씨의 굵기 등도 차이가 나는데 이것은 사용한 필기구가 각각 다른데서 비롯된 것으로 판단된다. 그러나 『교정교린수지원고』의 '는' 자의 자획 형태를 보면, 흘려 쓴 것이기는 하지만 위 'ㄴ' 자의 자획 형태가 역시 'ㅅ' 자와 유사하고 또한 시필의 경사 방향

『校訂交隣須知原稿』				병합늑약(한국본)	전권위원 위임장
①	②	③	④		

〈표 8〉 『校訂交隣須知原稿』와 병합늑약(한국본)·전권위원 위임장의 '는' 필적 비교

도 비슷하다. 이것은 『교정교린수지원고』의 필적 주인이 곧 병합 관련 4개문서의 필적 주인일 가능성이 매우 높다고 하겠다.

그런데 『교정교린수지원고』는 마에마가 후지나미와 共訂한 것이기 때문에 여기에는 마에마만이 아니라 후지나미의 필적도 있을 수 있다. 그래서 두 번째 특징인 '目' 자 또는 '日' 자의 필적 비교는 마에마의 글씨가 분명한 서지목록 카드와 병합늑약(한국본) 및 「각서」의 같은 글자를 비교해 보았다. 〈표 9〉는 서지목록 카드 가운데 『속강목』처럼 서명에 '續' 자가 있는 카드 5매와 『일성록』처럼 '日'자가 있는 카드 4매인 〈자료 8〉에서 '續'과 '日' 자만을 선택하여 병합늑약(한국본)의 '日'과 「각서」의 '續'의 필적을 각각 비교한 것이다.

서지목록 카드의 '續'자와 「각서」의 '續'자, 그리고 서지목록 카드의 '日' 자와 병합늑약(한국본)의 '日'자를 비교해 보면, 일단 서체가 달라서 외견상 필적이 다른 듯하지만 〈표 9〉에서 알 수 있듯이 '目' 또는 '日'자

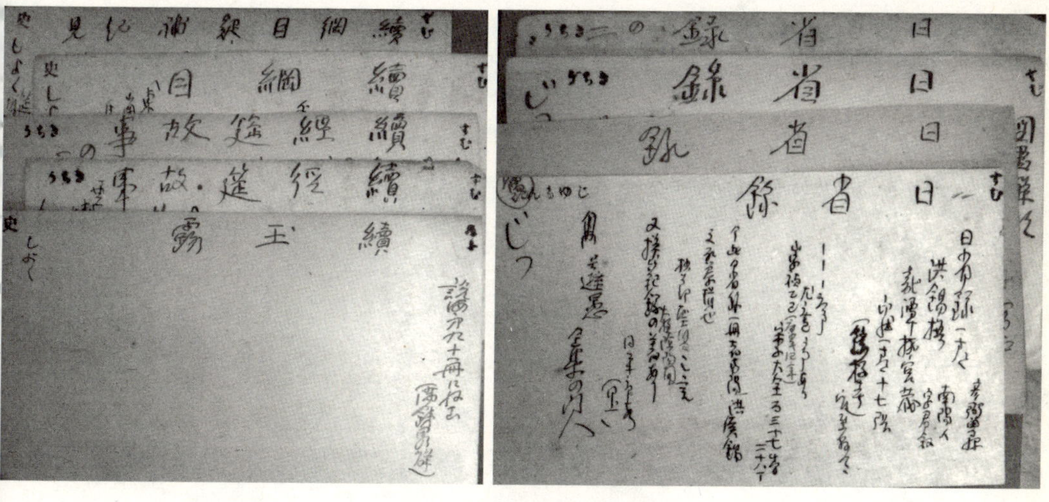

〈자료 8〉 '續'·'日'자가 포함된 서지목록 카드

를 쓸 때 내외계인 '�口' 안에 한 개, 내지 두 개의 가로획을
세로획 양 끝에 붙이지 않고 점획처럼 쓴 자획 형태의 특
징을 그대로 보여주고 있다. 특히 '續'의 경우 비록 흘림
체와 정자의 차이는 있지만 '續' 자 가운데 자획 '罒'를 비
교한 〈표 10〉을 자세히 보면, 필운과 각 획의 종점 처리
시 끝부분의 처리 방향이 거의 일치하는 것을 알 수 있
다. 즉 내외계 안의 두 개의 점획의 경사 방향과 자획 형
태뿐만 아니라, 내외계의 오른 쪽 위(右上) 굴곡진 부분
즉 右上에서 左下 방향으로 구부린 전절부의 경사 방향
과 자획 형태 역시 「각서」 '續' 자의 자획 '罒'과 거의 일치
함을 알 수 있다.

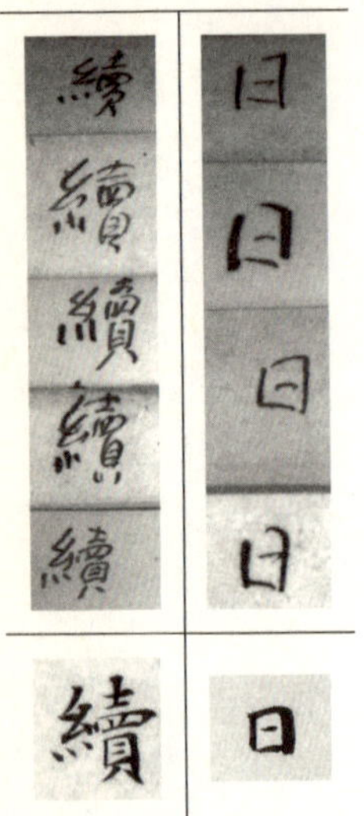

〈표 9〉 '續'·'日'자 필적 비교

〈표 8 · 9 · 10〉에서 확인된 사실로서도 4개문서의 필사자가 마에마
라는 판단은 더 굳어진다. 〈표 8 · 9 · 10〉에서 확인한 필적의 습성이
병합 관련 4개문서의 필사자의 필적과 유사한 점, 이미 을사늑약(일본
본)을 쓴 경험이 있는 전과와 한국의 언어, 문자 등에 대한 그의 해박한
지식 등을 고려할 때 그가 필사자라는 결론을 내리지 않을 수 없다. 병
합 관련 4개문서를 통감부에 소속된 일본인 외에서 상정하기 어려운
조건에서는 다른 가정이 있을 수 없기도 하기 때문에 더욱 그러하다.
현재 마에마의 필적을 확인할 대조군은 매우 풍부하기 때문에 보다 전

〈표 10〉 '續' 자의 자획 '罒'의 필적 비교

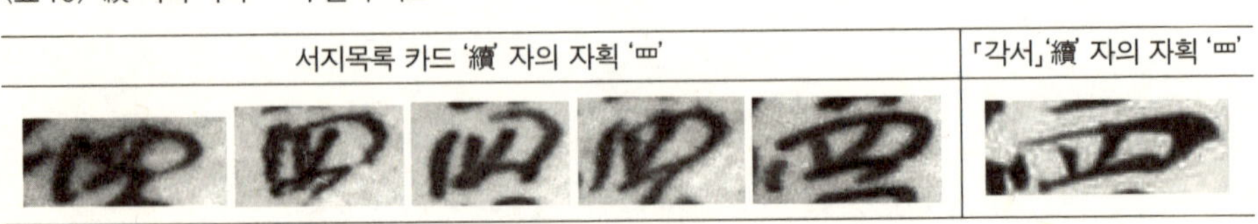

서지목록 카드 '續' 자의 자획 '罒'					「각서」 '續' 자의 자획 '罒'

문적이고 과학적인 필적 검사가 따로 강구된다면 이 판단은 더 이상 의심의 여지가 없는 것이 될 것이다.

맺음말

이상으로 병합 관련 4개문서의 작성 경위와 함께 필적을 비교하고 그것을 다시 마에마의 필적과 비교한 결과 병합 관련 4개문서의 문안은 일본(통감부)에 의해 일방적으로 작성되었고 그것을 필사한 자는 당시 통감부 통역관이자 한국의 언어, 문학, 역사 등에 조예가 깊고 한글의 '달필'로 칭송이 자자하던 마에마로 추정되었다.

그렇다면 병합 관련 4개문서를 일본이 작성하고 일본인 마에마가 썼을 것이라는 사실이 병합늑약의 불법성과 관련하여 어떤 의미를 가지는 것일까? 이것은 19세기 국제법에서 인정한 조약 무효 즉 '국가 대표에 대한 강박'에 해당하는 것이다. 당시 국제법에서 '국가 대표에 의한 강박'을 조약 무효로 인정한 것은 "조약은 국가간의 명시적 합의로서 그 본질이 의사의 합치이며 의사의 합치가 유효하기 위해서는 그것이 진정한 의사의 합치이어야 하고 따라서 체결 주체의 '자유로운 의사'의 합치이어야 한다." 따라서 "조약의 유효성의 기본 조건으로서의 '동의의 자유'의 원칙에 저촉되어"서는 안 된다는 것이었다.[42] 이런 점

---

[42] 朴培根, 「韓國併合關聯 '條約' 有無效論의 意義와 限界」, 『法學研究』 제44권 제1호 (통권 52호), 2003, 381쪽.

에서 병합관련 4개문서 가운데 당연히 한국 정부가 작성하고 필사했어야 할 한국본 병합늑약과 전권위원 위임장을 모두 일본(통감부)이 주도했다는 것은, 곧 조약 체결 주체의 '자유로운 의사'를 배제한 것이자 조약이 유효하기 위한 기본 조건인 '동의의 자유'를 송두리째 무시 내지 말살한 행위인 것이다. 이것은 조약 체결 주체인 순종황제가 일본에 의한 '국가 대표에 대한 강박'을 당할 기회조차 박탈한 불법중의 불법인 것이다.

혹자는 이런 주장과 관련하여 설사 4개문서의 문안을 일본(통감부)가 작성하고 그것을 모두 일본인이 썼다는 사실이 비록 도덕적으로 비난을 받을 수는 있지만, 병합을 한국 측이 모두 인정하고 수용한 것이기 때문에 병합늑약의 불법성을 보여주는 것은 아니지 않느냐고 반론할 수도 있다. 이런 주장은 과정 보다는 결과 즉 병합늑약이 문서상 아무런 결함이 없다는 '결과의 합법성'을 강조한 것이자 '실증 지상'의 한계를 보여주는 것이다.

그럼 과연 병합늑약이 조약문의 격식상 결함이 없다고 하여 '합법적'이라고 할 수 있을까? 예를 들면 한 집안에 도둑이 들어 집주인을 위협한 상태에서 도둑 자신이 그 집을 자신에게 양도하는 문서를 작성하고 집주인에게서 도장을 강제로 빼앗아 자신이 찍거나 아니면 강제로 도장을 찍게 하여 그 집의 소유권을 빼앗았다고 하자. 이렇게 하여 작성된 소유권 양도 문서에 격식상 아무런 하자가 없다고 하여 과연 이것을 합법적인 소유권 양도라고 할 수 있는가? 여기에는 양도 문서의 작성 과정에서 소유권의 양도 여부를 결정할 수 있는 집주인의 '동의의 자유' 내지 '자유 의지'가 철저히 배제된 결정적 결함이 있기 때문에 집주인에 대한 강박 즉 집주인의 의사에 반하는 불법인 것이다. 하물며 한

나라의 통치권을 양도하는 문제에서 이런 일이 발생했는데도 문서상
의 결과만을 가지고 '합법적'이라고 주장하는 것은 어불성설이 아닐 수
없다. 집소유권의 양도이든 한 나라의 통치권의 양도이든 그것이 합법
적이기 위해서는 양도권자의 자유 의사가 침해받지 않는 자유로운 상
태에서 이루어질 때만이 가능하다. 그래서 제국주의가 지배하던 당시
국제법에서도 '조약이 국가간의 명시적 합의로서 그 본질이 의사의 합
치'이기 때문에 이 의사의 합치가 보장되지 않는 '국가 대표에 대한 강
박'에 의한 조약은 '무효'라고 했던 것이다.

따라서 일본이 병합 관련 4개문서를 직접 작성하고 필사하였다는 사
실은 곧 병합늑약이 일본의 의도와는 달리 합법적으로 진행될 수 없었
다는 사실을 반증하는 것이다. 또한 이것은 비준권자인 순종황제의 병
합 반대 의사에 반하는 불법으로써 '국가 대표의 의사에 반하는 강박된
조약은 무효'라는 당시 관습 국제법을 위반한 명백한 증거인 것이다.

1910년 병합 「칙유」의 文書上의 결함과 불법성[*]

머리말

현재 병합늑약의 불법성 여부와 관련하여 한일 학계에서 가장 쟁점이 되고 있는 부분은 1910년 8월 29일 공포된 순종황제의 병합 「칙유」의 '날조' 여부이다.

병합 「칙유」가 날조되었다는 주장은 한국에서 먼저 제기되었다. 1910년 8월 29일 공포된 병합 「칙유」에는 순종황제의 어명과 어새가 찍힌 다른 조칙과 달리, 어명이 없고 국새대신 당시 통감부에서 소지한 것으로 여겨지는 어새가 찍힌 점 등을 근거로 일본이 순종황제도 모른 상

---

[*] 이 글은 『한국문화』 제53호(2011.3)에 게재한 논문을 수정 보완한 것이다.

황에서 「칙유」를 '날조'했거나 아니면 순종이 재가를 거부한 것으로 파
악했다. 또한 정식조약(Treaty)의 협상 절차 즉 '전권위원 임명 → 조인
→ 비준'의 과정에서 볼 때 날조된 병합 「칙유」는 비준을 대신한 것이기
때문에 병합늑약은 비준을 받지 못한 불법적 조약이라고 주장해 왔다.[1]

이런 주장에 대해 부당합법론의 입장에서 반박이 있었다. 먼저 문서
형식과 관련하여 칙유는 조칙과 다르기 때문에 병합 「칙유」를 조칙과
비교한 것은 잘못이며, 병합 「칙유」가 비준서를 대신한 것이라는 주장
에 대해서도 전권위임장은 물론 병합늑약 제8조에 이미 양국 황제가
재가한 사실을 명기했기 때문에 비준 절차가 필요 없었다고 반박했다.
그리고 일본의 공문 서식에는 칙유에 대해 특정한 형식이 없었고, 병
합 「칙유」는 비준을 대신한 것이 아니라 병합에 즈음하여 한국 국민에
게 황제의 뜻을 알리려고 연출된 것에 불과하다고 주장했다.[2]

한 나라의 주권과 관련된 조약은 '조약 접수 → 전권위원 임명 → 협
상 → 조인 → 비준'의 절차를 거처 효력을 발생하는 것이 일반적이다.
병합 「칙유」가 절차상 비준을 대신한 것으로 주장되는 이유는, 병합늑
약 체결 과정에서 '비준' 절차가 없었기 때문이기도 하다. 병합늑약 체
결의 일본 측 당사자인 통감 데라우치 마사다케(寺內正毅)가 1910년 11
월 7일자로 본국 정부에 보고한 조약 체결 과정을 보면, '8월 16일 이완
용과 1차 면담(협상) → 8월 18일 2차 면담(협상) → 8월 22일 어전회의 :
전권위원 위임장 발급 및 조약안 재가 → 8월 22일 이완용과 데라우치

---

1   이태진, 「공포 칙유가 날조된 "일한병합조약"」, 『일본의 대한제국 강점 — "보호조약"
에서 "병합조약"까지』, 도서출판 까치, 1995; 「약식 조약으로 어떻게 국권을 이양하
는가 — 운노 교수의 비판에 답하며」, 『한국병합, 성립하지 않았다』, 태학사, 2001.
2   海野福壽, 「한국병합의 역사인식」, 『한국병합, 성립하지 않았다』, 태학사, 2001; 운
노 후쿠쥬, 정재정 옮김, 『한국병합사연구』, 논형, 2008.

의 조약안 기명·날인 → 8월 29일 순종황제의 「칙유」 및 일본황제의 조서 공포'의 순으로 이루어졌다.[3] 어디에도 조약의 실질적 효력을 발생케 하는 비준 절차가 없다.

이처럼 순종황제의 병합 「칙유」가 '날조'된 것인지 또 비준서를 대신한 것인지에 대한 판단은 결국 병합늑약의 불법 여부를 판가름하는 중요한 문제다. 그런데 양측의 주장은 나름 근거를 가지고 있으나 같은 시기 칙유의 문서 형식이나 병합 「칙유」의 공포 과정에 대한 보다 면밀한 검토를 결한 한계가 있다. 여기서는 순종황제의 병합 「칙유」를 같은 시기 공포된 다른 칙유들과의 비교를 통해 문서 형식상의 결함과 그 결함이 발생한 원인을 먼저 확인하고 그런 다음 이 「칙유」가 조칙이 아닌 칙유로 공포되는 과정에 대한 분석을 통해 「칙유」의 날조 여부와 함께 비준서로의 성격을 고찰하고자 한다.

1. 문서의 형식을 결한 병합 「칙유」

1910년 8월 29일 공포된 순종황제의 병합 「칙유」의 날조 여부와 관련하여 가장 문제가 되는 것이 칙유가 갖는 고유의 문서 형식이다. 즉 병합 「칙유」가 날조되었다는 주장의 근거는, 규장각 소장 공문서철인 『조칙』에 함께 편철된 이 칙유에는 다른 조칙과 달리 순종황제의 어명

---

3   李種學 編著, 「朝鮮總督報告 韓國倂合始末」, 『1910年 韓國强占資料集』, 史芸硏究所, 2000(이하 『1910年 韓國强占資料集』).

이 없고 국새('대한국보')대신 어새('칙명지보')가 찍혀 있다는 것이다.[4] 반면에 이를 부정하는 측에서는 '날조' 주장에는 조칙과 칙유의 문서 형식을 동일시한 오류가 있고 "만약 병합「칙유」에서 황제 어명의 결여를 문제 삼는다면 어명 어새가 갖추어진 조칙과의 대비가 아니라 같은 시기의 다른 칙유와 대조해야" 한다고 지적했다.[5]

병합「칙유」가 날조되었다는 주장에 대해 조칙과 칙유를 구별하지 않고 동일시한 문제가 있으며 같은 시기의 칙유와 대조해야 한다는 문제 제기는 타당한 주장이다. 그래서 여기서는 먼저 같은 시기에 해당하는 고종·순종 시기의 칙유와 병합「칙유」를 비교 분석하여 병합「칙유」의 문서 형식에 어떤 문제가 있는지 고찰하고자 한다.

현재 규장각에는 고종과 순종 시기 조칙을 연대별로 모아놓은 3종의 『조칙』이 있다. 이 가운데 고종 시기의 것인 2종 20책에는 1895년(개국 504) 1월 29일에서 1907년(광무 11) 8월 2일 사이에 공포된 조칙이,[6] 나머지 순종 시기의 것인 1종 1책에는 1907년(융희 원년) 8월 5일 조칙에서 1910년(융희 4) 8월 29일 병합「칙유」까지[7] 원본 상태로 보존되어 있다.

4　이태진, 앞의 논문(1995), 205쪽. 병합「칙유」의 '날조' 문제를 제기해 온 이태진 교수는 고종·순종황제의 조칙 원문을 편철한 규장각 소장『조칙』(奎章閣圖書 17708-1·2, 17709 : 서울대학교 도서관 간행『詔勅·法令』)에서 1910년 8월 29일자 문제의 최종 조칙은 "유일하게 '칙유'를 달았을 뿐"이라고 하여 마치 이 칙유가 유일한 것으로 오해했다. 아마 이것은 고종·순종의 조칙과 칙유를 편철한 공문서철의 標題가 '조칙'이고 또 8월 22일 이완용과 데라우치가 작성한「각서」에서 '兩國 皇帝陛下의 詔勅을 동시에 공포'하기로 한 사실 때문에 이런 오해가 있었던 것으로 보인다. 詔勅과 勅諭는 분명 그 쓰임새가 다르고 조선왕조와 대한제국 시기에 둘 다 사용된 문서 양식이다. 그러나 8월 22일「각서」에서 동시에 공포하기로 한 詔勅이 8월 29일 勅諭로 공포된 것은 병합「칙유」의 '날조' 이유를 밝히는데 매우 중요한 사항이다. 이에 대해서는 2장('조칙'이 '칙유'로 변한 이유)에서 상세히 다룰 것이다.

5　海野福壽, 앞의 논문(2001), 174~175쪽.

6　『詔勅』(奎 17708의 1 v.1-19);『詔勅』(奎 17709 v.1).

7　『詔勅』(奎 17708의 2 v.1).

전통 동양 사회에서는 황제의 명령이나 뜻을 알리는 문서 형식으로 조칙(조서), 칙유, 칙어, 칙령 등이 있다. 일반적으로 칙유는 황제가 군국 대사나 국가적 사건·특정한 정책 등에 대해 백관 만민에게 자신의 뜻을 알리는 포고문으로서 한국, 중국, 일본 모두 사용하던 문서 양식 가운데 하나였다. 이런 점에서 칙유는 황제의 명령을 알리는 조칙과는 구별된다. 규장각이 소장하고 있는 3종 21책의 『조칙』은 표제는 조칙이지만 그 안에는 칙유도 함께 편철되어 있다. 1895년에서 1910년이라는 제한된 시기이지만 이들 조칙, 칙유는 각기 고유한 문서 형식이 있고 시기에 따라 변화를 보이는 것도 있는데 실제 문서를 통해서 그 실상을 보자.

규장각이 소장한 3종 21책의 『조칙』에는 6건의 고종 칙유가 있다. 이 6건 가운데 5건은 갑오개혁기에 공포한 칙유이고, 나머지 1건은 대한제국기인 1904년에 공포한 칙유이다. 순종시기에는 병합 「칙유」를 포함, 3건의 칙유가 있는데 2건이 융희 원년인 1907년에 공포한 것이다.

먼저 고종의 칙유 2건 즉 1896년과 대한제국기인 1904년 칙유를 보면 다음 〈자료 1·2〉와 같다. 〈자료 1〉은 1896년(건양 원년) 2월 18일의 칙유이고, 〈자료 2〉는 1904년(광무 8) 5월 21일 칙유이다. 두 칙유는 그 형식이 모두 같음을 알 수 있다. 문서 첫 행에 '칙유'(제목)을 쓰고 마지막에 일자와 해당 대신의 부서가 병기되어 있고, 어새는 모두 첫 면에 찍혀 있다. 그런데 어새의 경우 대한제국 이전에는 '大君主寶'를 사용했으나 대한제국 수립 이후 어보가 모두 그 격식에 맞게 새로 제작되어 '勅命之寶'를 사용했다. 따라서 1896년 이후 고종 시기의 칙유는 칙유 첫 면에 어새를 찍고 마지막 면의 일자 다음에 해당 대신이 부서하는 형식을 취하였다.[8]

---

8   이밖에 나머지 4개의 고종 칙유(1896. 2. 26; 3. 20; 4. 29; 5. 23)도 그 형식이 모두 같다.

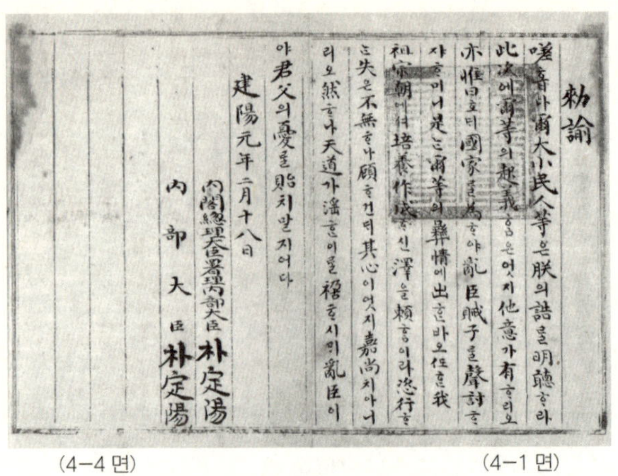

(4-4 면)　　　　　　　　　　　　　(4-1 면)

〈자료 1〉 勅諭(1896.2.18)[9]

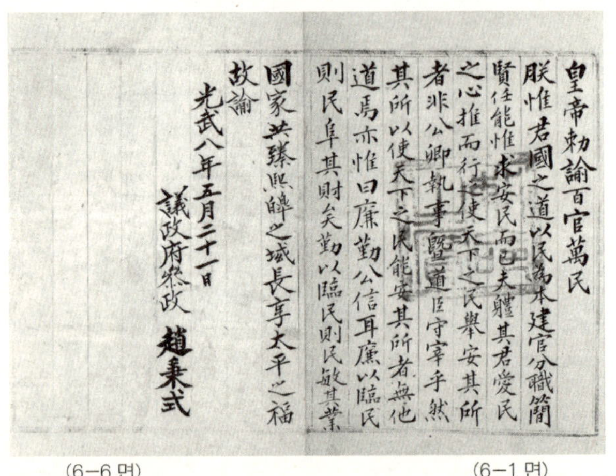

(6-6 면)　　　　　　　　　　　　　(6-1 면)

〈자료 2〉 皇帝勅諭百官萬民(1904.5.21)[10]

또한 칙유의 문서 형식을 같은 시기 조칙과 비교해 보면 역시 그 형식이 똑같다. 그런데 『詔勅』(奎 17708의 1 v.19-1)에 편철된 첫 조칙을 보면, 조칙 마지막 부분에 '大君主'를 쓰고 그 아래 왕이 수결(手決)을 하고 다음 행에 해당 대신의 副署가 있다. 이 같은 형식은 얼마 뒤인 1895년 5월 10일 조칙에서부터 '大君主·手決'의 형식이 사라지고 부서만 있다.

9　　『詔勅』(奎 17708의 1 v.3).

10　　『詔勅』(奎 17708의 1 v.14).

그럼 순종 시기의 칙유가 고종 시기의 칙유 형식과는 어떻게 다른지
보자. 〈자료 3·4·5〉는 순종황제 시기 공포된 칙유 3건이다.

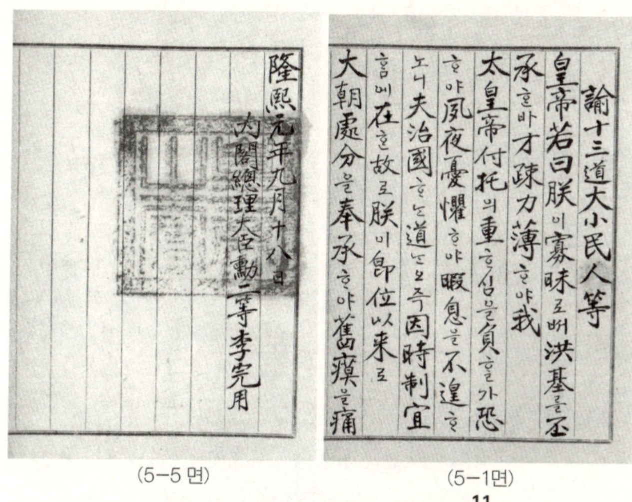

(5-5 면) (5-1면)

〈자료 3〉諭十三道大小民人等(1907.9.18)[11]

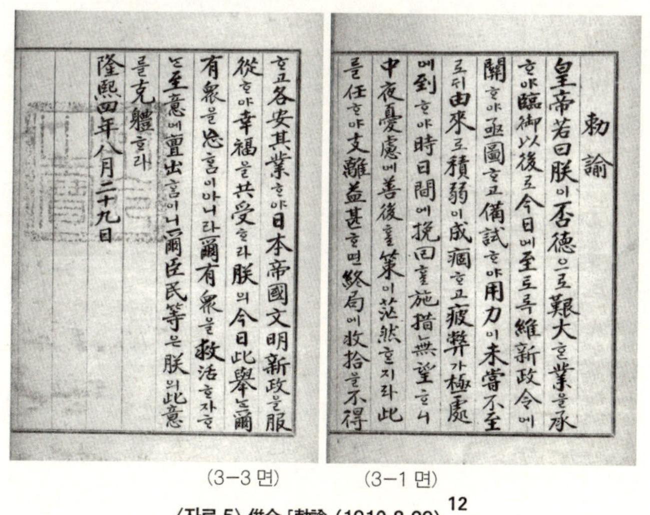

(3-3 면) (3-1 면)

〈자료 5〉倂合「勅諭」(1910.8.29)[12]

---

11 『詔勅』(奎 17708의 2).

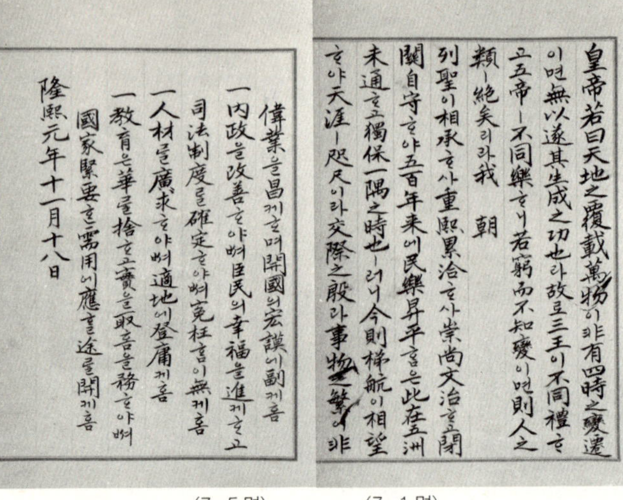

(7-5 면)　　　　(7-1 면)

(7-7 면)　　　　(7-6 면)

〈자료 4〉 維新國是勅諭(1907.11.18)[13]

12　위와 같음.

13　위와 같음.

〈자료 3〉은 1907년(융희 원년) 9월 18일 의병진압을 위해 각도에 파견 될 선유사에게 내린 선유칙유이고, 〈자료 4〉는 같은 해 11월 18일 유신 을 국시로 한다는 칙유이며 마지막 〈자료 5〉는 1910년(융희 4) 8월 29일 에 공포된 병합「칙유」이다.

우선 〈자료 3〉에는 어새 '황제지보'와 함께 내각총리대신 이완용의 부서가 있다. 어새가 〈자료 2〉의 '칙명지보'에서 '황제지보'로 바뀌었 고 그 위치도 칙유의 첫 면이 아니라 마지막 면에 있는 것이 앞 시기 고 종의 칙유와 다른 점이다. 하지만 '어새·부서'의 기본 형식에는 변함 이 없다.

그런데 '유신국시칙유'인 〈자료 4〉는 바로 앞의 칙유(〈자료 3〉)와 비 교하면 그 형식이 크게 달라진 것을 알 수 있다. 즉 '어새·부서'의 형식 이 아니라 순종황제의 어명(坧)을 쓰고 그 아래 어새인 '칙명지보'를 찍 고 다음 행에 내각총리대신 이완용과 각부 대신의 부서가 병기되어 있 다. 〈자료 3〉의 칙유와 크게 달라진 점은 어명을 쓴 부분이다. 문서 형 식상의 이 같은 변화는 통감부가 1907년 11월 18일부터 정미조약에 근 거해 대한제국의 공문 서식을 일본식으로 바꾸어 어새 또는 국새를 찍 고 그 위에 황제가 직접 서명하도록 강제한데서 연유한 것이다.[14] 이런 이유로 칙유뿐만 아니라 이후 모든 칙령·조칙 등에서도 황제가 어명 을 직접 쓰고 그 아래 어새를 찍었다. 이것은 순종황제의 조칙과 칙유 를 모아놓은 『조칙』을 보면, 1907년 11월 2일 조칙에는 어새와 부서만 있으나 그 다음 조칙인 11월 18일 조칙부터는 같은 날의 칙유처럼 황 제의 어명·어새·부서로 되어 있다.[15]

---

14 이태진, 「韓國倂合은 성립하지 않았다」, 『한국병합, 성립하지 않았다』, 태학사, 2001, 58쪽.

그리고 고종의 칙유와 순종의 칙유를 비교할 때 또 다른 차이는 칙유의 첫 시작 부분이다. 고종의 경우는 대개 '짐'으로 시작하는데 반해 순종의 칙유는 〈자료 3·4·5〉에서 알 수 있듯이 모두 '皇帝若曰'이란 접두어로 시작한다. 대한제국 이전 조선왕조 때에는 국왕이 발하는 綸音이나 교서 그리고 왕세자·왕세자빈 등을 책봉할 때 내리는 책봉문의 경우 '王若曰'(왕이 이와 같이 가로되)이란 것으로 시작했다.[16] 그런데 조선이 황제국인 대한제국으로 바뀌면서 '왕'을 '황제'로 칭하게 되면서 순종황제의 칙유에서 '왕약왈' 대신 '황제약왈'이란 접두어를 사용한 것으로 판단된다.

이상의 사실을 근거로 할 때 최소한 1896년 이후 칙유의 문서 형식은 조칙과 동일하며 기본적으로 어새를 찍고 해당 대신이 부서를 병기하는 형식이었다. 그러다가 1907년 11월 18일부터 일본이 요구한 일본식 공문 서식에 따라 황제의 어명이 추가되었다. 이런 기준에서 1910년 8월 29일 순종황제의 「칙유」 즉 〈자료 5〉를 앞의 4개 칙유와 비교하면 문서 형식이 매우 다르다는 것을 확인할 수 있다.

우선 〈자료 5〉의 병합 「칙유」를 1907년 11월 18일 이전의 칙유와 비교해 보면, 어새인 '칙명지보'만 찍혀 있을 뿐 내각총리대신이나 각부

---

15 이태진 교수는 1907년 11월 18일 이후 조칙이나 칙령에 순종황제가 서명한 어명인 坧의 여러 글씨체를 비교하여 통감부가 이를 위조한 사실을 밝히고 1907~1908년 사이 황제 서명을 위조하여 공포한 조칙·칙령 등이 60건이라고 주장했다(이에 대해서는 「통감부의 대한제국 寶印 탈취와 순종황제 서명 위조」, 『일본의 대한제국 강점 ―"보호조약"에서 "병합조약"까지』, 까치, 1995 참조). 이에 따르면 본고의 검토 대상인 「維新國是勅諭」(〈자료 4〉)도 통감부에서 순종황제 서명을 위조한 칙유가 된다. 이것이 사실이라면 통감부가 작성한 유신국시칙유의 문서 형식은 병합 「칙유」가 '날조'된 것이라는 본고의 주장을 더욱 뒷받침하는 중요한 근거가 되는 셈이다.

16 '王若曰'이 사용되는 국왕의 문서 형식에 대해서는 최승희, 『韓國古文書研究』, 지식산업사, 1989, 60~65쪽 참조.

대신의 부서가 없다. 다음 일본식 공문 서식을 따른 1907년 11월 18일 이후 칙유인 〈자료 4〉와 비교해 보면 그 차이가 더욱 분명해진다. 병합 「칙유」가 정상적인 것이라면 당연히 〈자료 4〉와 그 형식이 일치해야 한다. 즉 칙유의 마지막 부분인 일자 다음 행에 순종황제의 어명, 어새, 부서가 차례로 있어야 한다. 그런데 병합 「칙유」에는 반드시 있어야 할 순종황제의 어명도, 내각총리대신 이완용 이하 각부 대신의 부서도 없고 오직 어새만 찍혀 있을 뿐이다.

병합 「칙유」를 같은 날 공포한 일본황제의 조서와 비교하면 그 차이가 더욱 분명해진다. 〈자료 6-1·2〉는 1910년 8월 22일 이완용과 데라우치가 병합늑약과 양국 황제의 조칙을 동시에 공포하기로 한 각서에 따라[17] 8월 29일 공포된 순종황제의 「칙유」(〈자료 6-1〉)와 일본황제의 조서(〈자료 6-2〉)의 마지막 부분이다.

한일 양국 황제의 조칙을 동시에 공포하기로 한 8월 22일 각서의 정치적 의미를 고려하면 양국 황제가 공포할 조칙의 정치적 비중과 역사적 의미가 다를 수 없으며 그 형식에도 차이가 없어야 한다. 왜냐하면 1907년 11월 18일 이후 한국 정부의 공문이 일본의 공문 서식과 같아졌기 때문이다. 그런데 일본황제의 조서인 〈자료 6-2〉[18]를 보면, '어명(睦仁)·어새('天皇御璽')·내각총리대신 이하 대신의 부서'로 되어있다. 이것은 〈자료 4〉의 순종황제의 유신국시칙유와 똑같다. 그런데 순종황제의 병합 「칙유」인 〈자료 6-1〉을 보면 단지 어새뿐이다. 이 「칙유」가 정상적인 것이라면 일본황제의 조서인 〈자료 6-2〉나 〈자료 4〉

---

17 [覺書](韓國合倂條約 및 兩國皇帝詔勅의 公布에 關한 覺書)(奎 23159).

18 「詔書」, 일본국립공문서관, JACAR(アジア歷史資料センター) RefA03020824200, 公文別錄·韓國倂合二關スル書類·明治四十二年~明治四十三年, 第一卷.

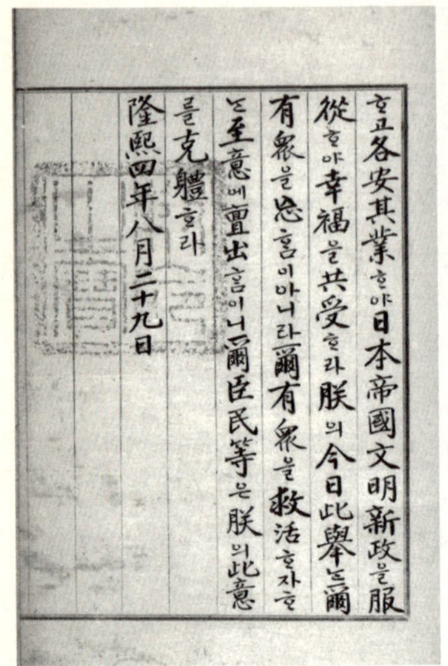

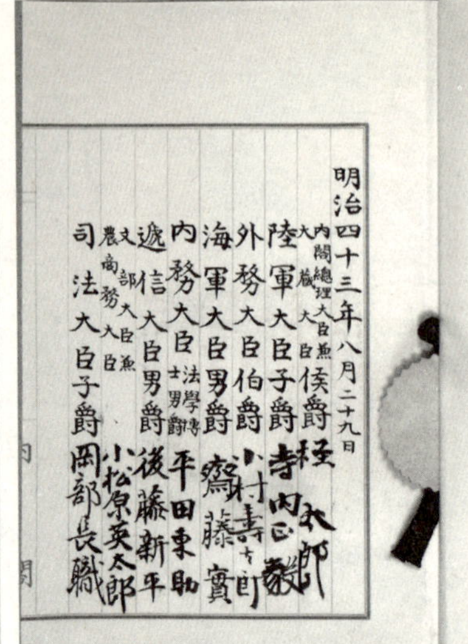

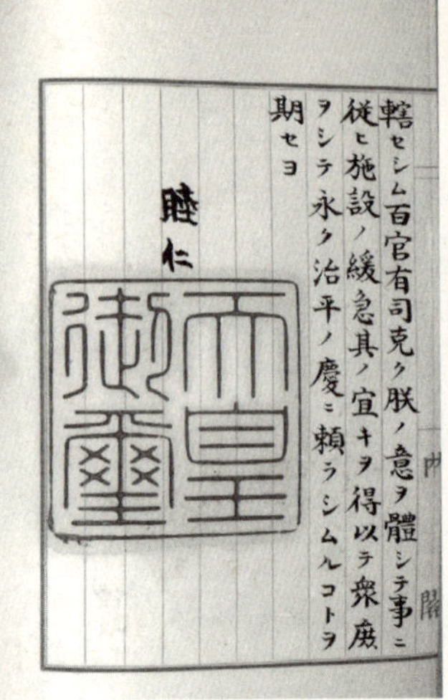

〈자료 6-1〉 어새뿐인 병합 「칙유」(3-3 면)   〈자료 6-2〉 어명·어새·부서를 갖춘 일황조서(3-3면)

「한국병합에 관한 서류」 표지 및 목차 일부

의 유신국시칙유처럼 '어명·어새·내각총리대신 이하 각부 대신의 부서'가 있어야 한다.

순종황제의 병합 「칙유」가 8월 22일의 각서대로 조칙이 아닌 것도 문제이지만 문서 형식에서도 이전의 칙유 형식은 물론 같은 날 같은 시간에 공포된 같은 성격의 일본황제의 조서 형식과도 일치하지 않는다. 이처럼 병합 「칙유」는 고종 시기의 칙유 형식도 아니고 일본의 공문 서식을 따른 것도 아닌 완전 '돌연변이'인 것이다. 그렇다면 이 정체 불명의 「칙유」가 어떻게 작성된 것인지 의문이지 않을 수 없다. 일제에 의한 '날조' 이외에는 답이 없는 것이다.

2. '조칙'이 '칙유'로 변한 이유

병합 「칙유」가 '날조'되었다는 주장과 함께 또 다른 의문이 있다. 즉
'조칙'이 '칙유'로 변한 까닭이다. 병합 「칙유」는 8월 22일 이완용과 데
라우치가 통감 관저에서 병합늑약을 기명 · 날인한 이후 양국 황제가
병합 사실을 알리는 조칙을 동시에 공포하기로 한 「각서」에 의해 공포
된 것이다. 그런데 8월 29일 오전 11시 일본황제는 「각서」대로 조서(조
칙)를 공포했으나 순종황제는 조칙이 아닌 칙유를 공포했다. 왜 순종
황제는 약속대로 조칙이 아닌 칙유를 공포하게 되었는지 의문이 아닐
수 없다. 이 의문에 대한 해답은 앞 절에서 확인했듯이 병합 「칙유」가
기왕의 문서 형식에서 크게 벗어나 비정상적인 것이 될 수밖에 없었던
이유이기도 하다.

아래 〈자료 7〉[19]은 8월 22일 이완용과 데라우치가 병합늑약과 양국
황제의 조칙을 동시에 공포하기로 약속하고 서명한 「각서」이다.

병합늑약의 공포는 원래 8월 26일 하기로 했으나 8월 27일이 순종황
제 즉위 3주년에 해당하여 통감은 본국 정부와의 협의에 의해 8월 29
일 공포하기로 했다.[20] 이런 공포 일정으로 보아 순종황제가 8월 29일
공포할 조칙은 최소한 8월 26일 이전부터 준비되어 왔을 것으로 추정
되는데 그 구체적 내용은 8월 27일 데라우치가 본국 내각총리대신 가
츠라 다로(桂太郞)와 외무대신 고무라 주타로(小村壽太郞) 앞으로 보낸

---

19 [覺書](韓國合倂條約 및 兩國皇帝詔勅의 公布에 關한 覺書)(奎 23159).
20 8월 23일 본국 정부에서는 "조약 공포 기일을 29일로 함에 이의 없음"이란 답전을 보
     내왔다(『1910年 韓國强占資料集』, 68~69쪽).

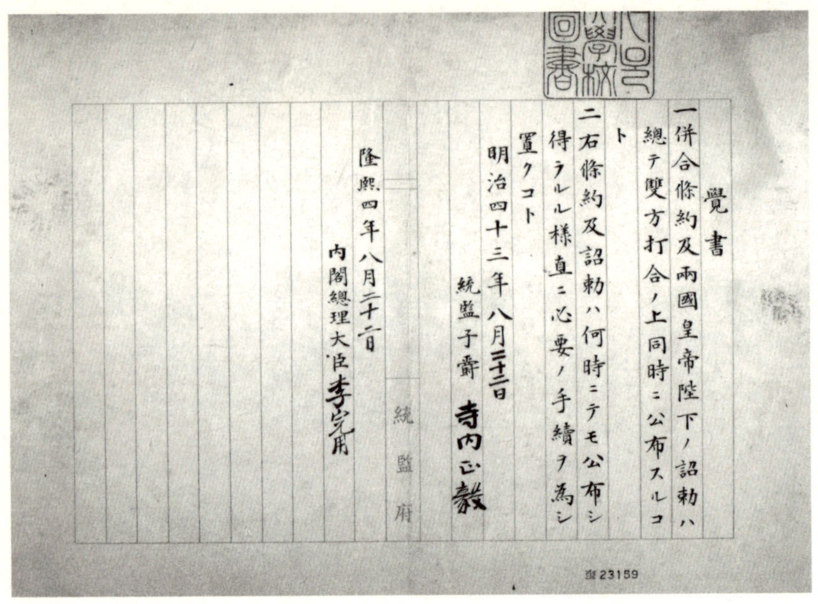

〈자료 7〉「**覺書**」[韓國合倂條約 및 兩國皇帝詔勅의 公布에 關한 覺書]

전보에서 확인할 수 있다.

8월 27일 데라우치는 "일한병합에 관한 한국 황제의 조칙문은 별지와 같이 결정하여 오늘 재가를 거쳐 오는 29일 병합조약과 함께 발표케 할 것"이라고 하며 순종황제의 조칙문을 첨부한 전보 제50호를 보냈다. 그런데 이 전보에는 "조칙문의 수정은 8월 27일 데라우치 통감 발 전보 제51호에 의해 통보되었던 것이지만 여기서는 편의로 수정을 가한 形을 채록함"이라는 주기가 있다.[21] 즉 일본 외무성에서 전보 제50호에 첨부된 순종황제의 조칙문을 전보 제51호에서 수정 보고한 것으로 대체했다는 것이다. 어떻게 먼저 보낸 전보에 뒤에 보낸 전보 내용이 채

---

21 日本外務省 編,「倂合ニ關スル韓帝詔勅文通報ノ件」,『日本外交文書』第43卷 第1冊, 嚴南堂書店, 1962, 701~702쪽(이하『日本外交文書』第43卷 第1冊).

록되었을까? 그 이유는 통감부에서 27일 순종황제의 조칙문을 첨부한 두 전보를 연속으로 발송했는데 나중에 발송한 전보 제51호가 앞서 보낸 전보 제50호보다 일찍 도착하여 이런 일이 일어났던 것이다.[22]

전보 제50호의 편집 주기에서 언급한 조칙문의 수정은 8월 27일 전보 제50호가 발송된 오후 2시 30분에서 전보 제51호가 발송된 오후 6시 55분 사이의 짧은 시간 안에 이루어졌다.[23] 전보 제50호에 첨부된 조칙문 원안을 확인할 수 없어 어떤 부분이 수정되었는지는 알 수 없으나[24] 이미 병합늑약이 조인된 상태이고, 병합늑약 체결과 관련된 주요 문서 즉 이완용을 전권위원으로 임명하는 위임장, 한일 양국어로 된 병합늑약 등을 통감부에서 미리 준비한 선례로 미루어보아 이 조칙문 역시 통

---

[22] 이태진 교수는 제50호 전보의 "오늘 재가를 거쳐 오는 29일 병합조약과 함께 발표케 할 것"이란 편집 주기에 주목하여, 이것을 "한국 황제의 조칙문을 통감이 초하고 그 것을 다시 총리대신, 외무대신 급의 일본 정부 책임자의 손을 거쳤다는 것은 조약이 처음부터 끝까지 일본 정부의 의도에 따라 일방적으로 진행되었다는 명백한 증거" 로 보았다(이태진, 앞의 논문(1995), 203쪽). 이에 대해 병합조약의 합법성을 주장하는 운노는 전보 제51호를 새로 발굴, 두 전보의 발신과 착신 시간을 비교(제50호는 27일 오후 2시 30분 경성발, 28일 오전 1시 35분 本省着, 제51호는 27일 오후 6시 55분 경성발, 동일 오후 11시 14분 도쿄착), 제50호보다 먼저 도착한 제51호에 '한국 황제 조칙문을 左記와 같이 수정했다'고 되어 있기 때문에 전보 제50호에 첨부된 조칙문은 곧 제51호에서 수정 보고한 조칙문이므로 결국 전보 제50호의 조칙문 수정은 이태진 교수의 주장과 달리 "한국 궁내부와 통감부와의 '상방 타협'에 의해 이루어졌다"고 반박했다(운노 후쿠쥬, 앞의 논문(2001), 172쪽). 이태진 교수는 이후 운노의 반박에 답한 글에서 전보 제51호를 확인할 수 없었던 상황에서 나온 전보 제50호에 대한 자신의 해석이 잘못되었음을 인정하고, 대신 8월 17일 본국 정부에서 데라우치에게 보낸 '詔書案, 諭告案 및 宮內省案 合計 9통' 가운데 조서안을 한국 황제의 조칙으로 보았다(이태진, 앞의 논문(2001), 202~203쪽). 이 9통의 문서는 19일 통감부에 도착했는데 이후 통감부와 본국 정부가 주고받은 전보들을 검토해 보면 이 조서안에 대한 수정 이야기가 계속되고 있고 그 내용을 보면 조서안은 한국 황제의 조칙문이 아니라 병합조약 공포 때 함께 공포할 다른 조서들 가운데 하나였다(『1910年 韓國强占資料集』, 72~73 · 111~116쪽 참조).

[23] 海野福壽, 앞의 논문(2001), 172쪽

[24] 운노 후쿠쥬(海野福壽)는 제51호 전보에서 8곳이 수정되었다고 했다(앞의 논문(2001), 172쪽).

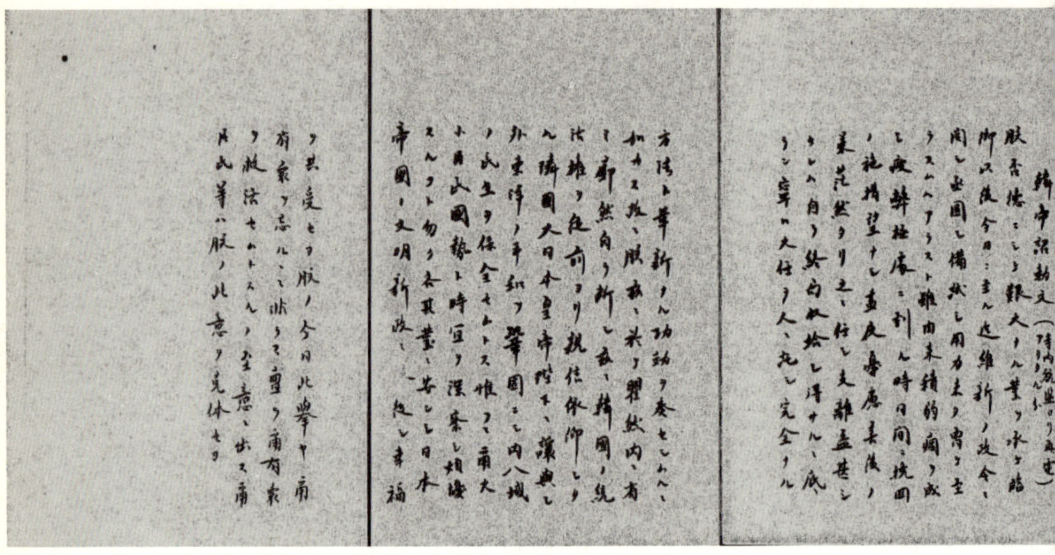

데라우치가 가츠라에게 보낸 전보 제51호에 첨부된 '韓帝詔勅文'(1910.8.27)

감부에서 작성과 수정을 주도한 것으로 보는 것이 타당할 것이다. 따라서 8월 29일 공포된 병합 「칙유」는 이렇게 일본어로 된 조칙문을 국한문으로 번역한 것이며 단지 짐으로 시작하던 조칙문에 순종황제의 칙유에서만 볼 수 있었던 '황제약왈'이란 접두어를 붙였을 뿐이다.[25]

25 8월 27일 데라우치가 고무라 외무대신에게 보고한 '韓帝詔勅文' 원문은 아래와 같다 (『日本外交文書』第43卷 第1冊, 701~702쪽).
"朕否德ニシテ艱大ナル業ヲ承ケ臨御以後今日ニ至ル迄維新ノ政令ニ關シ丞圖シ試備シ用力未夕曾テ至ラスムハアラスト雖由來積弱痼ヲ成シ疲弊極處ニ到ル時日間ニ挽回ノ施措望ナシ晝夜憂慮先後策茫然タリ之ニ任　シ支離益甚シケレハ自ラ終局收拾シ得サルニ底ラン寧口大任ヲ人ニ託シ完全ナル方法ト革新ナル功效ヲ奏セシムルニ如カス故ニ朕茲ニ於テ瞿然内ニ省ミ廓然自ラ斷シ茲ニ韓國ノ統治權ヲ從前ヨリ親信依仰シタル隣國大日本皇帝陛下ニ讓與シ外東洋ノ平和ヲ鞏固ニシ內八域ノ民生ヲ保全セムトス惟フニ爾大小臣民國勢ト時宜ヲ深察シ煩擾スルト勿ク各其業ニ安ンジ日本帝國ノ文明新政ニ服從シ幸福ヲ共受セヨ朕ノ今日此擧ヤ爾有衆ヲ忘ル丶ニ非ラス亶ラ爾有衆ヲ救活セムトスルノ至意ニ出ツ爾臣民等ハ朕ノ此意ヲ克體セヨ"

그런데 8월 29일 일본황제는 8월 22일의 「각서」에서 약속한대로 조서를 공포했는데 왜, 순종황제는 이와 달리 칙유를 공포했을까? 1910년 8월 22일 이완용과 통감이 서명한 「각서」에서 분명 조칙을 공포하기로 했고 또 8월 27일 통감이 본국 정부에 보고한 전보 제50·51호에서도 분명 '韓帝詔勅文' 즉 조칙이라고 했다. 더구나 데라우치는 전보 제50호에서 "일한병합에 관한 한국 황제의 조칙문은 별지와 같이 결정하여 오늘 재가를 거쳐 오는 29일 병합조약과 함께 발표케 할" 것이라고 했다. 통감은 본국 정부에 보고한 27일까지도 칙유가 아닌 조칙을 준비했고 그 조칙은 순종황제의 재가를 전제한 것이었다. 그런데 무슨 이유로 8월 29일 돌연 조칙이 아닌 칙유로 바뀌었을까?

이에 대해 병합 「칙유」의 날조설을 비판한 운노는 발표 시 돌연 칙유로 한 것은 칙유 서식이 특정되어 있지 않았기 때문에 조칙대신에 칙유로 한 가능성도 생각할 수 있다고 했다.[26] 칙유 서식이 특정되지 않았다는 것이 무슨 의미인지 자세히 보자. 운노는 1907년 11월 18일 이후 한국도 따르게 한 일본의 공문 서식은 그해 1월 31일 공포된 '공식령'에 의해 정해진 것이며, 이에 따르면 조서·칙서·법률·칙령·국제조약·국서·친서·조약비준서·전권위임장·외국파견관리위임장·명예영사위임장·외국영사인가장 등은 "친서한 후 어새 또는 국새를 찍"도록 규정했다. 단 칙어와 칙유에 대해서는 '공식령'에서 문서형식을 특별히 규정하지 않았다는 것이다.[27] 이처럼 운노가 '형식을 특정하지 않았다'고 한 말은 곧 '공식령'에 칙어·칙유에 대한 규정이 없었다는 것이다.

---

26 海野福壽, 앞의 논문(2001), 173쪽.
27 운노 후쿠쥬, 정재정 옮김, 앞의 책(2008), 486쪽.

그래서 순종황제의 병합 「칙유」에 서명이 없고 어새만 있었다는 것
이다. 운노의 이런 추정은 논리적으로 앞뒤가 맞지 않는다. 왜냐하면
「각서」에서 약속한 조칙은 '공식령'에 문서 형식이 규정되어 있는데도
굳이 문서 형식이 특정되지도 않은 칙유로 바꾸었기 때문이다. 즉 '공
식령'에 따라 8월 22일 「각서」대로 조칙을 공포하는 것이 더 자연스러
운데 왜 갑자기 문서 형식이 특정되지도 않은 칙유를 공포하게 되었을
까 하고 따져보는 것이 논리적이다. 이에 대해서는 조칙에 반드시 필
요한 순종황제의 친서를 받을 수 없는 어떤 사정이 있었기 때문이라고
추정하는 것이 타당하다. 따라서 조칙이 아닌 칙유 선택은 오히려 순
종황제가 병합을 재가하지 않았기 때문에 일어난 것이다.

왜냐하면 1910년 8월 22일 「각서」대로 8월 29일 공포될 순종황제의
조칙 역시 일본의 문서 형식을 따라야 했기 때문이다. 일본의 공문 형
식을 규정한 '공식령'에 따르면 "조서(황실의 대사를 선고하고 대권의 시행에
관한 칙지를 선고한다)"는 "친서한 후 어새를 찍는다"(제1조)고 규정하고
있다.[28] 그래서 8월 29일 공포될 순종황제의 조칙 역시 일본황제의 조
서처럼 친서와 어새가 있고 내각총리대신 이하 각 대신의 서명이 모두
병기되어야 한다. 이를 위해서는 당연히 순종황제의 재가에 이은 '친
서'가 전제되어야 한다. 그런데 8월 29일 일본황제와는 달리 조서가 아
닌 어새뿐인 병합 「칙유」가 공포되었다. 왜 그랬을까? 여기에는 순종
황제의 재가를 받지 못한 사정이 있었던 것이다.

이처럼 데라우치가 27일 전보 제50호에서 순종황제의 재가를 받겠
다고 했지만 실제로 재가를 받지 못했다는 사실은, 아래 〈자료 8-1·2〉
에서 추정할 수 있다. 〈자료 8-1·2〉는 순종황제의 칙유가 공포된 8월

---

28 위와 같음.

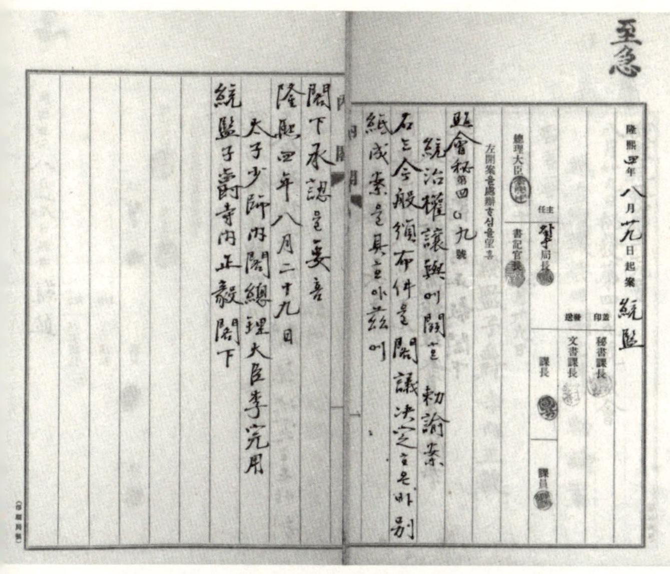
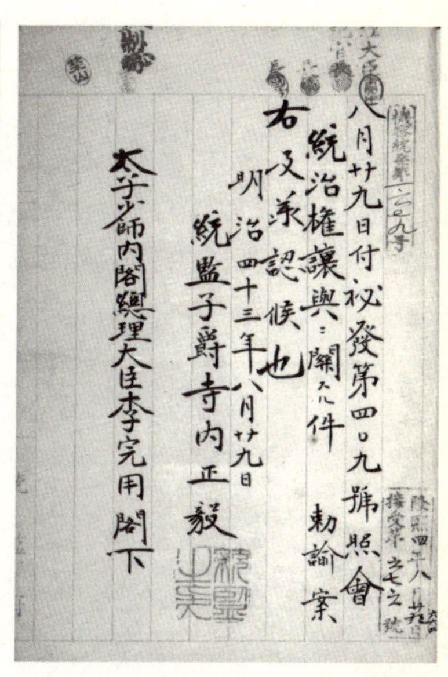

〈자료 8-1〉統治權讓與에 關한 勅諭案(照會秘 第409號)

〈자료 8-2〉統治權讓與에 關한 勅諭案 承認(機密 統發 第1679號)

29일, 이완용이 통감에게 '통치권 양여에 관한 칙유안'의 승인을 요청한 비밀 조회(〈자료 8-1〉)[29]와 이에 대한 통감의 승인 문서(〈자료 8-2〉)이다.[30] '조회–승인'의 절차는 정미조약의 제2조 즉 '법령과 행정상의 중요 처분은 통감의 승인을 받는다'는 규정을 따른 것이다.[31]

정상적인 절차를 전제로 병합「칙유」의 작성 및 수발 과정을 정리해 보면, 조칙을 작성한 통감부에서 8월 27일 본국 정부에 수정 보고한 뒤 이를 한국 내각에 보냈고, 내각총리대신 이완용은 내각회의를 거친 뒤 8월 29일 정미조약 제2조 규정에 따라 다시 통감에게 조회하여 승인을

---

29 『統別詔勅關係往復文』(奎 17853 v.2).

30 『統別詔勅關係往復文』(奎 17853 v.1).

31 第二條 韓國政府의 法令의 制定及重要한 行政上의 處分은 預히 統監의 承認을 經할 事([韓日協約](奎 23056)).

받아 순종황제의 재가를 받은 게 된다. 〈자료 8-1·2〉는 이 절차 가운데 '통감에게 조회하여 승인받는' 단계에 해당하는 문서다. 통감이 27일 순종황제의 조칙문을 본국에 보고할 때 "오늘 재가를 거쳐 오는 29일 병합조약과 함께 발표할" 것이라고 했으므로 별다른 문제가 없었다면 아마 이 절차가 8월 27일 내지 28일 사이에 모두 이루어져야 한다.

그런데 이완용이 통감에게 승인을 요청하며 조회를 보낸 날은 8월 29일이고, 절차상 순종황제가 재가할 수 있는 때는 통감이 이완용의 조회에 승인을 한 이후이므로 이 조칙이 공포된 8월 29일 오전 11시 이전이다. 문서 형식이 조칙이 아니라 「칙유」로 돌변한 것도 문제이지만 조회·승인의 절차가 왜 이렇게 공포 당일 한꺼번에 이루어졌을까?

이런 점에서 주목해야 할 부분이 이완용이 통감에게 「칙유」 승인을 요청한 비밀 조회 제409호 즉 〈자료 8-1〉의 상단 부분에 찍혀 있는 '至急'이란 붉은 도장이다.[32] 보통 '지급'이란 시간적으로 매우 다급하여 정상적인 처리가 불가능할 때 사용하는 방식이다. 따라서 칙유안 조회를 '지급' 처리했다는 것은 칙유안의 조회·승인을 정상적인 절차로 처리할 수 없는 아주 '다급한 상황'이 있었다는 것을 뜻한다. 이미 8월 29일 11시에 병합늑약과 조칙을 공포하기로 약속이 되어 있었으니[33] 시간적으로 매우 다급했던 것이다. 그럼 8월 29일 공포 당일 이렇게 지급 처리해야 할 정도로 다급한 상황에 몰린 이유가 무엇일까? 그것은 데라우치가 27일 본국에 조칙문을 보고하면서 '오늘 한국 황제의

---

32 이 두 문서는 8월 22일 어전회의와 병합늑약 조인이 있던 날 전권위원 위임장('統治權讓與에 關한 詔勅案')을 조인 당일 날 지급 처리한 것과 똑같다. 이에 대해서는 윤대원, 「조작된 「朝鮮總督報告 韓國併合始末」」, 『한국문화』 52, 2010 참조.

33 통감 데라우치는 이완용에게 조약 및 조칙을 8월 29일 공포한다고 통고했다(「通告」 (奎 23162)).

재가를 받겠다'라고 한 것이 29일까지 뜻대로 되지 않았다는 것 외에는 달리 설명할 방법이 없다.

데라우치는 1910년 11월 7일 본국에 보고한 「조선총독보고 한국병합시말」에서 8월 22일 오후 2시에 열린 어전회의에서 내각총리대신이 휴대한 조약안을 설명하자 순종황제는 "일일이 이를 흔쾌히 받아들여 재가했다는 뜻을 당시 (어전회의에) 참내한 고쿠부 쇼타로(國分象次郎) 비서관이 전화로 상세히 보고해 왔다"고 했다.[34] 또한 그는 이보다 앞서 8월 23일 가츠라 총리대신에게도 순종황제가 조약안을 "흔쾌히 받아들여 재가"했다 라고 보고했다.[35] 데라우치의 보고가 사실이라면 순종황제가, 데라우치가 8월 27일 본국에 보고한 한국 황제의 조칙문의 재가를 미루거나 거부할 이유가 전혀 없다. 즉 8월 27일 데라우치의 전보대로 늦어도 8월 28일까지는 '각의 결정 → 이완용의 조회 → 통감의 승인 → 황제의 재가' 과정을 끝내고 8월 29일 칙유가 아닌 일본황제처럼 조칙을 공포해야 했다.

또한 〈자료 8-1〉 즉 이완용이 통감에게 조회한 내용을 보면, '통치권 양여에 관한 칙유안'을 '각의 결정'에 의해 승인을 조회한다고 했다. 통감이 최종 조칙안을 본국에 보고한 일자가 8월 27일이고 조회가 8월 29일이니 이 칙유안이 내각회의에 상정되어 '각의 결정'될 시간은 오직

---

34 「朝鮮總督報告 韓國併合始末」에서 언급한 8월 22일 오후 2시 어전회의 상황은 다음과 같다.
午後二時二皇帝ハ宮內府大臣閔丙奭及侍從院卿尹德榮ヲ率キテ內殿二出御セラレ先ツ統治權讓與ノ要旨ヲ宣示シ且條約締結ノ全權委任狀二躬ラ名ヲ署シ國璽ヲ鈐セレメ之ヲ內閣總理大臣二下付セラル依テ內閣總理大臣ハ其ノ携フル所ノ條約案ヲ上覽二供シ逐條說明スル所アリ列席者孰レモ異議ヲ唱フル者ナク**皇帝ハ一一之ヲ嘉納シ裁可ヲ與ヘラレタル**趣當時參內セル國分秘書官ヨリ電話ヲ以テ詳細報告シ來レリ(『1910年 韓國强占資料集』, 43~44쪽)
35 『1910年 韓國强占資料集』, 455쪽.

8월 28일 하루뿐이다. 규장각이 소장한 순종황제 시기 내각회의에 상정된 안건 목록을 정리한 『각의제출안목록』[36]에 따르면 8월 22일 이후 내각회의는 25일과 28일 두 차례 열렸다. 25일은 매주 월·목요일 두 차례 열리던 정례회의였고 28일 회의는 임시로 열린 대한제국의 마지막 내각회의였다. 그런데 25일은 물론이고 28일 열린 임시회의에 이 '통치권양여에 관한 칙유안'과 관련된 안건은 상정도 되지 않았다.

이런 사실을 종합해 보면 원래 조칙이 칙유로 변한 것도, 이 조칙안의 조회·승인이 공포 당일인 8월 29일 지급 처리된 것도 모두 데라우치의 의도와는 달리 조칙문을 재가받지 못하여 일어난 일이었다. 즉 데라우치는 통감부에서 작성한 '한제조칙문'을 가지고 8월 29일 공포 직전까지 재가를 받으려고 순종황제를 압박하다가 끝내 뜻을 이루지 못하자 결국 통감부에서는 조칙이 갖추어야 할 형식을 포기하고 자신들이 소유한 어새('칙명지보')만[37] 찍은 칙유를 공포했던 것이다. 〈자료 8 −1·2〉는 이런 재가 거부 사실을 은폐하고 「칙유」가 마치 합법적 절차를 거친 것처럼 가장할 목적에서 8월 29일 '지급' 처리라는 형식을 빌었던 것이다.

그런데 혹자는 일본의 병합 「칙유」 '날조' 사실과 관련하여 이왕 날조를 하려면 제대로 하지 이렇게 날조 사실이 드러날 정도로 어설프게 했을까 하는 의문을 제기할 수도 있다. 즉 날조를 할 것 같으면 순종황

36　『閣議提出案目錄』(奎 18033).

37　대한제국의 국새와 어새는 원래 궁내부의 대신관방 소속 內大臣이 관장했다. 그런데 일본이 1907년 7월 고종황제를 강제 퇴위시키고 또 내각제로 개편하여 내대신 제도를 폐지하는 과정에서 국새와 어새를 탈취해 갔다가, 그해 11월 18일 순종이 정식으로 황제에 취임하면서 국새는 돌려주고 법률 제정 때마다 사용해야 할 어새는 통감부에서 보관했다(이태진, 「통감부의 대한제국 寶印 탈취와 순종황제의 서명 위조」, 『일본의 대한제국 강점 −"을사조약"에서 "병합조약"까지』, 까치, 1995, 130~139쪽 참조).

제의 어명과 내각총리대신 이하 대신들의 서명도 날조하지 왜 어새만 찍었을까 하는 의문이 들 수도 있다. 이에 대해서는 모든 대신의 서명을 받는 것이 불가능했던 이유가 있지만 중요한 것은 '시간적 절박성' 때문으로 판단된다.

다시 한 번 병합 「칙유」가 공포된 8월 29일 상황을 정리해 보면, 한일 두 정부는 8월 29일 오전 11시에 양국 황제의 조칙을 공포하기로 약속이 되어 있었고 실제 오전 11시에 공포되었다. 그런데 이 「칙유」를 미리 언론사와 총독부 『관보』에 싣기 위해서는 훨씬 이른 시간에 작성되고 인쇄되어야 한다. 즉 오전 11시가 아니라 그보다 훨씬 이른 시간이어야 한다. 이 과정이 정상적이라면, 통감의 승인 통첩 이후 순종황제의 서명과 내각총리대신 이하 각부 대신의 서명 병기가 모두 신문이나 조선총독부 『관보』로 인쇄되기 이전에 이루어져야 한다. 그런데 앞서 검토했듯이 순종황제가 재가를 하지 않아 이완용과 통감은 병합 「칙유」의 조회와 승인을 칙유 공포 당일 지급 처리해야 할 정도로 다급했던 것이다.

또한 이완용을 비롯한 대신들의 서명을 받는 것도 사실상 불가능했다. 이미 병합 자체에 대해 '임금이 욕을 보게 되면 신은 죽음뿐(君辱臣死)'이라며 반대했던 학부대신 이용직의[38] 서명을 받을 수 없을 뿐만 아니라 다른 대신들의 서명도 받기 불가능했다. 8월 29일 당일 내각 대신들의 움직임에 대한 자료는 없지만 8월 22일 병합늑약 조인 뒤 이완용을 비롯한 각부 대신들이 "자기 집에서 문을 잠그고 숨어있었다"고 했듯이[39] 병합 사실이 공포되는 이 날 역시 예상할 수 없는 상황에 대비

---

38 『1910年 韓國强占資料集』, 32쪽.
39 「重要問題와 各大臣」, 『皇城新聞』, 1910.8.24.

하여 이완용 등은 자기 집에서 숨어있었을 것이다. 이런 상황에서 정상적으로 이완용을 비롯한 모든 대신들의 서명을 받는 것도 시간적으로 불가능했을 것이다.

결국 통감부에서는 8월 29일까지도 병합 「칙유」에 대한 순종황제의 재가를 압박하다가 끝내 뜻을 이루지 못하자 오전 11시 공포 시간에 쫓긴 내각총리대신 이완용과 통감 사이에 「칙유」 승인 절차를 지급 처리한 뒤 통감부에서 보관하고 있던 어새만 찍어 황급히 공포했던 것이다.

3. 비준서를 대신한 병합 「칙유」

병합 「칙유」와 관련한 마지막 의문은 이 「칙유」가 병합늑약의 비준서를 대신하는 것인가 아니면 병합 사실을 알리는 일반적인 황제의 포유문인가 하는 문제이다. 전자라면 앞의 1·2절에서 검토했듯이 병합 「칙유」가 '날조'된 것이 분명하기 때문에 결과적으로 순종황제가 비준을 거부한 것이 되어 병합늑약은 불법으로 성립될 수 없다. 반면 후자라면 날조된 「칙유」가 병합늑약의 불법을 직접 증명하는 것이라고 하기에는 한계가 있다.

병합 「칙유」가 비준서를 대신하는 것이 아니라 단지 '병합에 대한 황제의 유지'라는 주장은 병합늑약의 '사전 승인 조항'에 근거를 두고 있다. 즉 "한국 통치를 전부, 짐이 가장 신뢰하는 대일본제국 황제폐하에게 양여할 것을 결정했다"는 전권위원 위임장과 "본 조약은 한국 황제폐하 및 일본국 황제폐하의 재가를 거친 것이니 공포일로부터 이를 시행함"이라는 병합늑약 제8조에 의해 병합늑약은 이미 양국 황제가 사전 승인 즉 재가를 한 것이기 때문에 별도로 비준서를 교환할 필요가 없다는 것이다.[40]

병합늑약의 사전 승인 조항은 "조약문의 어떤 내용도 비준 이전에는 효력을 가질 수 없는 것이므로 조약문에 이렇게 재가 사실을 미리 명시하는 것은 넌센스"이며[41] 1876년 강화도 조약 이래 일본이 한국과 체결한 이전의 어떤 조약에서도 이런 경우가 없었을 뿐만 아니라 국제조약사에서도 유례가 없는 사례이다. 여기서 문제는 이런 유례도 없는 사전 승인 조항을 왜 일본은 병합늑약의 제8조에 명기했는가 하는 점이며, 이것이 8월 29일 공포된 일본황제의 조서 및 순종황제의 병합「칙유」와 어떤 관계가 있는가 하는 점이다. 이것을 분명히 밝힌다면 병합「칙유」의 성격도 분명해질 것이다.

사전 승인 조항과 관련하여서는 당시 병합준비위원회 등에 직접 참여했던 통감부 외사국장 고마츠 미도리(小松綠)의 증언이 주목된다. 다소 길지만 인용하면 아래와 같다.[42]

국제조약에 대한 원수의 재가는 보통의 경우라면 조인 후에 주청해야 할 수속이지만 병합조약은 조인 전에 이미 융희제의 재가를 얻어 완료했던 것이다. 보통의 경우라면 먼저 전권위원이 임명되면서 조약체결의 담판에 착수함, 이들 위원이 축조 심의 뒤 조인을 완료함, 이후부터 형식적 비준을 주

---

40 海野福壽, 앞의 논문(2001), 174~175쪽.
41 이태진, 「韓國倂合은 성립하지 않았다」, 앞의 책(2001), 58쪽.
42 小松綠, 『韓國倂合之裏面』, 中外新論社, 1920, 180~181쪽.

청하는 순서가 되는 것이다. 그러나 병합조약과 같이 중대한 조약을 체결하는 경우 내정된 조약안을 먼저 원수의 叡覽에 供하는 것뿐만 아니라 원수에서 내각대신 이외의 황실 원로에게까지 자문을 받아야 할 기회를 주었던 것은 극히 정중한 수속이었다. 이것은 원수 자신의 통치권 수수에 관한 조항을 포함한 조약이었기 때문에 이런 특별한 수속을 밟도록 한 것이다.

고마츠에 따르면 국제조약은 조인 후에 재가를 받는 것이 정상적 수순인데 병합늑약은 '조인 후에 비준을 주청하는 형식적 수속'을 생략하기 위해 사전 승인 조항을 둔 것이라고 했다. 그 이유는 병합늑약이 통치권 양여와 같은 중대한 조약이기 때문에 비준권자인 순종황제의 叡覽 뿐만 아니라 내각대신, 황실 원로들에게 자문을 받을 기회를 주기 위한 특별한 배려였다는 것이다. 고마츠의 이 증언은 순전히 병합늑약의 불법성을 합리화하기 위한 억설에 지나지 않는다. 왜냐하면 일본이 이런 '정중한 수속'을 배려하지 않아도 한국의 의정부 관제나 중추원 관제 등의 규정을 보면 조약안은 내각회의를 거쳐서 중추원의 자문을 거친 뒤 황제의 재가를 받도록 되어 있기 때문이다. 사전 승인 조항이 국제조약에서 흔히 있는 '보통의 경우'는 아니라는 고마츠의 증언에서 일본도 사전 승인 조항에 문제가 있음을 처음부터 인정하고 있었음을 확인할 수 있다.

우선 고마츠의 증언이 사실과 다르다는 것은 병합늑약 제8조가 수정되는 과정을 보면 알 수 있다. 데라우치는 8월 14일 병합늑약안의 1차 수정안을 본국에 보고했다. "서울에서 협정할 병합조약 중 실제의 사정에 비추어" 전문과 제5·6·8조를 부분 수정했다. 이 가운데 제8조를 보면, "본 조약은 조인에 앞서 일본국 황제폐하와 한국 황제폐하

의 열람에 供하여 모두 재가를 거친 것으로"라는 초안을[43] "본 조약은
미리 일본국 황제폐하와 한국 황제폐하의 재가를 거친 것으로"로 수정
했다.[44] 수정의 핵심 내용은 "열람에 供하여"라는 부분이다. 고마츠가
증언에서 강조한 "순종황제의 叡覽"이 실제 조약안에서는 반대로 삭
제하는 것으로 수정되었다. 왜 삭제했을까?

데라우치의 「한국병합시말」에 따르면 순종황제가 병합늑약안을
'열람'이든 '예람'이든 미리 받아본 적이 없다. 단지 조인에 앞서 열린 8
월 22일 어전회의에서 이완용이 "휴대한 바 있는 조약안을 상람하여
일일이 설명"했을 뿐이다.[45] 대신 데라우치는 8월 16일 이후 이완용과
농상공부대신 조중응을 통해서, 때로는 내각대신과 중추원의장 등을
자신이 직접 불러서 병합을 설득한 것으로 되어 있다. 즉 8월 22일 어
전회의 직전까지 순종황제에게 병합늑약안을 '열람'할 기회를 전혀 주
지 않았던 것이다. 제8조의 수정 이유는 바로 여기에 있었던 것이다.

한편 운노는 병합늑약의 제8조는 8월 17일에 데라우치가 고무라 앞
으로 보낸 원안("본 조약은 일본국 황제폐하 및 한국 황제 폐하의 재가를 거쳐 공
포일로부터 시행한다")에 대하여, 고무라가 그대로는 "조약은 전권 위임을
가지지 않고 조인된 것 같은 형식으로 된다"라고 생각하고 공포 전에
각국에 조인이 끝난 조약을 통지한 관계상 한일 "양국 황제의 재가를
거친 것인지 아닌지, 조약면에서 명료하게 되어 있지 않으면 불편이 적

---

43 「詔勅條約宣言案」, 일본국립공문서관, JACAR(アジア歷史資料センター)
   RefA03023679200, 公文別錄·韓國併合二關スル書類·明治四十二年~明治四十三
   年, 第一卷.

44 「併合二關シ寺內統監ヨリ小村外務大臣宛電報應答ノ件」, 일본국립공문서관,
   JACAR(アジア歷史資料センター) RefA03023679200, 公文別錄·韓國併合二關スル
   書類·明治四十二年~明治四十三年, 第一卷.

45 『1910年 韓國强占資料集』, 34쪽.

지 않다"라는 지적에 기초하여, 조인 4일 전인 8월 18일 데라우치에게 수정을 지시한 것이라고 했다.[46] 즉 운노는 제8조의 사전 승인 조항을 8월 18일 고무라의 지시에 의해 데라우치가 수정한 것으로 이해했다.

그러나 제8조의 사전 승인 조항은 고무라의 지시에 의해 수정된 것이 아니라 7월 8일 열린 일본 내각에서 결의된 조약안 초안 때부터 있었다.[47] 초안의 제8조에는 "본 조약은 조인에 앞서 일본국 황제폐하 및 한국 황제폐하의 열람에 供하여 그 재가를 거친 것으로 하고 조인일로부터 곧바로 효력을 가지는 것으로 함"이라고 되어 있었다.[48] 이 초안을 제1차로 수정한 것이 8월 14일이다. 즉 데라우치는 8월 14일 전보 제27호로 한국에서의 '실제의 사정'을 이유로 제8조 원안에서 "조인에 앞서 일본국 황제폐하 및 한국 황제폐하의 열람에 供하여"라는 부분을 삭제하고 "본 조약은 미리 일본국 황제폐하 및 한국 황제폐하의 재가를 거친 것으로"로 고친 수정안을 보고했고,[49] 바로 다음날인 8월 15일 고무라는 전보 제44호로 "貴電 제27호 조약안에 관한 수정의 제 점에 대해 강구를 마친 바 우리 측에서는 이에 대해 하등 異가 없음"이라고 답변했다.[50]

이후 조약안 제8조에서 문제가 된 것은 조약의 발효 시점 문제였다.

---

46 운노 후쿠쥬, 정재정 옮김, 앞의 책(2008), 488~489쪽.

47 日本外務省 編, 『小村外交史』, 原書房, 1966, 845쪽. 운노는 8월 17일 데라우치가 고무라에게 보고한 "본 조약은 일본국 황제폐하 및 한국 황제 폐하의 재가를 거쳐 공포일로부터 시행한다"를 조약 '원안'이라고 했는데 이것은 원안이 아니라 이미 두번째 고쳐진 수정안이다.

48 "第八條 本條約ハ調印ニ先テ日本國皇帝陛下及韓國皇帝陛下ノ閲覽ニ供シ其ノ裁可ヲ經タルモノニシテ調印ノ日ヨリ直ニ效力ヲ有スルノトス."(「詔勅條約宣言案」, 일본국립공문서관, JACAR(アジア歴史資料センター) RefA03023679200, 公文別錄・韓國併合ニ關スル書類・明治四十二年~明治四十三年, 第一卷).

49 "四 第八條 「調印」迄ヲ左ノ通改ム 本條約ハ豫ノ日本國皇帝陛下及韓國皇帝陛下ノ裁可ヲ經タルモノニシテ云云"(「電報 第27號」(寺内統監 → 小村外務大臣), 주 44)와 같음).

50 「電報 第44號」(小村外務大臣 → 寺内統監), 위와 같음.

데라우치는 8월 15일 조약 조인과 공포 사이에 일주일의 시간이 필요한 문제와 관련해서 "조약안 제8조에는 조인일로부터 곧바로 효력을 가짐을 공포일로부터 효력을 낳는 것으로 고치겠다"는 의견을 보고했다.[51] 이에 대해 고무라는 "공포일로부터 효력을 발생케 하는 것은 시비가 필요한데 조약안 제8조는 그 의미로써 상당 수정된 것"이라고 하였다.[52]

이렇게 하여 8월 20일 데라우치가 재가를 요청한 최종 수정안의 제8조를 보면, "본 조약은 일본국 황제폐하 및 한국 황제폐하의 재가를 거친 것이니 공포일로부터 이를 시행함"이라고 되어 있고[53] 이것은 8월 22일 조인된 병합늑약 제8조와 똑같다. 이 최종안과 수정 과정을 비교해 보면, 우선 사전 승인 조항은 8월 15일 데라우치가 요청한 수정안에서 '미리'만 삭제한 그대로 확정되었고, 조약의 발효 시점 문제도 8월 16일 데라우치의 수정 제안 즉 '공포일로부터 효력을 낳게 함'을 '공포일로부터 이를 시행함'으로 문장을 다듬는 정도에서 확정되었다.

정리하자면 운노가 고무라가 지시했다고 한 '양국 황제의 재가를 거친 것인지 아닌지 명료하게' 하라고 한 부분은 조약안 수정 과정에서 사전 승인 조항을 새롭게 첨가한 것이 아니라 애초 조약안 초안 제8조에 있던 사전 승인 조항의 문장을 다듬어서 순종황제의 재가 사실이 명료하게 하도록 강조한 것이다.

또한 병합늑약의 제8조 사전 승인 조항을 수정하면서 "조인에 앞서" "열람에 供하여"를 삭제한 것은 곧 순종에게 병합늑약안을 미리 예람

---

51 「韓國併合條約ノ調印後速急公ノ必要及條約發效日ニ關スル件」, 『日本外交文書』第43卷 第1冊, 677쪽.
52 「日韓條約ノ公布日及條約ノ發效日ニ關スル件」, 『日本外交文書』第43卷 第1冊, 677쪽.
53 "第八條 本條約ハ日本國皇帝陛下及韓國皇帝陛下ノ裁可ヲ經タルモノニシテ公布ノ日ヨリ之ヲ施ス." (「韓國併合條約案御裁可奏請ノ爲全文電報ノ件」, 『日本外交文書』第43卷 第1冊, 679~680쪽).

시킬 수 없는 이유가 있었음을 의미한다. 그것은 데라우치가 병합늑약안의 수정 이유로 제시한 '실제의 사정' 즉 그가 7월 23일 한국에 통감으로 부임한 뒤 '한국의 상하를 은밀히 조사, 관찰'하는 과정에서[54] 순종황제가 병합을 반대 내지 거부한다는 사실을 인지한데 있었다. 때문에 수정된 제8조는 단순히 문장을 다듬는 차원이 아니라 순종황제가 조약안을 사전에 열람하고 공개적으로 이를 거부할 경우 초래될 상황을 사전에 예방하려는 조처였다. 더구나 을사늑약의 체결 과정에서 고종의 거부로 국내외적 어려움을 겪었던 일본으로서는 병합늑약의 체결에도 혹시 있을지 모르는 이런 상황에 미리 대비할 필요가 있었던 것이다.

아래 〈자료 9-1·2〉[55]는 병합늑약 제8조에 사전 승인 조항을 둔 이유가 순종의 반대 내지 거부를 염두에 둔 것이라는 사실을 잘 보여준다. 〈자료 9-1·2〉는 8월 29일 공포될 일본황제 조서의 두 가지 초안이다. 〈자료 9-1〉은 '조약 체결 없는 경우의 조칙안'이고 〈자료 9-2〉는 그 반대인 '조약 체결이 될 경우의 조칙안'이다. 이 두 조칙 초안 역시 데라우치가 통감 부임을 위해 도쿄를 떠나기 직전 열린 7월 8일 각의에서 병합늑약 초안과 함께 결정되었다. 이 두 종류의 조칙 초안은 무엇을 의미하는가?

일본은 데라우치를 통감으로 한국에 파견하면서 병합의 형식으로 '조약 체결에 의한 병합'과 '조약의 체결 없는 일방적 선언에 의한 병합'이라는 두 가지 방안을 준비하고 있었음을 뜻한다. 다시 말하면 데라

54　『1910年 韓國强占資料集』, 26쪽.

55　「詔勅條約宣言案」, 일본국립공문서관, JACAR(アジア歷史資料センター) RefA03023679200, 公文別錄·韓國併合ニ關スル書類·明治四十二年~明治四十三年, 第一卷.

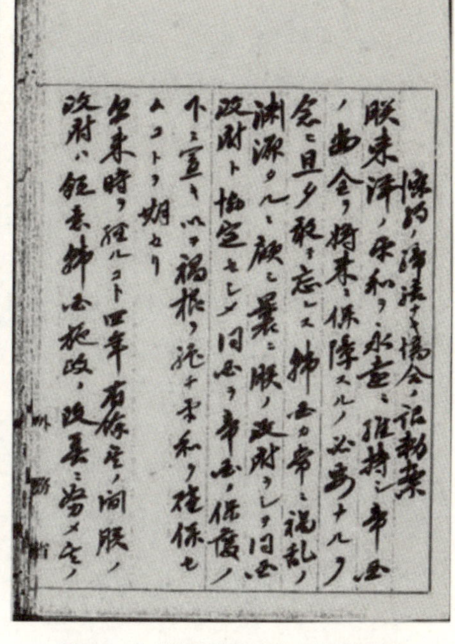

〈자료 9-2〉 (조약을 체결할 경우의) 詔勅案

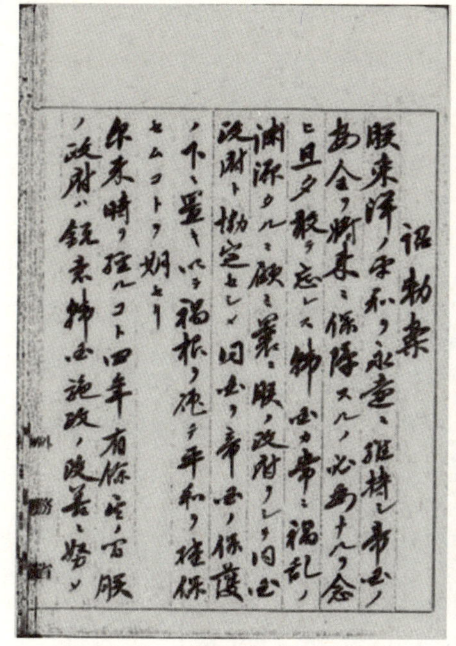

〈자료 9-1〉 條約의 체결이 없는 경우의 詔勅案

우치가 병합 실행의 임무를 띠고 통감으로 부임한 뒤 한국의 사정을 고려하여 여의치 않으면 조약 체결 없이 일방적 선언을 통해 병합을 단행할 수도 있다는 것이다. 데라우치가 8월 16일 통감 관저로 이완용을 불러 병합을 설득하면서 "병합의 일은 고금의 역사에 비추어 보건대 그 예가 적지 아니하며 혹은 위압으로써 이를 단행하거나 혹은 선언서를 공포하여 협약을 하지 않는 일도 있다." "그러나 일한은 종래 관계를 고려하여 (⋯중략⋯) 그 형식은 합의적 조약으로써 서로의 의사를 표시하는 것이 타당하다"고[56] 한 말은, 이런 두 가지 상황을 염두에 둔 것이었다.

---

[56] 『1910年 韓國強占資料集』, 26~27쪽.

일본은 이런 두 가지 병합의 실행 방식을 1909년 7월 각의에서 병합 방침을 결정할 때부터 염두에 둔 것이었다. 7월 하순 가츠라가 작성한 병합 방침 '대강'에 따르면 병합 방식은 "제국 정부와 한국 정부 사이에 하나의 조약을 체결하고, 한국의 뜻에 따르는 형식에 의해 병합을 실행하는 것이 가장 온당한 방법이라 하겠지만, 만일 이 방법에 의해 그것을 실행할 수 없을 경우에는 우리의 일방적인 행위에 의해 제국 정부에서 한국에 대한 병합을 선언하도록" 한다는 것이었다.[57] 이런 두 가지 병합 방법을 강구하면서도 일본은 병합의 일방적 선언보다는 조약 체결에 의한 병합을 선호했다. 왜냐하면 "선언에 의한 병합을 강행한 경우 국제적 승인을 얻을 수 있다는 보증이 없었"기 때문에[58] 조약에 의하되 가능하면 이완용 내각이나 순종황제가 스스로 병합을 청원하는 모양새를 갖추고자 했다. 이것은 한국 황제가 '통치권을 완전하고도 영구히 일본황제에게 양여'한다는 병합늑약의 제1조와 일본황제는 한국 황제의 "양여를 수락"한다는 제2조, 즉 '순종황제의 양여—일본황제의 수락'이라는 인위적 설정에서 확인할 수 있다.

결국 일본은 순종황제가 병합을 반대할 경우를 상정하고 이에 대한 방안으로 두 가지 병합의 실행 방안을 결정하고 각각에 따른 조칙 초안을 준비했다면, 병합늑약안 제8조의 사전 승인 조항은 이완용과 병합늑약을 조인하더라도 최종적으로 순종황제가 비준을 거부할 경우를 대비한 사전 조처 가운데 하나였던 것이다.

사전 승인 조항이 순종황제의 반대를 예상한 조처였듯이 일본의 우려대로 순종황제는 병합을 거부했고 이것은 '통치권의 양여—수락'이

---

57 德富猪一郎 編著, 『公爵桂太郎傳』 坤卷, 故桂公爵記念事業會, 1917, 460~463쪽.
58 운노 후쿠쥬, 정재정 옮김, 앞의 책(2008), 437쪽.

라는 병합 구도에 결정적 걸림돌이 되었다. 고마츠가 사전 승인 조항을 설명하면서 "국제조약에 대한 원수의 재가는 보통의 경우라면 조인 후에 앙청해야 할 수속"이라고 했듯이 일본 스스로도 국제조약사에서 유례도 없는 사전 승인 조항만으로는 여전히 국제적 승인을 얻는데 부담을 느꼈던 것이다. 그렇다고 제8조가 있는데 또다시 비준 절차를 밟는다는 것은 스스로 모순을 드러내는 것일 뿐이었다. 때문에 일본은 사전 승인에 따른 비준 생략의 문제점을 대신할 사후적 조처가 필요했고 그 방안이 곧 양국 황제의 조칙 선언이었다.

이것은 1910년 8월 29일 공포된 일본황제의 「조서」가 이미 1년여 전에 일본 내각에서 결정된 사실에서 짐작할 수 있다. 일본 각의는 1909년 7월 6일 한국을 '적당한 시기에 병합'하기로 결정하고 재가를 받았다. 그리고 7월 하순 고무라 외무대신은 "병합이 실행될 경우 취해야 할" 세목으로서 '제1 병합 선포', '제2 한국 황실 처분', '제3 한반도 통치', '제4 대외 관계' 등 4개항을 가츠라에게 제시했다. 이 가운데 8월 29일 공포된 일본황제의 조서와 관련된 것이 '제1 병합 선포'이며 그 내용은 다음과 같다.[59]

₅₉ 日本外務省 編, 『小村外交史』, 原書房, 1966, 841~842쪽.
第一 倂合宣布
一. 倂合實行ノ際ニハ特ニ詔勅ヲ發シ倂合ノ事實ヲ內外ニ宣布ヒラレ倂セテ左ノ事實ヲ宣明セラルノコト.
(イ) 倂合ヲ實行スルノレムヲ得サルニ至リタル事由.
(ロ) 東洋永遠ノ平和ヲ維持シ帝國ノ安固ヲ確保シ倂セテ韓民益韓半島ニ於ケル外國人ノ康寧ヲ增進スル爲倂合ノ必要ナルコト.
(ハ) 半島ニ於ケル外國人ノ權利ハ倂合ニ依リテ生ミタル新事態ト兩立スヘカラサルモノヲ除クノ外帝國政府ニ於テ十分之ヲ保障スヘキコト.
二. 右詔勅ニ於テハ尙韓半島ノ統治ノ全然天皇大權ノ行動ニ屬スル旨ヲ示サレ以テ半島ノ統治力帝國憲法ノ條章ニ遵據スルヲ要セサレコトヲ明ニシ後日ノ爭議ヲ豫防スルコト.

제1 병합 선포

一. 병합 실행에 즈음해서는 특히 조칙을 발하여 병합 사실을 내외에 선포함과 아울러 아래 사실을 선언하여 밝힐 것.

(1) 병합을 실행할 수밖에 없게 이른 사유

(2) 동양 영원의 평화를 유지하고 제국의 安固를 확보하고 아울러 한국민과 한반도에서의 외국인의 강녕을 증진하기 위해 병합의 필요함.

(3) 반도에서의 외국인의 권리는 병합에 의해 발생하는 신사태와 양립할 수 없는 것을 제외하고는 제국정부에서 충분히 이를 보장할 것임.

二. 右 조칙에서는 한반도의 통치는 전연 천황 대권의 행동에 속한다는 뜻을 표시함으로써 반도의 통치가 제국 헌법의 조장에 준거할 필요가 없음을 분명히 하여 후일의 쟁의를 예방할 것.

고무라가 병합 실행 시 취해야 할 구체적 방침으로 제시한 첫째 방침에서 주목되는 것이 "병합 실행에 즈음해서는 특히 조칙을 발하여 병합 사실을 내외에 선포"하고 아울러 그 조칙에 (1) · (2) · (3) 3개항을 "선언하여 명확히 할 것"을 제시했다. 8월 29일 일본황제의 조서는 바로 이 방침에 의해 공포된 것이며 실제 (1) · (2) · (3) 3개항의 내용은 조서에 그대로 반영되었다. 따라서 일본황제의 조서는 조약에 의한 병합이든 아니면 선언에 의한 것이든 병합 사실을 대내외에 기정사실화하기 위한 것으로써 비준 행위에 준하는 정치적 의미를 내포하는 것이다.

이와 같은 의미를 갖는 일본황제의 조서 공포는 이미 1년 전 각의에서 계획된 것이었다. 그런데 8월 22일 병합늑약을 조인한 뒤 이완용과 데라우치가 서명한 「각서」에서 일본황제만이 아니라 한국황제도 조칙을 동시에 공포하기로 약속했다. 왜 일본은 한국 황제에게도 조칙 공포를 강요했을까? 그것은 8월 29일 일본이 작성하여 공포한 순종황제의 「칙유」 내용, 즉 "한국의 통치권을 從前으로 親信依仰하던 隣國 대일본황제 폐하께 양여"한다고 하여 마치 한국 황제가 자발적으로 병합을 청원한 것처럼 '위장'한데서 분명해진다. 이것은 곧 "한국 통치를 擧하여 此를 짐이 극히 신뢰하는 대일본황제 폐하께 양여"한다는 전권위원 위임장과 병합늑약 제8조의 사전 승인 조항을 뒷받침하는 것이다. 즉 일본은 이 「칙유」를 통해 순종황제가 병합을 스스로 청원하고 일본황제가 이를 받아들였다는 사실을 대내외적으로 공포함으로써 사전 승인 조항에 의한 비준 절차의 결함을 보완하려고 했던 것이다.

결국 8월 22일 「각서」에 의해 동시에 공포된 일본황제의 조서와 순종황제의 병합 「칙유」는 그 정치적 의미가 같을 수밖에 없다. 그것은 한국 병합이 '양여와 수락'이라는 일본의 계획을 대내외적으로 선전하는 것이고 다른 한편으로는 비준 없이 사전 승인 조항만으로는 국제적 승인에 부담감을 느낄 수밖에 없었던 병합늑약의 불법성 즉 결여된 비준 절차를 대신하려는 것이었다. 따라서 병합 「칙유」는 운노의 주장처럼 단순히 병합에 대한 황제의 뜻을 알리는 그런 칙유가 아니라, 사전 승인 조항을 보완할 목적에서 고안한 비준서에 준하는 것으로 계획되었음을 알 수 있다.

맺음말

　본고에서는 병합늑약의 불법성과 관련하여 제기된 여러 쟁점 가운데 하나인 순종황제의 병합 「칙유」를 중심으로 칙유의 문서 형식, 조칙이 칙유로 변한 이유 그리고 「칙유」 선언의 배경과 그 의미를 차례로 고찰했다.

　칙유의 형식과 관련하여 1895년 이후 고종의 칙유에서 1907년 9월 순종의 첫 칙유에 이르기까지 칙유는 기본적으로 '어새 · 부서'의 형식을 갖추고 있었다. 또 1907년 11월 18일 일본이 일본식 공문 서식을 강요한 이래 순종의 칙유는 '어명 · 어새 · 부서'의 형식으로 변화했다. 따라서 '어새'만 찍힌 병합 「칙유」는 1907년 11월 18일 이전과 이후 어느 쪽의 공문 서식과도 같지 않았다. 또한 8월 22일 양국 황제가 조칙을 동시에 공포하기로 했던 각서에 따라 공포된 일본황제의 조서(어명 · 어새 · 부서)와도 크게 달랐다. 이런 점에서 8월 29일의 병합 「칙유」는 대한제국의 칙유 형식은 물론 일본 정부가 강요한 공문 서식과도 같지 않은 정체불명의 공문 서식인 것이다. 따라서 병합 「칙유」는 이를 작성한 일본이 '날조'했다는 것 외에는 달리 설명할 방법이 없는 것이다.

　병합 「칙유」가 이런 정체불명의 것이 된 까닭은 8월 22일 「각서」에서 약속한 조칙, 그리고 8월 27일 데라우치가 고무라 외무대신에게 수정 보고한 '한제조칙문'처럼 원래 조칙이었던 것이 8월 29일 공포 직전에 '칙유'로 돌변한데 있었다. 통감은 8월 27일 순종황제의 재가를 전제로 '어명 · 어새 · 부서'가 있어야 하는 정상적인 조칙을 준비했으나 순종의 거부로 끝내 재가를 받지 못하자 결국 8월 29일 급히 자신들이 소유한 어새를 찍고 조칙 대신 칙유를 공포했던 것이다. 이런 '다급한 상황'은 칙유 공포 당일인 8월 29일 내각총리대신 이완용이 통감에게 칙유의 승인을 요청한 비밀 조회 제409호에 있는 '지급'이란 붉은 도장에서 확인할 수 있다.

그리고 병합 「칙유」는 단지 병합에 관한 황제의 뜻을 알리기 위한 포유문이 아니라 국제조약사에서도 유례가 없는 사전 승인으로 이루어진 병합에 대한 국제적 승인의 부담감을 해소하기 위한 대안으로 마련된 것이었다. 이것은 8월 14일 데라우치가 조약문 제8조의 사전 승인 조항에서 순종황제에게 조약안을 열람시킨다는 부분을 삭제한 이유인 '실제의 사정'이나 또 일본황제의 조칙으로 병합 사실을 내외에 선포한다는 병합 방침과 직접 연관된 사실에서도 확인할 수 있다. 이런 모든 사실은 1910년 8월 29일 오전 11시 동시에 공포한 순종황제의 「칙유」와 일본황제의 조서가 그대로 증명해 준다. 8월 22일 각서에 의해 같은 목적으로 동시에 공포하기로 양국 황제의 조칙의 성격과 형식에 차이가 있을 수 없기 때문이다.

이상과 같은 사실에서 순종황제의 병합 「칙유」는 순종황제의 반대 속에서 결국 일본이 '날조'한 것이며 또한 사전 승인 조항만으로는 국제적 승인을 보장받기 곤란한 점 즉 '비준 결여'의 문제를 보완할 목적에서 계획되고 공포된 것이었다. 때문에 병합 「칙유」에 비준서와 같은 정치적 의미가 부여되어 있었던 것이다. 이런 점에서 원래 일본이 의도한 조칙이 아니라 '날조'된 병합 「칙유」를 공포한 것은 결국 순종황제의 비준을 받지 못한 것이다. 이런 사실은 '병합을 인준하지 않았다'고 궁내대신 조정구에게 구술했다고 한 순종황제의 유조가 역사의 진실임을 뒷받침하는 것이다. 또한 「칙유」의 날조는 병합을 반대하는 순종의 의사에 反한 역사적 증거이며, 날조된 「칙유」를 공포하여 병합을 기정사실화한 것은 결과적으로 국제법에서 조약을 무효로 규정한 '국가 대표에 대한 강박'에 해당하는 것이다.

결론

필자 후기

'책을 내면서'에서 첫 시작이 "벌써 1년이 지나 갔지만 작년이 '한일 병합' 100년이 되는 해였다"였다면, '100년 전의 기억, 대한제국' 전시회를 기획·총괄하면서 짊어지게 된 짐을 벗는데 '무려' 1년이 걸렸다. 그 1년은 마치 어지럽게 뒤 섞인 퍼즐 조각을 하나하나 맞추듯이 여기저기 흩어져 있는 병합늑약의 진실을 찾아 가는 과정이었다.

일제가 '한국병합'의 방침을 세우면서 내세운 기본 이념은 "한반도의 통치는 천황 대권의 행동에 속하고" "반도의 통치는 제국 헌법의 조장에 준거할 필요가 없다"였다. 이것이 불법적 강제 병합의 출발이자 끝이었다. 이후 일제가 추진한 병합 방침과 병합 후 한국 통치에 필요한 구체적 방안들이 모두 여기에서 나왔다. 이런 일본의 출발에 힘을 더해 준 나라가 서구 열강이었다. 미국, 영국, 러시아 등 한 때 '한국의 독립을 보장했던' 서구 열강은 유럽과 만주에서 자기 밥그릇을 챙기고 숨이 넘어가는 한반도에서조차 자기 잇속을 챙기는 대가로 일본의 '한국병합'을 눈감아 주었다.

　‘한국병합이 천황 대권의 행동에 속한다’는 것은 곧 국내외의 어떤 간섭도 없이 자기 마음대로 한국을 병합하겠다는 것이고, ‘반도 통치에 제국 헌법을 적용치 않는다’는 것은 곧 병합늑약에서 약속한 “한국민의 복리 증진” 운운한 것이 새빨간 거짓이란 것이다. 그러면서도 일제는 인종차별주의를 뒤로 감춘 채 ‘문명’의 가면을 쓰고, 스스로 불법을 저지르면서도 ‘합법’을 가장하려고 했다. 병합의 최선의 방안으로 ‘정식 순서에 의한 합의적 조약’을 강조한 것이 그것이다.

　일제는 비록 이완용 친일 내각을 ‘꼭두각시’ 놀리듯 하며 ‘합법적 모양새’를 갖추려고 했지만 불법의 ‘역사적 흔적’을 모두 숨길 수 없었다.

　병합 단행의 임무를 띠고 통감으로 부임한 현직 육군대신이자 통감인 데라우치는 서울에 부임하기 전에 악명 높은 헌병경찰제를 실시하고 일본군을 서울에 집중 배치하여 계엄 상태를 유지하였다. 또한 그는 ‘내각변동설’을 흘려 친일 내각을 뒤 흔드는 한편 서로 정적인 이완용과 송병준을 이용하여 병합 충성의 경쟁을 시켜 자신들이 구상한 최선의 병합 방안 즉 조약을 통해 병합을 하되 한국이 병합을 청원하고 일본이 이를 수락하는 모양새를 갖추려는 계략을 꾸몄다.

　이것은 ‘합의적 조약’을 내세워 국제적 승인을 받는 한편 한국민의 저항을 무마하려는 속셈이었지만 더욱 중요하게는 을사늑약의 경험을 되풀이 하지 않겠다는 것이었다. 을사늑약 체결 당시 고종황제는 이토가 요구한 전권위임을 거부하고 국내법을 들어 내각 합의를 강조했고 당시 의정부 참정 한규설의 반대에 부딪혀 결국 일본은 ‘협약’으로 불법 체결했다. 이후 을사늑약은 안팎의 무효 주장으로 어려움을 겪었던 것이다. 일제는 병합늑약 체결에서는 이런 경험을 되풀이 하고 싶지 않았던 것이다.

그러나 데라우치가 이완용에게 강조한 '합의적 조약'은 그 첫 단추부터 잘못 끼워졌다. 8월 18일 데라우치가 제시한 병합의 합의를 위해 열린 내각회의에서 학부대신 이용직이 반대하여 내각 합의가 실패했다. 그러자 이완용과 데라우치는 을사늑약의 경험을 우려하여 이용직을 이후 병합 논의에서 아예 배제하는 비열한 짓조차 서슴치 않았다.

데라우치는 순종황제가 병합에 반대한다는 사실을 알고 전권위원 위임장의 발급을 위해 순종황제의 지근거리에 있던 시종원경 윤덕영과 황후의 아버지인 윤택영을 돈으로 매수하여 국새를 훔쳐 자신들이 작성한 '이완용을 전권위원으로 임명하는 위임장'에 국새를 찍게 했다. 그러면서 이 위임장이 합법적임을 가장하려고 병합늑약이 조인된 8월 22일 당일, 이완용과 데라우치는 이 위임장을 조회·승인한 절차의 문서를 남겼다. 하지만 '지급'이란 붉은 도장이 찍힌 이 문서는 오히려 순종황제의 전권위임장 재가 거부를 알리는 '퍼즐 조각'으로 남게 되었다.

그로부터 1주일이 지난 8월 29일 일본황제는 조서를, 순종황제는 칙유를 공포하여 대내외에 병합 사실을 선포하였다. 이 행위는 일제가 병합조약 제8조에 국제조약사에도 유례가 없는 '사전 승인 조항'을 두고도 절차상 결여된 비준 행위를 대신하기 위한 것이었다. 8월 29일 양국 황제의 조칙 및 칙유 공포는 8월 22일 이완용과 데라우치가 병합늑약을 조인한 후 각서를 작성하여 약속한 것이다. 이 약속은 1909년 7월 이후 일제가 '병합은 반드시 조칙으로 대내외에 선포한다'는 병합 방침에 의한 것이었다.

그래서 데라우치는 8월 27일 자신들이 직접 작성한 순종황제의 조칙문을 "27일 순종황제의 재가를 받아 29일 공포하겠다"고 했다. 그러나 순종황제의 재가 거부로 29일 공포된 것은 조칙이 아니라 칙유였다. 이 날 공포된 순종황제의 칙유는 '한국식'도 '일본식'도 아닌 완전 '돌연변이'로서 일제가 '날조'한 칙유였다. 병합늑약의 비준서에 준하는 순종황제 칙유의 날조는 곧 순종황제의 병합 비준 거부인 것이다.

데라우치는 여러 경로를 통해 8월 29일 직전까지 순종황제를 압박하다가 공포 시간에 쫓기자 자신들이 작성한 칙유문에 통감부가 가지고 있던 순종황제의 어새를 찍어 공포했던 것이다. 이 역시 이 날짜로 이완용과 데라우치가 '지급'으로 주고받은 조회 · 승인 문서가 '날조' 사실을 밝혀 줄 '퍼즐 조각'으로 남았다. 그래서 순종황제는 1926년 4월 붕어 직전 궁내대신 조정구에게 '병합은 강린과 역적 무리들이 제멋대로 한 것이고 자신이 인준한 바가 없다'는 유조를 남겨 병합이 자신의 의사와는 상관없는 불법임을 천명했던 것이다.

이런 사실은 불법의 '역사적 흔적'으로 남겨진 여러 퍼즐 조각을 맞춘 결과 더욱 분명해 졌다. 예컨대 '전권위원 위임장', '한일 양국어로 된 조약문', '각서' 등 8월 22일자의 병합늑약과 관련된 4개문서가 모두 한 사람의 필적이었고, 그 필적의 주인공은 통감부 통역관이면서 한국 고전과 고어에 능통하고 한글의 '달필'로 칭송받던 마에마 교사쿠였다. 한마디로 '북 치고 장구 치고'를 다한 일제의 이 행위를 두고 '합법'이라고 할 수 있는가?

이처럼 일제가 윤덕영을 매수하여 국새를 훔쳐 전권위원 위임장에 날인하게 한 것이나 당연히 한국 정부가 작성해야 할 전권위원 위임장이나 한국본 병합늑약을 일제가 작성하고 필사까지 한 것은 이 자체가 국제조약사에 유례가 없는 불법 행위이기도 하지만, 국제법상 조약 무효에 해당하는 명백한 '국가 대표에 대한 강박'의 전제에 해당하는 것이다. 즉 일제의 이같은 불법 행위는 국가간의 명시적 합의로서 그 본

질이 의사의 합치 즉 체결 주체의 자유 의사가 합치해야 한다는 원칙
을 근본적으로 위반한 것이다.

그리고 일제는 고종의 한미전기회사 투자금을 횡령한 이완용이 그
화를 면하려고 고종의 반일외교 활동과 함께 밀고한 '조남승어새위조
사건'을 조사하면서, 을사늑약 체결 뒤 고종이 일제에게 빼앗기지 않
으려고 조남승을 시켜 은닉했던 156종의 중요 문서를 압수했다. 이 문
서에는 조선·대한제국이 외국과 체결한 조약 원본과 고종이 을사늑
약의 무효화를 위해 외국 황제에게 보낸 친서, 자신의 측근에게 보낸
밀지 그리고 산업 관련 계약서 등이 포함되어 있었다. 데라우치는 이
문서를 병합에 저항할 지도 모를 고종황제를 압박하는 수단으로 이용
했다. 이 사건으로 정치적 위기에 몰린 고종은 결국 그동안 미루어오
던 러시아 망명 계획을 결심했지만 러시아가 이미 병합을 승인한 상태
였기 때문에 실현되지는 않았다.

이렇듯 명백한 병합늑약의 불법성에 대해 일본 정부와 학계 한편에서
는 이를 부정하고 '부당합법론'을 주장하고 있다. 그 대표적 일본 학자 가
운데 한 사람이 운노 후쿠쥬다. 그는 월간지 『세카이(世界)』를 통해 이태
진과 벌인 논쟁에서 "역사 인식과 역사학은 동일하지 않다. 역사학의 수
법은 먼저 사료에 표해진 개개 사실의 검증에 철저해야 한다. 이어서 검
증된 개개 사실의 역사적 의미를 인식하고 제 사실을 결부하여 체계화
하는 논리를 고구하고 최후로 논리가 관철하는 결론을 이끌어낸다"라
고 하며 역사적 사실에 대한 '실증'을 강조한다.[1] 역사학의 출발이 '실증'
에 있듯이 운노의 주장은 매우 타당하다. 그러나 '실증'은 역사 연구의 방

---

1 海野福壽, 「日朝國交交涉過去淸算－韓國倂合條約旧條約效力」, 『朝鮮史硏究會論文集』 41, 2004, 10쪽.

법이지 그 자체가 목적이 아니다. 그런 점에서 '가치 판단'을 배제한 '실증주의'는 경계해야 한다. 그가 자신의 입장이라고 밝힌 '부당합법론'이 이런 실증주의의 경계 안에 있는 것은 아닌지 성찰해 볼 필요가 있다.

운노는 자신의 입장에 대한 한국에서의 비판이 '합법'에 집중된 것에 대해 "그렇지만 오해하지 말았으면 한다. 합법이라 함은 일본의 한국병합이나 식민 지배가 정당하다는 것을 조금도 의미하지 않는다"라고[2] 하며 한국에서 자신의 진정성을 알아주지 않은데 대해 못내 아쉬워하는 것 같다. 또한 그는 '부당합법론'의 논리적 모순에 대한 비판에 대해 '부당'과 '합법'의 상관관계를 통해서 자신의 입장을 다시 한 번 강조한다. 즉 "합법성(legality)이란 이미 시인된 제 규정에 대한 형식적 합법성(적법성)이며, 정당성(legitimacy)은 국가의 권력 행사의 대상이 되는 사회의 가치에 근거한 것"이라며 보통의 국가에서는 합법성과 정당성이 통합되어 있지만 피지배·피통치자가 정당성을 내면적으로 거부했을 때 합법성과 정당성은 괴리된다는 것이다.[3] 일제의 '한국병합'은 합법적이었지만 식민 통치는 한국인으로부터 내면적 지지를 받지 못해 그 정당성을 잃어버렸다는 것이다.

운노의 이런 논거가 평상시 일국가의 문제가 아니라 강대국이 약소국을 침략하여 식민지로 삼던 제국주의 시대에 그대로 적용될 수 있는지 의문이지만 논점 자체가 잘못되어 있다. 병합늑약의 합법, 불법 문제는 일제 강점기의 문제가 아니라, 그 '합법'을 획득한 '과정'의 불법성을 묻는 것이다. 때문에 그 과정이 불법이었다면 그 결과물 역시 합법적일 수 없는 것이다.[4]

---

2 운노 후쿠쥬, 정재정 옮김, 『한국병합사연구』, 논형, 2008, 80쪽.
3 위의 책, 81쪽.

그리고 병합늑약이 당시 국제법의 기준에서 유효한가 무효한가 하는 것도 국제법 학자 사이에 쟁점 중의 쟁점이다. 사실 이 부분은 필자의 한계를 벗어난 것이기 때문에 집중적으로 다루지 못했다. 그렇다고 하더라도 국제법적 검토는 필요하다.

국제법적 관점에서 병합늑약의 쟁점이 되는 것은 주로 병합늑약 체결의 절차상의 결함이나 국가 대표 및 국가에 대한 강박이 당시 국제법에서 규정한 조약 무효의 기준에 해당하는가 여부이다. 지금까지 진행된 국제법 학자 사이의 논쟁에 의하면 많은 국제법 학자들이 '한국병합'이 당시 국제법적으로도 '불법'임을 입증하고 있다. 물론 이에 반대하는 견해도 있었다.

그러나 병합늑약의 불법성 여부를 가리는 기준이 되는 당시 국제법의 발생론적 관점에서 제기되는 문제에도 귀를 기울일 필요가 있다. "근대 유럽 이외의 지역에 확장된 유럽의 국제법, 그리고 한국병합 관련 조약 체결 당시의 유럽 국제법학자, 특히 법실증주의 국제법학자의 저서 속에 서술되고 있는 국제법이란 실제로는 제국주의적인 유럽 국가들의 편의에 따라 마음대로 조작된 법"이기 때문에 기존 논의는 "유럽 중심적이고 제국주의적 성격에 대한 비판이나 반성의 결여를 의미하며, 그러한 유럽 중심적이고 제국주의적인 성격을 은폐하는 기능을 수행할 수 있다"는 지적이 그것이다.[5] 제국주의 시대 제국주의 국가들이 약소 민족을 침략하면서 자신들의 침략 행위를 합리화하는 과정에서 생겨난 국제법 그리고 당시 서구나 일본의 국제법학자들의 저서에

---

4   운노의 '부당합법론' 즉 '유효부당론'의 논리적 모순에 대해서는 김봉진, 「'한국병합 유효·부당론'을 묻는다」, 『한국병합, 성립하지 않았다』, 까치, 2001, 255~256쪽 참조.

5   박배근, 「'韓國併合關聯'條約' 有無效論의 意義와 限界」, 『法學研究』 제44권 제1호(통권 52호), 2003, 386~387쪽.

서 그 판단의 기준이 각기 다른 점 등을 고려하면 당시 국제법이란 것이 과연 보편성을 가질 수 있는가 하는 점도 의문인 것이다.

'한국병합'의 불법성 문제는 가해자인 상대편이 그 불법성을 진정으로 인정하지 않기 때문에 항상 한일 간에 불편한 감정의 문제로 곧잘 비화해 왔다. 언제부터인가 우리 사회 일각에서는 한일 간의 '과거 청산' 주장에 대해 '과거 회귀론'이라고 비판하기도 한다. 이런 비판은 잘못된 과거에 대한 진정한 사과나 반성 없이 밝은 미래가 없다는 상식을 한참 벗어난 것이다.

올해도 한일 사이는 그냥 지나치지 않았다. 한일 간의 '과거청산'은 '과거'가 아니라 엄연한 '현안'이다. 일본 동북부의 지진과 쓰나미로 모처럼 형성되었던 한일 사이의 '보편적 인류애의 모습'은 '독도영유권' 문제로 '쓰나미'처럼 사라지는 것이 한일의 현실이다.

그렇다고 '과거 청산'의 희망이 없는 것은 아니다. 작년 5월에는 '한국병합 100년'을 맞이하여 한국의 학자와 함께 수백 명의 양심적인 일본 학자들이 병합늑약의 불법성 인정과 일본 정부의 진정한 사죄에 바탕한 동북아의 평화와 공영을 희망하는 선언이 있었다. 또한 한국과 일본의 양심적인 시민과 NGO 단체가 중심되어 벌인 '과거청산' 운동도 매우 고무적이었다. 희망이란 바로 한일 시민 사이에 이런 공감대를 더욱 확대해 나가는 것이다.

전후 자민당 체제 아래 50여 년 넘게 왜곡된 역사 교육을 받아 온 대다수 일본인들은 또 현재 일본의 학생들도 과거 일본이 한국과 중국, 동남아시아 여러 나라에 저지른 '제국주의 침략상'을 잘 모른다. 그래서인지 과거 일본이 을사늑약과 병합늑약의 체결 과정에 저지른 불법의 진실을 알게 된 대다수 일본인들은 자기 조국이 저지른 행위에 대해 진심으로 부끄러워하고 사죄한다.

한일 간의 해 묶은 '과거 청산'의 진정한 희망이 여기에 있는 것이다. 그 희망의 불빛을 더욱 밝히기 위해서도 병합의 불법성에 대한 연구는 더욱 심화되어야 하고 그 성과는 한일 양 국민 사이에 널리 알려질 필요가 있다.

병합늑약 체결 일지

1908

12.21   오쿠보 하루노(大久保春野) 대장, 한국주차군사령관 임명

1909

01.07~13   순종황제, 이토 히로부미(伊藤博文) 배종, 남부순행

01.27~2.03 순종황제, 이토 배종 서북부 순행

02.17   이토, 도일 귀국

03.15   '재한 외국인에 대한 경찰행정사무에 관한 한일협정' 조인

03.30   일본외무성 정무국장 구라치 데츠키치(倉知鐵吉), 고무라 주타로(小
        村壽太郎) 외무대신의 지시로 '대한정책방침' 및 '대한시설대강' 작성

04.10   가츠라 다로(桂太郎) 내각총리 · 이토 통감 · 고무라 외무대신 레이난
        사카(靈南坂) 밀담을 갖고 '적당한 시기' 한국을 병합한다는 방침 합의

05.04   일본, 임시한국파견대 2연대 파견

06.14   이토 통감 사임 및 추밀원의장 임명
        소네 아라스케(曾禰荒助), 제2대 통감 임명

07.06   일본 내각, '대한정책방침' 및 '대한시설대강' 결정 및 재가

07.12   '한국의 사법 및 감옥사무를 일본 정부에 위탁하는 각서' 조인

07.26   '한국중앙은행에 관한 한일 각서' 조인

07.   고무라 외무대신, 구라치에게 한국병합의 방법, 순서 등 세목 입안 지시

07.   고무라 외무대신, 구라치가 작성한 '대한세목대강기초안'을 가츠라
        에게 제출

09.02   일본군, 호남의병 초토화를 위한 '남한대토벌작전' 개시(10월 말 완료)

09.04   청과 일본, 간도협약 체결(간도 청에 귀속)

10.18   통감부, '사법부 관제 및 감옥관제' 공포

10.20   고종, 헐버트를 통해 상해 덕화은행에 비자금 인출 지시

10.26   안중근, 하얼빈에서 이토 사살

10.29   일본군, '남한대토벌작전' 전과 발표

12.04   일진회, 순종황제 · 내각총리 · 통감에게 '합방청원서' 제출

12.18   미국, 만주철도중립화안 제의

12.22   이재명, 명동성당 앞에서 이완용 습격 중상

1910

01.02   소네 통감, 병 휴가차 도일(09.13 위암으로 사망)

01.19   한국주차군 참모장 아카시 모토지로(明石元二郞), 육군대신 데라우치 마사다케(寺內正毅)에게 '헌병경찰제' 실시를 위한 헌병 · 경찰 통일 건의

01   러시아, 제2차 러일협상 제의

02.06   일본 국민동지회찬성회, 일본 내각에 합방 청원

02.18   고무라 외무대신, 해외 공관에 '대한정책방침' 및 '대한시설대강' 통보

03.15   한국, 임시토지조사국 관제 제정(09.30 공포)

03.19   일본 내각, 제2차 러일협약 체결 방침 결정

03.   데라우치 육군대신, '병합 단행'을 조건으로 제3대 한국 통감에 내정

04.08   헌병보조원 규정 공포 시행

04.10   제2차 러일협약 협상 중 스톨리핀 러시아 수상, 일본의 '한국병합' 승인 발언

04.27   경시청, 청국인에게 은닉한 고종 문서 압수

04   '조남승어새위조사건' 발생 및 조남승 체포

04~05.   고종, 러시아망명계획 이갑에게 지시

05.06   경시청, 뮈텔의 천주교교회에서 고종이 은닉한 조약류 등 외교 문서 압수

05.12   와카바야시 라이조(若林賚藏) 경시총감, 박제순 내부대신에게 압수 문서 진달

05.13   박제순, 이완용 내각총리에게 와카바야시의 압수 문서 진달 건 보고

05.14?   통감부 외사국장 고마츠 미도리(小松緣) 등 통감부 관리, 통감 내정자 데라우치의 명령으로 도일

05.19   주일 영국공사, 일본의 한국병합 묵인
         한국, 압수된 고종 문서 등 통감부에 인계

05.21   데라우치 육군대신, 고마츠 등 통감부 관리와 밀담

05.23   이완용, 내각총리를 내부대신 박제순에게 대리케 하고 치료차 온양
         으로 내려감.

05.24   와카바야시 경시총감, 압수 문서를 가지고 도일
         일본육군성, '병합에 관한 방안'·'병합에 관한 시정' 안 작성, 제출
         데라우치, '조건'('한국병합실행에 관한 방침') 승인

05.27   가츠라 내각총리 등, 데라우치 육군대신이 승인한 '한국병합실행에
         관한 방침' 회람 후 승인

05.30   데라우치 육군대신, 제3대 한국 통감 임명

05.31   도쿄 통감부출장소 육군성으로 이전

06.01   나남의 기병연대 본부 및 제2중대, 용산에 파견(7월 말 일본군의 서울
         집중 배치 완료)

06.03   일본 내각, '한국병합실행에 관한 방침' 결의

06.04   이완용 개인비서(대한민보 사장) 이인직 도일

06.08   데라우치 통감, 5월 19일 한국 정부에서 인계한 압수 문서 인수 영수
         증 발급 통첩

06.14   데라우치 통감, 헌병경찰제 실시를 위한 '통감부경찰관서관제안' 일
         본 내각에 제출

06.15   한국주차군 참모장 아카시, 한국주차헌병대 사령관에 임명
         일본, 한국에 헌병 증파를 위한 '憲兵科佐官補充의 件' 공포

06.20   아카시 한국주차헌병대 사령관, 서울 도착

06.22   이시즈카 에이조(石塚英藏) 통감부 총무국장 사무취급, 박제순 내각
         총리대리에게 한국경찰 사무 위탁 신청

06.20?   일본, 병합준비위원회 조직(의장 시바타 가몬(柴田家門) 내각서기
         관장)

06.24   '한국 정부의 경찰 사무를 일본 정부에 위탁하는 각서' 체결

06.28   이완용, 온양에서 귀경

06.29   일본, '統監府警察官署官制' 공포(헌병경찰제 실시)

06.30   나라현 지사로 임명된 와카바야시, 경시총감 사무인계를 위해 도한
         통감부, 경찰관서 관제 및 관련 칙령 공포
         한국, 내무관제 개정 및 경찰관관제 폐지

07.01   데라우치 통감, 헌병경찰제 실시에 따라 한국주차군 사령관에게 헌
         병·경찰과의 협력을 지시하는 훈시

07.02	일본 내각, 일본 헌법을 한반도에 불시행하는 것으로 해석
07.04	야마가타 이사부로(山縣伊三郎) 부통감, 서울 도착
	제2차 러일협약 체결
07.07	병합준비위원회 활동 마감
07.08	일본 내각, '한국병합시 처리법안대요'·'조약·조칙·선언안 초안' 등 병합 방침 결정
07.12	데라우치 통감, 병합 한국통치 예산안 일본 내각에 청원
	가쓰라 내각총리, 데라우치에게 '헌법의 석의' 통첩
07.15	데라우치 통감, 통감부임을 위해 도쿄 출발
	와카바야시 전 경시총감, 도일
07.23	데라우치 통감, 서울 부임
07.25	데라우치 통감, 순종황제 및 고종황제 알현
08.05	이인직, 이완용의 지시로 통감 관저 방문, 고마츠와 제1차 밀담
08.08	이인직, 통감 관저에서 고마츠와 제2차 밀담, 이완용의 병합 동의 의사 전달
	데라우치 통감, 서울 등지에 대한 주도면밀한 근무를 한국주차군사령관에게 훈시
08.13	데라우치 통감, 고무라 외무대신에게 다음 주부터 병합 협상 시작을 전보
08.14	데라우치 통감, 고무라 외무대신에게 조약안 수정안 전보
08.15	고무라 외무대신, 데라우치 통감에게 조약안 수정에 동의 전보
	데라우치 통감, 고무라 외무대신에게 조약안 중 조약 발효 시점 수정 전보
08.16	이완용·조중응 통감 관저 방문, 데라우치와 제1차 병합 비밀 협상
08.17	이완용, 데라우치에게 각원과 협의 필요를 이유로 오후 8시까지 병합 확답 유예. 조중응, 통감 방문
08.18	고무라 외무대신, 데라우치 통감에게 조약 발효 시점 수정 동의 전보
	이완용·데라우치, 통감 관저에서 제2차 병합 비밀 협상
	한국 정부, 정례각료회의 개최, 학부대신 이용직 병합에 반대
08.19	이완용, 궁내부대신 민병석·시종원경 윤덕영에게 병합 설득
08.20	이완용, 어전회의 소집 지시
	데라우치, 조약안 최종 수정안 재가를 고무라 외무대신에게 요청

| | *시종원경 윤덕영, 국새를 훔쳐 전권위원 위임장에 몰래 찍음 |

08.21   병합에 반대하는 학부대신 이용직, 일본수해위문사절로 파견(이용
         직, 暑泄症을 이유로 연기)

08.22   오전 10시, 일본황제, 조약안 재가
         이완용, 학부대신 이용직에게 어전회의 개최를 통보하지 않음.
         오후 2시 어전회의 개최
         오후 4시, 통감 관저에서 이완용, 테라우치 병합늑약 조인 및 양국 황
         제의 조서로 병합을 공포한다는 각서 서명

08.23   통감부, 정치 집회 · 다수 집합 금지

08.25   한국 정부, 정례대신회의

08.27   순종황제 즉위 3주년

08.28   한국 정부, 임시대신회의

08.29   한일 양국, 오전 11시 병합 공포